les russkoffs

cavanna

les russkoffs

FRANCE LOISIRS
123, boulevard de Grenelle, Paris

Édition du Club France Loisirs, Paris,
avec l'autorisation des Éditions Pierre Belfond.

ISBN 2-7242-0702-5

A MARIA IOSSIFOVNA TATARTCHENKO,
où qu'elle puisse être.

Et aussi

à Anna,
à la grande Klavdia,
à la grande Choura,
à la petite Choura,
à Olia,
à Zoïa,
à Tania,
à Tamara,
à Irina,
à Nadièjda,
à Katia,
à Doucha,
à Viéra,
à Marfa,
à Tatiana,
à la petite Natacha,
à Nadia,
à Louba,
à Génia,
à Sonia,
à Galina,
à Lidia,
à Vanda,
à Agafia...

Et aussi

à Pierre Richard,
à Marcel Piat,
à Paulot Picamilh,
à Auguste,
à Cochet,
au vieil Alexandre,
à Roland Sabatier,
à Burger,
à Fernand Loréal,
à Raymond Launay,
à Maurice Louis,
à Jacques Klass,
à Bob Lavignon,
à Tonton,
à Roger Lachaize,
au Ch'timi,
à Viktor,
à Ronsin,
à René la Feignasse,
au gros Mimi,
à Fathma...

Et aussi

à tous ceux et à toutes celles dont j'oublie le nom mais pas le visage,
à tous ceux et à toutes celles qui ramenèrent leur peau,
à tous ceux qui l'y laissèrent,
et, en général, à tous les bons cons qui ne furent ni des héros, ni des traîtres, ni des bourreaux, ni des martyrs, mais simplement, comme moi, des bons cons.

Et aussi

à la vieille dame allemande qui a pleuré dans le tramway et m'a donné des tickets de pain.

Le petit Rital de la rue Sainte-Anne a grandi. Septembre 1939 : il vient d'avoir seize ans. Une année mémorable. Les six qui suivent sont pas mal non plus. Pour lui et pour beaucoup d'autres.

Cette fois encore, c'est le jeune gars de ce temps-là qui parle, avec ses exacts sentiments de ce temps-là, ses exacts sentiments tels que sa mémoire les lui fait revivre.

Il n'est pas forcément triste là où il devrait l'être, ni joyeux là où d'autres le seraient. La guerre, ça n'a pas le même goût pour tout le monde.

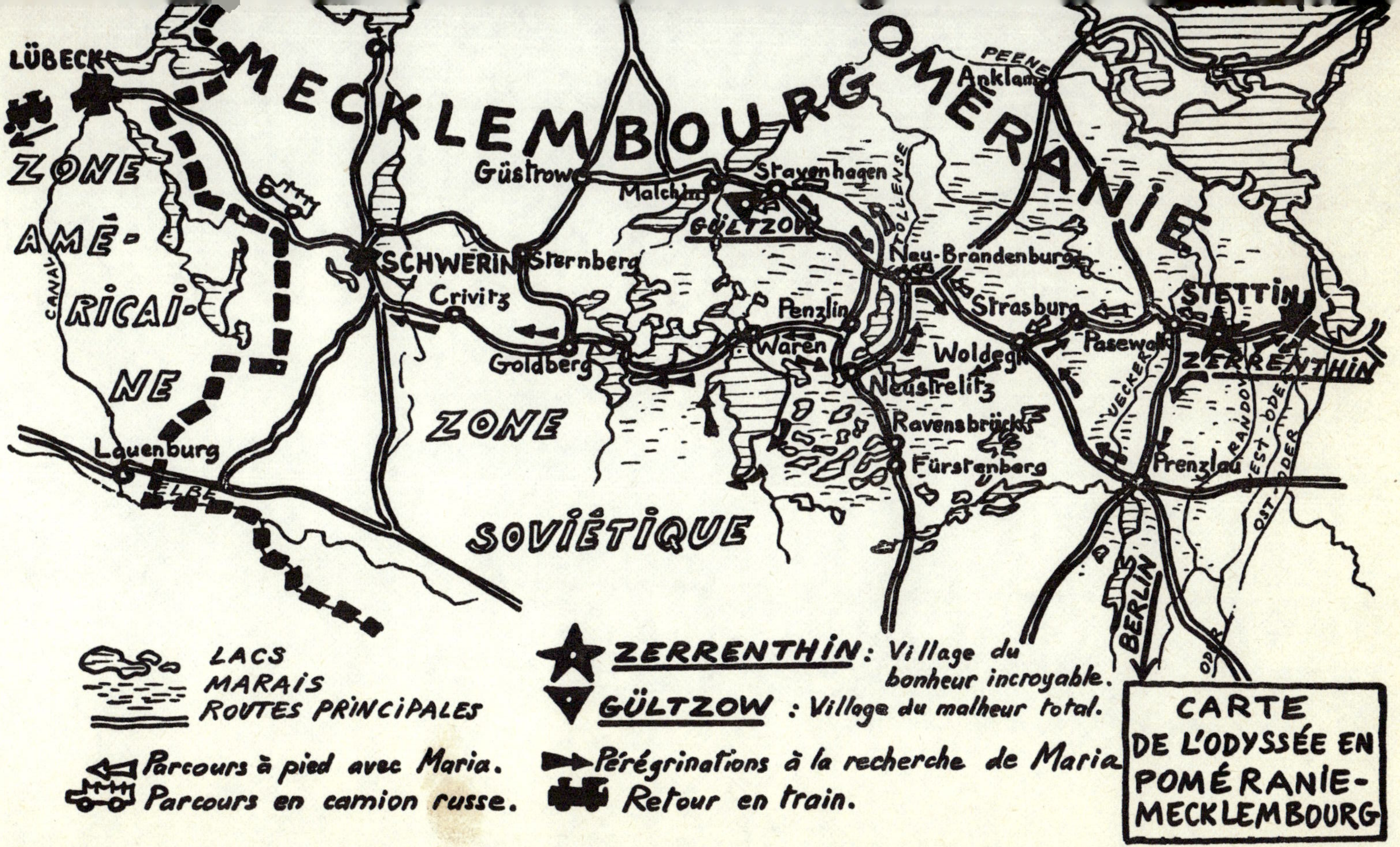

CARTE DE L'ODYSSÉE EN POMÉRANIE-MECKLEMBOURG
MECKLEMBOURG
POMÉRANIE
ZONE AMÉRICAINE
ZONE SOVIÉTIQUE
LÜBECK
CANAL
Lauenburg
ELBE
SCHWERIN
Crivitz
Goldberg
Sternberg
Güstrow
Malchin
Stavenhagen
GÜLTZOW
TOLLENSE
Neu-Brandenburg
Penzlin
Waren
Neustrelitz
Ravensbrück
Fürstenberg
Woldegk
Strasburg
Pasewalk
PEENE
Anklam
STETTIN
ZERRENTHIN
UECKER
RANDOW
WEST-ODER
OST-ODER
ODER
Prenzlau
BERLIN
LACS
MARAIS
ROUTES PRINCIPALES
Parcours à pied avec Maria.
Parcours en camion russe.
ZERRENTHIN : Village du bonheur incroyable.
GÜLTZOW : Village du malheur total.
Pérégrinations à la recherche de Maria
Retour en train.

Le marché aux esclaves

C'est une machine. Une grosse machine. Au moins deux étages de haut. Et moi devant, en plein milieu. Une presse chauffante, c'est.

Pour chauffer, elle chauffe! On y met dedans de la poudre de bakélite, on y met des cornets en ferraille, des petits des grands, les petits dans les grands, la bakélite fond et remplit l'espace entre les deux cornets, on démoule, pof, ça fait des fusées d'obus en vrai cuivre rouge pris dans la masse, suffit de les recouvrir à la galvano d'une immatérielle pellicule de cuivre rouge, les troufions de la Vermaque, là-bas sur le front russe, voient rappliquer à pleins wagons les bons gros obus allemands faits à la maison avec leur pointe en beau cuivre rouge astiquée au miror, ça leur remonte le moral mieux que les colis de pain d'épices de la fiancée, ils se disent que la Grande Allemagne a encore de la ressource, du beau cuivre comme ça, dis donc, les Popoffs, quand ils les reçoivent sur la gueule ça doit leur donner à réfléchir, et bon, ils se crachent dans les mains, ils empoignent leur flingue et les voilà repartis une fois de plus à cavaler au cul de leurs obus, les Popoffs c'est par là, tout droit, on peut pas se tromper, y a qu'à suivre les belles pointes en cuivre des beaux obus allemands qui passent en sifflant « Lili Marlène ».

Les Popoffs, le soir à la veillée, quand ils se retirent du corps ces copeaux de fer-blanc vaguement cuivré, rigolent comme des gros primaires et se disent qu'il faut que la Grande Allemagne soit tombée bien bas et que le fantassin allemand est plutôt mal barré. Nous aussi, à l'autre bout, on se dit ça. Il n'y a que le fantassin allemand qui ne se le dit pas. Lui, il ne voit que le beau côté des choses, le côté cuivré. Il ne voit pas la bakélite et le fer-blanc, et bon, si ça peut le rendre heureux, qu'il en profite donc, il a mangé son pain blanc, il ne rigolera plus jamais comme il a rigolé, mais lui il ne le sait pas encore, il croit que la fête va continuer un bon bout de temps, y a pas de raison.

Je suis debout devant la machine, juste au milieu. A ma droite, j'ai Anna. A ma gauche, j'ai Maria. Je suis le servant de la machine. Anna et Maria sont mes servantes à moi.

Anna prépare les cornets de tôle sur une espèce de plateau rond avec des trous étudiés pour, lourd comme le diable, que, le moment venu, j'enfilerai dans le ventre de la machine, moi l'homme, moi le costaud, moi le cerveau. Maria extrait du plateau que je viens de sortir de la machine les croque-monsieur fumants tôle-bakélite-tôle en forme de fusée d'obus. Ça marche au signal, temps de cuisson très précis, il y a une minuterie, quand ça sonne j'ouvre, je retire le plateau cuit, j'enfourne le plateau cru, je referme, je verrouille, je tire de la main droite sur le levier qui pend en l'air, j'appuie de la main gauche sur le machin qui dépasse d'en bas, braoumm, la presse s'abat, huit tonnes, coup de bélier, jets de vapeur, ça tressaute brutal, un boucan de catastrophe ferroviaire. La bakélite brûlée se traîne en fumée jaune qui rampe, lourde, sur nous, et pue. Bon Dieu que ça pue!

Abteilung Sechsundvierzig. Section quarante-six. Vingt monstres comme celui-là. Devant chaque, un petit Français pâlichon maigrichon flanqué de ses deux bonnes femmes. Toutes les deux minutes, coup de bélier, sonnette, défournage-enfournage... Les presses ne sont pas synchronisées, parfois il y a de longs blancs, parfois les coups de bélier partent en rafale, les murs sautent à la corde.

Anna a une tête de chat, des manières de chat. De chatte, oui, bon. Visage en triangle, la pointe en bas, pommettes mangeant les yeux, très écartées, yeux noirs de chat noir, avec de l'or dedans. Cheveux dans un chiffon blanc, rien qui dépasse, à cause de toute cette saleté de bakélite jaune.

Maria... Non, tout à l'heure.

*

Trois jours sans dormir. Ce putain de train se traînait sur la plaine grise, bloqué des demi-journées dans des déserts de mâchefer au bout d'embranchements culs-de-sac couverts de rouille et de sales fleurs jaunes pour laisser passer je ne sais quels urgents convois de troupes, de tanks, de munitions, de blessés ou de beaux gras bœufs mugissants achetés fort cher (mais que leur coûte l'argent?) à quelque gras fermier dans quelque grasse Normandie.

Depuis Metz, rien à bouffer. Metz, première ville allemande. Ça m'a fait drôle. J'avais pas pensé à ça : l'Alsace-Lorraine redevenue chleuhe. Évidemment, quand on y réfléchit, ça va de soi. Ils sont vainqueurs, ils se la reprennent. Les provinces, ça va ça vient, surtout les frontalières. J'aurais dû m'y attendre. Cette guerre est tellement tordue, aussi. J'en ai jamais connu d'autre, mais n'empêche, c'est pas comme ça que je voyais les choses. Pas cette pagaille. Les journaux les radios qui clament à tout va que le chancelier Hitler est notre ami, que c'est l'Europe des honnêtes gens qui a vaincu l'hydre de l'anarchie et les voyous du Front Populaire, que notre déculottée est un grand bonheur, un vrai don du ciel, même le Maréchal le dit, même les curés qui font des missions dans les banlieues pour expliquer ça, notre véritable vrai ennemi héréditaire pourri fumier c'est l'Angleterre, tout ça... Et total, ils se goinfrent l'Alsace-Lorraine, comme des Guillaume, comme des Bismarck, comme des Charles-Quint, comme tous ces roitelets qui se gagnaient des provinces à la guerre, la guerre c'est la belote des rois. D'un coup, je sors de la bouillasse des propagandes, j'entre dans l'histoire de France. Je vois les pointillés changer de place sur les cartes en couleurs, je vois l'Allemagne rose dévorer un méchant coin de la France mauve, voilà qu'elle a une épaule plus basse que l'autre, la France, elle a l'air con, on dirait un manchot avec sa manche vide, on voit tout de suite que c'est pas naturel, il en manque un bout, c'est bien la preuve que l'Alsace-Lorraine est française, suffit de regarder une carte de France pour que ça vous illumine, les Chleuhs ne peuvent pas gagner la guerre, ou alors pas longtemps, on ne va pas contre les lois de la nature. Enfin, quoi!

Et voilà. T'arrives à Metz, tu vois « Metz » écrit en lettres gothiques, ce drôle de gothique qu'ils ont, pas pointu et

Moyen Age comme le nôtre des cartes de Noël, mais un peu rond, un peu mou, très noir, très arts graphiques, arrogant et parfait, trop parfait, qui fait tout de suite caserne allemande. Enfin, à moi, il me fait ça.

Des soldats partout, vert-de-gris. Un gros père, le fusil à la bretelle, le casque lui battant le cul, gueule « Lôss! » et nous fait signe qu'on a droit à la bouffe. On dégringole sur le quai, mal élevés Vranzais sauvages que nous sommes, on saute en tas sur la cuisine roulante, qui manque chavirer. Quelques coups de pied au cul, beaucoup de « Lôss! » gueulés à plein gosier nous réinculquent l'usage de la queue, ou « file d'attente », comme dit la carte de priorité des dames en cloque, institution qui, depuis juin quarante, étend ses bienfaits rééducateurs sur toute l'Europe non germanique.

Le cuistot chleuh plonge sa louche dans la marmite fumante, et puis reste là, louche en l'air, à gueuler comme un perdu. Qu'est-ce qu'ils aiment gueuler! Il en est tout bleu. Il va se péter une veine dans les boyaux de la tête, si ça dure. Un petit vieux à balai de bouleau, tout jaune tout perdu sous une casquette noire large comme une plaque d'égout avec une cocarde en aluminium sur le devant, nous traduit : « Il vous demande comme ça ousqu'elles sont, vos gamelles, pour leur-z-y mettre ed'la soupe ed'dans. » Des gamelles? On n'en a pas, de gamelles. On est comme on nous a ramassés. Fallait penser aux gamelles? Ça gueule beaucoup beaucoup à tous les échos de cette sacrée gare de Metz toute en fer découpé en dentelle pour faire joli, et on finit, va savoir comment, par se retrouver chacun avec en poigne une espèce de petite cuvette à se débarbouiller en tôle émaillée brun caca, un ustensile que j'aurai l'occasion de revoir, là-dedans un machin gris verdâtre, genre purée très très liquide, qui sent le chien mouillé et la crotte de chien mouillé comme si on avait passé un de leurs uniformes dans un pressoir à cidre et qu'il en soit sorti ça.

Ça surprend, mais c'est pas l'horreur. Et puis d'abord, c'est du manger. Il y a même des bouts de patate, tout au fond. De patate, tu te rends compte? J'avale ça à même la cuvette, j'ai pas de cuillère. Je demande à un autre triste con dans mon genre, en lui refilant la cuvette :

— C'est quoi, ce machin? Ils bouffent des drôles de

trucs, les Chleuhs, dis donc. Ça doit être tout chimique, je parie.

Le gars me regarde.

— Ben, c'est de la soupe de pois cassés, quoi. Tu vas pas me dire que t'as pas reconnu?

J'aurais été bien en peine de reconnaître. Jamais approché ce truc-là auparavant. Chez nous, sorti des nouilles et des soupes poireaux-pommes de terre...

Et puis ils nous ont refilé à chacun un bout de pain noir, tout petit mais lourd comme les trente-six diables, avec cette mie grise et mouillée qui sent l'acide, les autres aiment pas mais moi j'adore, je vais me ramasser du rab, chouette, ça cale, ça bourre, et aussi une rondelle d'une espèce de saucisson de pâté de foie, bizarre, pas rose comme le nôtre mais gris blême, pas dégueulasse du tout à l'odeur, deux centimètres de long sur trois centimètres et demi de diamètre. Et bon. « Lôss! » On était repartis.

*

J'en ai profité pour changer de wagon. Jusque-là, j'avais eu droit au fourgon à bestiaux, ma valise sous la tête, le cul talé à chaque secousse parce que je suis plutôt maigre de toute façon et ces temps-ci vraiment très, à Nogent-sur-Marne ça fait près de trois ans qu'on la saute sévèrement. J'ai achevé ma croissance aux rutabagas, je suis pas le seul, il n'y a qu'à regarder le troupeau, rien que des gueules blêmes, des joues creuses, des loques râpées qui flottent autour de beaucoup de vide. Tout ça a vingt ans, la belle âge, c'est le S.T.O. qui passe, c'est la jeunesse de la France qui s'en va relever les pauv'prisonniers, les flics nous l'ont gentiment expliqué en nous embarquant sans faiblesse pour la gare de l'Est.

En queue du train, il y avait des vrais wagons, des wagons pour les gens. A cause des Actualités. Au départ, les gars des Actualités étaient là avec leurs caméras, et aussi les journalistes, mais ils ne s'avançaient pas loin sur le quai, alors il suffisait d'accrocher quelques wagons de troisième classe, réformés mais quand même, en queue du train. Les fourgons à bestiaux ou à marchandises ne se verraient pas à l'écran, suffisait d'attraper le bon angle. Juste avant qu'on nous fasse monter, des mecs de la milice, ces grands cons à gueules de boy-scouts vicelards avec leurs culottes de golf bleu marine qui leur tombent sur les chevilles, leur petit blouson plein de poches et l'espèce de bouse de vache qui leur pend sur le côté de la figure, s'étaient amenés avec des pots de peinture et avaient barbouillé en grandes lettres blanches sur les flancs des wagons : « Vive la relève! », « Vive Pétain! », « Vive Laval! », des trucs comme ça.

Un petit olivâtre aux yeux cernés a ricané :

— Vous charriez un peu, les mecs!

Le milicien l'a regardé en vache.

— Tu serais pas un peu youpin, toi, avec la gueule que tu te paies? Ça te dirait qu'on regarde ça de près, moi et mes potes?

Le petit jaunâtre s'est fondu dans la masse.

Pendant qu'on était parqués, le cul sur le ciment du hall de la gare de l'Est, les flics nous avaient distribué une baguette et un saucisson par tête de pipe. Un saucisson, parfaitement. De cheval. Tout entier. Sans ticket. Trente centimètres de long. J'avais pas vu un tel objet depuis avant l'exode, je crois bien. Il y en a, ils ont mordu un coup dedans, pour se rappeler le goût que ça avait, et puis ils se le sont dévoré pas moyen de s'arrêter. Une baguette de pain pour accompagner c'était un peu court, alors ils ont terminé sans pain. Après, ils faisaient la queue au robinet du quai pour boire, c'était salé poivré à t'arracher la gueule. Les flics se marraient. Si t'avais des ronds, ils allaient t'acheter des kils de rouge. On se les passait. Ça commençait à chauffer. On entendait des choses :

« Ah, ouais? Ils veulent me faire bosser de force, ces enculés-là? Bon, d'accord, mais tu vas voir le boulot! Ils regretteront, moi je te le dis! » « On va donner un coup de main à l'Armée Rouge, ouais! », « Les flics à la relève! ». Même un début d'« Internationale », mais le gars devait avoir des potes qui lui ont fermé la gueule.

*

Moi, c'est sur le boulot qu'ils m'avaient piqué. J'étais alors maçon chez Bailly, l'usine de médicaments au bord de la Marne, grosse boîte, sérieuse et tout, bonne paye, pas de risque d'intempéries, j'avais été embauché au service entretien trois semaines plus tôt, et voilà qu'ils s'étaient mis à rafler tous les hommes valides pour les expédier en Allemagne *.

L'année d'avant, en quarante-deux, donc, ils avaient essayé le volontariat. Des affiches partout, bien alléchantes : « Viens travailler en Allemagne! Tu libéreras un prisonnier, tu construiras l'Europe nouvelle, tu gagneras de quoi nourrir ta famille. » Sous-entendu qu'en travaillant en France tu la nourris pas, ta famille, et ça c'est bien vrai. Les patates au marché noir et les nouilles clandestines soixante-quinze pour cent son et poussière sont hors de portée du salaire ouvrier. Quant au beurre et au gigot, n'en parlons même pas... Enfin, bon, ça n'avait quand même pas rendu des masses, faut croire. Dans les bureaux d'embauche allemands (des boutiques juives vidées comme des coquilles d'escargot par des bernard-l'ermite, les bernard-l'ermite c'étaient des gros Chleuhs bien au carré bien rougeauds, avec leurs petites secrétaires sapées en souris grises, le calot de travers sur le chignon bien tiré, les miches un peu carrées aussi, c'est la race, mais bien rondes quand même, moulées par la jupe serrée, les salopes, je m'en serais bien tapé une, tiens...), dans les bureaux d'embauche allemands, c'était pas la foule. Entre-temps, il y avait eu Stalingrad, la guerre devenait vraiment gourmande, il fallait lui donner à bouffer de plus en plus de bonne viande aryenne mâle, même si un peu sénile un peu boiteuse un peu tubarde, et pour cela d'abord la remplacer, la viande aryenne, aux commandes des machines-outils, par de la viande inférieure, voire nettement méditerranéenne, d'où, bing : création du Service du Travail Obligatoire, S.T.O. pour les intimes.

---

* Longtemps après, je me suis laissé dire que la direction des laboratoires Bailly aurait embauché massivement des jeunes afin d'avoir de la viande sur pied à donner à la réquisition et de se faire ainsi bien voir des autorités d'occupation, lesquelles leur auraient facilité l'approvisionnement en sucre, alcool et autres denrées contingentées que leurs médicaments à usage populaire contenaient en grande quantité. Mais on dit tant de choses...

Service du Travail Obligatoire. Dit comme ça, ça fait vaguement service militaire, ça rassure les parents, les replace dans le droit fil de la tradition. Depuis qu' « ils » sont là, il n'y a plus d'armée, les garçons de vingt ans ne partent plus en cortège, avec cocardes, rubans et litres de rouge, pour les garnisons lointaines, les vieux bougonnent que ça donnera des hommes sans couilles, la jeunesse lui faut de la discipline et de l'aventure, du coup de pied au cul et de la saoulographie de chambrée, sinon y a plus personne dans la culotte.

Sur les marchés de banlieue, dans le Quartier Latin, à la sortie des cinémas et même de la messe, les Chleuhs pratiquent la razzia-surprise. Des camions arrivent, des troufions vert-de-gris en jaillissent, ordres gueulés, coups de sifflet, cavalcades brèves, et voilà : en moins de deux, un anneau infranchissable cerne la foule, anneau fait de Fridolins jambes écartées, le torse solidement assis sur les reins, mitraillette au cou et les avant-bras appuyés dessus, bien à l'aise, prêts à y passer l'année. A un certain point de cet anneau s'accroche un deuxième anneau, tangent et extérieur au premier, mais plus petit, et vide. Provisoirement vide. Au point de tangence des deux anneaux se tient un sous-off flanqué de deux ou trois sinistres gueules en civil. Voilà comment ça fonctionne :

Le sous-off dit « Papîr! », on lui donne les papîrs, il les examine bien bien, les gueules sinistres lisent par-dessus son épaule, de temps en temps l'un ou l'autre sinistre dit « Bitteu! », alors le sous-off lui passe le papîr, que l'autre sadique épluche en jetant au type du papîr suspect un de ces regards qui rendraient coupable un nouveau-né, et alors peut-être que Gueule-de-Raie fait le mauvais signe et que deux troufions t'embarquent dans un camion à part, naturellement tu gueules non mais ça va pas qu'est-ce qui vous prend je suis un bon Français moi j'ai dénoncé des terroristes moi il y a erreur écoutez-moi bon Dieu je connais quelqu'un à la mairie je connais quelqu'un à la préfecture je connais quelqu'un au gouvernement je suis le petit-fils du Maréchal qu'avait été volé par des bohémiens la preuve j'ai une médaille j'ai un grain de beauté je connais quelqu'un à la Kommandantur je connais quelqu'un à la Gestapo — il prononce « Jestapo » — je connais très bien le chancelier Hitler... Arrivé là, en général, il se trouve dans le camion. Un choc sourd, on n'entend plus le mec aux relations. Qui c'est? Oh, ben, un Juif, un communiste, un franc-maçon, un terroriste, un qui a revendu à un soldat allemand un vélo qu'il venait juste de faucher à un autre, va savoir...

Enfin, bon, si pas ce genre d'anicroche et si tu es une femme, on te gueule « Lôss! », ce qui signifie que tu peux rentrer chez toi torcher tes gosses — dans ce cas-là, mais n'allez pas croire que vous venez de faire un progrès sensible dans la connaissance de la langue allemande, « Lôss! » peut vouloir dire un tas de choses extrêmement variées et même contradictoires, « Lôss! » est un mot magique, mais il ne suffit pas de le gueuler à s'arracher l'âme, encore faut-il l'employer à bon escient et y mettre l'exacte subtile intonation —, si tu es un vieux de plus de cinquante ou un gosse de moins de dix-huit, tu as droit au « Lôss! » sauveur, si tu es un étalon piaffant dans la force triomphante de sa virilité tu passes dans le petit anneau. La queue basse. Quand le grand anneau est vide, on embarque le contenu du petit — « Lôss! Lôss! » — dans les camions, et tagada.

Technique impeccable qu'adoptèrent avec enthousiasme les miliciens, les flics, gendarmes et gardes mobiles français, peuplades attardées, certes, mais pleines de bonne volonté et susceptibles de progrès, suffit qu'on leur explique.

*

J'avais donc forcé ma longue carcasse dans un compartiment pour honnêtes gens. Honnêtes mais pas rupins. Il datait de la guerre de soixante-dix, ce wagon. Tout en bois. Sièges en bois, en bois très dur. Roues en bois, tant qu'ils y étaient, je suis pas allé vérifier. Ovales, en tout cas. Celle qui se déhanchait sous mon banc avait même carrément quatre coins. C'était aussi hargneux à la fesse que les tape-cul que les gosses de la rue Sainte-Anne se bricolent avec des vieux roulements à bille mendigotés chez Cordani, le garage de la rue Lequesne, et enfilés à coups de talon à chaque bout de deux liteaux cloués sous un bout de planche, on dégringole là-dessus à tout berzingue les rues bourgeoises bien goudronnées qui plongent vers la Marne, ramdam d'enfer, culs pleins d'échardes, Nino Simonetto, à plat ventre, fonce tête en avant entre les roues des camions, ressort à l'autre bout, « Eh, les mecs, vous avez vu? Eh, les mecs, eh? », les flics en parlent à sa mère, mah, dit la mère, fout le comprende, qu'il a été trespané quouante qu'il était pétite, allora il est pas tout à fait bien dans la sa tête, c'est pour ça, ma il est pas miçante, pas dou tout, il est con, quva, ma miçante, no, il est pas...

Oui. Où que je m'en vas? Elle est loin, la rue Sainte-Anne, au moins mille bornes, maintenant, et mon enfance encore plus loin. Me voilà posé, donc, sur un siège en bois calculé galbé à l'intention d'un cul humain, c'est meilleur pour la dignité que le plancher aux bestiaux, mais pour le confort je me faisais des illusions. Coincés à six sur une banquette pour quatre, en face de moi un grand blondin frisé monté en graine, paumé comme un veau arraché à sa mère, effaré, triste à crever, tellement triste qu'il l'est même en dormant, et il dort tout le temps. Tous, on essaie de dormir, mais lui, il peut. Il a posé ses pieds sur moi, ses vastes panards blindés de cuir de rhinocéros plantés comme des marteaux au bout de ses maigres interminables guibolles tout os à moelle massif avec la peau collée directement dessus et les genoux qui font des boules, il a posé ça sur mes cuisses, me les a enfoncés dans le ventre, en plein dans le mou, et ce cochon-là avait marché dans la merde, il en a plein les nougats, je viens juste de m'en rendre compte, je comprends du coup pourquoi ça pue si fort, j'ai ce paquet de merde jaune sous le nez, j'en ai plein mon lardosse plein les paluches à force d'essayer de virer de là les pompes merdeuses de ce grand malpropre, voilà donc ce qui pue, et je pense que j'ai dû aussi m'en tartiner plein la gueule en essayant de me protéger de la lumière.

Pas moyen de bouger, ni moi, ni lui, ni personne. Chacun les pieds sur les cuisses d'un d'en face, deux ou trois allongés par terre entre les banquettes, sous la voûte de guibolles, sans compter ceux dans les filets. Le couloir, bourré pareil. On pisse dans une gamelle qu'on se passe de main en main. On la vide par la fenêtre. Chier, pas question. Si la merde des pieds de l'autre finit par me faire dégueuler, ça me jaillira droit devant, à l'horizontale, ça retombera où ça voudra. Va dormir là-dedans, toi... Ce qui me reste de ce voyage, c'est par-dessus tout l'odeur de merde écrasée, et aussi la tête de ce grand bébé perdu, son air absolument sonné chaque fois qu'une secousse le réveillait et que du coup il se rappelait.

Freins qui couinent, ferrailles qui cliquètent, vapeur qui crache, tampons qui se tamponnent... Encore un spasme ou deux, et l'immobilité. Et le silence. Nous voilà arrêtés. Pour la trois cent millionième fois. En rade dans un bled pourri. Le trois cent millionième bled pourri de ce pays pourri. Un de ceux près de la fenêtre gueule, tout excité : « Eh, les mecs! » Quelque chose peut donc encore exciter quelqu'un dans cette lavasse grisâtre? Si tu te figures que je vais regarder! Rien à regarder. Rien que du gris. Terre, ciel, baraques, fringues, gueules... Du gris suintant l'eau. D'y penser, ça me coule dans le cou, ça me jute entre les orteils. Frisson. L'Allemagne : grise et mouillée comme un cache-nez de pauvre. Comment ne pas rêver de guerre dans un bled pareil?

*

— Eh, les mecs!

Il insiste. Quelqu'un jette un œil, gueule à son tour :

— Ça, alors, les mecs! Ça, alors!

Et puis :

— Des prisonniers! Eh! Des prisonniers!

Du coup, moi aussi je veux voir. On débarbouille la buée de la vitre, et voilà. C'est encore pire que tout le reste. Des tas de charbon se bousculent, hauts comme des montagnes, à perte de vue. Des espèces de tour Eiffel loupées, des grues, des passerelles, des poutrelles, des palans, des poulies, des chaînes, des wagonnets, un délire de ferraille croisillonnée à gros rivets, qui pue le travail chiant, l'œil implacable de la pendule pointeuse dans le petit matin sale... Sinistres murs de brique découpés en dents de scie. Horizon en dents de scie. Cheminées colosses, serrées, féroces, insolentes, crache-merde, écrase-monde. Ciel noir. Il sort des cheminées, le ciel. Les cheminées le vomissent et l'étalent, comme une boue, du plat de la main. Tout est noir, ici, tout. Tu passes le doigt sur le paysage, tu le retires noir, et gras. Suie et cambouis.

« La Ruhr », me dit Lachaize, un de Nogent, et même un cueilli chez Bailly, comme moi. Ah, ah, la voilà donc, me disent mes souvenirs d'école. La Ruhr : une tache noire sur le rose de l'atlas. Ça veut dire bassin houillier. Ou minerais de fer, peut-être bien. Ou les deux. En tout cas, ferraille et pognon. Grosse ferraille, gros pognon. Et travail, travail, travail. Travail noir. Fourmis noires. La Ruhr. Richesse et fierté de l'Allemagne. Exemple et envie pour les autres. Cul énorme qui chie des tanks et des canons. Je regarde la Ruhr. Elle a une sale gueule de contremaître peau-de-vache. C'est pas là qu'on va, quand même, merde? Pourvu que le train se remette en route!

Il y a de l'animation. Des voies et des voies courent et s'entrelacent. Des locomotives sans wagons avancent, reculent, sifflent, crachent, tapent du pied, piquent un temps de galop, stoppent sur place, se chahutent les ferrailles. Sur leurs panses noires aux cuivres bien astiqués, de pimpantes inscriptions à la peinture blanche, énormes, comme celles sur nos wagons, ça doit être une coutume à eux : « Wir rollen für den Sieg! »

— Ça veut dire : « Nous roulons pour la victoire! » explique, tout flambard, un pépère poivre et sel avec un petit bide sur le devant.

Aussitôt, nous autres, on se pense « Un enculé de volontaire! » Alors on fait ceux qu'ont entendu mais qu'en ont rien à foutre. On est pas à l'école Berlitz, nous. On est pas là pour s'orner l'esprit et s'enrichir la culture, nous. Le pépère se raccroche à sa bonne femme, qu'on n'avait pas vue d'abord, sapée en homme qu'elle est et quinquagénaire abondamment, à cet âge-là ça n'a plus de sexe, ça a les mêmes fanons sur les mêmes gueules de vieux cons. « Tu vois, Germaine, « rollen », c'est « rouler », ça c'est pas dur, et « der Sieg », ben, c'est la victoire, seulement, à l'accusatif, on met « den ». » Eh bien, voilà, voilà, voilà... La mémère fait des yeux de veau à son grand homme. Faudra que je me rappelle de pas leur causer, à ces deux puants.

Bon. J'ai beau regarder, je vois pas de prisonniers. « Mais si, tiens, là, mate! » Au bout du doigt tendu, près d'un hangar en tôle ondulée, quelques capotes jaune moutarde, taillées dans ce bois spécial où se taillent à la hache les effets militaires de l'armée française. L'absence de ceinturon les rend parfaitement côniques, le bonhomme a l'air perdu là-dedans comme un battant dans sa cloche, la tête, emmanchée d'un cou que l'immensité de la circonférence du col fait paraître étique, jaillit comme un poulet plumé cherchant à se sauver de la marmite de la poule-au-pot. Aux fringues, pas de doute, c'est des Français! Me le confirment les deux cornes en oreilles d'âne, mais l'une derrière l'autre, du calot. Un des gars tourne le dos. S'y étalent deux énormes lettres blanches, barbouillées à la diable : « KG ».

— Ça veut dire « Prisonnier de guerre », parade l'intellectuel. « Kriegsgefangen » : « Krieg », c'est la guerre, et « gefangen », c'est prisonnier, mais eux ils mettent le mot principal en premier, c'est pour ça, et avec un « s » pour le génitif. Au début, ça déroute, forcément.

Cause toujours.

Des prisonniers, merde! En chair et en os! Là, devant nous! J'en ai la gorge serrée.

Depuis trois ans, je marche à la religion du prisonnier. Moi et les autres. Toute la France. Depuis trois ans, le prisonnier est le grand thème national, le mythe sacré, l'Indiscutable. On peut être pour ou contre le Maréchal, Laval, la Collaboration, les Anglais, les Américains ou les Russes, on peut exalter la guerre ou la déplorer, sur les prisonniers tout le monde tombe d'accord.

Le Prisonnier, martyr national, victime expiatoire, Christ douloureux... Le Prisonnier, grande figure émaciée au regard lourd de muet reproche... Le Maréchal ne parle que de ça, à tout propos, la larme à l'œil. La France entière souffre et expie par ses deux millions de prisonniers. Les affiches, dans les rues, ne vantent plus le chocolat Menier ou la ouate Thermogène. Elles font jaillir des murs les longues silhouettes kaki pathétiques, au teint jaune-vert de citron pas mûr, aux joues creuses — pas trop creuses, attention : ça pourrait suggérer que les Allemands les nourrissent mal, la Propagandastaffel n'aimerait pas ça — aux orbites pleines d'ombre où flambe le regard fiévreux. Fiévreux, mais franc et direct. Et bleu. Regard de Français, regard d'Aryen. Les belles affiches douloureuses aux couleurs tout à la fois vives (faut que ça se voie) et tristes (eh oui, artiste, c'est un métier, quoi) mettent le Prisonnier à toutes les sauces : pour nous enjoindre de souscrire à l'emprunt national, pour nous exhorter à aimer le Maréchal, à travailler dur, à supporter les privations avec le sourire, à donner pour le Secours d'Hiver du Maréchal, à économiser le charbon qu'on ne nous distribue pas, à dénoncer les terroristes, à aller de bon cœur tourner des obus en Allemagne, à maudire l'Anglais (on dit « la perfide Albion »), le Juif, le Bolchevik et le pourceau yankee, à collaborer dans l'enthousiasme avec le vainqueur magnanime, à ne pas écouter la B.B.C., à adhérer au P.P.F. ou à d'autres trucs du même genre... Enfin, bon, le Prisonnier hante la conscience de la France. Sa mauvaise conscience. N'oublions jamais : c'est notre je-m'enfoutisme qui les a menés là, derrière les barbelés, ces martyrs qui souffrent pour nous. Et aussi notre goinfrerie de congés payés, de semaine de quarante heures, de sécurité sociale, de dinde aux marrons à Noël...

Il n'y a plus de politique en France, il n'y a que de la propagande. Deux millions de prisonniers — on nous le répète assez, on ne risque pas de se tromper d'un zéro! — ... Chaque famille française en a au moins un « là-bas ». La France entière communie dans la religion de la Patrie blessée. Le Maréchal est Dieu le père, le Prisonnier est son fils douloureux. Le barbelé, comme symbole, vaut bien la croix. Et, celui-là, même les bouffe-curé peuvent s'incliner devant sans rougir.

Les discours, les journaux, la radio aussi, sans doute (je suppose : à la maison, la T.S.F. n'a jamais pénétré), ressassent et exaltent l'expiation, se barbouillent d'humilité, ramènent sans cesse nos malheurs si terribles mais si mérités et la nécessité de s'incliner avec dignité, de dire : « Merci, mon Dieu » et de tendre l'autre joue. Ça donne à tout un ton chialard, un air curé, dont le culte du prisonnier est l'expression la plus achevée.

Le prisonnier, notre plaie saignante, notre remords et notre pitié, le juge futur à qui nous aurons à rendre des comptes, de terribles comptes...

Eh bien! il est là, le Prisonnier! Devant moi, à cinquante mètres.

J'ai même pas à réfléchir. Je piétine les autres, je passe par la fenêtre, je cours vers le groupe jaune moutarde. On est une vingtaine à avoir eu la même idée. Personne ne nous empêche. Un vague troufion vert-de-gris, le flingue à la bretelle, surveille distraitement ses prisonniers tout en se bourrant une pipe, assis d'une fesse sur un tas de traverses.

— Salut, les potes! on dit, tout émus. On arrive de Paris! On va y retourner tous ensemble, vous autres avec, et dans pas longtemps! Vous en faites pas! Vous en avez assez bavé! Ils l'ont dans le cul!

Les gars nous regardent arriver, appuyés sur leurs manches de pelles, pas excités, pas émus, ça, non. Pas trop ravis, non plus, on dirait. Comme des paysans qui verraient des Parisiens piétiner joyeusement leur blé pour venir leur donner le bonjour.

Au point qu'on se demande si on s'est pas trompés.

— Vous êtes Français, hein? Prisonniers de guerre?

Un grand balaise placide finit par répondre :

— Ça se pourrait ben. Et alors?

On leur tend les gâteries qu'on a prélevées sur nos provisions. Enfin, ceux qui en ont! Petits-beurre, sardines, figues sèches, morceaux de sucre, ou simplement les restes du saucisson et du pain distribués à Metz. Moi, je file le paquet de pipes que Charlot Bruscini m'a glissé quand il est venu, avec ma mère, me dire adieu à la gare de l'Est. Les gars empochent, disent merci, mais sans trop d'ardeur, comme un bedeau dit merci à la quête. On se sent pas aussi pères Noël qu'on aurait cru.

Il y a comme une gêne. On se regarde. Et voilà que l'affiche qu'il y avait entre eux et nous se déchire, l'affiche au prisonnier citron pas mûr, hâve et pathétique. Voilà qu'on a devant nous des gros pères rougeauds, pétant de santé, bardés de lainages, l'air de prendre le boulot du bon côté.

Le balaise placide finit par demander :

— Et où que c'est-y que vous allez, comme ça?

Il s'en fout visiblement, mais c'est pour la politesse et les bonnes manières.

— Où qu'on va? Si on le savait! On nous a ramassés, on sait que c'est pour nous envoyer bosser quelque part en Allemagne, c'est tout ce qu'on sait.

— Vous leur-z-y avez quand même bien dit là où que vous voulez aller?

On se regarde, les jeunots. Plutôt sciés. Ça renifle le malentendu.

— Si tu crois qu'on nous a donné le choix, je dis.

— Quand vous avez signé le contrat, ça y était pas écrit dessus, peut-être? Moi, je dis que des types comme vous autres, qu'ont choisi de travailler pour les Boches, eh ben c'est des pas grand'chose, v'là ce que je dis, moi.

— Mais, bon Dieu, on n'est pas volontaires, on est tous des forcés, quoi, merde, on est prisonniers comme vous! C'est les flics à Pétain qui nous ont faits aux pattes...

Là, le gars se fâche.

— Causez pas mal de Pétain, hein! Pétain, c'est Verdun. Mon père y était, la preuve. Pétain, il est en train de les baiser tous, les Boches! Et puis d'abord, faut pas confondre : nous, on est des prisonniers de guerre, on est des militaires. Faut pas dire n'importe quoi.

Les bras nous en tombent.

Un Parigot hargneux lance :

— Eh, les beaux militaires, si vous vous étiez pas sauvés comme des lapins, en quarante...

Je lui colle mon coude dans l'estomac. C'est pas la chose à dire, je le sens. Je m'écrie :

— Mais vous savez rien! Rien de rien! A Paris, on crève la faim. Les flics français, les flics à votre Pétain, ils marchent à fond avec les Fridolins...

— Touche pas à Pétain, t'as compris? Pétain, c'est l'armée française, et nous aussi. Moi je dis que c'est une honte que des merdeux comme voilà vous autres viennent gagner des sous en aidant les Boches à gagner la guerre pendant que nous autres on souffre la misère et la souffrance loin de la patrie et de pas voir nos femmes, v'là ce que je dis, moi.

Ses copains, en bloc, approuvent de la tête.

Le Chleuh, sur son tas de traverses, commence à trouver que ça va comme ça. Il s'approche en se dandinant, gueule quelque chose qui se termine par « Lôss! », appuyé d'un geste de la main facile à comprendre. Le gros gars lui dit :

— Fais pas chier, Fritz! T'es pas heureux, ici, avec nous? T'es pas mieux qu'à ramper dans la neige chez les

Popoffs? Tiens, pour t'aider à attendre la fin de la guerre.

Il lui tend une gauloise. L'autre dit : « Ya, ya! La kerre, gross malhère! » Il allume sa gauloise et il se tourne vers nous : « Aber lôss! Lôss! »

Et bon, quoi, on est là, petits Parisiens tout maigres tout gris, devant ces paysans massifs bien pénétrés de leur statut officiel de héros nationaux attendrissants pour périodes historiques calamiteuses, croyant d'ailleurs dur comme fer à leur martyre et à notre indignité, et qu'est-ce que tu veux dire? On est bien tout seul dans sa peau, merde.

D'ailleurs, des « Lôss! » retentissent du côté du train, ça va repartir, faut qu'on y retourne. « Bon, ben, salut », on fait. Un prisonnier me tire par la manche. Il sort à demi quelque chose de sous sa capote.

— Ça t'intéresse?

C'est une plaque de chocolat. Je lis « Kohler ». C'est du suisse.

— Vingt marks. Tu le replaces quarante à un Chleuh, facile.

— Mais, des marks, j'en ai pas, de marks!

En fait, j'ai pas un rond.

— T'as bien une montre? Deux plaques contre ta montre.

Ben, non, j'ai pas de montre. Le gars referme sa capote. Il tente encore, sans conviction :

— Des cigarettes, des américaines, ça t'intéresse?

— J'ai pas le rond, je te dis. Mais d'où que t'as tout ça?

Il se fait vague.

— Les colis, la Croix-Rouge, les comités... On se démerde, on échange...

Ouais. La grande démerde. Je connais. Comme à Paris, quoi, pareil. Barbelés mon cul. Tous des petits malins. Des petits, des gros. L'époque des démerdards. Je me sens exclu, pas dans le coup, ducon la joie. Comme au bal. Je sais pas danser, je sais pas traficoter, le plouc intégral. Rideau pour les nénettes, rideau pour les côtelettes. Juste bosser, je sais. Comme papa, comme maman. « Tant qu'on a deux bras, on crève pas de faim », qu'elle disait toujours, maman, quand j'étais môme. Très fière. Tu parles! Si t'as que ça, tes deux bras, même bien musclés pas feignants, tu crèves pas de faim, d'accord, mais tout juste. En temps normal. Les proverbes à belles moustaches morales, c'est pour les temps normaux. En temps pas normal, comme voilà maintenant, avec tes deux bras, et même si t'en avais quatre, tu la crèves, la faim, et en plus tu passes pour un con. Maman trouve ça injuste, et surtout anormal, comme si le Bon Dieu s'était détraqué. En quatorze, tout ce qu'on voudra, c'était pas cette chienlit! Cette guerre-là ne joue pas le jeu.

*

Encore un arrêt... Tiens, cette fois, ça cavale grosses bottes à clous tout le long du train, ça gueule « Lôss! Lôss! », ça ouvre les portes à la volée. « Lôss! Schnell! » Pas possible! On serait arrivés?

On est arrivés. Je cherche la gare. Pas de gare. Rien qu'une grande clairière de sable au milieu d'une forêt. Des quais en bois le long de la voie, et puis des baraques en bois, toutes pareilles, toutes neuves, bien alignées, on dirait un camp de vacances, un très grand camp. Tout autour, des sapins, serrés serrés. Peut-être d'autres arbres aussi mais, comme c'est l'hiver, on ne voit que les sapins.

On est là, ahuris, on s'accumule en troupeau frileux à mesure que le train finit de se vider à coups de « Lôss! ». Des uniformes vont et viennent, plus ou moins verdâtres, plus ou moins jaunâtres, kaki, moutarde ou gris souris. Il y en a même d'un beau brun chaud de chocolat au lait avec des petits lisérés rose vif, très coquins. Militaires? Flics? Organisation Todt? Va savoir... Tout Chleuh est en uniforme, tout ce qui ne porte pas d'uniforme n'est pas chleuh, c'est déjà un point de repère... Et puis, je m'en fous, je suis trop crevé, j'ai mal partout, j'ai froid, j'ai faim, j'ai sommeil, je pue. Les bouffées de grand air et de verte forêt me font sentir combien je pue. Les autres ne sont pas frais non plus. Un ramassis de dégénérés frissonnants, voilà le spectacle que nous offrons aux impeccables fils de la race élue.

Tiens, un civil plutôt propre. Il se met devant nous, frappe dans ses mains. Un Allemand trapu, de la variété kaki il se tient près de lui, mains dans le dos, jambes écartées. Le civil parle :

— Bienvenue à vous. Bon. Alors, vous vous alignez sur deux rangs, une fois, hein, celui de derrière bien derrière celui de devant, hein, sans ça c'est le bordel et alors il n'y a pas moyen, hein, et alors on va vous compter pour savoir combien que vous êtes tous ensemble, une fois, hein. Moi, je suis l'interprète de ce camp-ici, hein, je suis belge, si vous avez quelque chose à demander vous me le demandez à moi, hein. Ça ira comme ça?

L'Allemand trapu approuve à petits coups de menton, tout à fait d'accord. Son uniforme a sûrement été fauché dans les stocks de l'armée française et un peu rebricolé par-ci par-là, sauf la casquette, un machin mou avec une longue visière de même étoffe et des rabats pour tenir bien chaud aux oreilles, mais pour l'instant ils sont relevés et attachés sur le dessus par une bouclette. Dès qu'on sort de chez soi, on en voit, des choses!

On s'aligne en râlant sur deux rangs plutôt mal ficelés, ça en fait une sacrée longueur. Le Belge file à un bout de nous autres, l'Allemand trapu à l'autre bout, et ils se mettent à compter, à haute voix, l'un en chleuh, l'autre en belge. Ils se croisent au milieu, et quand ils ont fini ils reviennent l'un vers l'autre.

— Vierhundertzweiundneunzig! aboie l'Allemand.

— Quatre cent nonante et deux! confirme le Belge.

On dirait qu'ils jouent à la morra.

— Goûtt! dit l'Allemand, tout content.

Il tape sur l'épaule du Belge, et puis il s'en va.

On entoure le Belge.

— Eh, c'est là qu'on va rester?

— Ils vont nous faire abattre des arbres, ou quoi?

— C'est quoi, ici, comme département, enfin, je veux dire, comme tu dirais chez nous la Normandie, quoi, l'Auvergne, je sais pas, moi, c'est quoi, comme campagne, ici?

Le Belge lève les bras.

— Pas tous à la fois, s'il te plaît, hein! Ici, ce n'est pas un camp pour habiter, c'est un camp de triage. Vous serez répartis dans les fabriques de vos futurs employeurs, n'est-ce pas. La région où nous sommes, ici, c'est Berlin.

Berlin? Ah, ben, dis donc! Je voyais pas du tout ça comme ça. On demande :

— Mais, Berlin, c'est une ville, non?

— Nous sommes ici dans la proche banlieue. Lichterfelde, ça s'appelle *.

— Et bouffer? Quand est-ce qu'on bouffe?

— Et dormir?

— Et chier? Dis donc, le Belge, ça fait trois jours que j'ai pas chié, moi!

Le Belge prend son temps.

— D'abord et avant tout, vous passez la visite médicale et le contrôle administratif. Voilà justement la sœur.

La sœur? Ah, l'infirmière, il veut dire. S'amène une grande rouquine à tête de cheval, corsage à fines rayures blanches et bleu ciel, col amidonné jusqu'aux oreilles comme mon grand-père sur sa photo de mariage, sur la tête un machin blanc plutôt genre bonne sœur, effectivement, qu'infirmière laïque. Le Belge nous fait remettre sur deux rangs, mais face à face, cette fois. Tête-de-cheval passe entre les deux, demande au type à sa droite : « Krank? », le Belge traduit : « Malade? », le gars fait : « Ben, c'est-à-dire... », le Belge traduit : « Nix krank », Tête-de-cheval dit : « Goûtt! » et se tourne vers celui de gauche : « Krank? »... Comme ça jusqu'au bout.

Il y a un gars, à côté de moi, un de Nogent, Sabatier il s'appelle, pendant tout le voyage il a été malade à crever. La tête lui tournait, il geignait, pensait avoir chopé une grosse grippe. Il était là, blanc, chancelant, Lachaize et moi on le soutenait. Quand le Belge lui a dit : « Malade? », il a balbutié : « Hein? », complètement pas là. Je dis à Tête-de-cheval : « Camarade malade. Très malade! ». Elle dit : « Krank? » et puis quelque chose au Belge, très vite, et elle passe. Le Belge dit : « Il sera très bien soigné, les docteurs allemands sont excellents. » Et bon, ils étaient déjà loin, tous les deux.

On a quand même fini par toucher une cuvette de soupe et un coin de bat-flanc à claire-voie avec une couverture toute mince. Je m'allonge là-dessus, c'était aussi dur que le

* Ou Friedrichsfelde, peut-être bien, enfin un truc qui se termine par « Felde ». Que ceux qui sont passés par là et qui ont une meilleure mémoire m'écrivent. D'avance merci.

plancher du wagon, mais plus vicieux, à cause de la claire-voie.

Je m'entortille tout habillé, pardessus compris, dans la couverture, juste le bout du nez qui dépasse, je tâtonne de la hanche pour loger entre deux lattes le gros os bête qu'on a là et qui fait si mal, mes deux voisins à droite à gauche bien encastrés pointe dans creux, moi dans eux et eux dans moi, râlent merde tu vas nous faire chier longtemps? Non, pas longtemps, ça y est, j'ai coincé l'os, je ferme les yeux, je serre les paupières de toutes mes forces, j'ai froid, merde, surtout aux pieds, c'est signe de neige, quand on a froid aux pieds on a froid partout, dit maman, mais je m'en fous, dormir, bon Dieu, dormir! Je sens que ça vient, je bascule...

Et merde!

— Lôss! Lôss! Aouff-chténe! Lôss!

Une poigne sans tendresse me secoue, m'arrache la couverte. Je regarde, ahuri, l'épaisse andouille harnachée de ferrailles et de buffleteries qui écrase le plancher à lourdes enjambées de ses bottes de sept lieues, secouant et dépouillant au passage à droite à gauche les autres recroquevillés, gueulant ses « Lôss! » et ses « Aouff-chténe! » à s'en arracher la tripaille du ventre.

Voulez-vous nous donner, pour nos chers lecteurs de « Je suis partout », vos premières impressions, cher pauvre con héros du Service du Travail Obligatoire? Très volontiers, monsieur le journaliste. Voilà : l'Allemagne, une éponge grise qui suinte. L'Allemand, une gueule béante qui gueule. Merci. Pas de quoi.

Pour l'instant, qu'est-ce qui lui prend, merde, à celui-là? Qu'est-ce qu'ils nous veulent encore, ces gros connards méthodiques bien cirés gagneurs de guerres de merde? Le Belge trottine derrière Gueule-de-raie.

— Allez, debout, hein! Il faut vous lever, une fois, hein!

— Mais, bon Dieu, y a pas cinq minutes qu'on s'est couchés! Il est bourré, ta grosse vache, ou quoi?

— Écoutez, hein, ne parlez pas avec des mots comme ça, parce que, tant que c'est moi, ça va bien, hein, mais eux, n'est-ce pas, il y en a qui ont fait l'occupation en France, hein, alors, naturellement, les premiers mots qu'on apprend dans une langue c'est les mots sales, n'est-ce pas, après ils me demandent de traduire, mais eux ils ont déjà compris, alors naturellement si je ne leur dis pas exactement la même saloperie comme vous avez dit je suis puni moi avec aussi, hein, alors ça est désagréable pour tout le monde, n'est-ce pas.

— Oui, bon. Et alors? Y a le feu?

— La guerre est finie? On rentre chez nous?

Le Belge dit :

— Il faut cinq cents hommes immédiatement tout de suite, hein, et alors il y juste cinq cents hommes dans le camp, et alors naturellement vous partez, n'est-ce pas. Heureusement qu'il y a eu votre arrivage, sans ça on n'aurait pas pu faire face, une fois, hein.

Tout content, il est, d'avoir pu faire face!

Nous voilà recrachés dans la nuit hargneuse, cernés par des projecteurs camouflés de bleu, piétinant tassés frileux le sable aride de la clairière. Un paquet d'uniformes variés s'amène, bottes martiales, panses tressautantes. (Ces fiers Tarzans trimbalent, passé la trentaine, des bides en gelée de veau et des bourrelets comme des bouées de sauvetage. Le cuir brut à foison virilise tout ça.) Au-dessus du mâle quarteron se propulse en vol groupé une formation de casquettes archi-arrogantes, tellement relevées de la proue qu'on dirait des crêpes en train de sauter dans la poêle. Tout ce Quatorze-juillet fait cap sur notre horde piteuse. Parmi les seigneurs de la guerre, un civil, mais botté, quand même, jusqu'aux genoux par-dessus le pantalon impecc de son costard croisé d'homme important. Rasé jusque bien plus haut que les tempes, les oreilles battant des ailes, n'ayant épargné qu'une brosse à dents de tifs tout là-haut, avec une raie tirée à la règle en plein milieu. Il aurait l'air moins con s'il s'était carrément rasé le crâne rasibus. Ils font vraiment tout ce qu'ils peuvent pour être encore plus moches. C'est l'uniforme qui doit être beau, pas l'homme. L'homme : une vague tête de bois, anonyme, raide, dure, virile. Virile, nom de Dieu! Pensent qu'à ça : leur virilité. Pas pour s'en servir, mais pour la montrer.

Ce zèbre-là, belle gueule de vache très au point très réussie d'aristocrate allemand korrect dans la victoire, porte, épinglée à son revers, bien en vue, la discrète pastille blanche cerclée de grenat avec au milieu la roue dansante, l'araignée aux quatre pattes raides qui se courent après : la croix gammée fatidique. C'est donc un membre du Parti, et plutôt un gros : il y a du doré autour de son insigne.

Le Belge s'empresse. Le grand type l'écarte. Il n'a pas besoin d'intermédiaire.

— Vous tous, ici, vous appartenez maintenant à la firme Graetz Aktiengesellschaft. La Graetz Aktiengesellschaft vous prend en charge complètement. La firme travaille pour l'industrie de guerre. Elle est donc placée sous le contrôle de l'armée. La paresse, l'indiscipline, la maladresse trop obstinée, la simulation de maladies et la mutilation volontaire seront considérées comme des actes de sabotage et leurs auteurs livrés à la Gestapo. Tout acte de terrorisme, toute propagande communiste ou défaitiste, toute calomnie ou propos injurieux dirigés contre le Führer, contre le Reich allemand ou contre le Parti National-Socialiste allemand des Travailleurs entraîneront la remise du coupable à la Gestapo. Toute tentative d'évasion sera punie par les soins de la Gestapo qui, la première fois, enverra le coupable faire un stage de rééducation * et, si l'individu récidive et s'avère irrécupérable, décidera, en ce qui concerne cet individu, de la solution la meilleure pour le Reich allemand. Toute tentative de vol, d'escroquerie, de marché noir ou de trafic de tickets de nourriture pratiquée sur des citoyens allemands entraînera l'intervention de la police criminelle qui estimera si elle doit soumettre le cas aux tribunaux réguliers ou le confier aux soins de la Gestapo. Tout vol commis en mettant à profit une alerte aérienne ou une action militaire, même si c'est aux dépens d'un autre travailleur étranger, sera puni de mort. Je vous signale qu'en Allemagne les condamnés à mort sont décapités à la hache. Tout pilleur de cadavres ou de maisons bombardées sera abattu sur place. Il est strictement interdit d'avoir des conversations avec les citoyens du Reich en dehors des besoins du travail. Il est

* Dans un de ces lieux vertueusement baptisés « Arbeitslager », c'est-à-dire « camps de travail », en fait des bagnes dont la seule évocation semait la terreur. Celui dont dépendait Berlin se trouvait à Oranienburg. Nous ignorions alors l'existence généralisée des camps d'extermination et nous enviions le sort des Juifs et des « politiques » qui, pensions-nous, se prélassaient à ne rien foutre dans leurs camps de concentration avec plantes vertes et terrains de golf.

interdit de parler aux ressortissants des pays de l'Est. La copulation avec une femme allemande peut entraîner la mort pour les deux coupables. Mon nom est Herr Müller. Je suis le chef du personnel de la firme Graetz Aktiengesellschaft. Les camions vous attendent. Bienvenue.

Il se raidit, claque légèrement les talons, comme Erich von Stroheim dans « La Grande Illusion ».

Plus un Allemand parle aisément le français, plus il est allemand. Plus il fait peur. Celui-là le parle parfaitement. Ça s'annonce bien...

*

Quand un Allemand dit « Les camions sont là », ils sont là. On s'entasse dedans, et nous voilà repartis, dans un nuage de poussière sablonneuse. Au passage, j'admire la belle clôture grillagée toute neuve, trois mètres de haut, avec par-dessus quatre lignes de barbelés vicieusement inclinées dans le mauvais sens pour faire une blague à l'escaladeur éventuel. On n'aura pas traîné longtemps sur le carreau du marché aux esclaves. On a vite trouvé preneur.

Maman, tu as élevé ton fils en t'arrachant la peau du ventre pour qu'à vingt ans on le vende comme on vend les poulets à la foire, par paquets de douze, la tête en bas, ficelés par les pattes, et qu'est-ce que tu dis de ça?

Ça cahote un bout de temps dans des banlieues, des forêts avec des lacs, immenses, encore des banlieues, des usines, des bouts de ville par-ci par-là... Quel drôle de pays! Tout est mélangé, tout est l'un dans l'autre... De toute façon il fait nuit, de toute façon je suis trop abruti de sommeil pour faire du tourisme, de toute façon au bout de la putain de route il y a forcément un putain de bout de planche et un bout de couverture, c'est tout ce que je sais, moi. Non. Je sais aussi que j'ai chopé des puces, sur leur bat-flanc de merde. Je les sens me courir partout, je les sens me pomper le sang, les goulues. Ça me révulse, mais pas au point de me couper l'envie de dormir.

« Lôss! Lôss, Mensch, lôss! »

On y est. Du sable, des baraques en bois, des lumières barbouillées de bleu, « Lôss! Lôss! », « Dépêchez-vous, une fois, hein, c'est pas une heure pour arriver, on ne sait même plus dormir la nuit, ici-dedans, hein! » : un Belge. Il y a toujours un Belge.

Complètement abruti, je suis le troupeau. Du sable. Il y a toujours du sable. Des chiens gueulent à gorge arrachée, tout près... Des chiens? Ben, merde!

— Hîr!

— Là? Bon.

C'est donc là ma piaule. Dix lits en bois à deux étages, comme sommiers des planches à claire-voie, sur chaque lit une couverture pliée et une espèce de grand sac en fausse toile à patates faite de ficelle en papier, la kerre gross malhère. Vide, le sac. Le Belge nous explique que c'est là notre matelas, que demain on nous distribuera des chutes de papier d'imprimerie pour le bourrer, que c'est très confortable, juste un peu bruyant quand on se retourne mais on s'y fait très bien. D'accord, d'accord.

Les lits ne laissent entre eux que de minces interstices. L'allée centrale doit bien avoir un mètre cinquante de large, elle est occupée par une table que flanquent deux bancs, par un poêle rond, genre godin, et par une caisse pleine de briquettes, un drôle de charbon qui ressemble à de la bouse de vache comprimée et séchée.

Vingt à vivre là-dedans? Faudra qu'on se rode les angles! On n'arrête pas de se cogner, gros ours maussades alourdis de sommeil.

Je me dégotte un plumard libre tout en haut, j'aime pas avoir un type qui me gigote sur la tête, et j'entreprends l'ascension par la face Nord. Il n'y a pas d'échelle.

La porte claque. C'est un Chleuh, dans un uniforme d'entre leurs uniformes, suivi de son Belge trottinant. Il nous scrute, un à un, puis désigne du doigt :

— Dîseur. Dîseur. Ountt dîseur dâ.

Je suis l'un des trois. Le Belge explique :

— Vous trois, ici, vous êtes désignés pour l'Abteilung Quarante-six.

Ma foi... En attendant, dodo. Je demande quand même, du fond de mon coma :

— Ah? Et pourquoi ça?

— Parce que vous êtes grands et forts. Il faut des types costauds, sais-tu, au Quarante-six.

Je sens comme une gêne dans sa voix lorsqu'il ajoute :

— Ils font les trois-huit, au Quarante-six. Les presses, ça ne sait pas s'arrêter, hein.

De plus en plus gêné :

— Ça veut dire que vous êtes une semaine du matin, une semaine d'après-midi et une semaine de nuit.

Ouh là... Tu parles d'une vie! Maman, pourquoi m'as-tu fait si bel homme?

Il est maintenant vraiment emmerdé, le Belge :

— Et vous autres trois, ici, hein, vous êtes justement de l'équipe de nuit, cette semaine. Vous prenez la relève dans une demi-heure.

Pour adoucir le choc, il me confie :

— Au Quarante-trois, ils font les douze-douze.

*

C'est comme ça que je me suis retrouvé devant cette presse, avec, à ma gauche, Anna et, à ma droite, Maria.

Maria...

Regarde de tous tes yeux, regarde!

Et donc on m'a jeté là, dans cette énorme cloche de boucan, dans cette puanteur de bakélite brûlée, dans cette soupe jaune où l'on n'y voit pas à trois mètres. On m'a collé devant le mastodonte de ferraille noire et d'acier étincelant, on m'a dit : « Tu fais comme te montrent ces femmes-ici, une fois, hein. Aujourd'hui, tu apprends, tu as le droit de te tromper, mais n'en profite quand même pas pour exagérer, bien sûr, hein. Tu verras, c'est pas tellement difficile comme on pourrait penser à première vue, n'est-ce pas, et puis, dis donc, ne t'assois pas comme ça sur le bord de cette chose-ici, hein, surtout ne t'endors pas, dormir ça est du sabotage, sais-tu, ils n'aiment pas ça du tout, hein. Tu tousses? Ça passera, hein. Ça fait toujours ça, les premières fois, et puis après ça passe très bien, n'est-ce pas. Bon, alleï, je dois expliquer aux autres aussi, une fois, hein. Bon courage, quoi. »

Alors, voilà. Ces femmes-ici me montrent. C'est-à-dire Maria me montre. La minuterie sonne. Maria lève le doigt. Je la regarde, attentif. Je fais l'attentif. Je la regarde pour la regarder, elle. Maria dit : « Vott! Aouf makènn! » Elle déverrouille les machins qu'il faut, elle ouvre le ventre du monstre. « Vott! » Elle rit. Me désigne du doigt. « Nou! Vozmi! Raouss némènn! » Elle mime ce que je dois faire. Elle fait comme si elle empoignait le massif plateau par les oreilles et le sortait de là-dedans, elle fait ça d'un geste marrant, pfft, gracieux comme tout, avec un petit coup de sifflet et un clin d'œil, et puis elle éclate de rire.

D'accord. J'attrape le bazar par les poignées prévues pour ça, je le tire vers moi sur ses coulisses et d'un seul coup j'ai tout le poids sur les bras, nom de Dieu, je m'attendais à du lourd, mais à ce point-là... Je fais « Houmpf! », je raidis mes avant-bras. J'ai bien failli prendre toute cette ferraille brûlante sur les cuisses.

Maria dit : « Astarôjna! Pass mal aouff, dou, Mensch! Tiajelô! » Elle a eu peur. Elle me montre le support où je dois encastrer la saloperie : « Vott! Hîr liguènn! »

Je m'en tire tant bien que mal. Elle approuve avec chaleur : « Kharachô! Goûtt! Zêr goûtt! » Elle me fait signe que c'est lourd : « Tiajelô! » Ah, ah. Tout fier d'avoir compris, je lui dis : « Tiajelô! Ouh là là! Vachement tiajelô! » Je suis content. J'ai appris un mot d'allemand. Elle me regarde, sidérée. Elle se tourne vers Anna, lui dit quelque chose à toute vitesse. Les voilà toutes les deux qui me regardent, serrées l'une contre l'autre, mi-méfiantes, mi-ravies. Maria me dit quelque chose de très long qui se termine par « kharachô! ». Ça chante comme une musique. Je lui rechante ce qu'elle m'a dit, c'est-à-dire la musique de ce qu'elle m'a dit, juste le même air, toute la phrase, et je termine par « kharachô! » puisque ce sont les seules syllabes que j'aie démêlées. Maria éclate de rire. Le rire de Maria!

Je m'étais désigné du doigt et j'avais dit : « François », en articulant bien. Elle avait ri, incrédule, elle avait demandé « Kak? » en fronçant le nez devant l'étrange bête. J'avais répété : « François ». Elle avait essayé : « Brraçva ». Avait examiné la chose. Avait recommencé, en s'appliquant : « Brraçva ». Avait éclaté de rire, secouant la tête devant ce truc pas possible. « Brraçva! »... J'avais pointé mon index vers elle et j'avais dit : « Toi? » Elle avait brillé de tous ses yeux, de toutes ses dents, de tout son bleu, de tout son blanc, elle avait lancé, comme un défi, comme un triomphe : « Marîîa! » En appuyant de toute sa belle santé sur le i, comme la lune sur le clocher jauni d'Alfred de Musset. J'avais demandé à l'autre : « Toi? » Elle avait minaudé : « Anna », le « A » majuscule gros comme le monde, le petit « a » de la fin escamoté, fondu dans l'anonymat incolore des voyelles muettes.

Je m'étais dit oui, compris, les Allemands, c'est comme en italien, quoi. Ils mettent l'accent tonique sur l'avant-dernière, pareil. Tous les étrangers pas français mettent l'accent tonique sur l'avant-dernière syllabe, c'est pas compliqué. Et ces prénoms : Maria, Anna, c'est des prénoms italiens, ça. Pourquoi imitent-ils les Ritals, ces Chleuhs? Et puis je m'étais dit pourquoi pas, il y a bien des Allemands qui s'appellent Bruno, ça doit être une espèce de mode, chez eux. Oui. J'ai toujours la tête qui combine des trucs. Tu lui donnes n'importe quoi, un mot, une herbe, une image, un copeau, un bruit, elle commence à tourner autour, le flaire, le retourne sur le dos, sur le ventre, fait des rapprochements, essaie des trucs, comme quand t'as une serrure et un paquet de clefs de toutes sortes, file dans les généralités, se raccroche à l'universel, philosophe à tout berzingue. Naturellement, déconne neuf fois sur dix. S'amuse bien, n'empêche. Tout l'intéresse, tout l'amuse, tout lui est rébus excitant dont la solution doit, d'une manière ou de l'autre, se raccrocher au grand Tout. Elle grignote la nouveauté comme une souris grignote le fromage, une souris gourmande, et joyeuse. Jamais en repos, toujours frétillante, elle avale tout et garde tout, le loge où il faut, quelque part dans une petite case, juste la bonne case, avec une étiquette dessus et un petit déclic avec une petite lampe, rouge la lampe. Dès que du nouveau se présente, infime ou énorme, des déclics s'enclenchent dans tous les coins, des lampes s'allument, rouges, des circuits s'arabesquent, des parce que font lever des pourquoi, quelle merveille, le dedans d'une tête! Une véritable ville flottante, dirait Jules Verne. La mienne et moi on s'ennuie jamais ensemble.

*

J'ai pas choisi d'être là, j'ai pas choisi ce boulot de con. L'usine, horreur des horreurs. Plutôt qu'aller en usine, j'ai toujours préféré les travaux les plus pénibles, les plus sales, les plus méprisés. La tête des autres enfants de Ritals, à Nogent, quand je me suis fait maçon! Merde, François, t'es dingue ou quoi? Aller te coltiner de la brique sur le dos avec l'instruction que t'as? (J'avais décroché mon brevet élémentaire, distinction vertigineuse pour la rue Sainte-Anne!) C'est un métier de clochard, ça!... C'était le métier de leurs pères. Eux, ils étaient apprentis mécaniciens dans des garages, ou garçons bouchers, promotions flatteuses sur l'échelle des valeurs sociales. Maçon, plâtrier, terrassier... métiers tout juste bons pour d'épais croquants aux sabots glaiseux, recrutés sur le quai de la gare de Lyon, ne baragouinant que le dialetto, et encore : taciturnes comme des bœufs. Travailler dehors, au soleil, à la pluie, ça ne te décolle pas de la paysannerie. Un maçon n'est qu'un cul-terreux mal dégrossi. La dignité commence avec un toit au-dessus de la tête du travailleur.

Le travail d'usine, j'y avais goûté. J'avais quatorze ans, j'en avais marre de l'école, on m'avait proposé ça, j'avais dit d'accord. Je savais pas. J'ai tenu quinze jours. Une fraiseuse, ça s'appelait, ce machin. Je faisais de mon mieux, je suis le bon petit gars convenable et tout, mais s'il m'avait fallu y passer la vie, je me serais flingué, c'est sûr. A dix-sept ans, après une année dans les P.T.T. — le rêve de maman! — comme auxiliaire au tri, viré comme un malpropre en juin 40 pour cause d'austérité nationale, j'ai fait les marchés comme homme de peine, aide-vendeur et, surtout, tireur de voiture à bras. L'essence avait disparu, engloutie par les panzers du vainqueur, les automobiles et camionnettes conséquemment aussi, sauf à y adapter un gazogène à bois, cette excroissance extravagante et capricieuse, crachant la suie, postillonnant des étincelles, qui avait l'allure et le volume d'une raffinerie de pétrole collée comme un cancer sur le côté de la bagnole et dont l'usage n'était permis qu'aux entreprises collabos arborant sur le pare-brise l' « Ausweiss » barré de rouge des S.P. (services publics) délivré par la Kommandantur.

Dans les brancards, je tirais comme un percheron, tout content d'en baver et de sentir ma force. J'ai toujours aimé le sport dans la vie autant qu'il m'emmerde sur un stade. Grimper les étages quatre à quatre, les dégringoler à la volée, marcher au pas de charge pendant des heures, courir après le bus et sauter en voltige sur la plate-forme arrière, avaler méthodiquement, sur mon vélo chargé à plier, des cent cinquante bornes dans la journée, porter à bout de bras ou sur le dos des poids terrifiants, j'adore ça. Je me sens vivre. Le complexe de Tarzan, toujours. C'est pourquoi quand, un soir, Roger Pavarini, mon pote, mon frangin, est venu me dire : « On embauche chez Cavanna et

Taravella. Moi, j'y suis depuis hier. Si tu veux, présente-toi demain matin », j'ai aussitôt laissé tomber la légume et le poiscaille, mes spécialités foraines, et je me suis amené « au bureau », rue Gustave-Lebègue, où régnaient les deux Dominique *. Dix minutes plus tard, je piochais un tas de glaise sur le chantier même où travaillait papa. Tout surpris, papa. Et pas trop content. Il s'était bien gardé de me signaler l'aubaine. Il aurait tout fait pour que son « piston » ne soit pas un gâcheux de mortier comme lui, qué c'est oun mestière qué de la mijère y en a boucoup, et même de trop. Moi, content comme l'oiseau. Je me dépensais au grand air, je travaillais comme un enragé, comme un chiot fou, gaspillant mes forces, accumulant les conneries, me faisant foutre de ma gueule par tous ces Ritals tannés recuits dans le ciment, qui me traitaient de bureaucrate et me conseillaient, pour ménager mes ampoules, de prendre la pelle avec les dents. D'ailleurs sans méchanceté : ils m'avaient vu naître, j'étais le piston à Vidgeon, à Gros-Louvi, ils m'auraient préféré sachant un peu moins lire, mais bon, l'essentiel c'est de pas être feignant, seule tare impardonnable.

J'ai pas choisi d'être là, je me suis fait faire aux pattes comme un con, mais c'est la guerre, quoi, et l'Abteilung sechsundvierzig n'est quand même pas le Chemin des Dames.

*

Ça, alors... Je croyais parler allemand, je parle russe!

Je croyais Maria allemande — au vrai, je ne m'étais même pas posé la question —, elle est russe! Ukrainienne, pour être précis (L'Ukraine? C'est quoi, l'Ukraine? Mes souvenirs scolaires : un vague nom quelque part sur la désespérante immensité vert pâle qui couvrait deux pages de mon atlas, avec « U.R.S.S. » étiré en travers, d'un bord à l'autre, dix centimètres de vide entre chaque initiale...).

* Voir *Les Ritals*. Pierre Belfond, 1978.

Anna aussi, et toutes les autres. Déportées par villages entiers. Traitées comme du bétail. Nous autres, à côté, c'est des roses.

Je sais ça, maintenant. Je sais aussi que l'insigne qu'elles portent cousu sur le sein gauche, un large carré d'étoffe bleue avec, ressortant en grosses lettres blanches, le mot « OST », n'est pas une espèce de badge de service, mais bien la marque infamante, à ne quitter sous aucun prétexte, de leur appartenance à une race abâtardie, une race d'indigènes colonisés occupant indûment d'immenses et fertiles territoires qui reviennent de plein droit au seul vrai peuple pur. L'homme germanique y tolère provisoirement ces sous-humanités afin d'y faire pousser les patates dont a besoin la Wehrmarcht pour finir de mener à bien son historique boulot de remise de l'Europe dans le sens de l'Histoire majuscule. Après, on verra...

Les Polonais, eux, portent un « P » jaune vif sur un carré violet-pourpre. Les spécialistes qui ont mis ça au point ont le sens de la décoration, pas à dire. En Allemagne, jamais on n'oublie l'aspect graphique, jamais.

Français, Belges, Hollandais, Tchèques, Slovaques ne portent pas de signe distinctif. Leur bâtardise reste dans les limites décentes, faut croire. Nous pissons dans les goguenots des Allemands, ce qui témoigne de leur part d'une certaine estime. Se secouer la queue côte à côte est un geste qui ne se galvaude pas. Une petite vieille à l'œil de rat, puant le Schnapps et fredonnant d'un air vengeur des marches militaires, ou bien un invalide de Quatorze-Dix-huit (la kerre-gross malhère, Pariss-bédides fâmes) se tient là, balai à la main, prompt à pousser une serpillière zélée sur les gouttes sorties du rang. Accessoirement, signale au Meister ceux qui s'enferment à intervalles trop rapprochés pour rouler une sèche et offrir un peu de bon temps à leurs varices, le cul sur la faïence.

Russes, Ukrainiens, Polonais et autres pouilleries des steppes n'ont droit qu'à un trou dans une cabane en bois, au fond de la cour, bourdonnante de mouches, avec, barbouillés sur la porte qui ne descend qu'à hauteur de fesses, les mots « OST », ce qui veut dire « Est », en allemand, et « Dla Polakov », ce qui veut dire « Pour les Polonais », en polonais. Il paraît que, naguère, la demi-porte partait du sol et s'arrêtait à hauteur de fesses, afin que l'œil vigilant de la vertueuse Allemagne pût savoir à tout moment si l'occupant temporaire des lieux s'y trouvait bien effectivement seul, ainsi que l'exige la satisfaction d'un besoin naturel dénuée de toute intention sentimentale accessoire. La vertueuse Allemagne s'avisa un jour qu'une silhouette debout et apparemment solitaire quand on n'en voit que la moitié supérieure n'exclut nullement la présence indécelable d'une autre silhouette, accroupie, celle-là, et se livrant à l'abri de sa demi-porte à des activités sexuelles, et même dégoûtamment sexuelles, bien qu'il répugnât à la droiture allemande d'imaginer que de telles abominations pussent exister, fût-ce chez des peuplades dégénérées jusqu'à la liquéfaction. L'indignation et la nausée stimulant l'esprit méthodique du technicien affecté à ces choses, celui-ci conçut l'idée de la demi-porte cachant le haut plutôt que le bas : qu'on s'y prenne comme on voudra, il est difficile de se trouver à plusieurs en un même lieu sans que repose à terre un nombre correspondant de paires de pieds. Voilà la prévention du mal désormais efficacement assurée. L'ennui, c'est que certaines des opérations auxquelles est affecté ce lieu exigent l'accroupissement. C'est même le cas général en ce qui concerne les dames. Les gens des territoires de l'Est sont fort pudiques, même si cela est difficilement concevable pour un Allemand. Quand une personne slavoïde de sexe féminin se trouve avoir à faire dans la cabane, elle ôte son tablier et le tient devant elle à bout de bras de façon à pallier l'absence de menuiserie protectrice. Les hommes, eux, se munissent d'un chiffon, d'un exemplaire du « Völkischer Beobachter », ou, en cas de nécessité pressante, tendent devant eux leur pantalon déployé. Naturellement, la plaisanterie que chacun redécouvre périodiquement avec un plaisir inlassable consiste à s'approcher à pas de loup, à tirer d'un coup sec sur le pantalon et à se sauver avec...

*

L'abominable première nuit. La fabuleuse première nuit. Saoulé de manque de sommeil, titubant, halluciné, toutes les deux minutes mordu aux oreilles par la saloperie de sonnerie, sentant peser sur moi l'œil saillant de Meister Kubbe, le chef de section, qui n'arrête pas de me tournailler autour — pourquoi spécialement moi, la vieille vache? —, avec ses mains croisées dans le dos, sa gueule de grenouille au goître palpitant... Vingt fois, les filles me sauvent la mise. Défournent-enfournent à ma place, s'y prenant à deux, chacune cramponnée à une poignée, pour soulever le plateau de ferraille, puis doivent pédaler dur afin de rattraper ce temps perdu pour leurs propres tâches, ne pas se laisser avoir par la machine...

Maria me houspille : « Lôss, Brraçva! Nix chlafène! Chlafène nix goûtt! Astarôjna! Meister chtrafène! Nix goûtt! », m'encourage : « Vott! Tak goûtt! Kharachô! Goûtté arbaïtt! », pouffe derrière sa main avec Anna à des conneries de filles qui se paient la tête d'un mec, tout à coup saute sur le machin à poser le bazar, Meister Kubbe est parti rôder à l'autre bout du hall, cinq rangées de monstres le séparent de nous, et la voilà qui chante à pleine gorge, sur l'air tant rebattu de « Lili Marleen » :

Morgen, nicht arbeiten,
Maschina kaputt!
Immer, immer schlafen,
Schlafen prima gut!
Nach Sonntag aufwiedersehen,
Aufwiedersehen, aufwiedersehen!
Arbeiten, nicht verstehen!
Arbeiten, nicht verstehen!

Et, nom de Dieu, à peine a-t-elle commencé, elles sont douze, vingt, à chanter de tout leur cœur! Mais qu'est-ce qui me tombe dessus? Mais qu'est-ce que c'est beau! Je ne savais pas que ça pouvait exister, aussi beau! C'est comme quand papa chante en chœur avec les autres Ritals, le dimanche, au « Petit Cavanna » de la rue Sainte-Anne, mais là, beau, beau à t'arrêter de vivre. Tous ces yeux soudain allumés, ce rose sur les joues blêmes entortillées de cotonnade blanche, ces voix amples, souveraines, passionnées, éprises de perfection, entremêlant au gré de l'inspiration quatre, cinq, six arrangements spontanés qui se côtoient, s'enlacent, s'opposent, se fuient, se renforcent, s'assourdissent, ou, soudain, éclatent, faisant de cette parodie de rengaine niaise et pleurnicharde une harmonie céleste...

Maria, comme en transes, se lance dans un solo sauvage. Sa voix est pleine de choses riches et fortes qui me prennent au ventre. Les autres la soutiennent, en retrait, et puis c'est une autre qui s'y met, d'une violence de cri de bête, celle-là, et alors Maria s'efface, et puis tout le chœur toute la bande, en masse, triomphal, j'étouffe de bonheur, les jambes me tremblent, les coups de canon des presses tombent là-dessus juste bien à point, juste faits pour ça, parfaitement à leur place, l'Abteilung sechsundvierzig chante comme une cathédrale à bulbes dorés, comme le vent dans la steppe, comme... Oui. Va dire ça sans tomber dans le cucul, toi.

Le gars de la presse à côté de la mienne et moi, on se regarde. Rebuffet, il s'appelle. Il a les yeux pleins de larmes. Moi, ça me coule sur les joues. « C'est Boris Godounov », il me dit. Je dis rien. Je sais même pas de quoi il parle. Je savais même pas que les Russes ont la réputation de chanter mieux que tout le monde. Je savais même pas que j'aimerais ça, cette façon de chanter.

Tout à coup, plus rien. Les filles s'affairent, muettes, sur leurs boulots. Maria est à son poste, un rien trop rose, du rire plein la figure, une boucle qui se tortille devant son nez, échappée au fichu blanc. Meister Kubbe arrive, mains au dos, flairant l'incongru... C'était donc ça.

Plus tard, Rebuffet, qui a fait de l'allemand au lycée, me traduit la chanson. C'est ce qu'on pourrait appeler du petit-nègre allemand :

Demain, pas travailler,
Machine kapoutt!
Toujours, toujours dormir!
Dormir, extra bon!
Jusqu'après dimanche, au revoir,
Au revoir, au revoir.
Travailler, pas comprendre!
Travailler, pas comprendre!

Moi, je suis en plein *Michel Strogoff.* L'Allemagne

n'est plus ce bourbier puant la mort, elle est le camp des Tartares, elle est le maelström où s'engouffrent l'Europe, l'Asie, le monde, l'Allemagne croit dévorer la steppe, et la steppe est là, à Berlin, elle commence là, la Grande Plaine de l'Est qui court d'un trait jusqu'au Pacifique, l'énorme tache vert clair des atlas scolaires, avec ses vents hurleurs, ses herbes couchées, ses fleuves-océans, ses hordes, ses nippes, ses poux, ses femmes qui chantent, à pleine gorge, à pleine gorge.

« Regarde de tous tes yeux, regarde! »

Pour le Tsar!

Mon premier Chleuh *, je l'avais rencontré à Gien, une jolie petite ville au bord de la Loire, une jolie petite ville toute cassée, pleine de fumée, de poussière et d'yeux hagards.

C'était en juin quarante, vers le seize ou le dix-sept, par là. En fait, ils étaient deux. Mais soudés d'un bloc, eux, la moto et le side-car. Ça faisait le long du trottoir une épaisse bête trapue, un pachyderme bas du cul avec deux grosses têtes rondes et dures pas à la même hauteur, rentrées dans

* Avant 1940, pendant la « drôle de guerre », les Français attachaient si peu d'importance à cette guerre qu'ils n'avaient même pas songé à fabriquer un sobriquet populaire méprisant pour l'ennemi, ainsi qu'il est d'usage en de telles circonstances. Ceux qui avaient connu 14-18 se contentaient de dire « les Boches » par habitude, mais la jeunesse disait « les Allemands ». Rien de spontané ne s'était créé. Après juin 40, le fait allemand étant devenu réalité quotidienne, et même plutôt obsédante, les sobriquets surgirent à foison. On dit d'abord « les Fritz ». Mais la brièveté du mot ainsi que le choc barbare des deux consonnes terminales répugnaient à l'appareil vocal français aussi bien qu'à la tendance de l'argot parisien à prolonger les mots par des queues de cerf-volant. On eut donc bientôt « les Frisés », puis « les Frisous », puis « les Fridolins », ce dernier terme devant très vite connaître un succès général. Il y en eut d'autres, plus « intellectuels », par exemple « les Doryphores » (parce qu'ils dévoraient nos patates). Tout cela n'était pas bien méchant, n'avait pas ce contenu haineux qui jaillit de la consonance même du mot « Boche ». Le plus inattendu de tous, et qui fut adopté d'enthousiasme par les jeunes, est assurément « les Chleuhs ». Les Chleuhs sont, en fait, une population noire nomade des confins du Sahara. Comment cela en vint-il à désigner l'occupant blond? Peut-être justement parce qu'il se voulait blond? Peut-être, plus vraisemblablement, parce que c'était incongru, cocasse, et que ça sonnait bien? « Chleuh », ça se crache comme un glaviot... En tout cas, les mômes et les adolescents ne parlèrent plus que des « Chleuhs ».

(Note de l'auteur)

les épaules, sans cou, et avec plein de peau en trop qui faisait des plis. C'est ce qui frappait d'abord, cette peau, cet immense imperméable vert méchant sucré de poussière grise, qui était peut-être en toile cirée et qui était peut-être en cuir superbe, bottelé à la taille par le ceinturon en une gerbe serrée de plis profonds, puis les formidables pèlerines évasées en hottes de cheminées sur les formidables épaules, puis les épaisses pattes gantées de buffle écartées à bouts de bras sur les poignées du guidon géant, puis les pans de l'interminable manteau retombant tout autour en cascade de plomb, couvrant la machine, arrêtant net leur chute au ras des semelles des bottes massives. Pas de visages : deux trous de nuit sous les visières des casques. Éclats morts sur les lunettes scarabées, orbites de verre sans regard. Un blindé en réduction. Les têtes comme des tourelles. On cherchait sur les dos les alignées de rivets. On entendait le placide poutt-poutt-poutt du gros moteur au ralenti.

D'un seul coup, j'ai tout compris. J'ai tout reçu, tout le paquet. La guerre, la voilà. La vraie, celle qui ne rigole pas. Pas celle des clairons joyeux taratata, des petits coqs flambards au pas cadencé. La lourde noire guerre des reîtres tannés aux cuirasses comme des enclumes. La guerre mise en scène par ses amants, minutieusement, passionnément, comme un opéra. Exaltée dans ce qu'elle a de sinistre, d'écrasant, de fatal. D'indiscutable. De fascinant. Un hymne d'adoration à la mort. Les Allemands ont le sens du grandiose dans le macabre. Les Allemands sont faits pour gagner les guerres. Quels vainqueurs-nés! Quand ils les perdent, c'est une erreur du destin, ça ne change rien à la chose. Ils doivent faire de mauvais vaincus.

Ce rhinocéros tranquille au bord de son trottoir m'a cueilli à froid. Ainsi donc, ils sont là. Ils m'ont rattrapé. Mes tripes se serrent en boule toute dure, mon cœur se met à cogner. Pas de peur, non, pas du tout. Émotion purement esthète. Littérature. « Ils » sont là, devant moi. « Ils » existent. Les Boches. Les Prussiens. Les Germains. Les Hordes Teutonnes. Les Grandes Invasions. L'histoire sort des bouquins, la voici sur la grand'route. Je voudrais toucher le cuir verdâtre. Je suis vraiment le bon public. Quand mes lectures se matérialisent, je suis bouleversé que ça existe pour de vrai. Je vois la Loire, je me dis « La Loire! », j'ai une boule dans la gorge. Je la compare aux descriptions des livres, à l'image dans ma tête, et elle est juste comme je me la voyais, juste comme je me la veux, encore mieux, même, et bon, j'en reviens pas. J'ai l'émouvance facile, quoi, plutôt.

*

Trois jours avant ça, le receveur du bureau de poste de la rue Mercœur, près du métro Charonne, fait rassembler tout le monde, tri, guichets, facteurs, télégraphistes, tout le monde, et il nous dit :

— Les Boches sont à Meaux. Foncez chacun chez vous chercher vos affaires, le strict minimum. Dans trois heures, un autocar vous emmène tous vers le Sud. Ordre de l'Administration. Ceux qui refuseront de partir encourront des sanctions pouvant aller jusqu'au licenciement. Sans préjuger des poursuites devant les tribunaux militaires. N'oubliez pas que nous sommes réquisitionnés.

Héroïque. Enfin, presque. Il ne devrait pas porter des pantoufles pendant le travail. Mais il est sensible des pieds. Il ajoute, avec un gros soupir :

— Je ne vous accompagne pas. J'ai l'ordre d'occuper le bureau de poste et de faire face à toute éventualité.

Je file à Nogent, vingt minutes de vélo, je vais tout droit trouver maman chez madame Verbrugghe, la brodeuse de la Grande-Rue, où elle fait le ménage chaque matin. Dans Nogent, tout est comme d'habitude. Peut-être encore plus comme d'habitude que d'habitude. Le soleil tape, un beau soleil de juin, déjà haut et clair. Des hirondelles tournaillent en piaulant autour du clocher de l'église.

Je trouve maman à quatre pattes, une brosse à la main, devant un seau qui sent l'eau de Javel. Je lui dis l'affaire. Elle m'écoute à genoux, redressant du bras une mèche échappée au chignon. Elle me dit :

— Hélâ, mon Dieu, faut-y, faut-y! Jamais j'aurais cru revoir ça! Oh, je suis bien tranquille, ils vont les arrêter sur la Marne, c'est toujours là qu'ils les arrêtent. A l'heure qu'il est, ils doivent déjà être à l'ouvrage. Y a des mères qui vont pleurer. C'est toujours les mères qui pleurent, en fin de compte. Faut-y que je revoie des choses pareilles! Et maintenant te v'là parti sur les routes, je sais-t-y seulement où, comme un va-nu-pieds, avec des gens que je connais seulement pas! Qui c'est qui va s'occuper de toi, te faire à manger, te laver ton linge? Tu vas manger rien que des cochonneries, du saucisson, des frites, des rigolades, toi qu'i te faudrait un bifteck de cheval tous les jours, pour ta croissance, t'as déjà pas trop bonne mine, hélâ, mon Dieu, faut-y, faut-y! Quand je pense que je vais entendre le canon, comme en quatorze, on a déjà tant de mal sur terre à gagner sa putain de vie, enfin, bon, les ordres c'est les ordres, t'as une bonne place, va pas te faire mal noter, je vais dire à la patronne que je prends cinq minutes pour te faire ta valise, viens dire au revoir à madame Verbrugghe, tâche d'être bien poli bien convenable et fais bien attention où que tu mets les pieds, je viens de cirer.

Je dis au revoir à madame Verbrugghe, elle pleure, ses deux fils sont mobilisés, elle me dit fais bien attention à toi, tu sais que ta maman n'a que toi, elle me donne une boîte de pâté, un paquet de petits-beurre et cinquante francs. Je refuse de toutes mes forces, je suis bien élevé, mais elle me fourre l'argent dans la poche et maman me dit que je peux accepter, que ça ferait de la peine à madame Verbrugghe, dis merci à madame Verbrugghe, fallait pas, Madame, voyons, fallait pas.

La rue Sainte-Anne est à cinquante mètres de là. On grimpe à notre troisième, maman me descend de sur l'armoire sa valise à elle, la seule valise de la maison. Elle est en gros cuir tout raide, on dirait de l'hippopotame, cousu à la main, avec de terribles fermoirs de bronze, vide ou pleine on ne sent pas la différence tellement elle est lourde. C'est la valise de maman quand elle était jeune fille. Elle est montée à Paris avec. C'était déjà une très vieille valise quand son père lui en avait fait cadeau, en pleurant sa petite Margrite qui quittait la maison. Le cuir est marron foncé, tout griffé, mais luisant doux à cause de l'encaustique que maman lui met de temps en temps.

Maman me donne des affaires, des chaussettes chaudes, mon pull-over à col roulé, mon blouson de suédine, ma culotte de golf que j'aime pas mettre à cause de mes mollets maigres, du papier, des enveloppes... « T'écriras tous les soirs, tu me le promets? Je veux savoir où que t'es. Ce soir, tu me mets une lettre à la poste! » Elle veut que j'emporte la couverture de mon lit. Ah, non! Des couvertures, il y en a partout! Pourquoi pas emporter le lit, aussi? Pendant que je m'esquinte à boucler ces sacrés fermoirs, elle me passe un bifteck à la poêle. Mais j'ai pas faim, m'man! Fais un effort, t'en mangeras peut-être pas d'autre avant longtemps! Je mâche en vitesse, j'enveloppe un camembert, un bout de saucisson, du chocolat, je dis :

— Tu sais où il travaille, papa? Je voudrais lui dire au revoir.

Elle me le dit. C'est un chantier du côté du Perreux.

Elle m'embrasse comme si je partais pour le front. Ses larmes me coulent sur la figure. J'ai de la peine de lui voir tant de peine. Je vais pleurer moi aussi.

— Quelque chose me dit que je te reverrai plus, elle sanglote. Quand je pense que j'ai vu partir mes frères comme ça!

— Eh, alors, tu vois : ils sont revenus!

— Oui, mais dans quel état!

— Mais moi, je suis pas soldat, je vais pas me battre, je vais justement là où ça se bat pas... Si tu veux, je reste avec vous.

— Oh, non, ne fais pas ça, mon petit! Sois bien obéissant envers tes chefs. Allez, va. Ne te mets pas en retard. Fais attention à toi. Ne va pas m'attraper un chaud et froid. Nourris-toi bien. Achète-toi des biftecks. De cheval, c'est plus fortifiant. Écris-moi tous les soirs. Fais attention à ton linge. Si tu rencontres les Boches, ne les provoque pas, tu sais qu'ils coupent les mains aux garçons. Demande-les bien dans le filet, les biftecks, ou dans la hampe, si y a pas de filet!

Je redescends avec elle jusque chez madame Verbrugghe, mon vélo à la main, la valise sur le dos, attachée aux épaules par des ficelles. J'embrasse maman une dernière fois, et me voilà dégringolant la Grande-Rue vers le pont de Mulhouse.

Je trouve papa sur son chantier, tout seul, en train de fignoler des joints sur de la brique apparente. Il chantonne sa petite chanson, une grosse chique dans la joue gauche. Il est content de me voir.

— Ma gvarde-ma ça! L'me Françva!

Et puis, tout de suite :

— Coumme ça se fait t'es pas al travail?

Je lui explique. Il secoue la tête, soucieux.

— Sta guouerra-là, i va pas coumme il fout, pas dou tout. I Franchèjes, i j'ont desclaré la guouerra à la Jallemagne, ma la guouerra, i j'ont pas envie de la faire, la guouerra, ça se voit qui j'ont pas envie.

— Papa, tu crois quand même pas qu'on va perdre la guerre?

Papa lâche un jus de chique qui cingle de plein fouet une fleur de pissenlit. Il se gratte la nuque sous le chapeau. Il me regarde. Triste comme un chien.

— Mah...

Merde, alors, j'avais jamais sérieusement pensé à ça! La France gagne les guerres, ça va de soi. On peut avoir un peu peur, parfois, mais c'est rien que des épisodes, on sait bien que le Droit, la Justice et la Liberté finissent toujours par avoir le dessus, forcément. Or le Droit, la Justice et la Liberté, c'est la France, non? Et aussi les alliés de la France. Je dis :

— Tu vas voir, ils vont les arrêter sur la Marne, à tous les coups.

Papa me plante ses yeux bleus droit en face.

— Allora, bisogna qu'i font vite! Pourquoi la Marne, a sara pit'êt' bien déza passée, la Marne, à l'hore qu'il est.

Je dis à papa viens, je te paie le coup. Ma, z'ai l'me litre, qu'il me répond. Et il me le montre, s'en tape une bonne gorgée. Mais moi je veux lui payer le coup au bistrot, j'ai encore jamais payé le coup à papa, je gardais ça pour un instant solennel, faut croire, et aujourd'hui c'est juste le vrai bon instant solennel. Papa commande « oun rouze », moi un diabolo-menthe, on boit gravement, on ne sait plus trop quoi se dire, finalement papa se torche la bouche sur le dos de la main et il me dit bon, fout que ze vas finir stes zoints-là avant midi, qu'après z'ai oune bricole à faire cez les sœurs de la roue de Plaijanche.

— Bon, ben, au revoir, papa, je lui dis.

Mais papa me demande, sévère :

— L'arzent, tou n'n'as?

— Ouais, t'en fais pas, maman m'a filé cinq cents

balles. Et puis, là-bas, je vais continuer à travailler. Je vais être payé.

— Allora, bon. Ça va.

Il me glisse des billets dans la main.

— T'es pas oublizé tout manzer à la fvas.

On s'embrasse.

— A r'var, Françva. Fa 'tention, hein!

Il secoue la tête, pas content du tout.

*

Me voilà sur mon vélo. Il faut que j'en parle, de celui-là. La prunelle de mes yeux. Je viens juste de l'acheter. Un gars qui le vendait, le préposé au télégraphe du bureau Paris - 111, rue Amelot, un mordu. Tout tube Reynolds importé de Suède, jantes dural creuses à boyaux, cadre à mes mesures, le gars est exactement haut comme moi et tout en jambes lui aussi, les roues sont si rapprochées que, si tu fais pas gaffe en prenant un virage, tu passes le pied à travers la roue avant. Six kilos, un nuage, un rêve, je le porte sur mon petit doigt, un bijou gris métallisé à discrets filets vert et or, il me l'a laissé pour huit cents balles, il en vaut quatre fois autant. Huit cents francs, c'est juste ce que je gagne par mois comme manipulant auxiliaire. Maman m'a fait cadeau de ma paie d'un mois pour le vélo, c'est chouette, d'habitude je lui donne tout.

Le demi-course de mon certif, sur lequel j'étais parti pour le tour du monde, il y a trois ans de ça *, je l'ai cassé en deux, l'année dernière, quand une fille jaillie de ma gauche est venue se planter sous ma roue avant. Plongeon, trois quarts d'heure dans les pommes, réveillé par les pompiers, Roger et Pierrot qui me ramènent à pied, un demi-vélo sous chaque bras, couvert de sang et de mercurochrome, la moitié gauche de la figure épluchée jusqu'à l'os.

Me voilà, donc, sur mon coursier fringant, cap vers la rue Mercœur, Paris XIe. Mais je peux pas quitter Nogent comme ça. Je pique un sprint jusqu'à la Marne. C'est formidable, un vrai vélo de course réglé au quart de poil!

* Voir *Les Ritals*.

Ça file comme un dard, sans que tu forces, c'est lui qui fait tout le boulot.

La Marne. Jamais elle n'a été si belle. Si large. Si verte. Si transparente. Si miroitante dans le grand soleil. Elle pousse tranquillement ses eaux depuis les lointains bleus de l'Est. J'y cherche en vain les caillots noirs du sang impur. Rien. Des petits poissons qui batifolent. La guerre? Quelle guerre?

Trop tentant. Je pousse jusqu'à Noisy-le-Grand, je connais un coin désert, en pleins champs. A poil, et je plonge. Juste un peu froide, comme j'aime. Je remonte le courant à fond de train, je me laisse redescendre à longues brasses coulées et, tout à coup, j'entends.

C'est le canon, j'en suis sûr! Je l'ai jamais entendu avant, mais j'en suis sûr. De lointains petits bruits, sourds et secs tout à la fois, en chapelets irréguliers... Je sors de l'eau, j'écoute en me séchant au soleil. Ça continue. Je me répète « C'est le canon! Le canon... ».

L'énormité de la chose me pénètre peu à peu. La guerre s'est arrachée aux titres fadasses des journaux et aux propos geignards des commères, elle est là, la voilà, elle accourt. Jusqu'ici, on lui avait fait une place dans la vie quotidienne, elle ne gênait guère, même pas les femmes des mobilisés qui, disait maman, « touchaient des sous gros comme elles ». Eh bien, elle a décidé de se secouer, la salope.

*

Une demi-heure plus tard, j'arrive rue Mercœur, ma valise sur le dos. Tout le monde est là, tendu, excité, mais pas l'affolement. Plutôt le départ pour l'excursion. On attend le car, le car va venir, on y prendra place, posément, hiérarchiquement, les dames des guichets et les contrôleurs à l'avant, la jeunesse turbulente au fond pour pouvoir faire des grimaces par la vitre arrière. Nous sommes des fonctionnaires, un corps de l'État qui s'évacue en bon ordre vers des positions de repli mûrement prévues et parfaitement organisées.

A midi, pas de car. A une heure, pas de car.

Paris, cependant, commence à prendre conscience qu'il s'amasse de l'exceptionnel. Il tourne en rond, sur lui-même, comme une poule qui sent rôder le busard. L'inquiétude rampe et s'infiltre. Des boutiques n'ont pas ouvert. D'autres, qui avaient ouvert, ferment. Des familles entassent sur des juvaquatres des paquets qu'elles descendent des étages. Des gens les regardent, goguenards, de ces gens qu'on ne voit jamais dans la rue, sauf le matin en train de courir du métro au boulot et le soir en sens inverse. Ils ont laissé tomber le noir garage ou l'atelier de fond de cour où se fabrique l'article de Paris en celluloïd, et ils traînent sur le trottoir, en bleus de chauffe, en blouse sale, mégot au bec, plissant les yeux au soleil, un peu paumés, ne le laissant pas trop voir, moitié angoissés moitié ravis du chambard qui secoue leurs petites vies sans qu'ils y soient pour rien.

Avec les copains, on va de temps en temps moissonner les bobards au troquet du coin. Les autres manipulants, des mômes de seize ans embauchés comme moi en septembre dernier, on a tous passé le concours ensemble, se tapent des tournées de blanc sec en vrais petits hommes. Pas bégueule, je siffle comme un grand le muscadet corrosif qui me rebrousse la tuyauterie en giclées aigres. La tête me tourne un peu, je plane, c'est juste comme ça qu'il faut être pour bien savourer le goût de l'historique.

A deux heures, pas de car. Le receveur dit :

— Que ceux qui ont des bicyclettes partent à bicyclette. Que les autres prennent le train, s'ils y arrivent, ou partent à pied. Ils trouveront bien une voiture qui acceptera de les prendre.

Bonaparte à Arcole. Il ajoute :

— Point de ralliement : Bordeaux. La poste centrale. Tâchez de rester groupés, dans la mesure du possible.

*

Pour Bordeaux, tu sors par la porte de Versailles ou par la porte d'Orléans, ça dépend si t'as dans l'idée de passer par Poitiers ou bien par Limoges. On en discute un bout de temps, les huit vélos qu'on est, en se tapant des œufs sur le plat et de l'andouillette chez le bistrot au muscadet. Y a du pour, y a du contre. Comme il faut bien finir par au moins décoller de la rue Mercœur, on saute en selle sans avoir tranché la question. On peut toujours aller jusqu'à la République, puis descendre le Sébasto et le Saint-Michel (Ménis dit « le Boul' Mich' », ça fait étudiant) jusqu'à Denfert. Là, on prendra la décision.

Oui, ben... A peine tourné le coin, on comprend notre douleur. Le boulevard Voltaire, pas moyen d'approcher. Des bagnoles, oui, mais surtout des charrettes de paysans. Tirées par des chevaux, quelques-unes par des bœufs. Quelques-unes par des ploucs harassés. Et c'est le pas des plus lents qui commande tout le cortège, bien forcé. C'est-à-dire le pas des bœufs. D'où ils sortent, tous? Ça fait pas mal de temps qu'on en voit passer par les banlieues, des Belges, des gens du Nord, des Alsaciens, avec leurs armoires à glace, leurs matelas, leurs grand'mères effarées, leurs gosses endormis, leurs poules dans une cage brinqueballant entre les grandes roues de bois cerclées de fer. On s'y est habitués, il se passe des choses, par là-haut, c'est la guerre, quoi. Sur les routes, ils se tiennent tout à fait à droite, bien sages, tout tristes. On dit : « C'est des réfugiés. »

Ce matin, quand j'ai passé la porte de Vincennes, ils piétinaient sur la moitié droite du boulevard extérieur, descendant vers le Sud, dépassés par des camions militaires qui filaient à tout berzingue sur la gauche de la chaussée, bourrés de troufions, certains même debout sur les marchepieds ou à plat ventre sur la cabine du chauffeur. J'y avais pas porté spécialement attention. Depuis près d'un an que ce cirque est commencé, les convois militaires ça va ça vient, pas question de droite, de gauche ou de feux rouges, c'est eux les patrons, tu vas pas chicaner code de la route quand il s'agit de sauver la patrie. J'avais guetté le trou, je m'étais faufilé avec mon vélo, j'étais passé de l'autre côté. Maintenant que ça me revient, ils étaient plus tassés que d'habitude, les réfugiés. Beaucoup plus. L'air plus fatigué, plus abattu. Ça aurait dû me donner à penser.

Bon, ben, puisque c'est comme ça, on coupe à travers, on rejoint la rue de Charonne. Elle est vide, on se croirait un dimanche matin, elle sent la grasse matinée, elle se tortille mollement au soleil comme une femme qui s'étire et montre les poils de ses dessous de bras. Des mômes jouent à la guerre. Tu dirais jamais qu'elle est là, de l'autre côté du pâté de maisons, la guerre.

On dégringole Charonne jusqu'à la Bastoche, on passe l'eau, on continue par les petites rues peinardes. Paris, maintenant, sue carrément l'attente anxieuse, de plus en plus anxieuse, mais qui ne veut quand même pas y croire. Sue aussi la feignasserie qui profite de tout pour musarder sous le ciel bleu. Il fait un temps magnifique. Quoique...

Quoique, vers le Nord, on dirait que ça se gâte. Le bleu tourne au bleu sale. Puis au noir opaque. Un drôle de nuage, bourré comme un édredon, escalade le ciel quatre à quatre, en dévore la moitié en moins de rien, sur son élan va bientôt tout bouffer. Voilà cette saloperie noire qui rattrape le soleil. Gobé, le soleil. D'un seul coup, le crépuscule. Les oiseaux ont peur. Ça fait très mort du Christ, si t'as été au catéchisme.

Tout le monde regarde en l'air. Un renseigné explique :

— Ils ont fait sauter les dépôts d'essence.

De fait, ça pue. L'essence qui brûle, mais aussi le vieux pneu. Je connais bien, j'en ai assez fait cramer sur le Fort. Ça te prend à la gorge. Et voilà qu'une espèce de neige noire nous tombe dessus, molle, grasse, dégueulasse. T'y mets la main, tu te l'étales plein la gueule. On se regarde, assez secoués. On voit pas tous ces détails quand on pense à la guerre.

— On nous gâte! C'est le Châtelet! dit un mec.

Ça nous réveille. On pédale sec vers le Sud. On essaie d'obliquer vers l'Ouest, vers la porte d'Orléans, puisque c'est la première des deux qui se présente, voir au moins la gueule qu'elle a, si elle nous plaît pas on obliquera un chouïa de plus, jusqu'à la porte de Versailles.

Tu parles! L'avenue d'Italie, infranchissable. Inaccessible, même. Les rues parallèles, les rues à pauvres du treizième, bourrées d'un mur à l'autre. Vides comme la mort ou pleines à craquer, tu peux jamais savoir d'avance. Cette fois, c'est les Parisiens de Paris qui les mettent. En masse. Ça doit être cette fumée du diable qui leur a allumé le feu au cul. Ils ont fait fissa! Eux, c'est pas tellement le genre armoire à glace sur la charrette à bœufs, plutôt le lampadaire de chez Lévitan sur le tandem des congés payés et le môme dans le sac à dos, très sport, très A. J.

Pas question d'atteindre la porte d'Orléans. Déjà bien heureux si on peut sortir par la porte d'Italie...

Finalement, c'est par Bercy qu'on est sortis. Et grâce à nos vélos. On se faufilait dans le magma. On roulait sur les trottoirs.

La porte de Bercy, c'est pas précisément la direction de Bordeaux. Ça nous rejette complètement à l'Est, autant dire dans les pattes des Boches, en plein. C'est peut-être pour ça que c'est moins embouteillé. Bah, on verra bien. Déjà s'arracher à cette marmite du diable. Quand on y verra plus clair, on repiquera vers le Sud-Ouest par les transversales.

*

Et me revoilà pédalant sur cette sacrée Nationale Cinq, celle-là même sur laquelle je m'étais élancé, il y a trois ans, avec Jojo Vapaille, pour courir la grande aventure.

Ça me fait quelque chose. Le paysage n'a pas changé, sauf que c'est tout vert tout fleuri au lieu de pleurer glacé dans la gadoue. Sauf aussi qu'il y a du monde sur le ruban.

Collées au bitume comme à du papier tue-mouches, elles dégustent leur calvaire, les familles. Le soleil tape maintenant à bras raccourcis, cette mi-juin se prend pour un quinze août, les tôles noires bien astiquées des tractions et des rosengarts des beaux dimanches te brûlent les doigts quand tu t'appuies dessus, les têtes pendent, flasques, aux portières, les bouches béent, les langues s'emplâtrent de poussière. Les croquants, là-haut sur leurs charrois, dodelinent, hébétés. Les grand'mères aux bas de coton gris, juchées sur l'amas de matelas qui couronne le mobilier entassé, visage de bois, joues cireuses, pelote de rides violemment tirées en arrière et ficelées en un minuscule chignon serré serré, contemplent le désastre de leurs yeux sans couleur. Qu'elles auraient donc préféré mourir avant de revoir ça! Les chiens de cour de ferme tirent sur leur ficelle. Les poules, écrasées de terreur, tassées en un seul bloc de plumes dans leur cage entre les essieux couineurs, crèvent de soif, une à une, le bec écarquillé, l'œil terne. On les mangera le soir, à l'étape. Il faut vraiment la guerre pour que le paysan français mange du poulet en semaine.

Un gros père en complet-veston oscille sur sa bicyclette. Il pose le pied à terre, essaie de lever haut la jambe pour se dégager du cadre, mais avant d'avoir pu y arriver il s'abat d'une masse, sur le côté, le vélo entre les cuisses. Il est bleu, les yeux lui sortent de la tête. Le mouchoir mouillé, noué aux quatre coins, dont il a coiffé son crâne nu, fume. On le traîne sur le bas-côté en évitant les pieds des chevaux.

Ça s'englue. Quelque chose bloque devant, la bête aux cent mille têtes avance de plus en plus lentement, comme si quelqu'un serrait quelque énorme frein. La pression augmente derrière, la route grouille à perte de vue, les chromes et les vitres étincellent sauvagement, les klaxons soudain rugissent, les trompettes à poire pouëttent-pouëttent. Ça commence à s'énerver.

Huées et bousculade juste derrière. Un camion kaki force le passage. Debout sur le marchepied, un militaire casqué, avec des galons sur la manche, hurle :

— Laissez passer! Priorité à l'armée! Laissez passer, nom de Dieu!

Le camion pousse du nez une vieille torpédo Citroën jaune décapotée qui contient un monsieur à lorgnon, sa madame, ses deux jeunes filles, ses valises et son canari.

— Ma peinture! glapit le lorgnon. Ah, elle est belle, l'armée française!

— L'armée française, elle te pisse au cul, eh, planqué! répond le galonné.

Il a l'accent de Belleville et une gueule de gouape.

Et bing, un bon coup de pare-chocs dans la roue de secours! La torpédo bondit, s'emplâtre dans la bagnole qui rampe devant elle, une traction-avant avec un lit-cage sur le toit. Le canari se met à chanter. Le camion remet ça, encore et encore, les dames hurlent, le lorgnon se cramponne à son volant, le galonné est bourré jusqu'aux yeux, son chauffeur aussi, les bidasses débraillés empilés dans le camion aussi.

— Bordel de merde, vous allez dégager ou je tire dans le tas!

Eh, mais, il a sorti son flingue, ce branque! Le lorgnon a compris. Il essaie d'obliquer sur la gauche, mais le bas-côté est encombré de piétons qui poussent des brouettes, des landaus chargés à crouler. Le camion lui facilite la manœuvre : d'un dernier coup de tampon il envoie la torpédo dans le fossé, dans une pâtée de hurlements et d'écrabouillades.

La traction prend le même chemin. Le camion taille sa route à coups de pare-chocs.

On relève les bousculés, on les aide à ramasser leurs trésors, on console la famille Lorgnon.

— Autant aller à pied, je leur dis. Ça va plus vite. Et de toute façon, où trouver de l'essence?

— Mais... nos affaires? pleure madame Lorgnon.

— C'est la guerre, madame, dis-je, royal. Prenez ce que vous pouvez porter sur votre dos.

Ils le font, en sanglotant. Pendant qu'ils trient, des gens s'arrêtent, farfouillent avidement dans ce qu'ils doivent abandonner sur place.

— Vise, Jeannette, la chouette pendule! Toute en marbre! Et même les vases qui vont avec, ouah, dis, eh!

— La vache! T'as vu le dessus de lit au crochet? J'ai toujours rêvé de m'en tricoter un!

— Oh, dis, eh, un renard! Un renard bleu! Il me va bien? Qu'est-ce t'en penses?

Les Lorgnon se mettent en route, chacun une valise ficelée sur le dos. Les charognards s'abattent sur leurs dépouilles, se chargent à en crever, les yeux plus grands que le ventre, abandonneront tout ça deux kilomètres plus loin...

Ça prend de plus en plus des allures de grande défoule. Au passage, des gars tâtent si les portes sont fermées à clef. Si ça résiste, la porte est vite enfoncée, et c'est la ruée. S'il y a quelqu'un, on dit « Pardon, escuses! » et on va voir plus loin, pas gêné. Le contenu des maisons s'éparpille dans les champs tout le long de la route. Des rigolos se mettent des dessous de femme par-dessus leurs nippes. Les garde-robes si soigneusement protégées des mites pendent aux haies, guirlandes tristes pour un Quatorze-Juillet de fin du monde.

Des soupiraux des caves montent des chansons pâteuses, des éclatements de bouteilles cassées contre les murs, des chocs mous de bagarres, des cris, des relents de vinasse et de dégueulis.

Nos vélos nous arrachent à cette chierie. On est les rois, on se faufile partout, au besoin à travers champs.

De lourds panaches noirs grimpent et se boursouflent aux quatre coins de l'horizon. Dépôts de carburant sacrifiés? Bombardements? Va savoir.

Aux approches de Melun, sur des kilomètres, la route, les fossés, les champs sont couverts de canettes de bière. Des millions de canettes. Des pleines, des vides, des cassées. Un peu à l'écart, une petite usine flambe. Une foule y va et en vient, des troufions et des civils, tous saouls à crever, les poches bourrées de canettes, des caisses de canettes sur l'épaule. Ils boivent à la régalade, vautrés sur le talus, rigolent, bombardent les voitures à coups de canettes, tirent la canette au fusil de guerre. Je demande ce qui se passe.

— C'est la brasserie Grüber. Une putain de boîte boche. Bande d'enfoirés! On leur-z-y fait leur fête, tiens donc!

J'avais jamais pensé à ça. Pourtant, c'est drôlement connu, comme marque de bière, Grüber. C'est vrai que c'est un nom qui sonne boche. Et Karcher aussi, c'est sûrement des Boches! Comme on se fait avoir, quand même! Bon, désormais, je boirai rien que de la Dumesnil. C'est français, ça, Dumesnil.

*

Mon vélo, je vous l'ai dit, est un splendide vélo de course, une bête de race. C'est-à-dire à boyaux, pas à pneus. Un boyau, c'est en toile avec une mince bande de caoutchouc au milieu, c'est cousu tout du long, ça fait un tube très léger avec la chambre à air enfermée dedans. Et c'est collé sur la jante. Quand tu crèves, il faut que tu commences par décoller le boyau de la jante, et puis tu cherches le trou dans un seau d'eau. Rien que ça, tu deviens fou! A moins que le clou ne soit resté gentiment planté dedans, t'es parfois obligé de découdre sur la moitié du diamètre de la roue avant de le dénicher, ton trou. Parce que les bulles d'air peuvent très bien ne pas trouver tout de suite à sortir, et alors elles voyagent entre cuir et peau, entre chambre et boyau, et elles sortent là où elles trouvent une fissure dans la colle de la couture, au diable vauvert. Bon. T'as trouvé ton trou, tu grattes, tu nettoies à l'essence, tu étales la colle, tu poses la rustine, tu presses entre le gras de tes deux pouces à t'en faire péter les veines du cou, tu attends un chouïa, tu donnes un prudent coup de pompe, tu vérifies : ça tient. En admettant. Et alors ton calvaire commence. Parce que tes cinquante centimètres de boyau, maintenant il faut les recoudre. Au point de croix. En serrant chaque point bien à fond, et le fil à boyaux qui te coupe les doigts jusqu'au sang. Pas t'énerver, surtout : tu frôles la chambre à air ultra-légère ultra-fragile en pur para transparent comme un bas de soie, un coup d'aiguille malheureux tu la reperces. Une fois tout recousu, tu recolles le boyau sur la jante, bien soigneusement : si tu déjantes, tu te tues. Tu remets la roue en place, tu retends la chaîne, et c'est bon, en route. J'ai la main, j'arrive à faire tout ça en trois petits quarts d'heure, faut pas être feignant.

Une fois, ça passe. A la quatrième de la journée, ça devient nettement fastidieux. Surtout dans la poussière, au bord d'une route où s'écoule, lentement, lentement, un fleuve de misère de plus en plus sinistre, de plus en plus terrorisé, tournant carrément à l'hystérie collective. Et les camions de l'armée qui font leur trou là-dedans, fonçant vers le Sud, et la foule qui s'écarte, résignée, c'est l'armée, n'est-ce pas, c'est normal, l'armée est la seule chose qui tienne encore debout dans cette débâcle, sans se rendre compte, les malheureux, qu'elle fout tout simplement le camp, l'armée, qu'elle les bouscule, les écrase et les tue pour se sauver plus vite...

Les trois premières fois, les copains m'ont attendu. De moins en moins de bon cœur. « Merde, quelle idée, aussi, de prendre un vélo de course pour un voyage pareil! Avoue que t'es pas normal, franchement! » Comme si j'avais choisi, moi! Je m'amène bosser sur mon vélo, comme tous les jours, on me dit vous partez en autocar, total je me retrouve en enfer avec entre les cuisses un bijou à boyaux de soie! Et ces putains de bourrins de ploucs qui sèment les clous de leurs fers partout! La quatrième fois, ils ont mis les bouts, les potes. Ils ont fait ceux qu'ont pas vu. Et moi qui découds, vas-y que je te découse! Et merde, cette fois, je l'ai dans le cul : une déchirure de dix centimètres dans la chambre. Imbaisable. J'avais un boyau de rechange, ficelé sous la selle, c'est même lui que j'ai mis à la place de l'autre à la première crevaison, mais il était pourri, la deuxième crevaison a eu lieu cent mètres plus loin. Que voulez-vous, j'ai eu déjà bien du mal à payer le vélo, j'avais plus un rond pour les boyaux, les Boches me laissaient un mois de mieux j'aurais été équipé fin prêt, oui, mais voilà...

Et bon, comme un con. A pied. Tout seul. Les vaches! Ça me fout un coup. Et puis, tout de suite après, comme un soulagement. Au fond, je crois que j'aime autant être tout seul. Je serai pas distrait de l'ambiance par leurs joyeux déconnages. Pas appliqué à leur répondre marrant tac au tac. Je verrai mieux. Je profiterai mieux. Je suis un lent, moi. Je m'imprègne. Je rumine. Je distille. J'engrange. Je cliquète tchic et tchac dans le dedans de ma tête. Je me retrouve, quoi.

Bon. J'ai comme un creux. J'ouvre une boîte de sardines. Ah, ouais, mais le pain, c'est Cruchaudet qui le portait sur son porte-bagages, le pain. Sans pain, moi, pas possible. Je bouffe mes sardines avec les petits-beurre de madame Verbrugghe comme pain. Non, ne me dites rien. C'est dégueulasse, et c'est marre. Et rien à boire.

Un camion de l'armée s'est arrêté juste en face. Les troufions en profitent pour téter un coup à leurs bidons. Tant pis, j'y cours.

— Eh, les mecs, passez-moi un coup à boire!

— Attrape!

J'avale à furieuses lampées. Eh, mais, c'est pas du coco! Le noir pinard me tombe dedans, de haut en bas, cascade et arc-en-ciel, j'ai l'intérieur en chapeau de feutre, hérissé aride, et tout empoissé d'huile à sardines, bouh, le pinard rebondit là-dessus, glisse, m'inonde, m'imprègne, me caresse, me lave, me réveille, je suis une éponge, je suis le sable blond, je suis la pâquerette qui s'ouvre à la rosée, c'est bon, c'est bon, j'en frissonne de bonheur.

Ben, dis donc, j'avais soif!

Je rends le bidon au gars. Le camion se remet en route. Le vin m'a donné des ailes au cerveau, et aussi du culot.

— Eh. je peux monter? Sur le marchepied?

Le bidasse hausse les épaules. Il s'en fout, lui.

— Si tu veux! Au point où on en est!

Je saute sur le bas-côté, j'enfile mes bras dans les bretelles en ficelle de ma valoche, j'empoigne mon vélo super-poids plume, je cavale pour rattraper le camion, je gueule au troufion pas vache :

— Eh! Mon vélo!

Sans lui laisser le temps de réfléchir, je le lui tends, à bout de bras, tout en courant. D'abord soufflé, le militaire attrape le vélo, l'air de dire « T'es pas gonflé, toi! », et le carre sur le toit de la cabine. Je saute sur le marchepied. J'ai mon cher vélo juste au-dessus de la tête, s'il se casse la gueule je saute aussi sec pour le ramasser.

Et vas-y! Ça fonce dans le tas. D'ici, je trouve ça chouette. Le vent me rafraîchit les coups de soleil. Les croquants s'écartent sans trop de problème, ils sont maintenant rodés à la manœuvre, d'autres camions, devant nous, ont fait le trou. On roule avec deux roues sur l'herbe, ça cahote sec. Je retiens mon vélo d'une main. Tout flambe, tout pète, tout pleure partout autour et même devant, on est cernés, c'est la grande merde, le grand chambard, on fonce pour foncer, où qu'on va j'en sais rien mais on y va à tombeau ouvert, j'ai dix-sept ans, ce matin j'étais encore dans mon lit de môme chez maman et papa, je hais la guerre et ceux qui la font, je veux rien savoir de leurs jeux de cons, je me fous de tout, ils m'ont jeté là-dedans, à moi de pas crever, et merde!

Je me répète : « Tu te rends compte de ce que tu es en train de vivre? » Putain, oui, je me rends compte!

Je suis pété, un peu.

*

Cahin-caha, on traverse Fontainebleau, une ville rupin, rien que des villas très chic au fond de parcs à sapins bleus. La cohue est toujours aussi épaisse, et là elle se trouve coincée entre les murs, pas moyen de faire le trou, bien obligés on est d'avancer au pas.

Les volets sont partout soigneusement clos, mais j'ai l'impression que les gens sont dans les maisons, tapis, attendant que ça se tasse, peut-être le fusil de chasse à portée de poigne pour les pillards éventuels... Au fait, tiens, c'est marrant, ils restent strictement éventuels, les pillards, par ici. Pas de lingerie à dentelle répandue sur les trottoirs, pas de vaisselle cassée, pas de tableaux crevés, pas de photos de famille éparpillées aux quatre vents... La richesse, ça en impose au peuple, on dirait. Pourtant, ces palaces, ça serait plus marrant à piller que les trous à rats des purotins, ça doit être plein de trucs en or, là-dedans, de pull-overs avec des beaux dessins, de machins électriques rigolos... Ben oui, mais ça leur vient même pas à l'idée. Et puis, faut dire, il y a les clebs, derrière les grilles. Gueulent à tout va, écument et ragent sans arrêt, sans arrêt. Preuve que les pékins sont effectivement à la maison. Il y a donc des gens qui n'ont pas peur des Boches? Les riches, c'est instruit, ça fréquente des députés, ça sait les choses. A mon idée, les Boches, ça doit être comme les fuyards, ça doit piller que les ploucs et les petites gens. Ça touche pas aux riches. Je les imagine très bien violant les filles de ferme et les bonnes femmes en sueur qui en bavent sur la route, je les vois pas du tout culbutant la châtelaine ou la femme du docteur.

Nous revoilà dans la campagne. La campagne, ici, c'est la forêt. Le camion tousse, et puis s'arrête. Le chauffeur descend, les bras écartés, dit qu'il n'a plus d'essence, que c'est bien fait pour nos gueules, qu'on n'avait qu'à faire comme il avait dit et réquisitionner l'essence des bagnoles des civils, et maintenant, voilà, on est marrons, les bagnoles civiles il y a longtemps qu'elles n'ont plus d'essence, elles sont toutes immobiles sur les bas-côtés, complètement à sec, et même basculées dans le fossé cul par-dessus tête par les petits jaloux qu'ont jamais pu s'en payer une. Quant aux stations-service, toutes asséchées et désertées depuis belle lurette, bien sûr.

Les troufions râlent, ne veulent pas y croire, attendent le miracle, ne se décident pas à descendre de leur char kaki, ce serait accepter l'inacceptable.

Pendant qu'ils piétinent et s'engueulent, je récupère mon vélo, et je replonge dans le pudding.

Traîner là-dedans un vélo boiteux qui se cogne partout, m'attire des injures et des coups de pied, ça pourra pas durer jusqu'à Bordeaux... Et voilà que j'aperçois dans le fossé un vélo cassé, la roue avant pliée en deux, abandonné là. Aubaine! C'est un vieux clou rouillé à pneus demi-ballon. Je démonte vite fait la roue arrière, je la monte sur le mien à la place de ma roue avant inutilisable, le gros pneu ballon passe tout juste tout juste dans la fourche étroite, même il frotte un peu, la roue est voilée, mais bon, je peux rouler. J'attache ma précieuse roue dural sur ma valise, je hisse le tout sur mon dos, et voilà notre héros en route vers de nouvelles aventures.

*

Je pédale sur une route toute droite, toute plate, bordée de grands beaux arbres, des platanes, peut-être bien, qui tricotent une ombre en dentelle. Je me faufile entre les carrioles, les voitures à bras, les piétons harassés. Il y a maintenant des troufions parmi la piétaille. De plus en plus de troufions à mesure que je gagne sur la colonne. Ils traînent la patte, épuisés, ruisselants de sueur, chargés de lainages kaki comme en plein hiver, la capote bâillante, les bandes molletières pendouillant à la godille, traînant les pieds dans des espadrilles ou même dans les somptueuses pantoufles fourrées du célèbre docteur Machin fauchées à quelque éventaire, avec des chiffons crasseux qui dépassent, tachés de sang et de jus d'ampoules. Les moins avachis portent le fusil en bandoulière, les cartouchières sur l'estomac. Le casque, le bidon et l'étui à masque à gaz leur battent les fesses. Mais la plupart ont balancé tout ça dans la nature, sauf le bidon. Ils marchent en s'appuyant sur un bâton. Les fossés débordent d'héroïques quincailleries.

Quelqu'un s'exclame :

— Tiens, des avions!

En effet, on voit des petites choses brillantes, tout là-haut dans le soleil. Elles grossissent. Ce sont bien des avions, groupés en formation comme j'en ai vu au Bourget le jour du meeting d'acrobatie où Clem Sohn, l'homme-oiseau américain, est tombé comme une pierre et s'est enfoncé dans la pelouse, un mètre de profondeur, à vingt pas de Roger et de moi, une flaque rouge avec des bouts d'os blancs, la pauvre vermine. Les avions grossissent et grossissent, ils descendent droit vers nous, les mères commencent à avoir peur :

— C'est des Boches! Ils vont nous jeter des bombes!

Les hommes prennent le temps de bien regarder, la main en visière au-dessus des yeux.

— C'est les nôtres! Ils ont les cocardes!

Du coup, tout le monde se sent mieux. La guerre n'est peut-être pas si perdue que ça. L'armée française a du ressort. Nos avions sont bien meilleurs que ceux des Boches, ça, personne ne peut dire le contraire. Et nos aviateurs, donc! La vraie bagarre ne fait que commencer, si on ne les a pas arrêtés sur la Marne on les écrabouillera sur la Seine, ces prétentieux. Ou sur la Loire, à l'extrême rigueur. Les choses rentrent dans l'ordre, la Terre tourne dans le bon sens, le Droit et la Justice triomphent. Nous, ici, évidemment, on n'en voit que le mauvais côté, forcé qu'on se soit laissé impressionner.

Les avions sont maintenant tout près. Ils frôlent les arbres, on dirait. Ils se sont placés l'un derrière l'autre, à la queue leu leu, ça fait un boucan fantastique. Les chevaux se cabrent et hennissent. Un troufion soudain me serre le bras. Il crie quelque chose, les yeux fous. Personne n'entend, le bruit des avions écrase tout. Il me hurle dans l'oreille :

— Et merde! C'est des Ritals!

Ah, ouais? Et alors?

Il secoue les gens autour de lui, leur gueule dans l'oreille :

— C'est des Ritals, bon Dieu! Des Italiens! Couchez-vous, bordel! Couchez-vous!

Au fait, c'est vrai. Les Ritals. J'avais oublié. Tout le monde avait oublié. Ça s'est fait si vite, on avait déjà tant de catastrophes sur les bras, on y avait à peine prêté attention sur le moment : l'Italie a déclaré la guerre à la France. « Coup de poignard dans le dos! » titrait « Paris-Soir ». De fait, Mussolini a attendu dix mois, a attendu que le front soit enfoncé et la France à genoux pour lui rentrer dans le lard. Ça n'a pas contribué à nous faire bien voir, nous autres les Ritals de banlieue, mais finalement pas autant qu'on aurait pu s'y attendre. Des allusions perfides, des bagarres de bistrot, des injures sur les murs de nos taudis, mais tout de même pas les pogroms, les incendies de quartiers ritals que redoutaient les femmes gémissantes dévideuses de chapelets derrière les volets tirés. Il leur en tombait un tel paquet d'un seul coup sur la gueule, aux Français, et de tellement de côtés à la fois, qu'ils ne faisaient plus le détail des coups, comme un boxeur K.O. debout.

Les Italiens, nos ennemis. Rital égale Boche. Ça va pas ensemble. Ça jure. Faut faire un effort, se violer la spontanéité, pour réaliser. Les zigotos qui jouent les casseurs d'assiettes au-dessus de nos têtes, avec leur vert-blanc-rouge maintenant bien visible, ne peuvent pas nous en vouloir vraiment, c'est pas du Teuton féroce, ils sont là pour marquer le coup, quoi, faut pas prendre ça au sérieux.

Ils prennent la route en enfilade, bientôt se perdent à l'horizon. Les gens se regardent, soulagés. On blague le soldat alarmiste. Tiens, les revoilà.

Très haut dans le bleu, en triangle, comme les oies sauvages, ils repassent en sens inverse, disparaissent au loin derrière notre dos, on les entend piquer l'un après l'autre, les voilà qui reviennent au-dessus de la route, à frôler les arbres, comme tout à l'heure, dans le tonnerre de leur insolente allégresse. On n'a plus la trouille. On se fout de leurs gueules. « Eh, macaronis! » « Mandolines! » « Dégonflés! » « Toutous des Boches! ».

Braoum! Ma tête explose. Juste contre mon oreille, le troufion de tout à l'heure a tiré un coup de fusil. Il aurait pu prévenir, ce con! Un autre en fait autant. Tous ceux qui n'ont pas jeté leur flingue se mettent à tirer contre les avions. Un qui porte un fusil-mitrailleur se couche sur le dos, son copain maintient l'engin vertical, et vas-y, tacatacatac, comme à la fête!

— Allez-y, les gars! Feu à volonté! On va bien en descendre un, de ces enculés!

Excités comme des poux. Même des pépères civils ramassent des fusils dans le fossé et tiraillent en l'air. Même des gosses. Il y en a un qui chiale, à moitié assommé : le recul lui a claqué la crosse contre la joue. Des femmes, que ces pétarades inquiètent, s'éloignent à tout hasard de la route, dans les blés presque mûrs, entraînant leurs mômes.

Les avions disparaissent, de nouveau happés par l'horizon. Et reviennent. Mais cette fois, celui de tête plonge en piqué, droit sur nous, redresse au ras des feuilles, suit la route à l'horizontale. Des petites flammes clignotent à l'avant de ses ailes surbaissées. Tacatacatac...

La vache! Il tire! Il tire sur nous! Avec des mitrailleuses! Je me trouve tout près d'un gros arbre, je plonge derrière le tronc sans lâcher mon vélo, je m'écrase le museau dans l'herbe, je pousse ma figure de toutes mes forces contre la terre, je voudrais m'y enfoncer. L'avion remonte la route, canarde la colonne à rebrousse-poil, bien à son aise. Un autre s'amène aussitôt, plonge, tacatacatac, s'éloigne, un autre, un autre...

D'abord, la stupeur. Maintenant, ça hurle. L'abattoir. Tout près de chez nous, dans la Grande-Rue, il y a un charcutier, il tue lui-même dans sa cour, j'entends les cochons couiner leur cri quand il les égorge. Le cri abominable qui me fait trembler et sangloter, et désirer la mort du monde entier, de toutes mes forces, la tête sous les couvertures. Le cri quand, brusquement, le cochon comprend. Le hurlement de folie quand l'éventré voit ses tripes couler. Il y a dix secondes — dix secondes! — tu étais vivant, entier, tu fonctionnais impeccable, et voilà ton ventre troué, la merde et le sang bouillonnent, voilà ta cuisse d'où jaillit une fontaine rouge au milieu des esquilles d'os éclaté, t'as même pas mal, pas encore, tu es révulsé de pure horreur, stupéfait, foudroyé, tu n'y crois pas, c'est pas vrai, ça ne peut pas exister, bon Dieu, il y a dix secondes, une seconde, tu étais là, merde, tout allait bien, solide comme un chêne...

Vroumm... Tacatacatac... Ça dure. Ils passent et repassent. Quelques enragés continuent à décharger leurs flingues contre les preux chevaliers du Duce... Ça y est. Le dernier s'éloigne. Je risque un œil. Cris à pleine gorge des blessés. Gémissements feutrés des mourants. A te dresser les cheveux. Il y a des morts? Il y a des morts. A un mètre de moi, un bonhomme saigne du dos et ne bouge pas. Je tends la main, j'ose pas le toucher. Sa femme le secoue, l'appelle, ne veut pas y croire :

— Victor! Victor!

Un troufion retourne doucement Victor sur le dos, colle l'oreille à sa poitrine, lui examine l'œil. Hausse les épaules. Aussi gentiment qu'il peut :

— Il est mort, madame.

Les yeux de la femme s'agrandissent, sa bouche s'ouvre, elle reste quelques secondes comme ça, et puis elle se met à hurler. Le troufion et moi, on lui prend chacun un bras, on sait pas trop quoi faire, mais elle s'arrache à nous, elle regarde son Victor, elle se remet à hurler, un hurlement de bête. Mais où sommes-nous donc, bon Dieu? Qu'est-ce qui nous arrive?

L'écorce de l'arbre derrière lequel je m'étais aplati est creusée de deux sillons profonds. C'est passé près! Qui disait qu'on entend les balles siffler? Rien entendu, moi.

Finalement, le massacre est modéré : trois morts, une quinzaine de blessés, des bagages troués. Quelques chevaux, aussi, mais les bêtes ça compte pas. Ces Ritals visent comme des manches.

Eh bien, voilà. Mes premiers morts. J'avais encore jamais vu de mort.

Nemours. Dans la rue principale, c'est le métro aux heures de pointe. Les rideaux de fer sont baissés, la ville est morte. Elle étrangle entre ses façades muettes le bouillonnement de la France du Nord qui tombe vers le Sud, comme le sable dans un sablier. Surprise : un boulanger est ouvert. Il vend du pain! Une cohue effroyable ravage sa boutique. Bagarres féroces pour accéder au comptoir. Un pain par personne. La boulangère au beau chignon rend scrupuleusement la monnaie. Le patron, un colosse blême à grosses moustaches noires poudrées de farine, se tient à son côté, bras croisés, sévère comme un Turc, prêt à parer au coup dur. Il répète inlassablement :

— Vous bousculez donc pas! Y'en aura pour tout le monde! J'ai une autre fournée en train. Un peu de patience, dame!

Il a un accent de la campagne. J'irais bien me jeter dans la mêlée, il me faut du pain, absolument, j'ai de nouveau une faim de tigre, mais si je lâche mon vélo je le retrouverai pas, ça c'est sûr.

Une petite vieille dame, toute petite, regarde le massacre, désemparée. Elle porte une jupe grise bien repassée, un gilet de laine gris sur un chemisier blanc avec une petite chaîne d'or et une petite croix. Son chapeau noir est posé droit sur sa tête. Elle est sur le point de pleurer. Elle voit que je la regarde. Elle me dit :

— C'est qu'il me faut mon pain, dame! Comment que je vas-t-y bien faire, avec tous ces furieux? Quand ils seront partis, je pourrai toujours leur z'y passer derrière, y aura seulement plus les miettes!

Je lui demande :

— Vous êtes d'ici?

— Ma foi, oui! Depuis soixante-seize ans que je suis au monde et que je vois clair. J'en ai jamais bougé, dame, jamais, et c'est pas aujourd'hui que je commencerai. Les jeunes sont tous partis sur la route pour pas tomber dans les mains des Allemands, qu'ils disent, mais moi je suis bien trop vieille. Dame, que voulez-vous qu'ils fassent à une pauvre vieille comme voilà moi, vos Allemands? Mais il me faut mon pain. C'est pas tellement moi, mais mon pauvre vieux il ne mange que de la soupe au lait avec du pain dedans, y a rien d'autre qui passe, si je lui ramène pas de pain qu'est-ce qu'on va-t-y ben devenir?

Je lui dis :

— Gardez-moi mon vélo, madame, je vais aller chercher du pain et on partagera. D'accord?

— C'est bien aimable à vous, mon petit gars, mais n'allez pas attraper un mauvais coup. Ces Parisiens, c'est des vrais buveurs de sang, vous savez!

On fait comme ça. Je plonge dans le plat d'asticots, je taille ma trouée jusque pas loin du comptoir, je tends mon bras parmi une forêt de bras, je le tends jusqu'à ce qu'un gros pain de quatre livres finisse par venir se poser sur ma main. Je dis :

— Il m'en faudrait encore un, c'est pour une vieille dame, votre voisine. Elle fait la soupe au pain à son mari, vous voyez?

La boulangère voit. Elle sourit et me dit :

— Madame Després. Voilà!

Elle me donne un autre pain. J'ai mes sous tout prêts. Pour m'en aller, je tiens mes deux pains au-dessus de ma tête, aussi haut que je peux, hors de portée de tous ces morfaloux.

La vieille dame, toute contente. Elle tient absolument à me payer son pain, elle me donne même dix ronds de pourboire parce que je suis un bon petit gars.

— Vous êtes bien honnête, bien délicat. Pas comme tous ces va-nu-pieds.

Et la voilà repartie faire la soupe au lait pour son pépé.

*

Je me cherche un coin pour poser mon cul, le temps de manger mon pain. J'aime pas manger en marchant ou en pédalant, ça me coupe la digestion. Un bistrot à terrasse, sans doute abandonné par ses propriétaires, a été forcé, bouteilles vides et verres en miettes jonchent le trottoir, dedans c'est plein de troufions, gris de fatigue et de poussière. Pas un siège de libre. Je m'assois par terre. Je tire mon saucisson, mon pain de l'autre main, je mords dedans, un coup à droite, un coup à gauche. C'est bon. Ça donne soif.

Un grand maigre aux joues creuses, pas jeune, me regarde. Triste comme un chien. Je lui tends mon pain et mon cifloque. Il secoue la tête.

— Non, tu vois, petit gars, j'ai pas faim. C'est la fatigue, tu vois. Trois semaines que je marche. Je sais seulement pas où qu'est passé mon régiment. Oh, ça a pété sec, là-haut, dans les Ardennes! Ils étaient tout autour de nous, on a seulement rien vu. Les officiers nous ont dit de nous replier sur la Marne tant qu'y avait le passage. Après ça, on les a plus revus, les officiers. Ça fait qu'on s'est repliés tout seuls, comme on a pu. Arrivés sur c'te bon Dieu de Marne, on a trouvé les gendarmes qui nous attendaient, ils regardaient notre numéro de col et ils nous disaient d'aller sur Paris, qu'on regroupait nos régiments par là. Pis v'là qu'on est tombés dans toute cette merde de réfugiés, quoi, va donc t'y retrouver, toi, et si tu vas demander aux gendarmes, i savent rien de rien, les gendarmes, i te disent d'aller su' la Loire, qu'i te disent, vu que la ligne de repli est prévue par là, mais moi, j'en ai plein le cul, petit gars, plein le cul, tu vois, je sais très bien qu'ils ont rien prévu du tout, tout le monde s'en fout, c'est à qui courra le plus vite. Ils nous ont laissés pour nous faire massacrer à leur place, et pendant ce temps-là, eux, i s'sauvent. V'là la vérité. Regarde un peu mes pieds, petit gars. Tu les as vus, mes pieds?

Je regarde ses pieds. Ils sont nus dans des espadrilles en loques. Les orteils, noirs, passent par les trous. Les chevilles enflées semblent prêtes à se fendre, comme des reines-claudes bien mûres. Son copain, à côté, un bouffi malsain aux yeux cernés, porte au pied droit un godillot réglementaire tandis que l'autre est entortillé de chiffons suintants et posé sur un morceau de pneu d'auto qui tient par des ficelles.

Le bistrot pue la sueur rance, la vinasse et le pernod. Des gars ont un bras en écharpe, d'autres un pansement à la tête, un vieux pansement croûteux de sang et de pus séchés.

Il me reste des petits-beurre. Je les offre aux troufions. Le grand maigre en accepte un avec plein de cérémonies. Il grignote du bout des dents. Il dit avec conviction :

— Ah, ils sont bien secs, ma foi! Bien secs!

Très petit doigt en l'air, visite dominicale chez la belle-sœur qu'est bien mariée.

Il me file un coup à siffler à son bidon. Il me dit :

— T'as intérêt à pas traîner dans le coin, petit gars. I sont juste là derrière, les Boches. P't'êt' à pas vingt kilomètres d'ici.

Je sursaute :

— Mais alors, ils sont à Paris?

— C'est dans les choses possibles. On sait rien de rien. On a bien une T.S.F., ici, mais y a plus d'électricité nulle part, alors c'est comme si on n'en avait point.

— Qu'est-ce que vous allez faire, quand ils arriveront? Vous allez vous battre?

Il me regarde comme s'il ne m'avait pas encore bien vu :

— Ben, petit gars, t'es pas un feignant, toi! Tu trouves qu'on s'est pas assez battus comme ça? Tiens, tu veux le savoir, ce que je vais faire? Pas plus tard que t't'à l'heure, je vais me dégotter un costume civil et je vais tâcher voir à tirer tout doucement du côté de chez nous, vu que je suis d'Alençon, en Normandie. Le v'là ce que je vais faire, aussi vrai que je te le dis. La guerre, pour moi, elle est finite.

Tant mieux pour lui. Mais moi, j'ai une mission. Faut que j'aille à Bordeaux. Je dis salut et bonne chance au grand troufion triste et je reprends la route.

*

Oui, mais voilà le jour qui bascule. La nuit s'amène à pas de loup. On l'avait oubliée, celle-là.

Je décide de pédaler aussi longtemps que je pourrai. J'ai ramassé une carte Michelin qui traînait dans le bistrot, elle va bien me servir : je pourrai prendre par les petites routes parallèles, j'ai idée que ça doit être moins encombré.

La nuit n'arrête pas la brinquebalante cohorte. Des lumignons s'allument, des lanternes à huile fauchées sur les chantiers, et aussi de ces lampions à bougie, modèle Quatorze-Juillet, blancs devant et rouges derrière, dont les cyclistes d'autrefois serraient l'anse entre les dents. De loin en loin, le faisceau d'une torche électrique ou d'une lampe à carbure jaillit. Aussitôt : « Lumière! » « Tu veux nous faire massacrer, salaud? » Pourtant, pas un ronron d'avion, rien, que le fer des chevaux, le crissement des silex sous les roues, un essieu qui couine, un gosse qui pleurniche, des voix de filles qui chantent « Marinella ». On croirait, dans l'interminable crépuscule de juin, une tribu de romanichels en migration, une tribu énorme. Des images d'histoire sainte me reviennent : les Hébreux en route pour la Terre Promise. D'histoire tout court : les Germains envahissant l'Empire romain. De cinéma : les vaillants pionniers américains chevauchant vers l'Ouest immense en jouant de l'harmonica...

Oui. Pour l'instant, les Germains, on les a au cul. Ma valise me scie les épaules, ma selle de champion me tale le périnée, symptômes éloquents : j'en ai plein les pattes. Une ferme se présente, j'entre dans la cour, je me faufile dans une grange, je me fais un trou dans la paille. C'est plein de familles qui saucissonnent à la lueur des bougies.

Ça mange, ça boit, ça discute. Ça s'échauffe. La famille tout près de moi analyse les événements, la bouche pleine. Sûr et certain qu'on va les arrêter, les clouer sur place, plâf, comme ça! (gifle sur la cuisse). L'armée française n'a pas dit son dernier mot, monsieur. Ceux que vous voyez cavaler comme des lapins en se prenant les pieds dans leurs bandes molletières (les dames pouffent), c'est pas l'armée française, ça, c'est rien du tout, opération de diversion, appât, leurre, quelques régiments sacrifiés, faut ce qu'il faut, et pas des régiments d'élite : vous avez vu leurs gueules? Pas jojo, oui, je vous le fais pas dire! Rien que ça, ça devrait vous mettre la puce à l'oreille. Et alors, les Boches, rran, comme un seul homme. Dans le piège. Ils foncent, droit devant eux, comme des mécaniques — c'est des mécaniques, ces gens-là — juste là où le haut commandement français a décidé qu'ils fonceraient. Ne s'aperçoivent pas qu'ils s'éloignent de leurs bases, étirent leurs lignes de communication, ah ah! Et c'est là qu'on les attend. Le gros de l'armée française, qui jusqu'ici n'a pas donné, notez bien cela, les coince en tenailles, tchiac, d'un seul coup! Vous imaginez le carnage! Nos chars Renault vont te vous faucher ça comme à la moissonneuse-batteuse. Faudrait pas les oublier, nos chars Renault, hé là! Les meilleurs du monde. Même les Américains s'inclinent. Et la ligne Maginot? Vous y avez pensé, à la ligne Maginot? Inviolée! Elle est toujours inviolée! Inviolée parce qu'inviolable. Ils ont été obligés d'en faire le tour, de passer par la Belgique, comme des lâches! Ils ne s'y sont pas frottés! Alors, à l'heure H, qui c'est qui va les prendre à revers? C'est la ligne Maginot, pardi! Sa puissance de feu titanesque, son infanterie toute fraîche, vous voyez ça d'ici surgissant dans le dos du Boche? Et je n'ai pas parlé de notre aviation! On ne l'a pour ainsi dire pas vue, notre aviation. C'est qu'on se la garde en réserve, pardi! Et notre flotte, hein? Et nos colonies? Je vous le dis, le commandement sait ce qu'il fait. La riposte sera foudroyante. Et décisive. On ne va pas recommencer les bêtises de 1914, s'éterniser dans une guerre de tranchées parce qu'on n'avait pas su leur briser les reins du premier coup. Je fais confiance à l'armée française, aux généraux français, et je lève mon verre, ou plutôt ma timbale (sourires), à la victoire!

Ils applaudissent. Ils boivent.

Il y en a un qui dit :

— Et les Anglais?

— Quoi, les Anglais?

— Pourquoi ils se sont sauvés comme des rats, à Dunkerque? Comme des vrais fumiers! Même qu'ils ont fait massacrer sur place des divisions françaises pour les protéger pendant qu'ils s'embarquaient tranquillement, et que si un troufion français s'amenait à la nage pour essayer de grimper à bord, ils avaient ordre de lui tirer dessus, les salauds!

— D'abord, monsieur, il n'est pas du tout certain que les choses se soient passées comme vous dites. Ensuite, s'il s'avère que l'Angleterre nous a effectivement lâchés, eh bien, nous ferons sans l'Angleterre! L'Angleterre s'est toujours cachée derrière nous pour profiter de nos victoires. Il n'est pas mauvais que nous soit enfin donnée l'occasion de montrer que nous sommes parfaitement capables de vaincre sans elle! Et d'en avoir sans elle la gloire et le profit!

Le bonhomme a l'air d'une espèce de prof, de prof d'histoire-géo, la cinquantaine, le crâne rose, du bourrelet entre nuque et col. Ils sont là trois ou quatre pépères chefs de famille, c'est lui le plus instruit, en tout cas c'est lui qui parle tout le temps. Les dames épouses épluchent les œufs durs et tournent la salade, une salade de chicorée cueillie au passage dans un jardinet, y en a qui perdent pas le Nord. Une jeune femme donne le sein à un moutard. Le sein est très beau, très blanc dans la lumière dansante de la bougie, avec de jolies veines bleues à fleur de peau. C'est dégueulasse de gaspiller tout ça pour un môme. Un morveux à lunettes et à oreilles de cocker lit *Le journal de Mickey*, le nez raclant le papier. Deux filles dans les dix-sept dix-huit ricanent et se parlent bas, comme font les filles.

Comme dessert, ils ouvrent des boîtes de pêches au sirop. « Libbys », il y a d'écrit dessus. J'en ai déjà vu dans les devantures des épicemards de luxe mais j'en ai jamais bouffé. C'est des gros machins jaunes, coupés en deux, avec plein de jus. Chacun a droit à une demi-pêche et à deux langues de chat pour pousser. Il reste une demi-pêche en rab. Oreilles de cocker dit nan, j'en veux pus, alors la dame épouse regarde autour d'elle, me voit, je sens qu'elle va me l'offrir, je regarde ailleurs, ça loupe pas : « Jeune homme, sans façons? » Je fais non, merci bien, madame, merci beaucoup, mais j'ai déjà mangé, j'ai pus faim. « Allons, pas de cérémonies entre nous! On est tous des Français, à la guerre comme à la guerre! Tiens, Gisèle, porte ça au petit jeune homme »

Une des deux ricanantes se bouge et porte ça au petit jeune homme, à quatre pattes dans la paille. C'est une grande bringue encore pleine d'os, avec des gestes braques. Elle me tend la boîte, je me sens rougir comme un con, elle le voit, elle rougit aussi, elle sourit, emmerdée qu'on lui refile des corvées aussi tartes, elle a des yeux verts incroyables, grands comme la mer, brillants, un peu fous, la bougie par-derrière fait flamber ses cheveux, une tignasse noire, bouclée serré, avec des reflets rouges. La voilà qui se marre franchement. Sa bouche part toute seule dans le rire, comme avec des ressorts, ça creuse deux fossettes dans ses bonnes grosses joues de gosse montée en graine. Je dis merci, vous êtes gentille, fallait pas, elle dit c'est de bon cœur, elle se sauve, revient avec deux langues de chat, « Pour pousser », elle me dit, elle pouffe, me plante les yeux en pleine figure, un éclair vert, la voilà repartie à quatre pattes.

Ils se sont tapé un coup de la gnôle qui vient du cousin qui la fait lui-même avec ses mirabelles à lui, rien que du naturel, attention, et puis un deuxième coup, encore un que les Boches n'auront pas, les dames épouses minaudent oui mais alors rien qu'un doigt ça me monte tout de suite à la tête qu'est-ce que vous penseriez de moi, allons, allons, Germaine, ça ne peut pas faire de mal, rien que du naturel, nous traversons de dures épreuves, il faut nous soutenir, nous devons tenir le coup. Les deux ricanantes font la bouche pointue, trempent la langue, boivent en pouffant, et s'étranglent, et toussent, et pleurent, et rient. Les hommes ricanent supérieur. La dame épouse de tout à l'heure ne peut plus me laisser de côté, c'est comme ça quand on commence à partager, on ne peut plus s'arrêter. Yeux verts m'apporte un fond de timbale, attention, c'est fort, elle me dit. Je veux faire l'homme, je me jette ça au fond du gosier, bon Dieu, ça brûle, je tousse, tout repart dans la paille. Elle me prend la timbale, il en reste une goutte au fond, elle la liche, plante ses yeux dans les miens. Ils sont pleins de larmes, mais elle tient le coup. Les larmes les font encore plus verts, comme ces gouttes de pluie qui pendent longtemps à un appui de fenêtre et que le soleil tape dessus juste bien pour que ça fasse du vert, quel vert!

Ils ont chanté « Vous n'aurez pas l'Alsace et la Lorraine », et puis « Cœur de Française », et puis « Le temps des cerises », et puis « L'hirondelle du faubourg », et puis « Les roses blanches », et puis du Tino Rossi, et puis du Charles Trenet, et puis de la môme Piaf mais les dames épouses ont dit non, pas celle-là, c'est trop vulgaire. Moi, j'écoutais, j'avais pas sommeil. Et puis ils se sont dit bon, c'est pas tout ça, demain il y a école, demain. Regardez Xavier, il donne le bon exemple, bonsoir tout le monde. Xavier, c'est Oreilles-de-cocker. Il s'est affalé dans ses lunettes.

Il me semble bien que les yeux verts m'ont passé un coup de phare, mais alors tellement vite, non, je me fais des idées, tomber les souris c'est pas mon blot. N'empêche que j'ai le cœur qui cogne.

Ils ont éteint.

Je suis crevé et excité tout à la fois... Tout ce carnaval me tourne dans la tête. Un frôlement contre mon bras. C'est Yeux verts, je le sais. Mon sang se fige. Elle étend doucement une couverture sur moi. « Vous êtes chouette, je bafouille, mais j'ai pas froid! » De fait, on étouffe. Elle me dit « Chut! », tout bas, dans l'oreille. Son souffle me chatouille. Elle sent très bon. Une odeur de miel, de poivre et de bête sauvage, violente, presque trop violente au premier contact, et puis qu'on voudrait ne plus quitter. Une odeur de muqueuses et d'intimité, de vie puissante, et chaude, et amie, une odeur où l'on voudrait s'enfoncer tout entier, tout entier.

Elle s'allonge près de moi, sous la couverture. Elle se serre contre moi. Je suis tout con, tout glacé. Merde, c'est pas vrai? Ça m'arrive, à moi?

Je bouge pas. Elle m'embrasse sur la joue, léger léger. Me prend la figure dans ses mains. La tourne vers elle. Je suis tout raide. Bouleversé de bonheur, et tout raide. Il faut faire quelque chose. Je pose ma bouche sur sa bouche et je l'embrasse, comme on embrasse, avec un petit bruit comme pour appeler le chat. Elle m'effleure de ses lèvres fermées, les promène doucement sur les miennes, de gauche à droite, de droite à gauche, à peine à peine. Je me laisse faire. Elle se caresse la joue contre ma joue. Elle me donne des petits baisers, sur les yeux, sur l'oreille. Dans moi, ça se rassure, ça se décrispe, ça ose y croire.

Elle gémit un peu, elle se serre à moi, tout du long. Quand elle bouge, l'odeur somptueuse m'emplit tout. Je la prends dans mes bras. Je sais pas du tout ce que je suis censé faire, maintenant. Qu'est-ce qu'elle attend de moi? Je sens ses petits seins contre ma poitrine, tout petits mais durs, et vivants, des seins de chienne, j'ai envie de les prendre dans mes mains, une terrible envie. Mais n'est-ce pas ce qu'on appelle « peloter »? Une fille comme ça, bien élevée, délicate et tout, si je lui fais un truc aussi grossier elle va me filer une baffe et se tailler aussi sec. J'en rougis d'avance. Je lui mettrais bien la main entre les cuisses, c'est ça qui me démange plus que tout, mais ça non plus ça se fait pas comme ça du premier coup, faut une progression, commencer par le commencement. Je manque d'expérience, j'ai surtout connu les putes du claque de la rue de l'Échiquier, les jeunes filles ça se manipule pas pareil, il y a des rites. Je la tiens contre moi, je suis content comme ça, j'ai mon nez dans ses cheveux, c'est encore une autre odeur, ses cheveux, je défaille de bonheur, je voudrais que ça ne finisse jamais. Mais voilà que je prends conscience que je bande! Je ne sais plus où me fourrer. Je m'écarte d'elle pour ne pas qu'elle sente ça, je recule les fesses, seulement plus je recule plus elle se serre, la trouille me prend, elle va éclater de rire, ou me planter là, écrasante de mépris, comme les filles au bal les deux ou trois fois où, suant la trouille, j'ai osé me risquer sur la piste...

Ce que je voudrais, je le sais : je voudrais lécher ses petits seins, je voudrais la téter, la mordre, lui lécher les poils sous les bras, farfouiller dedans avec mon nez, boire sa sueur, frotter mes joues sur son tendre ventre, m'y enfoncer, ouvrir ses cuisses et plonger mon visage en elle, et m'emplir d'elle, et ruisseler d'elle, et la sentir chaude et vaste et complice autour de moi... Ben, oui, mais il y a les gestes d'avant, que je connais pas. Les caresses brûlantes, comme dans les chansons de Tino Rossi. J'ai pas des mains qui prodiguent l'ivresse, des baisers qui ensorcèlent, j'ai juste une envie terrible de farfouiller en elle partout partout, de lui dire mon bel amour mon cher trésor, et puis de lui enfoncer mon truc dans le ventre, tout au bout, là-bas, quand vraiment on ne pourra plus y tenir...

Elle n'a pas l'air d'en savoir plus que moi. Elle a une grosse envie d'être câlinée, elle attend que je prenne les choses en main. C'est quand même elle qui a fini par prendre ma main et qui l'a posée sur son nichon. Elle qui a pris mon autre main et l'a glissée entre ses cuisses, qu'elle tenait d'ailleurs serrées. Elle qui a débouclé ma ceinture. Je me suis mis sur elle, j'ai voulu m'introduire en elle, mais j'étais tellement ému, tellement ému, c'est parti avant même que j'aie pu la pénétrer. Elle était toute heureuse quand même. Elle m'a serré très fort, mais j'ai bien vu qu'elle n'avait rien eu. Je le lui ai dit. Elle m'a posé le doigt sur la bouche. Chut. Elle m'a pris la main, l'a posée sur sa motte dodue. Je l'ai caressée. Et puis j'ai tout osé. J'ai enfoui ma tête dans ses cuisses et je l'ai léchée, léchée, sucée, mâchée, mordue, elle a haleté longtemps, longtemps, elle n'en finissait plus, elle mordait son poing pour qu'on ne l'entende pas gémir. Et puis je l'ai pénétrée encore, et cette fois tout à fait bien. On est retombés côte à côte, éclatés comme deux grenouilles, tout gluants tout poisseux, on reprenait notre souffle, on se touchait le bout des doigts, on était bien.

Au bout de longtemps, elle m'a donné un baiser sur le nez, s'est levée pour partir. Je lui ai dit :

— Apporte-moi *Le journal de Mickey* et un bout de bougie. Je peux pas m'endormir si j'ai rien à lire.

Elle l'a fait.

Je lis *Mickey*. Par-delà le halo tremblotant de la bougie, je cherche à deviner sa forme allongée. Quelque chose me semble bien être sa tignasse noire, mais j'en suis pas sûr... Je m'endors.

L'aube me réveille. Ils dorment tous. Elle est couchée sur le côté, le visage enfoui dans ses longs bras blancs tachés de roux allongés comme des algues. Sa hanche osseuse, déjà ample, s'épanouit brusquement après le torse mince. Que voulez-vous que je fasse?

Je m'en vais.

*

Sur la grand'route, la procession continue. Je prends à droite une petite déviation caillouteuse que j'ai repérée sur la carte. Si je fais bien attention, je dois pouvoir rouler à peu près parallèlement à la nationale, en zigzaguant, bien sûr, et en vérifiant ma direction à chaque carrefour.

Comme prévu, il y a beaucoup moins de monde. Pas un chat, même. Les maisons des paysans sont vides, ou alors les gens se terrent. Des vaches mugissent dans les prés. Elles accourent du plus loin qu'elles me voient, poussent du poitrail sur le fil de fer, allongent le mufle vers moi, mugissent à fendre l'âme. Je finis par comprendre : elles n'ont pas été traites, les pis doivent leur faire mal. Ils sont gonflés à péter. J'ai encore jamais trait de vache. Je prends un seau dans la cour d'une maison, j'avise une vache enfermée toute seule dans un petit enclos, je m'approche, pas rassuré, prêt à lâcher le seau et à enjamber le barbelé en voltige. Elle se place de flanc, bien coopérante. Je m'accroupis, je voyais pas ça si bas, je place le seau sous le pis, j'empoigne les deux machins comme j'ai vu faire du côté de chez mon grand-père quand j'étais petit. Merde, faut tirer ou faut pousser? Peu importe : le pis est tellement plein que ça vient tout seul, rien qu'à le serrer dans les mains. Bruit du jet sur la tôle. Arrive un moment où il faut quand même aider. Je tâtonne. Je finis par m'y prendre pas trop mal. Mais ça va pas vite. Quand le seau est à moitié plein, j'arrête. La vache gémit de me voir partir. Ben, oui, mais les Boches...

Je bois à même le seau le, comme on dit, bon lait crémeux. Beuh... Crémeux mais tiédasse, et puant le purin. Je trempe mon pain dedans, je me force à avaler le plus que je peux du contenu du seau, j'en mets dans une bouteille pour la soif à venir, et on y va.

Je pédale sec. Le matin est frais, l'air sent les foins, le soleil grimpe à toute vitesse dans le ciel bleu, il va encore en faire un sacré plat. Des petits oiseaux s'envolent droit en l'air, en braillant comme c'est pas permis. Des alouettes? Va savoir.

Mon boyau arrière tient le coup, ça va. Je voudrais bien me laver. Je m'arrête à une pompe devant une maison, vas-y que je te pompe, mais rien n'en sort que des couinements d'égorgé. Faut savoir parler à ces engins. Et bon, je me laverai dans la Loire. Doit plus être tellement loin, la Loire. Une fois de l'autre côté, je serai plus tranquille. Les Boches vont quand même bien prendre le temps de souffler un peu avant de se l'enjamber, non? En admettant qu'on les laisse arriver jusque-là.

Les maisons se serrent, prennent des allures pavillon de meulière avec marquise. Ça sent le faubourg, on entre en ville. Et voilà la plaque : Gien. A Gien, il y a la Loire. La Loire! Les rivières, ça se trouve toujours dans les creux, tout au fond, forcément. Si je me laisse descendre, j'arrive à la Loire. Et ça marche, juste comme j'avais combiné : elle est là, large et belle dans le soleil. Un joli pont l'enjambe.

Les Boches aussi sont là. Mais je vous ai déjà raconté ça.

Alors, comme ça, ils m'ont rattrapé! Ils sont même arrivés avant moi. Ils rôdaillent sur leurs motos, dans leurs side-cars, massifs et fermés, casques de tôle sur impers de cuir vert ou gris.

Vue du fleuve, la ville me donne un choc. J'avais pas vu ça en arrivant par mes chemins creux. La longue façade de belles vieilles maisons en bordure de grève n'est plus que chicots noircis et moignons fumants. Ça s'est cogné, ici. Mais qui, contre qui? J'y comprends rien. Le pont est intact. Alors?

La colonne de réfugiés que j'ai quittée ce matin, je la retrouve là, elle sort de la ville, elle enfile le pont, elle continue de l'autre côté, personne ne l'en empêche. A chaque bout du pont, deux tanks montent la garde. Ils portent sur le flanc une grosse croix noire et blanche, la même que celle qu'il y a sur les avions allemands qu'on voit aux actualités. La tourelle est ouverte comme une boîte de pâté, au balcon se pavanent des gars en espèce de blouson noir avec un drôle de calot noir tout de guingois sur le crâne, ça fait bizarre un calot militaire sans les deux cornes pointues.

C'est donc des Boches? Eh, bien... Ils ont tous l'air très jeune, sportif, leurs uniformes leur vont bien, cols grands ouverts, tissus légers, petites demi-bottes évasées avec le futal qui plonge dedans. Font plutôt boy-scouts que bidasses.

A retardement, je sens l'émotion qui monte, qui monte... Les Allemands sont là! Les Boches! Dis donc! L'énormité de la chose me pénètre peu à peu. J'ai froid dans les os... Et s'ils laissent les réfugiés continuer à descendre vers le Sud, c'est qu'ils s'en foutent pas mal, c'est qu'ils ont déjà eux-mêmes passé la Loire, c'est qu'ils sont partout, qu'il n'y a plus de front, plus d'armée française!

Mais alors, tout est foutu! Ils ont gagné! Toute la France est à eux! Et s'il existe encore un front, très loin, sur la Dordogne, sur la Garonne, je sais pas où, comment franchir la ligne de feu?

Je traîne, désemparé. Je marche sur des gravats, des éclats de verre, j'enjambe des fauteuils cassés. Par-ci par-là, des maisons finissent tranquillement de brûler, elles pétillent et craquent dans le grand silence. Toutes les boutiques sont éventrées. D'après ce que j'ai vu le long de la route, je me dis que les Boches n'ont pas dû trouver grand-chose à piller quand ils sont arrivés. Une âcre puanteur de cheminée mal ramonée me prend à la gorge. De temps en temps, une de leurs motos passe en zigzaguant entre les débris, ou bien une petite bagnole militaire marrante, décapotée, faite comme un petit tank vert-de-gris avec le nez qui plonge.

Je débouche sur une grande place. Un choc : sur la façade d'une belle maison, la mairie peut-être, deux grandes oriflammes rouges, d'un rouge intense, pendent depuis le toit, tout droit, à pic, et coulent sur le trottoir. En plein milieu, un rond blanc avec la croix gammée noire, énorme, dansant sur une patte, terrifiante grimace qui sue la méchanceté.

Et là, tu comprends que c'est justement pour ça qu'on l'a inventée : pour faire méchant, pour foutre la trouille.

Pris en pleine gueule, comme ça, à la surprise, ça marche à tous les coups. Ce rouge, ce blanc, ce noir, ce graffiti haineux soigneusement dessiné à la règle : pas de doute, les Barbares sont là. Le Mal a gagné.

Et bon. Tout bascule. Tout ce qu'on m'a appris, la gentille France, la vilaine Allemagne, il va falloir reprendre tout ça à rebours. La loi, désormais, c'est le mal. Le gendarme, c'est le mal. La guerre, c'est le bien... Les journaux me puaient déjà au nez, ils me pueront bien davantage.

En attendant, qu'est-ce que je fous, moi? J'ai l'air fin, avec mon vélo de course et ma petite valise! Je reviens au bord de l'eau, je descends sur la grève, je me mets à poil, je plonge, je ressors, je me savonne bien partout, les cheveux, le trou du cul, tout, je replonge, je me rince bien bien, je nage dans le courant pour me calmer cette espèce de fièvre nerveuse que j'ai, et je remonte me sécher.

Je suis assis là, jambes pendantes, je me demande quoi foutre. Quelqu'un s'assied à côté de moi. Je regarde. Un Allemand. Tout jeune. Ils sont tous tout jeunes. Lui, il a un uniforme gris clair, poitrine au vent, avec des trucs jaune canari sur le col. Il me dit quelque chose. Je fais signe que je comprends pas. Il me tend un paquet de cigarettes, des blondes avec du papier d'argent autour. Je fais signe que je fume pas, merci. Il allume sa sèche, plonge la main dans sa poche, en tire une poignée de bazars brillants qu'il étale par terre, entre nous. C'est des couteaux. Des couteaux de poche, tout neufs. Il en sort autant de son autre poche. Tout ce tas de couteaux! On leur a laissé quand même quelques bricoles à piller. Il me fait signe de choisir, de prendre ce que je veux. Il me fait un grand sourire. S'il a quatre ans de plus que moi, c'est le bout du monde. Non, j'ai pas tellement envie de ses couteaux. J'ai un vieux schlass pseudo-suisse que j'ai échangé dans le temps à Jean-Jean, je l'aime bien, je m'attache à mes affaires. Il choisit un canif, me le carre dans la poigne. « Ya, ya, für diche! Goûtt! » Oh, bon, si ça lui fait tellement plaisir... Je dis « Merci », je lui fais un sourire. Il dit « Goûtt! Goûtt! » et il me tape dans le dos.

Je vois plus grand'chose à se dire, alors je fais salut et je m'en vais, avec ma valise et mon vélo. Et son canif dans la poche. C'est un canif de riche, à manche de nacre, avec une lame pour tailler les crayons et une autre, plus petite, pour quand t'as cassé la grande. Je vois pas trop ce que je vais en foutre.

Je sais pas si je l'ai déjà dit, j'ai la spontanéité à retardement. Voilà seulement maintenant que je me dis que je me suis laissé acheter par l'ennemi. J'ai accepté les miettes du pillage. Ouh là là... C'est vrai que ça peut se dire comme ça. Y'a plein de symboles, là-dedans. Le mec qui fait ça, dans les films, c'est le lâche salaud gluant vendeur de patrie qui crève comme un coyote juste avant la fin, c'est écrit d'avance. Oh, dis, eh, moi, c'était juste pour lui faire plaisir, à ce grand con! J'ai horreur de vexer les gens. Eh, mais, ça aussi, c'est révélateur, mon pote! Traître par crapulerie ou traître par faiblesse de caractère, y a juste à déplacer un tout petit peu le projecteur à symboles... Va te faire foutre.

*

Et puis, tant pis, je continue sur Bordeaux. Ça ou autre chose... Allez, c'est décidé! Je passerai coûte que coûte, on verra bien, le moment venu. Je me sens très courrier du Tsar. Et vraiment il y a de ça, dans ce pays ravagé, sens dessus dessous, où fument les incendies, où plus rien de ce qui fait la vie civilisée ne fonctionne, traversé par cette interminable horde de plus en plus en haillons, de plus en plus déboussolée, qui n'a plus de but puisqu'elle est maintenant rejointe et enveloppée, qui continue cependant à avancer droit devant elle sur la vitesse acquise, éparpillant ici et là des familles à bout de souffle qui s'installent précairement dans des maisons abandonnées dont les occupants en font sans doute autant dans d'autres maisons délaissées, quelques dizaines de kilomètres plus au sud. Tels les lanciers tartares de *Michel Strogoff*, les vainqueurs, en petits groupes d'une arrogante indifférence, caracolent par les campagnes, coupent les files piétinantes ou bien les font se tasser vivement sur les bas-côtés pour laisser passer quelque engin blindé, quelque petite bagnole de liaison cahotant sur les nids-de-poule à grands éclats de rire... Car ils sont gais. Arrogants, parfaitement indifférents à toute cette misère ambulante, mais gais. Rudes pour ordonner, « Lôss! Lôss! », et même brutaux. Empressés quand on s'adresse à eux. Dois-je dire gentils et serviables? Oui, ça leur arrive.

Je passe donc la Loire. Avant de m'insérer dans la colonne, je reste un bon moment planté à l'entrée du pont, des fois que j'apercevrais Yeux-Verts ou quelque membre de sa famille. Mais rien. Ils ont dû, au réveil, se retrouver nez à nez avec les Boches, et alors ils sont restés là, dans la paille, à attendre la victoire imminente en bouffant leurs conserves et en sifflant la mirabelle du cousin. Mon cœur bondit deux ou trois fois à une brune tignasse bouclée, et puis je me dis cesse de rêver, qu'est-ce que tu te figures? Les gars qui gardent le pont commencent à me reluquer d'un drôle d'air. Bon, tant pis, quoi. Après tout, ils sont peut-être devant. Ça me décide.

Une fois de l'autre côté, je m'aperçois que la colonne est plus clairsemée qu'auparavant, plus étirée. Et puis on commence à croiser des charrois qui vont en sens inverse. On m'explique qu'il y aurait des bruits d'armistice, que la guerre est sûrement finie à l'heure qu'il est, ou tout comme. Des gens l'auraient entendu à la T.S.F.

Je demande si ça s'est battu à Paris. Il paraît que non. Je suis un peu rassuré pour mes vieux. Je pense à maman qui voulait que je lui écrive chaque soir! Elle doit me croire bien peinard à Bordeaux, elle se demande pourquoi je la laisse sans nouvelles, doit accuser mon je-m'en-fichisme bien connu...

La poste, le train, l'électricité, le gaz, l'eau courante, il semble que rien de tout ça n'a jamais existé. Pas plus que les boulangers, les bouchers, les épiciers, les marchands de couleurs... Les Parisiens commencent à sentir pas très bon.

Je me remets à serpenter sur les petites routes parallèles. Vers midi, je tombe sur des troufions, des Français. Ils sont trois, en train de plumer deux poulets sur le bord de la route. Je leur dis :

— Les Boches vous ont pas ramassés?

— Les Boches, ils ont plutôt l'air de s'en foutre. Ils foncent, ils voient qu'on n'a pas de fusils, ils s'occupent même pas de nous. C'est quand même une drôle de guerre. Je voyais pas du tout ça comme ça.

Il hoche la tête, enfile une baguette dans le cul de son poulet, la pose sur deux branches fourchues plantées en terre. Je ramasse de la paille, des brindilles. La flamme bientôt lèche la peau hérissée du poulet.

Les gars prennent les choses du bon côté. La putain de guerre est finie, ils vont rentrer à la maison. En attendant, ils se donnent un peu de bon temps, vivent sur le pays, chapardent, maraudent, mendigotent là où il y a des gens, font sauter les serrures là où il n'y en a pas.

Pendant qu'on se partage les poulets, un jeune gars s'amène. Il chevauche un antique vélo noir, un Saint-Étienne, marque « L'Hirondelle », et porte sur le dos ses affaires dans un sac à patates. Le sac à patates me touche. Je revis la folle équipée de mes quatorze ans.

Il couche son vélo dans l'herbe, posément, se débarrasse de son sac et s'affale à côté de nous avec un gros soupir d'aise. Il dit :

— Y en aura p'têt' ben un ch'tit bout pour moué?

Il a un accent qui me va droit au cœur. Je demande :

— Tu serais pas de la Nièvre, toi?

— Oh, ben, dame, si, vieûx gârs! Je suis de Fourchambault. Mais j'y habite point, à c't'heure, vu que je travaille à Paris.

Il parle exactement comme parlait grand-père, comme on parle à Forges, commune de Sauvigny-les-Bois, entre

Nevers et Saint-Bénin-d'Azy. Le terrible accent morvandiau dont maman ne s'est jamais débarrassée.

C'est un escogriffe monté en graine, à peu près de mon âge, avec une grosse tête rouge au bout d'un long cou, des oreilles décollées, pas d'épaules, un gros cul. Ne s'étonne de rien, est partout à sa place, pose sur tout ses yeux placides qui ne cillent pas.

Quand y en a pour quatre, y en a pour cinq. Les grivetons tirent de leurs musettes du saucisson, des boîtes de pâté, du pain d'épices. Et du pinard. Du cacheté, me fait-on remarquer avec un clin d'œil. Je bois avec respect.

Les troufions rotent, se cherchent un coin à l'ombre pour faire la sieste. Je dis au gars de Fourchambault :

— Je vais sur Bordeaux. Enfin, j'essaie.

Il me dit :

— Moué, j'allais sur Marseille. Mais maintenant, ça m'est ben égal, dame. Si te veux ben, je m'en vâs avec toué, vieûx gârs.

Nous voilà partis.

*

C'est un garçon vraiment agréable. Quand il pédale, il pédale. Ne s'arrête pas toutes les demi-heures pour pisser, ou parce qu'il a soif, ou mal au cul. Ne parle pas beaucoup, mais toujours pour te faire marrer. Oh, pas de ces vannes de titi parisien toujours sur la brèche et qui n'en loupe pas une, plutôt du pince sans rire, de la grosse bêtise paysanne que tu vois pas tout de suite le vice, tu prends le gars pour un con, et puis, à deuxième lecture, tu t'aperçois que ça va loin et que le con, c'est toi. Le style de papa, quoi. J'ai l'habitude, alors j'aime bien, je me sens chez moi. Papa avec l'accent morvandiau, ça vaut le déplacement. Il y a la tête, aussi, qui aide bien. Cette bonne bouille à claques avec ses deux yeux bien ronds, innocents et pas gênés.

Dans une descente, les mains sous la selle, il se met à chanter à tue-tête, sur un air de bourrée. Et sa chanson est comme ça :

Mon père a planté des raves
Lon lère, lon lère,

Mon père a planté des raves
Lon lère, lon lé.
Les pus grousses ed's'teux raves,
All''taint grousses,
All''taint grousses,
Les pus grousses ed's'teux raves,
All''taint grousses comme mon doué!

Me voilà parti à me marrer, à me marrer! Il faut que je m'arrête, j'ai bien failli me ramasser la gueule, à cause de la valise qui me tangue sur le dos, à droite à gauche, secouée par ma rigolade, et m'aurait bien foutu par terre, oh vâ la sâprée denrée, tins don!

Du coup, il se marre aussi. On est là, pliés en deux, des larmes plein la figure, dès qu'on s'arrête ça repart, on peut même pas respirer, on va crever, c'est sûr! Je lui demande de me la rechanter. Lui, pas chien. Elle me fait toujours le même effet. A travers mes convulsions, j'essaie de chanter avec lui. Je lui demande s'il connaît les autres couplets. Non, il les connaît pas. Faudra bien qu'on se contente de celui-là.

En attendant, j'ai chopé le hoquet, moi. Il ramasse au hasard une poignée de petits cailloux. Il souffle la poussière, il compte les cailloux. Il y en a quatorze. Il me dit :

— Dis les mots. Quatorze fois.

Et les mots me reviennent, les mots magiques de mon grand-père :

J'ai l' loquet,
Bistouquet,
P'tit Jésus,
Je l'ai pus.

Quatorze fois de suite en articulant bien et sans respirer. Sans respirer, surtout! Si tu respires avant d'avoir fini, c'est foutu, « l'loquet » te ressaute dessus aussitôt, faut que tu recommences tout depuis le début... Et quatorze! Il était temps, je dois être bleu. Le hoquet est parti, naturellement, c'est magique.

Eh bien, tous les deux, on a notre hymne national. On

plonge dans les vallons, on se dandine sur les raidillons en braillant tant que ça peut « Mon père a planté des raves ».

Il est monté de sa cambrousse, comme maman quand elle était petite. Il travaille à Bercy, dans les caves à pinard. Il lave les futailles, il gerbe les demi-muids. Il est content, il gagne des sous, il s'est même payé un vélo. Il fera monter son petit frère quand il sera assez grand. A Fourchambault, c'est comme à Forges : il n'y a que l'usine ou le chemin de fer. L'usine, il aime pas tellement, et le chemin de fer faut le certificat. Lui, il l'a pas, il s'est même pas présenté, le maître d'école lui avait dit si te t'présentes, te t'présentes toût seul, vieûx gârs, moué j'te présente point, dame, te m' f'rais ben trop honte!

*

Pédaler, ça creuse. On a vite de nouveau faim. On a bien cueilli des cerises à un grand cerisier, mais elles n'étaient pas tout à fait mûres, et puis une volée de troufions vert-de-gris aux bonnes joues roses se sont amenés, sont grimpés dans l'arbre et ont commencé à le ravager par branches entières, en riant comme des collégiennes. Les cerises les meilleures se perchent tout en haut, près du soleil, c'est bien connu, mais comme les branches intéressantes sont trop minces pour y grimper, le plus simple c'est encore de les casser au ras du tronc. C'est chouette d'être vainqueurs! Nous deux, on se sentait de trop, on est partis. Personne ne nous a retenus.

On a vu une petite maison de paysan, au bord de la route, un peu en retrait, une vieille petite maison de pauvre vieux tout seul, bouffée par les ronces. Le crépi de chaux avait foutu le camp, alors on voyait les caillasses brutales assemblées à la terre à lapins, les linteaux et les coins de grosse pierre grise tachée de lichens jaune d'or, rouille intense, vert amande ou gris souris. Le toit ployait l'échine comme un vieux bourricot. Les volets étaient clos, mais la porte entrebâillée. Le loquet pendait, cassé. On a passé la tête, on a crié y a quelqu'un, non, y avait personne. Dedans, il faisait noir, ça sentait le vieux qui se lave pas tous les jours, la soupe tournée et la pisse de chat. On a cherché à bouffer, n'importe quoi, on a juste trouvé un quignon de pain dur comme une brique et tout moisi plein de mousse, et aussi du lait dans une jarre, mais complètement pourri. On a fait le tour. Derrière, dans un enclos de grillage rafistolé, des poules faisaient côt... côt..., inquiètes mais pas affolées. On a vu qu'il y avait des œufs aux nids, on les a pris, sept œufs, et puis on est descendus dans une cave qui sentait le champignon et on a trouvé une espèce de machine et des bouteilles auprès, des bouteilles à bouchon à bascule. On en a ouvert une : de la limonade. Ce vieux-là devait fabriquer de la limonade et aller la vendre aux petits enfants le dimanche sur les foires, ça devait être ça, sa combine. On s'est assis à l'ombre, on a gobé les œufs tout crus, le septième qui était en trop c'est moi qui l'ai gobé parce que le gars de la Nièvre avait un peu mal au cœur, on a croqué le pain dur, le moisi avec, on a fait descendre ça avec des flots de limonade, on s'est mis à roter, pas moyen de s'arrêter, ça nous faisait rire, qu'est-ce qu'il y fourrait comme gaz, dans sa limonade, ce limonadier-là! On s'est demandé si on allait crever, à cause du moisi, on s'est répondu on verra bien, et puis on a repincé nos bas de pantalons dans nos pinces à vélo et on s'est remis en route en chantant « Mon père a planté des raves », et aussi des chansons cochonnes que je lui apprenais, par exemple « En descendant la rue d'Alger », qui lui faisaient fendre la pêche jusqu'aux oreilles.

*

De temps en temps, on croise des Boches à bicyclette. Pour des gens aussi modernes, leurs vélos ont de drôles de gueules, on dirait qu'ils datent de Jésus-Christ, qu'ils sont faits de barres de fer plein travaillées à la masse sur l'enclume. Le guidon est bien trop haut, pas commode du tout, ça les oblige à pédaler droit comme des mâts, les mains presque à hauteur des yeux, les reins creusés, tu parles d'un char à bœufs! La position la plus con qui soit pour pédaler, surtout en côte. Il est vrai que, les côtes, ils les grimpent à pied. Le frein, c'est un patin de bois qui frotte directement sur le pneu, en plein milieu, actionné par toute une tringlerie articulée... Même la vieille bécane de défunt mon grand-père était moins tartignolle que ces dinosaures.

Une fois, il y en a un qui m'arrête, un jeunot, il regarde mon vélo avec attention, fait sonner le métal du cadre sous l'ongle — un cristal! —, siffle, admiratif, et me fait signe qu'il le veut. Je lui dis eh, dis, ça va pas, mec? Je fais non de toutes mes forces avec la tête et je me cramponne des deux mains à mon biclo. Merde, qu'il me tue, mais mon vélo je lui donne pas! Il me fait des tas de signes pour me faire comprendre qu'il veut juste faire un petit tour afin de l'essayer. Ça me décide pas. Qu'est-ce qui me prouve qu'une fois dessus il va pas se tirer? C'est perfide, cette race. Mon pote me fait signe d'accepter, et il va se placer, avec sa propre « Hirondelle », en travers de la petite route, à une centaine de mètres de là. J'ai compris. Je dis au Boche d'accord, je lui tends mon vélo et je me place en travers de la route, assis sur son tas de ferraille. Il saute en voltige, les pieds aussi sec dans les cale-pieds, sans tâtonner. Il bloque les courroies des cale-pieds, tchic tchac, roule mains en haut jusqu'au Morvandiau, vire sur place, plonge en bas du guidon, pique un sprint droit sur moi, bloque des deux à me toucher, dérape contrôlé de l'arrière, me rend le vélo. Pas à dire, il y tâte. Il me fait : « Primâ! », l'œil plein de convoitises, et me raconte toute une histoire, sans doute qu'il est coureur cycliste dans le civil, des trucs comme ça. Il dit : « La Kerre, gross malhèr! » Un truc que j'ai pas fini d'entendre... Il dit aussi : « Fini, la Kerre... Kapoutt, la Kerre » et me faire signe qu'il va rentrer à la maison et refaire du vélo. Ah, bon.

Le soir, on couche en ville, va savoir quelle ville, une ville petite, jolie, pas abîmée comme Gien. On entre dans une maison qui bâille. Une belle maison, tant qu'à faire. Un docteur habite là, sa plaque est sur la porte. Tout ce qui pouvait s'emporter a été fauché, le reste a été saccagé. On déniche quand même des pots de confitures dans un placard, des dizaines de pots avec le nom des fruits écrit bien soigneusement en ronde sur des étiquettes à filets bleus. On fait une orgie de confitures, et puis on se couche, chacun dans sa chambre, dans des lits fantastiques, grands à t'y perdre, doux comme de la crème. Mon vélo et ma valise sont debout contre le lit, reliés à moi par une ficelle cachée sous le drap. Si tu veux me les faucher, aussitôt je bondis.

Je me suis dégotté un chouette bouquin : *Les maladies vénériennes*, avec des illustrations en couleurs, et un bout de bougie. Je m'endors dans des visions de chancres d'art.

*

Le lendemain, on reprend la route. On ne va pas loin.

Des machins blindés, à chenilles, frappés de la croix noire et blanche, mitrailleuses braquées sur nous, barrent la route, ne laissant qu'une maigre chicane. Un peu en avant, des Boches casqués, fusils, mitraillettes, grenades à manche de bois dépassant des bottes, l'air pas marrant, se tiennent, jambes écartées, devant des rouleaux de barbelés. Des paumés dans notre genre, à valises et à sacs à dos, s'accumulent et attendent, mornes, je ne sais quoi. Il se présente sans cesse des autos et des camions boches. Ils montrent un papier, on leur ouvre le barbelé.

Dans les prés, sur la droite, je vois des camions militaires français, des milliers, à perte de vue, et aussi des tanks tout neufs à cocarde bleu-blanc-rouge, sans doute les beaux chars Renault de l'autre optimiste.

Je me renseigne autour de moi. On sait pas. Faut attendre. Je me risque à dire à un Boche à grosse casquette et à culottes de cheval qui a l'air de commander :

— Moi, Bordeaux.

Il me regarde depuis tout là-haut comme si j'étais une crotte de pigeon sur son uniforme de gala :

— Ya. Momènnte!

« Momènnte », ça doit vouloir dire « un moment ». Je fais part du produit de mes réflexions au Morvandiau, qui arrivait justement à la même conclusion. « Ya », ça je sais, tout le monde sait, ça veut dire « oui ».

Le momènnte dure une bonne demi-heure. Et puis une autre grosse casquette gueule :

— Matames, Meuzieurs, fenir! Tous matames-meuzieurs! Lôss!

Pour le cas où nous n'aurions pas compris, des troufions nous encadrent, nous font signe d'aller par là :

— Lôss! Lôss!

C'est pas loin. Un petit pré encadré de haies vives que renforcent des rouleaux de barbelés. Il y a l'herbe, et rien. Une seule sortie, gardée par deux vert-de-gris.

Mon pote et moi, on s'affale dans l'herbe. Plutôt curieux qu'inquiets. On regarde autour de nous. Gueules grises de gens qui n'ont pas beaucoup dormi ces temps derniers.

Au bout d'un moment, on commence à se demander ce qu'on fout là. Le soleil tape déjà dur, il n'y a aucune ombre, si ce n'est une bande toute maigre au pied de la seule haie qui soit un peu à contre-jour. Et voilà que j'ai mal aux dents. Une molaire, creuse à y loger un cheval et sa charrette, avec qui cependant je vivais jusqu'ici sur un pied de tolérance réciproque, vient soudain de jeter le masque. Ça m'élance furieusement. Pendant que je donne des coups de tête dans la terre, le gars de Fourchambault cherche de l'aspirine dans l'honorable assistance. Personne n'en a. Une dame me tend un petit flacon d'alcool de menthe. J'en verse dans le trou, ça me fait cent fois plus mal qu'avant, dix millions de volts me secouent la mâchoire. Un jeune homme avec une barbiche me dit qu'il est étudiant en médecine et qu'à son avis c'est un abcès, mais que sans instruments on ne peut rien faire. Je vais trouver les sentinelles, je leur montre ma dent, je fais « Ouh là là » en secouant la main, mimique de douleur extrême. Ils font « Ya, ya! » d'un air plein de compassion, et puis haussent les épaules d'un air de totale impuissance. Font de la main le geste qui veut dire « Patience! » Ben, oui. Seulement, moi, c'est ma dent.

J'écoute les gens causer autour de moi. Il paraît que les Boches (« Chut! Voyons! Dites " les Allemands " ! Voulez-vous nous faire tous fusiller? ») occupent la France entière, du Nord au Sud, des Alpes aux Pyrénées. Il paraît que l'armée française a stabilisé le front juste après le bled où nous sommes, vers Saint-Amand-Montrond, par là, et que la contre-offensive est imminente, c'est pourquoi, vous voyez, ils sont devenus nerveux, tout à coup. Il paraît que le maréchal Pétain a été nommé chef du gouvernement et qu'il a demandé l'armistice. Il paraît que, pendant que les Allemands avancent en France, les Français avancent encore plus vite en Italie (là, tout le monde rigole). Il paraît que s'ils n'avaient pas eu leur Cinquième Colonne jamais ils n'auraient pu vaincre l'armée française, la dame qui dit ça vient justement de reconnaître son épicier habillé en officier allemand, si si, c'est lui, j'en donnerais ma tête à couper, je le connais bien, tout de même! Il paraît qu'un type a parlé dans le poste, il était à Londres, soi-disant, et il disait que la guerre n'était pas finie, des trucs dans ce genre, on a pas bien tout compris. Ah, non, dit une autre dame, fini, les bêtises! Ça ne sert à rien de s'obstiner. Il faut être beau joueur. On a perdu, on a perdu, c'est tout. Des zigotos comme ça, c'est bon qu'à nous faire tous massacrer! On n'est pas à Londres, nous autres, on est ici, en première ligne, entre leurs pattes! Finalement, c'est nous qui l'avons déclarée, la guerre, faut être juste. Et pourquoi, au fait? Vous rappelez-vous seulement pourquoi? Parce que Hitler voulait Dantzig, ou la Pologne, je ne sais même plus moi-même, alors, voyez... (« Parlez plus poliment, voyons! Dites « monsieur le chancelier Hitler ». Ces Allemands, ils comprennent bien mieux le français qu'ils ne le laissent voir. Ils font semblant. Dans les casernes, on leur donnait des cours de français spécialement en vue de la guerre. Oh, ils sont forts, les bougres! Et quelle organisation! Vous avez vu leur organisation? Nous ferions mieux de profiter des circonstances pour prendre modèle sur eux. ») Il paraît que, il paraît que...

Mais j'ai maintenant tellement mal que je ne peux plus m'intéresser à rien. Les heures passent. De temps en temps, des nouveaux sont injectés dans le pré. On n'a pas l'air d'avoir l'intention de nous donner à manger. Je m'en fous, j'ai pas faim, j'ai mal, c'est marre, mais les autres commencent à la sauter. Les gens font leurs pipis-cacas dans un coin du pré, à l'angle de deux haies, y vont par couples, le monsieur fait écran et monte la garde pendant que la madame s'accroupit.

Le soir vient, tout doucement. Le pré est maintenant plein de monde. J'ai mal, j'ai mal. Je décide de me tenir tout près des sentinelles. Quand un nouveau contingent arrive, je harponne carrément par la manche le gradé à la grosse casquette qui l'accompagne et je gueule que j'en ai plein le cul, que j'ai mal, que je veux qu'on me soigne, et puis d'abord je vais à Bordeaux, j'ai l'ordre de mes chefs d'aller à Bordeaux, et merde. Avec beaucoup de gestes très expressifs très véhéments.

Grosse-Casquette me regarde, sévère. Voit que je suis rien qu'un grand môme. Tend la main :

— Papîrs! Pâ-piés!

Je lui montre ma carte d'identité, ma carte des P.T.T. Il me les rend. Ricane du haut de son nez :

— Nix Borteaux, Meuzieur! Retour Pariss! La Kerre, fini. Franntsozes, kapoutt!

Il ajoute :

— Vous bedide karçon. Vous partir temain. Nous cherche franntsozes zoldates.

Il tourne le dos. Je reviens parmi les autres. Je leur répète ce qu'il m'a dit. Quelques types font une drôle de gueule. Des gaillards dans la force de l'âge. L'un d'eux demande à une dame seule si elle ne voudrait pas dire qu'il est son mari, qu'il a perdu ses papiers dans la grande pagaille, soyez chic, quoi, je suis militaire, vous comprenez, s'ils me chopent ils me font prisonnier, soyez chic, madame. La dame dit ça marchera jamais, et puis où voulez-vous aller? Ils vous rattraperont n'importe où, et alors là ils vous fusilleront comme déserteur, vous trouvez que c'est intéressant? Et vous aurez la honte, en plus. Vous en faites pas, ma petite dame, que je sorte seulement d'ici, ils ne m'auront plus! Je file tout droit chez nous, à la maison, et là, je les attends! Chez nous, c'est chez nous, vingt dieux!

Je sais pas s'ils sont arrivés à se mettre d'accord. Ici et là, des gaillards-dans-la-force-de-l'âge conciliabulent.

La nuit est longue. Je la passe à tourner autour du pré carré, à m'arracher la peau de la joue, à me balancer des coups de poing, à me retenir de geindre, à m'apercevoir que je geins depuis des heures... Ça n'a pas l'air de gêner les autres. Ou bien ils sont tellement crevés qu'ils dormiraient attachés à une roue de moulin, ou bien ils sont là, sur le dos, mains sous la nuque, à regarder les étoiles, ou bien ils sont accroupis, mine de chier, dans le coin des deux haies, pendant que d'autres, à plat ventre, cachés par eux, trafiquent les barbelés. Je m'endors comme le matin se pointe.

Remue-ménage du côté de la sortie. Voilà Grosse-Casquette, accompagné de deux ou trois autres casquettes. Des camions attendent dehors. Des vert-de-gris en armes font la haie entre la sortie et les camions.

Grosse-Casquette gueule :

— Matames! Meuzieurs! Ici! Tous fenir! Schnell!

Le tas de chiffons répandu sur le pré se défripe mollement. Ça craque, ça geint, ça poche sous les yeux, ça jaunâtre et ça a besoin d'un coup de rasoir.

— Lôss, Mensch! Lôss!

Voilà le troupeau vaguement debout, agglutiné devant Grosse-Casquette. Un troufion rôdaille dans le pré, renifle la haie, à quatre pattes. Il rapplique, au trot, freine pile devant Grosse-Casquette, salue, claque des talons, reste au garde-à-vous, raide comme ils savent être raides. Il aboie quelque chose. Grosse-Casquette fronce le sourcil, donne trois ou quatre coups de gueule furibards. L'autre re-salue, re-claque, se place sur le côté, mitraillette en poigne. Grosse-Casquette s'adresse à nous.

— Matames, Meuzieurs, franntseûziche zoldate étaient dans vous hier soir. Auchourt'hui matin, ne sont plus. Où ils, hmm? Wo denn, bitte? Où, z'il fous blaît? Hmm, hmm?

Ses yeux balaient le ramassis apeuré. Il est vraiment en colère. Il explose.

— Ils partis! Voilà où ils! Weg gelaufen! Ils courir, courir! Loin courir! Ils prissonniers-la-kerre. Vous voir partir. Vous aider partir. Vous gross filous! Che fitsiller vous!

A ce moment-là, une autre casquette lui dit respectueusement quelque chose. Il fait « Ach! » d'un air agacé-furibard, et puis un geste de la main pour dire bon, d'accord, après tout je m'en fous. Les gens s'entre-regardent, pas frais. « Il a dit qu'il va nous fusiller! » dit une dame. Elle éclate en sanglots. Son mari la serre contre lui, lui tapote l'épaule. « Allons, Suzanne, allons! »

Les premiers commencent à sortir. Ils présentent leurs papîrs à une casquette, qui examine surtout les bonshommes, surtout s'ils ont entre vingt et cinquante, et puis fait « Lôss! » avec un geste écœuré de la main. Tout le monde passe, sauf un grand corniaud rouquin, taillé comme un bœuf, vêtu de bleus de travail en loques et beaucoup trop courts, visiblement fauchés à un épouvantail. Ses gros bras jaillissent des manches qu'ils font péter. Les autres ont dû l'oublier, ou alors c'est un de ces taciturnes de la campagne qui ne se font pas de copains au régiment. Ils l'embarquent dans un camion.

*

Je me tâte un instant si je vais pas faire un saut jusqu'à Nevers et Forges, c'est pas loin d'ici, et puis non, j'ai pas tellement la fibre familiale, depuis dix ans que grand-père est mort j'ai vu mes tantes, mes oncles et mes cousins une seule fois : le jour de ma communion. Toute la mâchoire me fait un mal de chien, je suis enflé, j'ai de la fièvre, je me sens pas du tout en train pour écouter les litanies prévues sur le malheur des temps, hélâ faut-i don ben qu'j'arvoyons ça, ôh ben, nous v'la-t-i ben, qu'est-ce que j'vons-t-i don ben dev'nîr, qu'j'avons déjà tell'ment de misère à seul'ment arriver à tremper not' soupe, faut-i don point que j'nourrons ces vâ-nu-pieds de Prussiens, à c't'heure? Et làvoudon que vous voulez-t-i que je prenions de quoué, moué? I vont nous dévorer la poule et le jô, et pis la gârelle et le pourceau, et pis la vache et son viau, et pis nout'piau et nous ôs! Oh vâ, l'gârs, vâ, c'étaint ben la peine que j'payains tant d'impôts et de contributions pour astiquer tous ces biaux militaires, dame! Au premier coup d'fusil, i s'sont ensauvés tellement vite que j'avons seu'ment point eu le temps ed'les vouér! J'ons juste vu leû'dârrières avec leû'ch'mises qui dépassaint qu'on aurait dit des culs de lapins en train de courir avec leû'ch'tites queues blanches! Vous aût', les Parîsiens, vous vous débrouillerez toujours ben, mais nous aut', ici, dame, on va les avouér sû' les reins! C'est que ces Prussiens, ça mangeont comme trois gorets! La misère, c'est ben toujours poû'l'Morvanguiau! Oh que j'cheux-t-i don fâché...

Mon copain n'est pas davantage tourmenté du besoin de passer par Fourchambault. D'après ce qu'on entend à droite à gauche, les Allemands sont à Bordeaux, et même à la frontière espagnole. Bon. Il ne nous reste plus qu'à rentrer, quoi. La queue entre les jambes.

*

La route est moins encombrée qu'à l'aller, quand tous ces bons branques étaient poussés au cul par la grande trouille de la Bête blonde. Maintenant, ils rentrent chez eux, dans leurs Picardies, dans leurs Belgiques, puisque aussi bien les Boches sont partout et qu'au moins, chez soi, on est chez soi. Un peu gênés d'avoir cédé à la panique, ils ont l'air de se demander ce qu'ils sont venus foutre là, dans quel état ils vont retrouver la maison, la boutique, les bestiaux. S'en veulent de s'en être fait tout un plat. Après tout, les Allemands, c'est pas si terrible. Sont bien polis bien corrects, là vous pouvez pas me dire le contraire, faut regarder les choses en face, patriote, d'accord, mais pas chauvin, polope. Pas comme ces voyous de fuyards français! Je suis sûre et certaine qu'on va pas retrouver un seul drap dans l'armoire, tu verras ce que je te dis! Des draps en pur fil que maman avait fait broder exprès pour notre mariage! Heureusement que j'ai insisté pour emporter l'argenterie! Si je t'avais écouté, on serait partis en pyjama!

Ils cheminent à petites étapes, pique-niquent à l'écart, sournois, refermés sur leurs provisions. Certains retrouvent leur chère auto là où ils l'avaient abandonnée, et alors ils décident de camper à côté, l'essence va bien finir par revenir, c'est une question de quelques jours, les Allemands vont réorganiser tout ça vite fait, ils ont le génie de l'organisation, on ne peut pas leur retirer ça, tout ce que vous voudrez, d'ailleurs leur propre intérêt exige que tout se remette à fonctionner normalement le plus vite possible.

Les Allemands, ils nous bousculent dans leurs petites bagnoles marrantes, puisant à poignées dans leurs casques débordants de cerises. Parfois un vainqueur solitaire s'approche d'une famille et dit, mi-quémandant, mi-menaçant : « Cognac! » Ou bien c'est un détachement qui revient de quelque corvée, dans ce bruit de mastication rythmée que font les bottes cloutées sur les pavés. Un aboi bref : toutes les bouilles se fendent, tous les gosiers entonnent, exactement ensemble, à trois voix accordées avec précision, un chant barbare, farouche et brutal, qui vous martèle le ventre et vous glace la moelle des os *.

* En fait, « Heili Heilo », « Erika » et les autres chansons de marche « nazies » dont l'effet terrifiant est encore aujourd'hui tellement utilisé dans les films de guerre sont des chansons enfantines traditionnelles, aux paroles naïves, comme, chez nous, « Auprès de ma blonde », « V'là le bon vent, v'là le joli vent » ou « A la claire fontaine ».

Nous nous nourrissons au hasard des trouvailles mais, à mesure que nous gagnons au Nord, les maisons vides se font de plus en plus rares. Beaucoup de paysans ont réintégré leurs fermes. Peut-être s'étaient-ils tous simplement cachés dans les bois, pas bien loin. Ils acceptent, sans enthousiasme mais à prix d'or, de nous céder des œufs, du lard, du beurre, et aussi du pain qu'ils ont réappris à cuire eux-mêmes dans les vieux fours d'autrefois.

La Loire passée, c'est le Moyen Age, c'est la Guerre de Cent Ans. Ventre en l'air ou brancards implorant le ciel, une double haie de bagnoles, de charrettes, de voitures à bras emmure la chaussée. Parfois, tout a brûlé sur des centaines de mètres, les arbres avec. L'huile noire a coulé, empoissant l'herbe. Soudain, une puanteur effroyable. C'est un cheval crevé, un percheron massif, gonflé de gaz à éclater, sphérique, les quatre énormes pattes plantées raides dans le ventre comme les tuyaux d'une cornemuse. Un bouillonnement de tripailles gris-bleu se bouscule hors du trou du cul, étranglé par le sphincter, boursouflé de hernies grosses comme des citrouilles. « Bourdonnent alentour mille insectes ardents. » Leconte de Lisle, « Les Éléphants ».

C'est le premier, ce n'est pas le dernier.

Chevaux, bœufs, vaches, chiens, on ne les a pas pieusement enterrés, ceux-là. C'est de la carcasse, c'est pas sacré comme de l'homme. Les cadavres noirs grouillent de vermine vorace. D'immondes liquides coulent sur l'asphalte. Les mouches mordorées étincellent sur les mufles qu'on dirait de carton. Dans un pré, une trentaine de vaches pourrissent au soleil. Exploit de quel connard inspiré? Aviateur rital facétieux? Mitrailleur de char allemand frustré de n'avoir rien de plus français à se mettre sous la gâchette? Officier français en retraite donnant l'ordre de ne rien laisser qui puisse « servir à l'ennemi »? Va savoir... La connerie est la chose du monde la mieux partagée. La tranquille et souveraine connerie... Oui, bon, je vais pas jouer les philosophes à deux ronds. Je hais la mort. Je hais ceux qui la donnent. Je hais ceux qui aiment la donner. Je hais ceux qui se font violence et se forcent à la donner au nom d'une cause sainte. Je hais la mort et je hais la souffrance, c'est pas original, j'y peux rien, et la mort des bêtes me fait plus mal encore que celle des mecs, c'est comme ça.

Tiens, des gendarmes! Français, parfaitement. Tout noirs et bleus, avec képis, houseaux et galons d'argent. Pas très loin, un groupe d'Allemands, apparemment des officiers. Les gendarmes scrutent, sévères, très gendarmes-comme-si-de-rien-n'était, le flot humain. Réclament aux hommes leurs papiers. Le Morvandiau leur demande s'ils cherchent un voleur de poules. Le gendarme lui répond faites donc voir un peu votre livret militaire. J'en ai pas, dit le Morvandiau, j'ai pas l'âge. Alors, carte d'identité. Et vous avez intérêt à être en règle. Il est en règle. T'es pas un peu con, je lui dis plus loin, ils sont vexés comme des poux qu'on l'ait dans le cul, alors ils se vengent sur n'importe qui! Le Morvandiau me dit :

— Mais t'as donc pas compris? Ces empaffés-là recherchent les troufions déguisés en civils pour les donner aux Boches! Pourquoi qu'ils sont pas prisonniers, eux, les gendarmes, hein? C'est des militaires, non? Ils sont même plus militaires que les militaires, puisque c'est eux qui forcent les troufions à aller au front et qui pourchassent les déserteurs pour les faire fusiller. Ah, chierie, tiens!

Je vois une plaque : Montereau. L'Yonne se jette dans la Seine à Montereau, disait mon bouquin de géo. Voilà l'Yonne, voilà la Seine. Et sur la Seine, il y a une péniche qui va vers Paris. Et qui accepte de nous prendre, bien qu'elle soit déjà archi-bourrée de Parigots dans notre genre. Poutt-poutt-poutt, le gros diesel poutt-poutte, le quai s'éloigne, l'exode s'achève en croisière.

Une humanité fripée, sale, harassée, jonche le pont. Une humanité plutôt de bonne humeur. Après avoir eu si peur, ils trouvent que ça se passe plutôt pas trop mal. Se préparent à faire leur nid dans la défaite. Après tout, les Allemands, en dix-huit, n'en sont pas morts. Et les Algériens, les Marocains, les Nègres, les Malgaches, tous ces gens que la France a vaincus, nous a-t-on assez répété qu'ils étaient beaucoup plus heureux qu'avant, et plus fiers, aussi? Oui, mais ils étaient vaincus par la France, ce qui est un honneur et la source de tout bien. Bon, ben, l'Allemagne sera la France de la France, faudra s'habituer à cette idée, quoi.

Les provisions sortent des valises. On va pas ramener tout ça à la maison. C'est fini, la misère! A Paris, il y a de tout à gogo, tenez, vous reprendrez bien du pâté, si si, vous me vexeriez, à votre âge on dévore, vous êtes en pleine croissance, dit la dame, vous devez avoir de fameux bras. Elle tâte mes bras. Je reprends du pâté. Et du camembert. Et du Bourgogne. Et du chocolat aux noisettes.

La berge doucement défile, les ponts éventrés se succèdent, un gars étire un accordéon. La belle vie, si j'avais pas aussi mal. La dame me donne des comprimés. Vous verrez, comme avec la main, pfuitt! Et en effet. Ça se fait supportable.

La Marne se jette dans la Seine à Charenton. Et moi, c'est là que je descends.

Je dis au revoir au Morvandiau. Il me dit salut, vieûx gârs, à un de ces quatre. C'est ça, je lui dis, à la prochaine der des ders! On se marre. Je repasse mes bras dans les ficelles, j'enjambe mon biclo, vingt minutes après je suis à la maison. C'est en grimpant la côte de la Grande-Rue que je m'aperçois que je sais même pas son nom, au Morvandiau. Je lui ai jamais demandé. Ni lui le mien.

Papa-maman, heureux soulagés comme de bien entendu. Il paraît que des tas de gens sont morts sur les routes, des gens de Nogent, Untel et puis Untel, qu'il n'y a toujours pas de lumière, ni d'autobus, ni de métro, ni de marché, mais le journal — il y a des journaux — dit que tout va remarcher normalement, qu'il faut que les Français soient unis derrière le Maréchal et se mettent au travail en se repentant de leurs erreurs passées, que les mauvais bergers qui nous ont menés là seront jugés et punis, que les Allemands ne nous en veulent pas, à nous, ils savent bien que c'est pas de notre faute, ils rendent d'ailleurs un chevaleresque hommage à l'adversaire malheureux, au valeureux combattant français, plein de choses comme ça.

Maman dit qu'ils sont bien polis, tout ce qu'on voudra, et surtout ne va pas les provoquer bêtement pour faire le malin, et présente-toi à ton travail demain matin, fais voir que t'es pas un feignant.

Papa ne dit rien. Il a l'air de penser que le plus dur reste à faire.

Je suis allé faire arracher ma dent. Le dentiste n'avait

pas d'anesthésique, j'ai cru qu'il m'arrachait la tête, il s'y est repris à trois fois, j'ai à moitié déglingué le fauteuil à coups de pied, c'était un vieux fauteuil, et aussi un vieux dentiste.

Roger et les autres potes sont restés à Nogent. Ils se foutent de ma gueule. Aller si loin pour se faire rattraper, merde! Moi, je trouve que ça valait le coup.

Zabastovka

Voilà. Ils n'ont fait toute cette guerre de merde que pour qu'on se trouve, Maria et moi.

Tous ces morts, tous ces exodes, ces bombardements, ces ultimatums, ces traités violés, ces beaux navires coulés, ces routes du fer et ces lignes Maginot, ces villes rasées, ces armistices implorés, ces yeux arrachés, ces ventres éclatés, ces gosses assassinés sur leurs mères assassinées, ces défilés de la victoire, ces gerbes aux soldats zinconnus, ces théâtres aux armées, tout ça, toute cette merde, pour qu'on arrive, Maria et moi, chacun de son bout du monde, et qu'on se rencontre, à mi-chemin, devant cette putain de machine, et qu'on se trouve, Maria et moi, et qu'on se reconnaisse, Maria et moi, Maria et moi.

J'étais tout neuf, tout prêt, j'étais affamé d'amour, et je le savais même pas. Bon à cueillir. Désirant éperdument être cueilli. Et je ne le savais pas. Si grand était le vide à combler, si dévorante la faim, que le raz de marée me submergea, me renversa cul par-dessus tête, et que se bousculèrent en moi, jaillies du même choc, deux amours violentes et démesurées, violentes et démesurées comme tout amour. Et folles. Et définitives. Comme tout amour.

Maria.

Et les Russes.

Tout m'a explosé dedans en même temps. Les Russes. Maria. Dès la première nuit, la première minute.

Je sortais de ma banlieue, de mon trou à Ritals et à titis. J'avais pas la moindre idée de ce qu'était un Russe. J'avais côtoyé des petits Russes blancs à la communale, j'avais rien vu. C'était pas le bon moment, faut croire. Ou pas les bons Russes. J'ai désormais et j'aurai toujours, pour tout ce qui est russe, une passion flamboyante, éperdue, résolument partiale. Et cucul la prâline. Et assumant joyeusement tout ça. C'est le propre de la passion.

*

Tout ça parce qu'un triste con archi-dingue écumant a froidement foutu le feu au monde. Et que des cons gâteux et se croyant roublards l'ont laissé faire, l'ont encouragé sournois, se figurant pouvoir arrêter le fauve enragé quand il aurait dévoré juste ce qui les gênait dans leurs petites têtes de boutiquiers merdeux... Rien à foutre! Vous m'avez foutu là, connards sanglants, connards gâteux, vous m'avez volé mes seize ans, et toutes mes autres années depuis, et aujourd'hui mes vingt ans — c'est pourtant vrai qu'ils m'ont embarqué juste le jour de mon anniversaire : 22 février 1943, ô amateurs de dates symboliques! — et bon, faites-la, votre guéguerre, vous n'avez pas su, vous n'avez pas voulu l'éviter, au fond vous aimez ça, le grand chambard qui vous arrache à l'usine, à bobonne, à l'apéro, aux discussions chiantes, à la morne baise conjugale, qui fait de vous des aventuriers irresponsables, des tueurs légaux, des violeurs farouches avec permission du haut commandement, des grands fauves sauvages pas plus loin que la laisse, vous aimez ça, fumiers, lavasses, conformes, honnêtes gens, tas de merde. Vous marchez à la Patrie, à la Liberté, aux Droits de l'Homme avec majuscules, mais vous laissez en même temps ceux d'en face se saouler de romantisme pour sacs à bière, de délire mégalo collectif, vous prétendez aimer les lumières et vous regardez tranquillement la haine forger ses aciers et gueuler ses gueulements d'assassins. Vous êtes des cons, des salauds et des aveugles volontaires, vous regardez l'épouvante de demain se tricoter sous vos yeux, impunément, insolemment, et vous, vous jouez à la pétanque. En 35, quand il a envahi la Rhénanie avec une armée d'opérette, il violait du sacré. Un traité archi-garanti. C'était un premier pas. Au bluff. Il risquait le tout pour le tout. Il est joueur. Vous aussi, mais lui, il a plus d'estomac. Il jette sa peau sur le tapis. Il y croyait pas, il se disait ces cons-là, ces panses à foie gras, ils vont me rentrer dans la gueule, c'est pas possible, et alors je serai foutu, la dictature du surhomme ça ne survit pas à une déculottée, ils vont me pendre par les couilles, merde, qu'est-ce que j'ai la trouille, merde, qu'est-ce que je jouis, ça c'est du poker! Il a fermé les yeux, et il a risqué le coup... Et rien. Rien du tout. Il n'en est pas revenu! Il s'est essuyé la sueur. Il a compris qu'il pouvait tout se permettre, ces tas de merde ne bougeraient pas. Ne bougeraient que quand il serait trop tard... Pourtant, l'armée française était forte, prestigieuse, elle entrait comme dans le beurre, avec la bénédiction de la Société des Nations, il y avait violation flagrante d'un traité garanti par elle, pas un seul mort, l'Adolf retournait à la niche, fin du Nazional-Sozialismus (prononcez « Natssional-Zotssialismouss », vous me ferez plaisir). Mais les Français à petit bedon et à double menton, mais les Anglais à pébroque et à melon n'avaient en tête que l'hydre du bolchevisme (signez-vous), la hideuse vorace pieuvre de l'Est, les idées malsaines contaminant l'ouvrier d'Occident (souvenez-vous des mutineries de 17)... Susciter un ogre en face de l'ogre pour que s'entre-dévorent les deux ogres. Ça, c'est de la haute politique, ça! Crevez, connards, crevez, roublards, crevez, patries, idéologies, utopies, combines! Je n'ai qu'une vie, et rien après. Je n'ai qu'une vie, vous n'en êtes que le décor, vous, vos idées, vos idéaux, vos intérêts sublimes ou miteux, tout ce qui vous aide à oublier que vous allez crever, que vous n'êtes que de brefs instants de conscience, que vous n'êtes sur terre que pour avaler par un bout et chier par l'autre, et que vous ne pouvez pas vous faire à l'idée de n'être que ça. Moi aussi, je ne suis que ça. Et alors? Ça me convient. J'aurais pu choisir, j'aurais peut-être voulu du sublime... Non, là, je déconne. Ce qui est, est, c'est marre. Je suis là, j'y suis bien, je suis moi, moi tout seul. Je ne suis pas un maillon de la chaîne. Je ne dois rien à personne. J'ai tout à redouter de tout le monde. Vos exaltations ne sont pas les miennes. Vos lourdes conneries d'hommes qui savez-ce-qui-est-bon-pour-moi-et-qui-décidez-en-mon-nom, vos appels à l'héroïsme-quand-il-est-trop - tard - et - qu'il - n'y - a - plus - qu'à - mourir - crânement-pour-sauver-l'honneur, vos sacrifices sublimes, vos reniements discrets, vos ardents flamboiements pour des causes « qui nous transcendent », je les emmerde. Je ferai semblant, si ça devient dangereux. Hurler avec les cons. Car vous êtes féroces, encore plus féroces que cons. Vous n'aurez pas ma peau. En tout cas, pas de bon cœur. Vos jeux de cons, je suis spectateur.

*

Les Russes. Pour moi, ça n'allait pas plus loin que *Michel Strogoff*, dévoré à dix ou onze ans dans une édition brochée, en fascicules, illustrée à foison de vieilles gravures sur bois, très noires, très fuligineuses et très fatiguées, d'un dessin précis et tourmenté, fascinant. Je me saoulais l'âme de noms de villes formidables, barbelés hérissés, s'entrechoquant sur la plaine infinie où, dans la rouge splendeur des incendies, galopaient les terribles cavaliers tartares: Nijnii-Novgorod, Omsk, Tomsk, Tobolsk, Krasnoïarsk, Tchéliabinsk, Irkoutsk... Ça n'allait pas plus loin que l'accent rigolo du général Dourakine de la digne comtesse de Ségur, née Rostopchine : « Toi trrès horrible vilain garrnement! Chez nous, dans le Rrussie, sais-tu quoi nous fairre à horribles garrnements vilains? Nous donner knout, arracher peau, voilà quoi nous fairre! » Pas plus loin que le parler roucoulant d'Elvire Popesco jouant Tovaritch au cinoche, que les cosaques harcelant la Grande-Armée :

« Il neigeait. On était vaincu par sa conquête.
Pour la première fois, l'Aigle baissait la tête... »

Il était vite fait, l'inventaire de mes impressions de Russie.

*

Maria et moi, on a su tout de suite. Peut-être qu'on était tous les deux aussi disponibles, aussi affamés, aussi enfants perdus, aussi gibier aussi chasseur l'un que l'autre? Aussi tremblants? On a su tout de suite.

Portrait de Maria. Dix-neuf ans. Tignasse bouclée. Blonde de ce blond qu'elles ont, foncé avec des éclats roux, fauve plutôt que blond, blond de lion. Grande? Assez. Peau très blanche, pommettes hautes, écartées, ossature fine... Oui, bon, des mots, tout ça. Ce que je décris là, c'est une fille de dix-neuf ans, slave à tout va, belle comme les amours, une fille, quoi. C'est pas Maria. Comment veux-tu que je te fasse jaillir Maria du papier, avec des mots? Comment veux-tu?... Son nez? Son nez. Il est ukrainien, son nez. Court et rond comme une patate nouvelle, une toute petite... Mais tout ça, c'est le décor autour du rire de Maria.

Maria veut sourire, elle rit. A gorge déployée. Elle te donne son rire, tends ton tablier. Son menton se creuse un nid dans son tendre cou, elle n'est que fossettes plein les joues, larmes de rire plein les yeux. Ses yeux bleus, insoutenablement bleus, comme ces petites fleurs quand elles se mettent à être vraiment bleues. Les yeux de papa. Le rire de papa. Eh, oui. Pardi!

Rebuffet aussi, il a su tout de suite. C'est un grand machin, maigre, voûté, il est étudiant en quelque chose, il a une grande bouche complice, en caoutchouc, qu'il étire, de bienveillance, jusqu'aux oreilles. Il a su tout de suite, et pourtant on ne fait rien, rien que les gestes du travail, chronométrés au rasoir, pas un trou, on se marre sans perdre la cadence quand Meister Kubbe regarde ailleurs, je déconne, je mime, je fais le clown pour voir rire mes deux bonnes femmes. Formidable ce que c'est stimulant, la présence des femmes, tout devient léger.

Rebuffet joue au curé. Il dit : « Je vous bénis, mes enfants, croissez et multipliez. » Maria demande : « Chto? » Il fait le geste de glisser les anneaux aux doigts. Elle rougit, éclate de rire, le bat à coups de torchon. Elle dit : « Tfou! » Elle dit : « Oï, ty, zarraza, ty! » Alors, pour bien se faire comprendre, il fait des deux mains le geste de s'enfiler une fille, debout sous une porte cochère, et il bruite dégueulasse avec la bouche. Maria dit : « Oï, ty, kholéra! » La voilà fâchée à vie. Pour au moins une heure.

*

Pour la plupart des Français, ici, les Russes, c'est de la merde. En toute innocence. Ça va de soi, quoi. Comme un colon considérant un bougnoule. Même pas par anticommunisme. Au contraire, cet aspect de la chose les leur rendrait plutôt sympathiques. On est les enfants du Front Popu, tout ce qui est de gauche éveille des résonances. Alors que les Belges, eux, leur défiance du Russe tient essentiellement au diable bolchevique qu'il héberge sous la peau...

Les Français, on ne peut pas dire qu'ils n'aiment pas les Russes, ils ne les aiment ni ne les désaiment, ils n'aiment personne. Quel peuple économe de ses emballements! Savent par contre tout de suite se situer dans la hiérarchie. Au premier contact, traitent les Russes de haut, condescendants, amusés-méprisants, comme ils traitent le Sidi qui vend des tapis à la terrasse des cafés. Ces yeux braqués d'enfants curieux de tout, ces sourires grand offerts qui quêtent ton sourire et volent au-devant de lui, cette amitié toujours prête à croire à l'amitié, cette terrible misère qui cherche quelle babiole t'offrir pour matérialiser l'amitié, cette violence dans le rire et dans les larmes, cette gentillesse, cette patience, cette ferveur, tout ça, les Français passent à côté. L'exotique, il le leur faut sur carte postale. Ils mettent tout dans le même sac, le paysan et le mathématicien, la vachère et la doctoresse, tout ça c'est du gros plouc, du pas civilisé, de l'à peine humain. Comme font les Allemands eux-mêmes, sauf que les Allemands, eux, ils le font exprès, ils savent pourquoi.

« T'as vu ces cons-là? Des vrais sauvages. Des bœufs. Des ours. T'as vu ces bonnes femmes, ces culs que ça a? Des juments, mon vieux, des juments de labour. Et à peine t'y mets la main, elles t'en retournent une sur la gueule, aussi sec tu t'allonges. Plus costaudes que trois hommes de chez nous, et attention, je dis trois hommes costauds. Des vrais bestiaux, je te dis! »

Les Russes ont de bonnes grosses joues rondes, pas tous, mais souvent, avec parfois des pommettes de Kalmouks et des yeux bridés, noirs comme des pépins de pomme, avec plus souvent des yeux bleus ou vert clair, ces yeux limpides sur ces pommettes mongoles ça vaut le déplacement, les Russes sont fringués bizarre, ils ne portent pas des complets-vestons et des pardessus à martingale, ni des pull-overs avec des dessins dessus, ils ne finissent pas d'user en tous les jours leur vieux costume du dimanche comme un ouvrier économe et qui sait le prix des choses, ils portent des entassements de machins matelassés, couleur de misère, de drôles de chemises sans col, boutonnées sur le côté, de grosses bottes en tuyaux de poêle rapiécées de partout, ou alors des entortillements de chiffons et de ficelle autour des jambes, les femmes s'emmaillottent la tête d'interminables châles qui font pour finir trois ou quatre fois le tour du cou, serré serré, ne laissant voir que les yeux et le bout du nez, on dirait ces poupées de chiffon que maman me tortillait en cinq secs pour me calmer quand je faisais mes dents, c'est vraiment des sauvages, pas à dire, des épais, des lourds du cul, des sournois, des races à la traîne, tout ce qu'on voudra, pas des gens comme nous, quoi!

Les Boches, bon, c'est des sales cons, d'accord. Des brutes, des mécaniques et des prétentieux, d'accord, d'accord, mais, merde, c'est du monde! Ils ont pas notre finesse, ça c'est sûr, et ils l'auront jamais, mais bon, on est entre gens civilisés, quoi, question sciences, philosophie, électricité, métro, rumba, tout ça, on peut causer. Question musique, ils seraient peut-être même plus forts que nous, je me suis laissé dire. Et pour la chose de l'organisation, alors là, pardon, chapeau... Le Russkoff, tu veux me dire ce que ça a, le Russkoff? Y a qu'à voir comment c'est fringué, c'est Moyen Age et compagnie! Et le peu qu'ils ont, c'est bien grâce à nous autres. Sans nos savants à nous pour leur inventer les chemins de fer, tu crois qu'ils les auraient inventés tout seuls? Et le chauffage central, hein? Tiens, je suis bien tranquille qu'il y a pas un seul radiateur dans tout leur putain de paradis du prolétaire! Pas un seul! S'ils en voyaient un, ils le prendraient pour un moule à gaufres!

Le Français est une merde pour l'Allemand, le Russe est une merde pour le Français et une moins-que-merde pour l'Allemand. Vis-à-vis des Russkoffs, les Français se voient dans le même camp que les Chleuhs : le camp des seigneurs. Gros seigneurs, petits seigneurs, seigneurs vaincus, seigneurs vainqueurs : seigneurs.

J'ai l'habitude. Le Français méprise d'un bloc tout ce qui est rital. Le Rital du Nord méprise le Rital du Sud et se sent, du coup, quelqu'un d'un peu, si j'ose dire, français...

Le Polonais aussi est méprisé, mais déjà nettement moins que le Russe. Le Polonais porte une casquette à la mode, une casquette de voyou, sur le côté, comme l'ouvrier parisien qui va guincher sur les bords de Marne, pas une de ces ridicules casquettes de garde-barrière plantées tout droit sur les oreilles rouges des moujiks. Le Polonais hait les Russes d'une haine dévorante. Il en est en retour haï d'une haine condescendante. Il hait aussi l'Allemand, le Polonais, d'une haine ardente mais pleine de déférence. L'Allemand hait le Polonais d'une haine somptueusement teutonique. Le Polonais est vraiment la bête à chagrin de l'Europe. Coincé entre les deux colosses qui l'écrasent sous des montagnes de haine comme un livre de messe entre deux éléphants de bronze, faut qu'il ait la vie dure pour avoir survécu, ce peuple-là. Tout le monde leur crache à la gueule. Eux, ça va de soi, détestent tout le monde, et par-dessus tout les Juifs, c'est tout ce qu'ils ont sous la main, et ils en ont, paraît-il, beaucoup. Le seul mot de « Juif » les fait cracher par terre et s'essuyer la langue sur la manche de la veste... Ah, si, tiens : ils aiment la France! La France et, bien sûr, les Français... Les malheureux! Dis « Napoléon » à un Polonais, il se met au garde-à-vous. Dis-lui que tu es français, il te serre sur son cœur, verse de grosses larmes douces et racle le fond de sa poche voir s'il aurait pas une pincée de poussière de mégot à te faire cadeau.

Les Tchèques aussi aiment la France. Mais d'une façon plus distinguée, plus culturelle. Nous, on a mauvaise conscience. Munich, n'est-ce pas... On finit toujours par évoquer Munich. Alors le Tchèque te regarde, triste comme un chien triste, et ses yeux te disent : « Tu m'as fait ça, ami! Tu m'as trahi. Mais ça ne fait rien, ami, je t'aime. » La France, quoi qu'elle fasse, elle reste la France. C'est ça, l'avantage d'être la France.

*

Pour les presses du Quarante-six, ils ont choisi les gars qui leur paraissaient costauds. Rebuffet est le résultat d'une illusion d'optique. La fameuse nuit de l'arrivée, il portait un entassement de lainages sous un énorme manteau à épaules rembourrées. Très impressionnant. Une fois épluché, il n'en est resté qu'un long héron triste et doux tirant du col vers l'avant. A peine eut-il le plateau garni sur les bras qu'il laissa tout choir par terre, stupéfait que des choses aussi lourdes puissent exister, six fusées d'obus de foutues, toujours autant que les Russes n'auront pas sur la gueule. Meister Kubbe tâta le biceps de Rebuffet, hocha pensivement la tête et n'insista pas. Il retira Rebuffet de la presse pour l'installer devant un petit tour à ébarber, juste à côté de moi. Il le remplaça à la presse par un gars de la Mayenne, un gros placide à lunettes tout à fait le boulot c'est le boulot et ce qu'ils en font après, moi j'en ai rien à foutre... Peut-être bien un volontaire, va savoir.

La Mayenne a investi en force le Quarante-six, toute une horde. Des paysans-ouvriers taillés massif, plein chêne, ça va à bicyclette travailler aux ardoisières ou dans la chaussure — j'apprends qu'il y a pas mal de fabriques de chaussures, par là — et ça laboure le lopin familial avant d'aller se coucher. Restent entre eux, ne se mêlent pas, parlent peu aux autres, se méfient surtout des Parisiens. Culs-bénits, ça va de soi, du genre médaille au cou et crucifix à la boutonnière.

Au début, je veux dire : avant nous, c'étaient des Russes qui conduisaient les presses. Et puis voilà que la firme Graetz A.-G. avait décidé de se débarrasser de tous ses Soviétiques mâles. Sans doute sur un ordre venu d'en-haut. Qu'étaient devenus ces gars, les filles sont incapables de nous le dire. Tout ce que je sais, c'est que nous sommes arrivés pile pour prendre la relève.

Meister Kubbe, après les jours relativement débonnaires de mise au courant, avait commencé à nous houspiller, soucieux. Il aurait voulu que la production sorte enfin des balbutiements de l'apprentissage pour s'installer majestueusement dans la vitesse de croisière et ronfler à ces cadences accélérées qui justifient le maintien loin du front d'un agent d'assurances apparemment en excellente santé. Le terrifiant Herr Müller surgissait de plus en plus souvent, n'importe quand, précédant un quarteron de casquettes arrogantes mêlées de crânes roses lunettés d'or et d'Obermeisters en blouse grise, ces derniers suant la trouille. L'un ou l'autre de ces importants prélevait une pièce encore brûlante, jouait du pied à coulisse, engueulait Meister Kubbe et lançait vers nous des regards furibards. Le rendement était lamentable, le rebut énorme. Je suppose que l'un des cerveaux cerclés d'or était l'inventeur génial des fusées d'obus en fer-blanc fourré à la bakélite, ce devait être sur ses instructions que l'on avait construit les monstres du Quarante-six et toute la chaîne de fabrication dont ils n'étaient que l'un des maillons.

Maria m'explique :

— Wir, sehr dumme Leute. Nicht verstehen Arbeit. Immer langsam. Immer nicht gut. Wir sehr, sehr dumm. Pognimaïèche?

Nous, gens très bêtes. Pas comprendre travail. Toujours pas vite. Toujours pas bon. Nous très très bêtes. Tu comprends?

Je comprends très bien. Elle mime en parlant, du geste et de la grimace, on dirait Charlot. Pour montrer combien elle est bête, elle appuie son index contre sa tempe et elle le visse en secouant la tête de droite à gauche avec accompagnement de petits coups de sifflet.

Elle pointe vers moi :

— Toi aussi, très bête. Très, très bête.

Elle lève l'index, solennelle :

— Aber, nicht faul!

Mais pas feignant!

Son regard exprime toute la conviction d'une dame patronnesse qui croit fermement aux possibilités de rédemption d'un vieux truand.

— Pas feignant du tout! Toi vouloir travailler. Toi content travailler. Toi travailler beaucoup beaucoup. Mais toi très bête, très pas bon dans ta tête, très pas bon dans tes mains, toi pas vite, toi casser pièces, casser machine, ach Schade! Alles kaputt! Kein Glück!

Elle est navrée. Son doigt menace, sévère. Il faut se trouver droit en face de ses yeux, juste droit en face, et tout près, et regarder tout au fond, pour voir le rire, l'énorme rire qu'il y a, tout là-bas au fond de ses yeux. Les oreilles qui traînent ne peuvent que se féliciter du zèle de cette consciencieuse ouvrière à encourager mon ardeur au travail, à déplorer mes maladresses en même temps que les siennes propres.

Toutes les presses de l'Abteilung sechsundvierzig se traînent à des cadences curieusement parallèles dans la médiocrité. Et cela pour les trois équipes. Jusqu'au jour où Herr Müller réunit au réfectoire les deux équipes de repos et, du haut de son impeccable costume anthracite, déclare :

— Je ne veux pas savoir si vous êtes des imbéciles ou des saboteurs. J'ai personnellement insisté pour que l'on confie ce travail à des Français. Je croyais l'ouvrier français intelligent, vif, habile, et surtout loyal. C'est donc moi qui suis responsable si ça ne marche pas. Très bien. Dans deux semaines, ceux d'entre vous qui n'auront pas doublé leur chiffre actuel et réduit leurs pièces refusées à moins de cinq pour cent du total feront l'objet d'une plainte pour complot de sabotage et seront immédiatement livrés à la Gestapo. A dans deux semaines, messieurs.

Il est parti.

On se regarde. Quelques « Ben, merde! » impressionnés se traînent à ras de terre. René la Feignasse, un grand veau dans les quarante berges, me harponne par le bras :

— T'y crois, toi? Tu crois qu'il le ferait?

Je dis :

— Il a la gueule à le faire.

— Alors, autant qu'ils m'embarquent tout de suite! Parce que moi, plus que ce que je fais, je peux pas. J'ai même pas la force de me déloquer, je me pieute tout fringué, avec mes pompes, j'ai les guibolles en flanelle, merde, je donne mon maxi, moi! Et pis d'abord, les trois-huit, je m'y fais pas. Roupiller le jour, j'ai jamais pu, jamais. Et pis j'ai faim, merde, on la saute. Qu'il me file donc tout de suite à sa Gestapo de merde, de toute façon c'est comme ça que ça finira pour tout le monde, un peu plus tôt, un peu plus tard...

Rouquin, le grand rouquin à coups de tête, mauvais comme un âne rouge, nous secoue les idées noires :

— Oh, dis, eh, s'ils sont pas contents, ils avaient qu'à nous laisser où qu'on était, on leur demandait rien, nous autres. Y'a qu'à laisser pisser, on verra bien. Qu'est-ce que tu veux qu'elle nous fasse, sa Gestapo, en admettant? Le premier qui vient me faire chier, je lui fous mon poing sur la gueule, ça, au moins, c'est sûr.

Voilà qui est simple et plein de santé! Aussi con que ça

soit, ça recolle l'ambiance. Les bras d'honneur fleurissent, l'interprète belge demande ce que ça veut dire exactement, une fois, hein, « Tiens, fume, c'est du belge! » On lui explique. Il rigole comme un Belge. Nous voilà partis à déconner ricanant et à râler pleurnichard, moitié-moitié, comme d'habitude, têtes pleines de vent que nous sommes.

Mais pas la Mayenne. La Mayenne s'est regroupée à part. Ça fait un gros tas de dos qui bourdonne sérieux.

*

A la reprise, comme si de rien. Tout en manipulant les ferrailles dégoulinantes de bakélite figée, Maria et Anna m'apprennent « Katioucha ». Je leur apprends « O Catarinetta bella, tchi tchi ». J'imite très bien Tino Rossi, c'est ma spécialité, mais ça leur plaît pas, elles font « Tfou! » et elles crachent, alors Rebuffet leur chante « Sur la route de Dijon, la belle digue digue », ça les ravit, mais elles trouvent ça un peu simplet, un peu sommaire, dès le deuxième couplet elles sautent dedans en marche et brodent là-dessus un somptueux opéra russe avec clochettes, pompons et barbe-à-papa, elles guettent, gourmandes, le moment du refrain où l'on chante « Aux oiseaux, oh, oh! Aux oiseaux! », leur œil rit d'avance, elles lancent en triomphe : « Ou vazô, ô, ô! Ou vazô! », bientôt toutes les filles à portée d'oreille en font autant, les presses s'abattent à la volée, des cathédrales de cristal de roche foncent droit en l'air et puis s'éparpillent en poussière d'arc-en-ciel, la fontaine court sur les cailloux, le bataillon console Marjolaine la digue dondai-aine, une louve au loin dans la steppe hurle son hurlement... On commence à se sentir vraiment en famille, dans notre coin.

Tiens, on dirait que le torchon brûle, à côté. Les deux filles de la presse voisine de la mienne, celle du Mayennais à lunettes, c'est ça, n'ont pas l'air d'accord avec leur patron. Ça s'engueule aigre. Enfin, c'est surtout elles qui gueulent. Je demande au gars :

— Qu'est-ce qui t'arrive?

— Font chier, ces salopes! Toi, mêle-toi de ton cul.

Ah, ça, c'est pas poli, ça. J'aime pas. Maria m'explique. Elle a l'air drôlement en boule.

— Kamerad verrückt! Pognimaïèche?

« Pognimaïèche? » c'est « Tu comprends? ». Ça, oui, je comprends. Pas depuis longtemps, mais bon, ça vient. « Verrückt »? Ça a l'air allemand, ça, c'est tout ce que je peux en dire.

— One s'ouma sochol! Dourak!

Ah, là, ça me dit quelque chose. Il est expliqué quelque part dans les œuvres complètes de la comtesse de Ségur (née Rostopchine!) que le nom du célèbre général Dourakine vient tout droit du russe « dourak », qui signifie idiot, imbécile. C'est utile, la mémoire.

Comme, en même temps, Maria a l'idée de faciliter mes efforts cérébraux en se vissant l'index sur la tempe et en sifflotant, la lumière jaillit :

— Lui fou? Con? C'est ça?

Je mime de mon mieux une tête de con.

Le bonheur d'être comprise illumine Maria.

— Da! Da! One fou! One kâ! Loui kâ! Loui sehr kâ! Loui ganz kâ!

— Nié « kâ », Maria, a tak : « con ». Répète : « con ».

— Kônng?

Elle fronce le nez, se tord la bouche, les yeux lui sortent de la tête, c'est pathétique. Le français est une langue vraiment difficile, je commence à m'en rendre compte.

Alors, voilà. Ce gars de la Mayenne s'est mis à pédaler comme un dingue. Les filles ne veulent pas marcher. Elles le traitent de fou à lier, de faux-cul, de rapace, de couille molle et de fasciste. Lui ne peut rien faire si elles ne sont pas d'accord. Il enrage, il a la trouille au cul, et il a rudement raison, moi aussi je devrais l'avoir, la trouille au cul, je l'aurais si j'avais un peu plus les pieds sur terre au lieu de planer dans les extases des premières amours, mais bon, quoi.

Les autres Mayennais se heurtent au même conflit. Les filles s'opposent à toute accélération de la cadence, et sabotent, carrément ou sournoisement, leurs efforts. Un drôle de climat règne dans l'Abteilung. Meister Kubbe commence à flairer quelque chose.

La Mayenne est bientôt à bout de patience. Le point de

rupture va être atteint, c'est-à-dire le moment où l'un des gars, exaspéré, ira trouver Meister Kubbe, peut-être même Herr Müller, et lui expliquera d'où vient tout le freinage. Voilà comment on en arrive à faire la police pour les Chleuhs.

Cependant, malgré toute l'héroïque mauvaise volonté des filles — je dis bien « héroïque », parce qu'elles, c'est la peau qu'elles risquent —, les presses conduites par les enfants de la verte Mayenne, et aussi quelques autres, faut être juste, augmentent peu à peu leur production, quantité et qualité. Meister Kubbe se défripe. Il félicite ces honnêtes travailleurs, leur tape sur l'épaule, un large sourire épanouit sa bonne bouille. Car il a une bonne bouille, mais oui. Il fait au recordman du jour de petits cadeaux d'encouragement, une part de gâteau pétri par les mains de Frau Kubbe, un petit sandwich au poisson fumé, une cigarette blonde... Maintenant qu'il sait que c'est possible, il fronce de plus en plus les sourcils, d'un air qu'il voudrait féroce et qui n'est qu'intensément emmerdé, lorsqu'il s'approche de ma machine ou de celle d'un autre trio de tire-au-cul.

*

Une semaine s'est déjà écoulée sur les deux. Aujourd'hui, je suis de l'équipe d'après-midi, on prend la relève à deux heures. Tout de suite, on sent de l'anormal dans l'air. Les filles sont déjà là. Debout à leurs places de travail, bras croisés, visages figés. Celles de l'équipe sortante, au lieu de se débander dans l'habituel remue-ménage d'interjections désabusées-rigolardes et de raclements de sabots harassés, restent là, chacune à son poste, côte à côte avec la copine, bras croisés. Devant chaque fille, posée sur le support où s'encastrent les plateaux de fusées à visser ou à dévisser, une cuvette-écuelle d'émail brun avec au fond une maigre bouchée de cette verdure bouillie que les Allemands nomment pompeusement « Spinat », épinards (prononcer « chpinatt »), en fait un mélange de je ne sais quelles herbes fibreuses où dominent les fanes de chou-rave strictement cuites à l'eau et au sel sans la moindre trace de matière grasse ou de patate, c'est insolemment dégueulasse, ça racle la gorge, je connais, j'en bouffe, on se partage nos gamelles, Maria et moi.

Je demande à Maria ce qui se passe. Elle ne me répond pas, visage de bois, regard perdu dans le vide, droit devant elle. Je demande à Anna, à une ou deux autres. Même manège. Les presses attendent, gueules béantes, crachant leur brûlante puanteur. Les mecs tournent en rond, désemparés. La Mayenne s'énerve.

Je rassemble tout mon maigre vocabulaire russe. Je bouche les trous avec de l'allemand, quand j'en`ai.

— Maria, skagi! Dis-moi! Patchémou vy tak diélaïétié? Pourquoi vous faites ça? Warum? Was ist los? Skagi, merde, skagi! Qu'est-ce que je t'ai fait, moi? Tu me fais chier, bon Dieu!

Elle me regarde enfin, terrible.

— Nié skagi « Fais chier »! Tu ne sais rien. C'est mieux. Tu ne dois rien savoir. Eto diélo nachoïé. C'est notre affaire à nous, à nous toutes seules. Reste tranquille, dourak. Tolka smatri!

« Tolka smatri! » Regarde seulement! Je regarde. Meister Kubbe s'amène.

— Aber was ist los? Was soll das heissen?

Tania, la grande Tania aux joues de bébé, elle a dix-sept ans, Tania la douce, Tania l'ange, regarde Meister Kubbe et dit :

— Zabastovska.

Et puis se remet à fixer le vide, droit devant elle.

Meister Kubbe appelle :

— Dolmetscherin!

L'interprète d'atelier accourt. C'est Klavdia l'excitée, une « évoluée » criarde et minaudière dont il convient de se méfier, c'est du moins ce qui se dit chez les filles. On chuchote même qu'avec Meister Kubbe... Enfin, bon, les robes à fleurs ne poussent pas toutes seules sur les fesses des déportées, pognimaïèche? Klavdia n'est visiblement pas dans le coup. Elle se fait répéter, pétrifiée d'incrédulité :

— Chto?

Tania répète, sans la regarder :

— Zabastovka, ty kourva!

Klavdia n'ose pas traduire. Meister Kubbe s'impatiente.

— Was hat sie denn gesagt?

Le mot a du mal à passer :
— Streik.
Streik. La grève. Elle ne traduit pas « kourva » : putain. Ça, elle se le garde pour elle.
Meister Kubbe en reste comme un con, la bouche ouverte. Streik... Elles osent! A Berlin, en pleine guerre, en plein national-socialisme, dans une usine de munitions, elles osent prononcer le mot imprononçable! Ces esclaves, cette merde sous-humaine qui devrait délirer de joie d'avoir été laissée en vie! Meister Kubbe jette alentour des regards désemparés. Il faut que ce soit à lui que ça arrive...
Il finit par dire :
— Vous savez ce que vous êtes en train de faire? Pourquoi faites-vous ça? Allons, mes enfants, reprenez le travail, il ne s'est rien passé.
Klavdia traduit en ajoutant quelques fioritures de son cru : « Vous êtes complètement cinglées! Pauvres connes, vous serez toutes pendues, et moi avec! Rien à foutre de vos conneries, moi! »
Tania l'ignore. Elle se tourne vers Meister Kubbe, lui fourre sa gamelle sous le nez.
— Nix essen, nix Arbeit! Vott chto.
Pas manger, pas travail. Voilà ce qu'il y a.
Meister Kubbe renifle la flaque de fibres verdâtres, hoche la tête, fait « So, so... » (prononcer « Zo, zo... », sans la bonne prononciation ça perd tout, moi je trouve), regarde Tania, dit « Ja, natürlich... » et, finalement, tranche :
— Cela n'est pas mon affaire. Naturellement, j'en parlerai à la cantine. Mais il faut reprendre le travail, tout de suite.
Tania dit :
— Nein. So fort essen. Denn, arbeiten.
Non. Manger tout de suite. Après, travailler.
Klavdia, humiliée que le dialogue se fasse par-dessus sa tête, suant la peur, au bord de l'hystérie, glapit à voix suraiguë :
— C'est du sabotage, sales connasses communistes! Je m'en fous de vos conneries, moi, grosses vaches, culs pleins de fumier!
Maria quitte sa place, sans un mot, lui colle une baffe à

toute volée, et encore une de l'autre côté. Puis revient se croiser les bras.

Tania dit, sans regarder Klavdia :

— Toi, tu manges, salope. Toi, tu te fatigues pas. Sauf le cul, peut-être. Tu te le tapes sur un tabouret, au Kontrolle, et tu vérifies les pièces au pied à coulisse. T'as pas à te mêler de ça.

Là-dessus arrive Neunœil, le Meister de l'équipe descendante, inquiet de n'avoir pas vu sortir son troupeau. Il fait fonction d'Obermeister, c'est-à-dire que, hiérarchiquement, il coiffe Meister Kubbe. Lui, c'est la vraie peau de vache. Son œil unique a vite fait le tour de la situation.

Tania lui tend son écuelle, lui récite son imperturbable slogan :

— Nix essen, nix Arbeit, Meister.

Il envoie dinguer au diable la cuvette et son contenu, balance une paire de baffes à Tania, va droit au Meisterbüro, appuie sur un bouton. Vingt secondes après, deux Werkschutz en uniforme gris se présentent.

— Surveillez-moi ça.

Il décroche le téléphone intérieur, compose un numéro. Il sort du bureau, dit à Meister Kubbe :

— Herr Müller arrive.

Herr Müller est là.

Herr Müller écoute l'Obermeister lui résumer l'affaire. Impassible. Il dit :

— Dolmetscherin!

Klavdia s'avance.

— Dis aux femmes que je recevrai une délégation d'entre elles dans un quart d'heure, dans mon bureau. Six femmes. Les plus capables d'expliquer la chose. Je verrai ce que je peux faire.

Il tourne les talons.

Klavdia traduit.

Les filles se regardent, n'en croient pas leurs oreilles. Et voilà! La lutte paie. Elles choisissent posément les six porte-parole. Il y aura d'abord Tania, cela va de soi, et puis, pour donner du poids et du sérieux, deux vieilles d'au moins quarante ans : Nadiejda, l'institutrice, et Zoïa la grêlée, une responsable de kolkhose à la carrure de lutteur, au cœur de midinette. Et aussi Natacha, qui étudie pour devenir ingénieur, la grande Choura, la petite Choura. Et bon. Ça fait six.

La délégation se rend donc chez Herr Müller. Tania marche en tête, portant à deux mains une portion-témoin de « Spinat ». En attendant leur retour, le travail reprend. L'équipe du matin veut rester dans la cour, mais les Werkschutz chassent les filles, elles sont ramenées aux baraques.

Personne ne chante. Le temps passe. Et passe. Une inquiétude commence à me tournailler dans les tripes. Maria travaille sans un mot, lèvres serrées. Sept ou huit Werkschutz se dandinent dans les travées entre les machines, lancent des blagues aux filles, c'est interdit mais tout le monde connaît tout le monde, je suis sûr que même au bagne les matons déconnent avec les taulards, forcé. Plusieurs Werkschutz sont des accidentés du travail, ils ont des moignons par-ci par-là, alors ils sont devenus flics d'usine, coiffés par la sacro-sainte Gestapo, ils ne vont pas à la guerre, ils sont gras et roses. D'habitude, les filles se foutent gentiment de leurs gueules, leur disent qu'est-ce que tu fous là, grand con, va te faire finir sur le front, eh, avoue-le que tu l'as fait exprès de mettre ta main dans la machine, eh, dis, tu sais que ton Führer a dit qu'il va envoyer même les culs-de-jatte au front, dans un tank t'as pas besoin de jambes, alors toi qui en as encore une tu vas être nommé général, t'auras une belle casquette, tu courras à cloche-pied devant les tanks, tu crieras « En avant! Vous pouvez y aller, y a pas de mines! »... Des vannes comme ça, quoi. Les gars répondent sur le même ton, pas gênés. Quand ils leur mettent la main au cul, les filles sautent en l'air comme des brûlées, crachent « Oï, ty, kholéra! », leur tapent sur la gueule à toute volée avec l'outil qu'elles ont en main, folles de rage, des vraies tigresses. Le Werkschutz esquive et se marre. C'est pudique, ces races! Mais pas rancunier. Leurs colères ravageuses passent vite.

Dix heures du soir. La relève arrive. La délégation n'est pas revenue. Les filles de la relève ne les ont pas vues non plus rentrer aux baraques. Je demande au Belge s'il sait quelque chose. Il fait une gueule lugubre.

— Je crois qu'elles ont fait une belle connerie, hein. Tu

penses bien que Müller ne va pas laisser passer ça comme ça!

— Oui, ben, où qu'elles sont? Tu sais ou tu sais pas?

— Comment veux-tu que je sache? Ce que je peux te dire, c'est que j'ai eu le temps de voir Neunœil et Müller se faire un signe de tête qui en disait long. Et je peux te dire encore quelque chose, c'est que toi et quelques autres vous feriez bien de faire attention, une fois, hein. Ils n'ont pas l'intention de vous laisser continuer comme ça. Non, mais qu'est-ce que tu te figures, hein?

Chacun des gars de la Mayenne a fait une caisse de fusées de plus qu'hier. Il y en a même un qui en a fait trois de plus! Les filles, concentrées sur leur attente, ont suivi le train, sans même y prendre garde.

Je traduis tant bien que mal à Maria ce que le Belge m'a dit. Maria hausse les épaules.

— Nié gavari nitchevo. Kassoï slichitt.

Ne dis rien. Le bigleux écoute. Le bigleux, ça ne peut être que mon voisin de la Mayenne, celui aux grosses lunettes. Anna pleure en silence.

*

Le vestiaire des Français du Quarante-six est un baraquement pourri, là-bas au fond de la cour, derrière le tas de charbon. On traîne la patte jusque-là. Je cause de tout ça avec Rebuffet. Je me monte. Je m'étais bien juré de fermer ma grande gueule, je suis sur la ligne de mire, mais ma grande gueule me prend en traître, voilà que je me retrouve planté devant ce gars de la Mayenne, ce gros gars à lunettes, que je lui barre le chemin et que je lui dis :

— Mais qu'est-ce que vous avez dans le cul, toi et tes potes? Vous êtes vraiment aussi cons que ça? Vous êtes tous des volontaires, ou quoi?

Le gars me regarde de ses yeux de lapin clignotant. C'est pas le causant de la troupe. Il me dit quand même :

— Qué que ça peut ben te faire, d'abord? Chez nous, la chaussure, y a que ça, et v'là maintenant que ça marche point : y a pus de cuir. Ici, tu travailles, t'es payé. Je suis là pour travailler, je fais mon travail. Je connais que ça, moi. Ceux qui y arrivent point, c'est rien que des feignants, ou alors ils ont point la force pour.

Cette couturière sur escarpins en chevreau qui vient traiter de feignant un maçon de la rue Sainte-Anne, non, mais, t'as vu ça, toi? Avant que je sache moi-même ce que je vais faire, je lui ôte les lunettes de sur le nez, je les pose sur un fût de mazout qui traîne par là, je lui place une gauche sur le pif, pour tâter la distance, aussi sec la droite avec tout mon poids derrière, une-deux, il tombe sur le cul, le tas de charbon le reçoit à quarante-cinq degrés, ça fait qu'au lieu de s'allonger il reste bien offert bien à ma poigne, je m'acharne dessus comme à l'entraînement, tout à fait à l'aise, un vrai sac de sable, ça fait boum et boum, tout mou dégueulasse.

Ses copains m'arrachent à la fête, toute façon j'en avais marre, un mec qui se défend pas ça te gâche la colère.

Mais voilà que ces gros cons commencent à me taper dessus. Là, je deviens vraiment teigneux. Ils sont balaizes, ces paysans, mais lourds du cul. Des percherons de labour. Trop confiance en leur force. Moi, je suis maigre, un sac d'os avec un peu de fibreux collé dessus, t'en fais pas pour moi, je suis mobile, il y a quatre mois je tirais les poids moyens au Club Pugilistique Nogentais (normalement les mi-lourds, mais je suis à cinq kilos au-dessous de mon poids idéal, la kerre gross malhère, eh oui). C'est con d'être rogneux à ce point-là. On peut se casser une main comme une cacahouète. Taper à poings nus, et sans Velpeau, tu vois ça qu'au cinéma, jamais un boxeur fera une pareille connerie... Oui, bon, ils m'auraient haché, d'accord. Heureusement, je suis pas tout seul, dans cette vallée de larmes. Rebuffet, Lachaize, le Rouquin et les autres Parisiens s'interposent entre la Mayenne et moi, allons, allons, vous n'allez pas vous battre entre Français, tout ça tout ça...

On cause. Je dis :

— Vous êtes des cons.

Bon début. Ça me donne le temps de trouver le vrai début. Et de reprendre mon souffle.

— Müller nous le fait à l'estomac. On pouvait l'emmerder. Et maintenant, vous avez tout gâché. Vous avez fait la preuve qu'on peut les tenir, ses cadences de dingue. En se crevant à mort, mais on peut. Mieux que ça : vous faites la course entre vous! Complètement ravagés! Mais, pauvres cons, vous êtes déjà sur les genoux! Quand vous arriverez, à bout de souffle, à atteindre son putain de minimum, aussi sec il placera la barre plus haut. Vous y courrez toujours au cul, au minimum! Ça vous passionne tant que ça, de fabriquer des obus? Vous voulez donc vraiment, je dis pas qu'ils gagnent la guerre, ils l'ont de toute façon dans le cul, mais qu'elle dure encore vingt ans! Grâce à vous, Müller va se décrocher la Croix de Fer de première classe, celle bordée de choucroute d'argent avec saucisses en or! Mais engagez-vous dans la Waffen-SS, tant que vous y êtes!

Ah, voilà l'orateur de la bande. Un trapu, très brun, moustache noire, béret basque enfoncé bien à fond avec la petite queue droit en l'air. Il parle lourd, lent, inusable, incoinçable, le plouc instruit qui lit *Le Pèlerin* et qui explique la politique aux autres, qu'est même capable de subjonctiver de l'imparfait quand ça a affaire à de l'instituteur laïque. Ça aurait tâté du séminaire que j'en serais pas autrement surpris.

Posément, sans haine et sans passion, il s'installe dans son truc à roulettes :

— Faut regarder les choses en face, gars. Au pays, on a les femmes et les gosses. Faut que ça bouffe (Il dit « bouffe » pour se mettre à la portée des Parigots têtes de veau). Si on atteint les cadences prévues, on touchera une paie convenable, ils l'ont promis. On enverra des mandats en France. Au cours du mark, ça vaut le coup. Nous, on a choisi de se crever le cul un sacré coup, ici, comme ça nos femmes boufferont et nos gosses aussi.

Il prend le temps de se passer la langue sur les lèvres, qu'il a épaisses, rouges et humides, avec tendance au dessèchement s'il reste plus de dix secondes sans les humecter. Je profite du trou :

— Vos femmes, vos gosses! Tu parles qu'ils crèvent la faim! Vous recevez chacun deux ou trois colis par semaine, des vraies malles, bourrées de saucisse, de beurre salé, de lard, de fromage, de fayots, de bocaux de confit de canard, de pruneaux, de gnôle, et même de pain! Vous n'avez jamais assez de cadenas pour enfermer tout ça. Vous entassez des montagnes de pain rassis moisi plein de mousse jusque sous vos paillasses. Je le sais : je vous le fauche. Vous vous bourrez comme des chancres, vous êtes gras à lard, vous faites la gueule devant le rata de la cantine (Tant mieux pour moi, je fais la tournée des restes, pas fier, je me goinfre tous les résidus de ces dégueulasses, j'ai faim, j'ai faim, jour et nuit, tout le temps. Je boufferais du savon! Mais du savon, y en a pas). Vos vestiaires sont bourrés à péter de pots de rillettes faites à la maison, vous les laissez pourrir, ça schlingue la charogne, plutôt que d'en filer aux copains. Venez pas me parler de vos bonnes femmes affamées et de vos gniards pâlichons! Tu parles, si elles vous envoient ça, c'est qu'elles ont le bide bien plein. Ils rotent gras, vos têtards faméliques! J'espère que vos grosses vaches se font tringler leur gros cul rouge jusqu'à la gorge par les beaux grands Chleuhs aux queues d'acier, c'est ma consolation. Et qu'elles se saouleront la gueule au champagne avec le fric de vos mandats de merde!

A mon tour de reprendre mon souffle. Béret basque veut se faufiler dans la coupure, il a l'air salement en rogne, mais je lui laisse pas le temps :

— Enfin, les mecs, vous avez rien compris? C'est la guerre, merde! La guerre! Vous savez ce que ça veut dire? Et si vous étiez prisonniers, hein? Vous croyez qu'ils envoient leurs tites néconomies à leurs femmes pour qu'elles les mettent à la Caisse d'Épargne, les prisonniers?

C'est une question. Béret basque répond :

— Les prisonniers, c'est des militaires. Les années de guerre comptent double pour la retraite. Et s'ils meurent, ils ont la mention « Mort pour la France » sur leur livret et leur femme touche une pension.

Toute la Mayenne opine gravement.

Me voilà reparti.

— Écoutez. Moi, on m'a pris de force, on m'a jeté là, je suis au bagne, je crève la faim, je renâcle. Il n'y a que deux choses qui m'intéressent : ramener ma peau, ne tuer personne. Si possible. (Il y a bien une troisième chose, la plus importante, même, elle s'appelle Maria, mais je sens que c'est pas le genre d'argument à sortir devant ce genre de gars.) Vous, vous faites votre beurre sur la guerre, votre petit beurre miteux, vous économisez sou à sou, obus à obus, de quoi acheter le lopin à côté de votre lopin. Et ces obus que vous fabriquez, peut-être bien que ça sera pas forcément sur ces Russkoffs qui vous font tellement horreur qu'ils tomberont. Peut-être bien que c'est des Français qui se les prendront sur la gueule, puisqu'il paraît que les Français sont de nouveau dans le coup, à ce qui se dit. Vous y avez pensé, à ça?

Béret basque tente une sortie :

— Le Maréchal...

Je l'écrase dans l'œuf. Je tiens une pêche du feu de Dieu.

— Ouais! Le Maréchal a dit... Monsieur le curé a dit... Vous êtes couverts. Et c'est vous les patriotes farouches, les soldats du Christ, les mecs à morale! Tiens, vous me faites chier, vous me faites dégueuler, vous crèverez le nez dans votre merde, avec une bonne conscience à triple menton et du bien au soleil. Et vous passerez à travers tout, les épurations, les règlements de compte. Vous êtes les finauds, les honnêtes gens, les salauds d'honnêtes gens.

Là, pour être franc, je sais plus trop où je vais, j'ai perdu le fil, je déconne littéraire. Au fond, qu'est-ce que j'en ai à foutre? Béret basque sent le flottement. Il récupère la tribune.

— C'est facile de gueuler, quand on est un jeunot, qu'on a pas de famille à nourrir! Tu causes comme un communiste et comme un anarchiste. Y a rien de sacré pour toi, t'as que ta grande gueule et tes coups de poing. Tu crois à rien, ni à Dieu, ni à diable, ni à la patrie, ni à la famille, à rien de rien. T'es rien qu'une bête. Une bête nuisible. T'as une grosse tête pleine de livres, mais tu t'en sers mal. Y a rien de plus malsain. Depuis que t'es là, tu tires au cul, tu pousses les autres à mal faire. Tu crois que je te vois pas? T'as pas gagné un rond, tu paies même pas ta pension, t'es un parasite, quoi. Un feignant. Un va-nu-pieds.

Là, je rigole. C'est pourtant vrai, ce qu'il dit! Ils nous font payer une pension pour un coin de paillasse dans une baraque pourrie, la cuvette de soupe à l'eau et les trois livres de pain noir de la semaine! Ils retiennent ça sur la paye. Moi, j'ai encore jamais touché de paye, parce que j'ai rien gagné, j'ai jamais atteint le seuil, je suis donc en dette envers la firme Graetz A.-G. et envers la Gross Deutschland. Je me demande si, quand ils auront perdu la guerre, ils vont me garder ici jusqu'à ce que je les aie remboursés! Peut-être qu'ils ont le droit? Quant à Maria, les « Ost » ne sont pas payés, même symboliquement. Juste nourris (aux Spinats) et le cul abondamment botté. Les Meisters violent les filles entre deux portes, au besoin à coups de poing sur la gueule, ce qui est un crime contre la Race, mais la parole d'une Russe contre la parole du Meister...

Je pense à tout ça, je revois Alexandra, l'étudiante en médecine, celle qu'on appelle Sacha pour ne pas la confondre avec les Choura, qui sont déjà deux, sangloter sans bruit après que le Meister du Galvanik, un épouvantable sale con, crémier dans le civil, l'a eu forcée dans son bureau, quasiment au vu de tout le monde, pour améliorer son petit quatre heures. Je pense à ça, la rogne noire me mord au cul, me revoilà qui me prends pour Zorro.

— Parfaitement, j'ai jamais gagné un rond à leur travail de merde, je me considère comme un déporté, comme un forçat, et j'ai qu'une idée : tirer au cul! Simplement parce que j'aime pas qu'on me force. Et puis j'aime pas les obus. Et puis j'aime pas la guerre. Et puis j'aime pas l'usine. Na. D'un autre côté, allez pas croire que j'ai l'intention de jouer les héros. J'emmerde les héros, les martyrs, les causes sublimes, les dieux crucifiés et les soldats inconnus. Je suis rien qu'une bête, t'as raison, une pauvre bête traquée, j'ai l'intention d'essayer de survivre dans ce monde de dingues enragés qui passent leur vie à tout massacrer pour sauver la patrie, pour sauver la race, pour sauver le monde, pour assurer l'harmonie universelle. Ou pour gagner plus de fric que le voisin... Qu'ils crèvent dans leur pisse! Ils auront pas ma peau. Ni celle de ceux que j'aime. Et merde.

Je suis pas un peu con de brailler ça comme ça, à tout va, devant ces gueules fermées de paysans butés qui me regardent piquer ma crise en ricanant? Fais-le, mon pote, mais le dis pas. Faufile-toi, mais va pas clamer sur les toits que tu te faufiles... Bon. C'est ces peigne-cul de fayots qui m'ont foutu en rogne, aussi. C'est déjà passé.

Ça va devenir marrant, la vie, au Quarante-six! Et dans huit jours, Müller, il nous fera pas de cadeau... Quand je pense aux filles, à leur coup de la grève des Spinats... Au fait, les six, qu'est-ce qu'elles sont devenues?

Le lendemain, j'apprends que seules les deux Choura sont rentrées au camp. La gueule en sang. Des bleus partout. Secouées de sanglots. On les a ramenées aux baraques pour que les autres se rendent compte. Rien de tel que l'exemple. Les quatre autres ont été embarquées. On ne les reverra plus *.

---

* On finira quand même par savoir qu'elles ont été envoyées dans un Arbeitslag spécial pour Russes. Ça doit être soigné... Tania s'évadera, elle sera reprise et solennellement pendue devant les autres.

Sur les gravats fleurit la fleur bleue.

Et bon, quoi. La date fatidique approchant, tous s'y mettent, bon gré mal gré, dans le sillage de la Mayenne. Même René la Feignasse. Ça râle, mais ça marche. Bons petits grognards, ça, mon empereur! Ils n'auront certes pas doublé la production à la date fixée, mais auront du moins fait preuve de bonne volonté. Müller se laissera peut-être attendrir.

Il ne reste guère que le Rouquin et moi pour s'obstiner à tirer au cul. Comme des cons, d'ailleurs, par pur amour-propre de sales mômes. On veut pas qu'il soit dit que ces enfoirés-là auront eu le dernier mot. Même, on en remet. Plus de la moitié de nos pièces sont refusées au Kontrolle. Ce qui est du suicide, et du suicide purement gratuit, car au fond on s'en fout, l'un comme l'autre. On ne se concerte même pas, on n'est pas spécialement copains. On joue avec le feu. La vérité, c'est qu'on ne se rend pas vraiment compte. Au fond, on n'arrive pas à croire qu' « ils » puissent être aussi méchants que ça. Pourtant, on a eu l'exemple des filles... Total, on passe pour deux cabochards et deux cinglés, les collègues d'atelier nous évitent plus ou moins, déconnent sournois dans notre dos.

Le Rouquin a la châtaigne facile, bien plus que moi. Quand il cogne, il cogne pour tuer. Des yeux de dingue, quand ça le prend. Au demeurant, le meilleur fils du monde.

Comme moi, le Rouquin est un Parigot et un gosse de pauvres. Être pauvre à Paris, en ce moment, la vraie malédiction. A la campagne, au moins, ils ont la bouffe. Les pauvres, non seulement c'est pauvre, mais c'est pas démerdard. Évidemment : s'ils l'étaient, ils ne seraient pas restés pauvres. Enfin, bon, le marché noir n'est pas pour leurs gueules de pauvres. C'est pas les colis de nos familles, au Rouquin, à moi et à beaucoup d'autres, qui peuvent compenser le manque de calories.

N'empêche que je les attends, ces colis! Même si ce ne sont pas les ventrées de charcutailles des gars de la Mayenne, même si c'est surtout symbolique. J'en chiale d'attendrissement. Je vois maman cavalant tout le mois pour grappiller de quoi mettre dedans, rognant sur ses rations et sur celles de papa, suppliant à droite à gauche, se gelant les pieds à faire la queue, se ruant à la poste entre un ménage et une lessive, tirant la langue pour recopier l'adresse barbare... Elle m'envoie chaque mois un petit paquet bardé de ficelles comme un rôti de veau d'autrefois, il arrive ou il n'arrive pas, ou il arrive éventré, aux trois quarts vide (j'essaie de me consoler en me disant que ceux qui ont fait ça avaient peut-être encore plus faim que moi, le tri dans les gares est fait par des S.T.O.). Elle parvient à y mettre des choses fabuleuses, des choses que j'avais pas vues à Paris depuis des années : un pain d'épices, du lapin cuit et tassé dans une vieille boîte de conserves soudée à l'étain par Totor, le plombier de chez Galozzi, parfois une boîte de sardines à l'huile ou un petit saucisson de cheval, des pommes ridées, des pruneaux, une vingtaine de morceaux de sucre (sa ration et celle de papa, eux se sucrent le café-ersatz à la saccharine), un gâteau fait avec des carottes râpées au lieu de farine (ça ne lève pas, ça donne une espèce de galette très tassée, lourde comme une plaque d'égout, ça a un goût bizarre, douceâtre, ça bourre, ça te coupe la faim), une paire de chaussettes qu'elle a tricotées avec de la laine récupérée sur un vieux pull-over de quand j'étais petit (« Tu vois que j'ai raison de jamais rien jeter : arrive toujours un jour où que t'es bien content de le trouver! »). Et toujours un petit cadeau rare, une petite délicatesse : un sachet de boules de gomme, des caramels... Parfois, miracle, quelques carrés de chocolat. Je file le chocolat à Maria, qui le partage avec les copines, chacune un tout petit bout, qu'elles mordillent, en fermant les yeux. Du chocolat! On dirait qu'elles n'en ont jamais vu. Et c'est peut-être vrai, après tout, bien qu'elles affirment que, là-bas, avant les fascistes (Elles ne disent jamais « les

Allemands », ni « les nazis », mais « les fascistes »), du chocolat, il y en avait à gogo, Bojé moï! Et du bien meilleur que le chocolat capitaliste, avec dedans de la crème de toutes les couleurs, ty nié mojèche znatj!

Les Russes, par dérision, appellent « chokolade » les graines de tournesol qu'ils mâchent toute la journée, quand ils en trouvent. C'est gros comme des graines de melon, pointu d'un bout, avec des rayures dessus. Tu t'en fourres une grosse poignée dans la joue, du bout de la langue tu t'en fais venir une sous les incisives, tu la décortiques rien qu'en te servant de tes dents, de ta langue et de tes lèvres, c'est pas si facile, tu craches la cosse, tu grignotes l'amande, tu l'as bien gagnée, c'est gros comme trois fois rien, ça n'a pour ainsi dire pas de goût, mais ça occupe et ça trompe la faim. Ça te donne l'air d'un écureuil, à cause des joues gonflées, et en même temps d'un lapin, à cause des lèvres qui grignotent sans arrêt et du bout du nez qui suit le mouvement. Quand un Russkoff s'est dégoté du « chokolade », un riche anneau de cosses de tournesol crachées l'entoure bientôt comme un cercle magique.

*

Maria maintenant a peur. Elle me dit : « Astarôjna! Ty kâ. Iesli oubioutt tibia, ili poslaïoutt v'konslaguer, chto mnié diélatj? »

— Fais gaffe! T'es con. S'ils te tuent, ou s'ils t'envoient en camp de concentration, qu'est-ce que je deviens, moi? Doumaï ob étom, ty kâ! Penses-y, espèce de con!

— Pas « kâ », Maria. « Con ». Répète.

Elle, docile :

— Kônng.

Je me marre. Je l'embrasse. La voilà vraiment en rogne. « T'es kâ comme petit vasô! Pourquoi j'aime kâ pareil? Oï, Maria, doura ty kakaïa! »

*

Un matin, je suis d'après-midi, je me présente à l'infirmerie du camp. J'ai au pied un bobo, une de ces saloperies de cônes en tôle m'avait échappé et, en tombant, m'avait arraché un bout de peau sur l'os de la cheville, trois fois rien. Mais ça ne guérit pas vite, et voilà maintenant que ça me démange, c'est rouge autour, je vais demander à Schwester Paula qu'elle me désinfecte ça et qu'elle y mette un sparadrap, c'est juste le genre de soins qu'on peut demander à Schwester Paula, juste ça et rien de plus.

Dans la baraque de l'infirmerie, il y a déjà ma petite copine Natacha, quatorze ans, jolie comme une pomme, blonde comme une Danoise, qui tient haut en l'air sa main bandée, toute pâlotte, les yeux creux, l'air de souffrir. Elle s'illumine quand j'entre.

— Ty Slone! Zatchem ty siouda?

Eh, Éléphant! Qu'est-ce qui t'amène?

Éléphant. Va savoir pourquoi. Elle a décidé ça, un jour. Depuis, du plus loin qu'elle me voit, elle crie : « Oï ty Slone! Kak diéla? » Elle a décidé que je m'appelle Éléphant. Je connaissais pas le mot, alors elle m'a montré, elle a fait la trompe avec son bras, elle a fait la petite queue avec l'autre main, elle a fait les grandes oreilles, j'ai dit : « Ah, ouais! Un éléphant! » Elle a dit : « Slone! » Et elle s'est mise à rire, ses deux nattes fouettaient l'air comme si elle sautait à la corde, et toutes les babas alentour se sont mises à rire et à m'appeler « Slone ». Pourquoi pas? Quoique... Je suis grand, mais il y a ici des immensités : des Hollandais, des Flamands, des Baltes, ça culmine pas loin des deux mètres, aussi larges que hauts, des montagnes de viande... Enfin, bon, quoi. Éléphant. Ça doit être de l'humour russe. Ben, et toi, je lui demande, qu'est-ce que t'as à la main? Machina. Ah, ah. Grave? Non, mais ça fait mal. Faut faire attention, Natacha! Elle hausse les épaules. Tiaï... Soudain s'illumine :

— Zavtra, nié rabotatj! Posliézavtra, nié rabotatj...

Demain, pas travailler! Après-demain, pas travailler... Elle compte sur ses doigts. Veinarde, je lui dis. Elle me demande : « Et toi?... » Je lui fais voir mon bobo. Elle éclate de rire. « Oï ty Slone! La Schwester va te foutre à la porte! »

Justement, la voilà, la Schwester. Schwester Paula. Une grande sèche pas vilaine, la quarantaine, bien balancée dans la blouse blanche rayée de bleu qui la moule de près, mais une sacrée peau de vache, je l'ai jamais vue sourire, par moments elle a des yeux de cinglée, elle fait peur. Ceux qui connaissent la vie disent : « Ce qu'il lui faudrait, c'est une bonne giclée de sirop de corps d'homme! » C'est elle qu'on doit venir trouver, le matin très tôt, afin qu'elle décide si l'on est assez malade pour avoir droit à la consultation du docteur. Elle a un infaillible engin de dépistage : le thermomètre.

Tu arrives, grelottant, enveloppé dans la couverture de ton plumard, la jambe molle, la gueule couleur de vieilles fanes de laitue. Schwester Paula te demande :

— Was?

— Chouesta, iche bine cranque.

Pour qu'elle comprenne bien que c'est sérieux, tu mimes ton mal. Tu poses une main sur ta gorge et tu secoues l'autre en gémissant.

— Schmerzen! Viel Schmerzen!

Naturellement, tu ne sais pas dire des choses aussi compliquées que « J'ai mal à la gorge », alors tu te contentes de dire « Mal! Très mal! » Tu ajoutes « Ouillouillouille! », des fois que l'onomatopée serait internationale. Convaincant à tirer des larmes.

Schwester Paula ne dit rien. Elle te tend le thermomètre. Comme on tend le revolver à l'officier félon pour qu'il se fasse sauter la cervelle. Tu te le mets dans la bouche. Ici, c'est dans la bouche que ça se met. Si par malheur tu es seul à tenter le coup ce matin-là, t'as rien à espérer. Sauf si tu es vraiment à l'agonie. Et encore, pas n'importe quelle agonie : une agonie à quarante de fièvre. Schwester Paula reste là, debout devant toi, bras croisés, son œil de glace ne te quitte pas. Elle tend la main, abaisse l'œil sur le mercure. Le verdict tombe.

— Achtunddreissig neun.

Trente-huit et neuf dixièmes. Tu l'as dans le cul. Au-dessous de trente-neuf, tu retournes au boulot avec un petit papier de la Schwester comme quoi si tu es en retard c'est parce que tu es venu la voir. Au-dessous de trente-huit, elle ajoute de sa main une appréciation destinée à ton Meister, te recommandant chaudement à son attention comme feignant, truqueur et tire-au-cul.

Si t'es pas tout seul, si même vous vous trouvez former un bon petit paquet de grelotteux, tu as ta chance.

Schwester Paula est allemande. Jusqu'à la moelle. Les Allemands sont implacables, mais pas vicieux. Un Allemand n'ira jamais imaginer qu'on puisse être assez crapule pour frotter entre ses doigts le réservoir d'un thermomètre médical jusqu'à ce que le mercure saute à la perche par-dessus la barre fatidique des trente-neuf degrés. Tu m'as compris tu m'as. C'est d'ailleurs pas si facile à faire. Il y faut un certain doigté. Un matin, j'avais beau frotter, planqué derrière les autres, rien à faire, il ne démarrait pas des trente-huit cinq, qui étaient ma vraie température. La queue avançait, ça allait être mon tour, j'arrive près du poêle, j'approche deux secondes le thermomètre du tuyau, je regarde : quarante-deux et cinq dixièmes! Le mercure s'était cogné au plafond! Je me suis mis à secouer le bazar frénétiquement pour le faire redescendre, pas commode sans qu'elle me voie, la voilà devant moi, pas le temps de regarder, je le lui tends.

— Sechsunddreissig fünf!

Trente-six cinq. Un peu étonnée, elle me plante l'index dans l'œil, me retourne la paupière du bas, scrute vaguement la doublure, hausse les épaules.

— Kein Fieber. Nicht krank.

Et si tu es admis, si tu as franchi avec succès ce premier obstacle, alors tu rentres à ton baraquement, tu te replonges dans ton nid de chiffons encore tout chaud de ta bonne chaleur à toi, tu te remplis les poumons de la chère odeur de sueur rance, de pets aux choux-raves, d'haleines mille fois respirées et recrachées, de linge jamais lavé, de pieds foisonnants, de mégot froid et de pipi au lit, la chère odeur de chambrée d'hommes pas spécialement propres, la chère bonne odeur figée dans le petit matin froid comme la graisse au fond de la poêle. La baraque est à toi tout seul, les autres sont partis au chagrin, ceux de nuit sont rentrés et ronflent. Toi, tu attends l'heure du docteur.

A neuf heures, tu retournes à l'infirmerie. Schwester Paula annonce au docteur ton score au thermomètre. Le docteur est un vieux docteur. Les jeunes sont au front. Il dit : « Mund auf! », et il ouvre lui-même la bouche pour te faire voir. Tu ouvres, il jette un œil, il fait « Hm », il prend un comprimé dans une boîte, il te le montre, il dit : « Tablette », tu dis « Ja, ja », pour bien montrer comme tu es docile et coopératif, il te donne la Tablette, tu te la mets sur la langue, Schwester Paula te tend un verre d'eau, tu avales, le docteur dit « Gut », il s'assoit, il prend un petit papier imprimé sur la pile, il y a dessus le mot « Arbeits... », travail, et des pointillés à la suite. Il hésite un instant. S'il écrit « unfähig » sur les pointillés, tu te dorlotes jusqu'à demain, mon salaud. S'il écrit « fähig », tu repars aussi sec pour l'Abteilung. C'est rare qu'il écrive « unfähig ». Ça arrive.

Me voilà donc devant Schwester Paula. Je lui montre ma cheville. Je lui dis tant bien que mal ce que j'attends d'elle.

— Schmutzig. Sauber machen, bitte, je dis.

Schwester Paula ne dit rien. Elle verse de l'eau dans une cuvette, y fait tomber deux Tabletten de permanganate, ça devient tout violet, très joli. Elle me donne une compresse. J'ai compris. Je dois faire ça moi-même. Pour la douceur de la main féminine, je repasserai. Elle pose un carré de sparadrap sur le tabouret, et bon, elle s'en va. Et non. Revient. Pique du nez sur mon pied. Que j'ai dénudé, pantalon troussé jusqu'au genou. Qu'est-ce qui la fascine, bon Dieu?

Elle regarde intensément mon bobo, suit du doigt quelque chose le long de ma jambe, remonte jusqu'au genou, retrousse le pantalon aussi haut qu'elle peut, remonte le long de la cuisse, m'ordonne : « Hose ab! » et, comme je ne comprends pas assez vite, elle déboucle ma ceinture, déboutonne ma braguette, fait tomber mon pantalon sur mes pieds, me voilà le bazar à l'air. Elle m'enfonce ses doigts dans le pli de l'aine, ses doigts d'acier trempé, elle se redresse, elle me dit : « Sofort ins Bett! » Sa peau blême est tendue sur les os des joues, ses yeux flamboient. Une tête de mort avec une bougie allumée à l'intérieur.

Si j'ai pu penser un instant que la vue de mon mollet de coq l'avait soudain frappée d'une passion dévorante, je crois maintenant qu'il me faut envisager autre chose. Autre chose d'assez inquiétant. Je remonte mon pantalon et, comme elle me fait signe de la suivre, je la suis.

L'infirmerie comprend deux sections : la section russe, la section occidentale. Chaque section se compose d'une chambre à quatre lits. Ça semble peu pour une population d'environ seize cents personnes, penserait un observateur de la Croix-Rouge. Il aurait tort de penser ça. Il est très rare que les huit lits soient occupés. Il est même rare que l'un des huit lits soit occupé. D'ailleurs, la Croix-Rouge est passée plusieurs fois, une Croix-Rouge ou l'autre, enfin, une de ces Croix-Rouges, quoi, et jamais aucun observateur n'a formulé l'observation ci-dessus évoquée. C'est tout dire.

Entre les deux sections, il y a le bureau de Schwester Paula, sa chambre et la pièce de consultation. Tout ça pour l'étanchéité. Les deux sections doivent être soigneusement étanches l'une à l'autre. Car elles présentent cette particularité de se composer l'une uniquement de femmes, l'autre uniquement d'hommes. Et quelles femmes! Et quels hommes! Des Russes, ces chiennes en perpétuel rut. Des Français, ces obsédés renifleurs d'entre-cuisses. Mais Schwester Paula veille. La Krankenstube ne deviendra pas un bordel.

Me voilà couché dans un des quatre lits du dortoir. Schwester Paula m'a ordonné de ne pas bouger. Elle a encore examiné mon pied, ma jambe et ma cuisse, m'a jeté un regard particulièrement féroce, et est sortie. Je l'ai entendue téléphoner. Je m'approche de la fenêtre, je cherche à mon tour sur ma jambe ce qui peut bien la révolutionner comme ça. Je finis par apercevoir une vague trace rouge, une ligne sinueuse qui part de ma cheville et, plus ou moins marquée mais sans interruption, remonte jusqu'à l'aine. Les ganglions de l'aine sont un peu gros, un peu douloureux, pas beaucoup, comme quand on a un bobo quelque part le long de la jambe, quoi. Bon. Et alors, c'est pour ça?

La porte s'ouvre. C'est le docteur. Ça, alors! Il s'est dérangé exprès? Lui aussi fait une sale gueule. Très, très emmerdé. Il parle avec Schwester Paula. Ils parlent beaucoup. Ben, et moi? Je voudrais savoir, merde. Je le tire par la manche. « Was ist los? » je demande. « Nichts! Nichts! Bleiben Sie in Ruhe. » Rien, restez tranquille. Les voilà partis.

J'ai quand même retenu un mot, qui est revenu un peu trop souvent dans leur conversation si animée : « Blutvergiftung ». Voyons voir. « Blut », c'est le sang. De ça, au moins, je suis sûr. Je retourne dans tous les sens le bric-à-brac qui suit. Je finis par repérer « Gift ». Je connais ça. Ça ressemble à un mot anglais, et justement faut pas confondre. Voyons... « Gift », en anglais, c'est « cadeau ». En allemand, c'est... Ça y est! « Poison »! Gift : poison.

Qu'est-ce que ça vient foutre? Attends. « Vergiften », c'est donc faire quelque chose avec du poison. Qu'est-ce qu'on peut bien faire avec du poison? Eh, empoisonner, pardi! Vergiften : empoisonner. Vergiftung : empoisonnement. Blutvergiftung : empoisonnement du sang.

Je me sens pâlir. Empoisonnement du sang! C'est un mot à maman, ça : « Fais attention aux clous rouillés, va pas m'attraper un empoisonnement du sang! » « Le fils Untel est mort d'un empoisonnement du sang »... Un mot d'autrefois. Aujourd'hui, on ne dit plus comme ça. On dit... On dit « septicémie ». Voilà. Je me tape une septicémie. Ben, merde.

J'aurais cru ça plus terrible. Plus grandiose. Juste cette trace rouge, ce bobo qui me démange... J'ai même pas mal à la tête.

Et voilà que je comprends pourquoi ils s'affolent, le docteur et la chouesta. C'est à cause de Sabatier. Roland Sabatier, ce gars de Nogent qui est arrivé à Berlin dans le même convoi que moi, déjà malade. Il se plaignait, ils n'ont jamais voulu le reconnaître malade, le thermomètre disait trente-sept cinq, kein Fieber, arbeitsfähig, nicht malate, Meuzieu, tout de suite retourner drafail. Il a traîné une quinzaine de jours comme ça, Sabatier. Se faisait engueuler, traiter de feignant, attenzion, Meuzieu, gross Filou, na nun, Gestapo, hm? Il en chialait. Il en est crevé. Juste avant la fin, le docteur s'est quand même dit qu'il y avait peut-être quelque chose, mais c'était trop tard. Sabatier est mort. Il était devenu tout noir. On a eu bien du mal à savoir de quoi. Ces cons-là n'étaient pas trop fiers d'eux. On a fini par savoir : septicémie.

Alors, voilà. Le docteur et la Schwester ont dû se faire salement ramoner. Du coup, ils ont une sainte trouille de la septicémie. Voilà pourquoi je dors dans des draps, ce soir. Pourquoi Schwester Paula me bourre de comprimés et de piqûres de sulfamides, un truc nouveau, terrible contre tous les microbes, c'est le Belge qui me l'a dit, les Allemands ont inventé ça, une fois, hein, oh, ils sont très forts pour tout ce qui est la science, tu ne sais pas faire aussi bien qu'eux, ça est sûr.

Il y a ici un sujet de réflexion inépuisable pour le penseur méditatif qui penche sur les abîmes sans fond de la psychologie humaine les trésors de sa sagacité et les loisirs que lui laisse sa retraite d'inspecteur des impôts indirects. D'un côté, notre peau, à nous autres pauvres cons, ne vaut pas un pet de lapin. De l'autre, s'il manque un homme dans la colonne de l'inventaire, c'est un ramdam à tout casser. Tu « sabotes », ou simplement t'arrives pas à suivre, ou tu dis merde à ton Meister, on t'envoie crever sous la schlague dans un Arbeitslag. Tu cherches à t'évader, on te tire dessus sans hésiter. Tu voles un œuf, on te coupe la tête. C'est prévu, c'est dans l'ordre. Mais si tu meurs par suite d'une négligence d'un type responsable de toi, c'est pas dans l'ordre. Le coupable sera châtié. Et ici, quand ils châtient, ils n'y vont pas avec le dos de la cuillère : tout de suite Gestapo, Konzlager et compagnie... *

Chaque firme qui emploie de la main-d'œuvre déportée est responsable du matériel humain à elle confié par le Reich. La Deutsche Arbeitsfront contrôle tout ça. Il faut de l'organisation, dans la vie, sans quoi on n'arrive à rien, maman me l'a toujours dit.

*

Repos total. Schwester Paula me dorlote, à sa façon coup de poing dans la gueule. Me plante ses aiguilles dans le cul avec une ardeur sauvage. Me gave de comprimés, des gros des petits, que je dois avaler sous ses terribles yeux. Scrute la trace rouge le long de ma jambe. Elle ne semble pas avoir envie de s'effacer, la trace rouge. Je dirais même qu'elle devient de plus en plus rouge. Schwester Paula panique. Si elle me voyait entretenir ma septicémie par frottement énergique de l'ongle du pouce sur la trace rouge... Je lui demande : « Mais enfin, qu'est-ce que j'ai, Schwester? Quels symptômes (prononcer : « Zumepetom' »)? » Innocent comme l'agneau. Schwester Paula ne répond pas. J'en remets : « Je ne suis pas malade! Nicht krank! Je veux travailler, moi! » Là, elle me foudroie du regard. « Nein! » C'est une femme qui aime dire non. Alors, bon, suffit de lui poser la bonne question.

Je me prélasse. Je mange des choses fines : de la soupe de pois cassés, de la purée. Les Russes de la cantine qui

* Encore ignorais-je l'existence des camps d'extermination massive et leur minutieuse comptabilité!

m'apportent l'écuelle me glissent sous le drap des gâteries clandestines : une tranche de pain tartinée de margarine, une patate bouillie toute chaude, des graines de tournesol. Elles arrêtent leurs rires en pénétrant dans la chambre, elles sont persuadées que je suis aux portes de la mort, il faut au moins ça pour que Schwester Paula me garde ici.

J'en profite pour travailler mon russe. Et aussi mon allemand. J'ai découvert que j'aime ça, les langues. Surtout le russe. J'ai toujours sur moi des petits calepins que je me fais avec des prospectus de la Graetz A.-G. cousus ensemble. Avant la guerre, la firme Graetz fabriquait des lampes à vapeur d'essence, marque « Petromax », ils en vendaient dans le monde entier, j'ai trouvé près de la chaufferie un monceau de prospectus imprimés dans toutes les langues possibles, le verso est blanc, c'est chouette.

Je note tout avec mon bout de crayon, j'arrête pas de poser des questions, à Maria, aux filles, la plupart du temps elles sont bien incapables de me répondre. Elles parlent, elles écrivent, comme tout le monde, sans se demander comment ça fonctionne.

Je suis pour la première fois de ma vie confronté à des langues à déclinaisons. Dépaysement brutal. Je demande : « Pourquoi tu dis des fois " rabotou ", des fois " rabotié ", des fois " raboti ", des fois " rabota ", des fois " rabotami ", et des fois encore de bien d'autres façons? Tout ça, finalement, c'est " rabota ", le travail, n'est-ce pas? Alors, pourquoi? » Elle, bien embarrassée. Va expliquer ça avec les trois mots qu'on avait en commun à ce moment-là! C'était au tout début. Alors, elle s'est mise à mimer. Elle avait trouvé ça. Mimer l'accusatif ou le génitif nécessite une belle imagination et une certaine maîtrise de l'expression corporelle. Surtout à l'intention de quelqu'un qui n'a aucune idée de ce qu'est l'accusatif ou le génitif. Elle m'avait donné les noms russes des cas grammaticaux, j'étais allé demander à la seule Russe qui parle un peu français, la grande Klavdia, le sens de ces mots, elle m'avait dit : nominatif, génitif, accusatif, datif, instrumental, prépositionnel, vocatif. J'étais bien avancé. Rebuffet, qui a été au lycée, m'a expliqué que le nominatif c'est le sujet, que l'accusatif c'est le complément direct d'objet, le génitif le complément de nom, le datif le complément indirect, et toute la bande... Alors, là, d'accord. Fallait le dire tout de suite. C'est là que j'ai compris la différence entre l'instruction primaire, même « supérieure », et l'instruction secondaire. Tu te rends compte? Pendant qu'on t'apprend « complément direct d'objet », à eux, au lycée, on leur apprend « accusatif »! A toi, on t'apprend « sujet », à eux « nominatif »! Je me sens tout plouc tout minable. Voilà qu'il y a une grammaire pour les riches et une grammaire pour les pauvres, dis donc!

Enfin, bon, le russe, je m'en suis vite aperçu, est aux autres langues ce que les échecs sont à la pétanque. Comment des moujiks arrivent-ils à se dépatouiller là-dedans, et même à faire des choses drôlement subtiles, le russe est la langue des nuances infinies, va savoir! Mais quelle récompense! Quel éblouissement! Dès les premiers pas, c'est la forêt enchantée, les rubis et les émeraudes, les eaux jaillissantes, le pays des merveilles, les fleurs magiques qui lèvent sous tes pas... L'extraordinaire richesse des sons dont est capable le gosier russe, la fabuleuse architecture de sa grammaire, byzantine d'aspect, magnifiquement précise et souple à l'usage... Oui. Je tombe facilement dans le lyrisme quand je parle du russe. C'est que ça a été le coup de foudre! J'aime le français, passionnément, c'est ma seule vraie langue, ma maternelle, elle m'est chaude et douce, depuis ma dixième année elle n'a plus de coins noirs pour moi, je m'en sers comme de mes propres mains, j'en fais ce que je veux. L'italien, que je comprends un peu, que j'apprendrai un jour, je ne le connais qu'à travers le « dialetto » de papa, je pressens un parler doux et sonore, à la grammaire jumelle de la nôtre, un jeu d'enfant pour un Français. J'ai fait de l'anglais à l'école, j'étais même bon, maintenant je m'attaque à l'allemand, c'est une langue formidable, restée toute proche du parler des grands barbares roux casseurs de villes en marbre blanc, si je n'avais pas connu le russe au même moment j'en serais tombé amoureux, je le suis, d'ailleurs, mais la souveraine fascination du russe surpasse tout, balaie tout.

Je possède un certain don d'imitateur qui fait que j'entends avec précision les sons particuliers à une langue et que je peux les répéter aussitôt, comme un phono, avec accent tonique, musique de phrase, tout ça. Sans comprendre un mot, bien sûr. Comme d'autre part le jeu rapide de la mémoire des mots, des règles qu'il faut appliquer à toute vitesse, des accents qu'il faut placer au bon endroit du premier coup (en russe, l'accent se promène suivant le « cas » du mot, suivant la conjugaison du verbe...), est un défi sans cesse renouvelé qui se propose à mes petits boyaux du dedans de la tête; jeu dangereux (j'ai un orgueil à crever, j'ai pas le droit de me tromper), je me livre à corps perdu à mon dada.

Il y a une autre raison, bien sûr. Sans doute la plus puissante : le russe est la langue de Maria. Quelle chance que ce soit justement cette langue-là et cette fille-là!

Les babas entre elles parlent plutôt ukrainien. C'est très proche, c'est un dialecte russe, mais enfin il y a des différences. « Khleb », le pain, devient « khlib » en ukrainien. « Ougol », le charbon, devient « vouhil ». Des choses comme ça. Quand il m'arrive d'employer un mot ukrainien glané ici ou là, Maria me reprend. « Tu dois apprendre le russe, pas l'ukrainien. »

En une semaine, j'ai su l'alphabet cyrillique. Je lis et j'écris maintenant couramment. Ça aussi, ça fait partie du jeu, cette écriture irritante pour le non-initié, juste assez déformée pour être secrète, comme vue à l'envers dans un miroir.

Je traîne partout mes calepins crasseux. Je repasse les listes de déclinaisons aux chiottes, et puis je me les récite en bossant, en marchant, avant de m'endormir... Tu t'amuses bien, quoi? Je m'amuse toujours bien en ma compagnie. Et pendant ce temps-là, en Russie, en Afrique, en Asie, en Italie, les hommes sont éventrés par milliers, les innocents hurlent sous la torture, les gosses crèvent de faim, les villes brûlent? Ben, oui.

*

La porte s'ouvre doucement. Maria! Elle fait « Cht! », elle regarde à droite à gauche, se faufile. S'agenouille près du lit. Me serre à pleins bras. Je la serre. C'est bon. Elle m'éloigne un peu. M'examine. Elle pleure. Les babas ont dû lui dire que j'étais mourant. Je ris. Je lui explique. Je lui montre comment j'entretiens la ligne rouge avec mon ongle. Elle n'est qu'à moitié convaincue. « Comment tu dis? " Septitsémiya "? Je demanderai à Sacha, l'étudiante. » Elle m'apporte un cadeau : une tartine de margarine avec du sucre dessus. C'est une copine de la cantine qui la lui a donnée pour moi. Je lui fais un cadeau : une tartine de Leberwurst, le pâté de foie d'ici. C'est une copine de la cantine qui me l'a apportée. On rit, on mange nos tartines. Et la Schwester? Maria me dit de ne pas m'en faire, siestra Paula est sortie en ville, et de toute façon la copine de l'infirmerie veille au grain.

Elle m'annonce les nouvelles. J'apprends des choses. Premièrement, Meister Kubbe m'a viré, juste après le passage de Herr Müller. Je lui ai bien rendu service, à Meister Kubbe, avec ma maladie, et à moi aussi. Surtout à moi. Herr Müller ne pouvait pas sévir, j'étais hors-jeu, qui sait si je ne l'aurais pas atteint, son minimum? J'échappe donc à l'Arbeitslag, mais je suis viré du Quarante-six. Je dis :

— Je ne serai plus avec toi.

— Tu ne seras pas loin, tu seras au Quarante-trois.

Le Quarante-trois, c'est les douze heures de jour — douze heures de nuit. Considéré comme le bagne. Un Meister enragé. Je regarde Maria. Elle me regarde. Ben, oui. On ne se verra plus beaucoup.

— Qui me remplace, à ta presse?

— Bruno.

— Le Hollandais?

— Da.

— Celui qui veut t'épouser?

— Tiaï!... Sois pas kâ, Brraçva!

— Je suis pas con, je suis jaloux. Non, c'est même pas ça. Je l'aime bien, Bruno. Mais je veux pas te perdre! Pognimaïèche?

— Et moi non plus, je veux pas te perdre, ty bolchoï kâ!

Elle se jette sur moi. On s'embrasse comme deux dingues. Comme deux dingues russes, car pour ce qui est de lui glisser la langue entre les lèvres, il y a longtemps que j'y ai renoncé. Elle avait sursauté, craché, s'était frotté frénétiquement la bouche sur sa manche, avait fait « Tfou! Oï ty svinia! Ne recommence jamais ça, sale cochon! » Et bon, d'accord. Ça viendra. On a tout notre temps, on a toute la vie.

Elle me dit :

— C'est mieux comme ça. Tu aurais fini très mal. Au Quarante-trois, tu seras manœuvre. Pas de cadences, pas de travail aux pièces.

Elle mime un type qui pousse des wagonnets, peinard, sans s'en faire. Elle me demande :

— Kharacho?

— Nou, da, kharacho.

Elle me dit avec conviction :

— Meister Kubbe est un bon Meister. Le Rouquin aussi va au Quarante-trois. Meister Kubbe ne montre pas sur sa figure. Il est bon. Très bon *.

*

C'est comme ça que je me suis pointé un matin à l'Abteilung Dreiundvierzig, un hangar beaucoup plus grand et beaucoup plus dégueulasse que le Sechsundvierzig, lequel est une section à la pointe du progrès technique. Il y a là des presses beaucoup plus grosses encore, mais pas chauffantes, ni avec tout ce système électrique. Juste des espèces de marteaux-pilons, qui montent qui descendent, avec au bout une sorte de paf en fer, gros comme un gros paf. Le paf s'enfonce dans un trou juste un peu plus large que lui, puis il ressort du trou, il remonte, alors toi, vite, t'en profites pour glisser au-dessus du trou, à l'endroit prévu pour ça, une galette d'acier que tu as prise dans le wagonnet à ta gauche, tu retires vite ta main, vite vite, le paf en fer est déjà là, il redescend, il bute contre cette galette d'acier que tu viens de poser, elle fait un centimètre d'épaisseur, la galette, si tu crois que ça l'arrête, il s'enfonce dans l'acier comme ton doigt dans de la pâte à crêpes, il fait un creux au milieu de la galette et il l'entraîne avec lui au fond du trou, arrivé bien au fond il remonte, et toi, de la main droite, tu cueilles la galette d'acier, qui est devenue un cône d'acier, un doigt de gant, une capote anglaise, ce que tu voudras, enfin l'élément de base d'une fusée d'obus, la paroi intérieure de ce fameux sandwich ferraille-bakélite-ferraille qui doit gagner la guerre. Tu balances le cône dans le wagonnet à ta droite, tu prends une galette dans le wagonnet à ta gauche, dépêche-toi, tu as une seconde, une seconde juste, le temps

* Meister Kubbe, ce brave type à la bonté discrète mais efficace, a eu la tête arrachée, pendant l'un des premiers gros bombardements, pour avoir cru trop tôt à la fin de l'alerte. Je dis ça pour ceux qui l'ont connu.

que le paf arrive en haut et redescende. Main gauche, main droite, braoum... Main gauche, main droite, braoum... Dix mille fois par jour. Une seconde pour descendre et enfoncer la galette, une seconde pour remonter et te laisser faire tes petits tripatouillages avec tes petites mimines. Chaque fois que le paf heurte l'acier, ça fait un coup de canon, tout le bazar saute sur place, je sais plus combien de tonnes poussent au cul ces saloperies, mais beaucoup. Il y en a une douzaine comme ça. Des tas de mecs se sont fait baiser les mains. Cochet, un gars de ma baraque, travaille là-dessus, mais pas dans mon équipe. C'est un vieux, au moins trente piges, on l'appelle la Vieille Tige. Moi, je pousse les wagonnets, avec le Rouquin et avec Viktor, le Polak dingue.

Il y a encore d'autres machines, dans cet atelier, des tours automatiques gros comme des locomotives, des fraiseuses, des perceuses, et aussi des rangées de petites machines sur table avec chacune une Russe devant. Dans un recoin grand comme une salle de cinéma de banlieue, des fours flambent, tout rouges, ils attendrissent là-dedans les galettes d'acier avant de les faire défoncer par les terribles pafs, puis ils y recuisent les cônes avant de les tremper. Tout est noir autour de la lueur rouge des fours. L'huile dégouline de partout, ça pue la ferraille chaude et la sueur d'homme, ça cogne, ça couine, ça grince, il gicle des copeaux de fer, les babas s'activent devant leurs machines, toutes leurs têtes emmitouflées de blanc bien rangées dans cet enfer de cambouis comme des boules de gomme blanches alignées par un môme qui passe en revue ses trésors.

*

Nuit sur le Quarante-trois. Les presses dorment, les grosses machines aussi, les fours aussi. Dans un coin ronflent les petites machines aux boules de gomme. Des dizaines de rangées de dizaines de boules de gomme blanches bien alignées, chaque boule de gomme éclairée d'en dessous par la petite lampe de la machine. De temps en temps, une fille se lève, traîne ses semelles de bois jusqu'aux chiottes ou va plonger son quart émaillé dans le seau d'eau tiédasse. Seules, les babas font les douze heures de nuit. Et aussi les manœuvres, bien sûr, pour leur transporter la ferraille. L'Abteilung est un cube de nuit, un gros cube noir découpé dans la nuit et le silence. Dans un coin de cette nuit, les petites lumières devant les boules blanches. Et les machines qui ronflent doucement. Et les têtes rondes courbées dessus. On dirait des mères devant leur machine à coudre, des mères pauvresses profitant de ce que le gosse dort, et justement il ne dort pas, le gosse, et du fond de son lit il regarde sa mère qui coud dans la nuit, cent, deux cents mères qui cousent.

Et voilà qu'une fille lance un appel de gorge, un appel tendre et modulé jailli de sa gorge dans la nuit. L'appel monte dans la nuit, fait son chemin dans la nuit, tout seul, éperdu de passion contenue, rauque, violent, quémandeur. Et c'est si beau que le poil te dresse sur le dos.

Une autre voix sort de la nuit, s'élance et monte tout droit dans la nuit, cherche la première, la poursuit, la rejoint, l'enlace, ne la lâche plus. Elle est limpide et caressante, celle-là, elle est coquette, elle défie l'appel poignant de tigresse en rut, l'agace, le mord, se dérobe, revient, prend toute la place tandis que l'autre s'efface et la soutient, et toi tu écoutes, tu n'es qu'écoute, tu laisses tomber le chariot que tu poussais, tu écoutes.

Et, l'une après l'autre, paresseusement, les voilà toutes qui s'étirent et rejoignent le duo, y prennent sagement leur place, ou bien se lancent sur un coup de tête, comme en transes, et bousculent tout, et il faut bien que ça suive. Les placides et les échevelées, toutes chantent, et chantent, et chantent. La nuit de cambouis s'illumine, somptueuse et barbare comme un tapis d'Orient. Le Meister est sorti de sa cage, les Vorarbeiter restent plantés là, le chiffon ou l'outil au bout du bras, les deux Werkschutz de ronde s'appuient à un poteau, et sur les joues de ces Allemands coulent de grosses larmes de bonheur. Et sur les miennes, donc!

Ce sont des paysannes qui chantent, des filles qui n'ont plus rien à elles, plus rien que la joie fugace de faire ensemble quelque chose de très beau.

Quoi qu'il arrive, j'aurai connu ça, moi.

*

Trop beau pour durer. Un lundi, à six heures du matin, comme je crache dans mes mains pour agripper mon premier chargement de ferraille, le Meister vient à moi, me tape sur l'épaule, me dit « Komma mit », et bon, je le suis. Il m'amène devant une de ces grosses presses brutales, un de ces marteaux-pilons avec un paf au bout, il me montre ses deux mains, les doigts bien écartés, ça veut dire « dix », ça va, j'ai compris, puis il me pointe l'index sur la poitrine et il me dit :

— Zehn Tausend vor Feierabend. Nicht weniger. Verstanden?

Dix mille pièces avant ce soir. Pas moins. Compris?

Et merde! Il est vraiment dur de lutter contre la promotion sociale. Je dis aber nein, ich ziehe meine heutige Arbeit vor. J'aime mieux pousser les chariots.

— Es ist aber zu schwer. Keine Arbeit für dich. Du bist klug. Das ist nur Arbeit für Ostschweine. Dazu bekommst du Geld!

Tu vaux mieux que ça. C'est du travail tout juste bon pour les cochons de l'Est. Et puis, tu gagneras des sous (clin d'œil, frottement du pouce sur l'index)!

Je proteste nein, nein, je suis bon à rien, je casse tout, il me faut des travaux de force. Je casserais la machine. Ich würde die Maschine kaputt machen!

Puisque je n'ai pas l'air de comprendre, il prend le ton qu'il faut pour m'informer qu'il ne s'agit pas d'une proposition amicale, mais bel et bien d'un ordre, et que si je ne suis pas d'accord... Je finis la phrase pour lui : « Gestapo! »

Il opine chaudement du chef, avec un grand sourire bien sinistre. C'est ça : « Die Presse oder die Gestapo. »

Va te faire foutre.

Me revoilà donc aux pièces devant cette grosse saleté...

*

J'y suis resté trois jours. Le premier soir, j'avais fait neuf cent cinquante pièces. Mordu au cul par la trouille que ce paf d'acier qui me passe à ras des paluches ne m'en emporte une dans le fond du trou. Ça arrive une fois par semaine, à peu près, et à des plus malins que moi. Pas des rêvasseurs tête en l'air comme moi, en tout cas. Leurs mains, après : l'épouvante. Le foie d'alcoolique de l'affiche, à l'école.

Le deuxième jour, le gars qui était avant moi sur la presse est venu faire un tour. Il s'était fait baiser la main droite, justement, c'est pour ça que j'avais hérité de la place toute chaude. Il revenait voir la grosse bête sournoise qui l'avait guetté, patiemment, patiemment, et qui, quand il la croyait bien apprivoisée bien ronronnante, lui avait happé la poigne, hagne donc, et la lui avait recrachée à la gueule, flaque de bifteck haché, et voilà, c'était plus fort que lui, fallait qu'il vienne rôder autour, pas rancunier, espérant peut-être voir un copain se faire écharper, chacun son tour. Son bras était coincé haut en l'air, maintenu par un échafaudage de cauchemar qui occupait un bon demi-mètre cube d'espace, avec des broches nickelées qui traversaient les os dans tous les sens, on dirait maman quand elle tricote une chaussette, des ressorts énormes qui tiraillaient les bouts de viande, une espèce de cage à canaris tout autour, l'oiseau rare c'était sa main, au beau milieu de la cage, grosse étoile de mer mollasse, gonflée, violâtre, pendouillante, recousue de partout, des bouts de tuyau dépassant des coutures avec du pus qui suintait, et le gars, verdâtre, les joues se touchant par en dedans, les yeux brillants de fièvre, qui se la donnait belle des trois semaines que lui avait octroyées le chirurgien, « et après ils me réopèrent, tu comprends, ils ont pas pu tout faire d'un seul coup, ils vont m'opérer en trois ou quatre fois... »

Quand il a été parti, je me suis mis à penser à tout ça. Si tu bosses consciencieux si tu fais bien attention, bien bien, tu finis quand même par te faire avoir, à la fatigue, au coup de sang, à la rêvasserie, bon, tu te fais baiser, et tu te retrouves comme le copain avec au bout du bras un paquet de saucisses que tu traîneras derrière toi toute ta vie, plus emmerdantes que si t'avais pas de main du tout.

Tant qu'à faire, étape suivante, autant se la baiser soi-même, la main, mais en choisissant le terrain, en en sacrifiant juste un petit peu, disons un doigt, disons le petit doigt, celui qui ne sert pas à grand'chose, pas tout entier, un bout de phalange, quoi, c'est un mauvais moment à passer, un foutu sale mauvais moment, mais c'est ça ou toute la paluche, ça vaut le coup d'y penser. Après ça, ils ne s'obstineront pas à me coller sur leurs presses de merde, ou alors par méchanceté pure, mais ils peuvent pas se payer le luxe, leur faut du rendement, et bon, quoi, je sauve ma patte et j'échappe à ce boulot de con, c'est pas mal. Mais c'est pas tout. Je vais me taper trois semaines de convalo au camp, « Arbeitsunfähig » comme un fou et respecté de la Chouesta, tombé au champ d'honneur, compte sur moi pour faire durer le truc, et pendant ce temps-là je prépare la belle. Ah, ah.

Ben, oui. Ça me travaille. Foutre le camp. Pas tout seul, bien sûr. Maria avec. Étudier ça bien bien. Circuler dans Berlin, c'est pas trop coton, mais approche-toi d'une gare, marche un peu trop loin sur une route... Bon. Ça doit être faisable. Marcher la nuit, se planquer le jour. Faire des provisions de pain, de sucre. En fauchant, bien sûr. Bouffer des betteraves crues, doit y en avoir plein les silos, dans les campagnes. D'accord. Pour commencer, le petit doigt.

*

Eh bien, c'est pas si facile. Tu poses ton doigt au bord du trou, tu lui dis « Bouge pas! C'est un ordre! », rien à faire, quand le machin d'acier descend, zouff, en arrière! Et attention, faut pas que le Meister te voie, ou un de ces lèche-cul de contremaîtres sudètes encore plus enragés que les vrais Chleuhs! Mutilation volontaire, bon comme la romaine. Le soir, j'avais tous mes doigts, et huit cents pièces. Le Meister faisait une drôle de gueule, mais il n'a rien dit.

Le troisième jour, j'ai encore essayé, mais je savais que je pourrais jamais. Alors je me suis mis à travailler rien qu'avec la main gauche. Ce que devait faire la main gauche et aussi ce que devait faire la main droite, tout ça rien qu'avec la gauche. Là, ça devenait virtuose. Cette vitesse! Et pas se mélanger les réflexes, attention. Prendre la galette à gauche, la mettre en place, le paf descend, braoumm, le paf remonte, vite retirer le cône, le balancer dans le chariot à droite, vite plonger chercher une galette dans le chariot à gauche, vite vite, le paf est là, à un centimètre et demi, glisse le truc, ça passe, vire ta main, braoumm, merde, je l'ai sentie passer, mes guibolles tremblent, vite, remets ça, vite... C'est un jeu marrant, finalement. Et merde, braoumm, ça y est! Une secousse terrible, dans tout le corps. C'est dur, de l'os, on croirait pas. L'horreur me révulse. J'ose regarder. Ma main est au bout de mon bras, bon, mais mon index... Il occupe la surface d'une crêpe, plat pareil, et en forme de cône creux. De la bouillie de viande et de sang bien tassée bien lisse avec des petits éclats d'os très blanc piquetés dedans. Ça ne saigne pas. Ça ne fait pas mal.

Je serre mon poignet dans mon autre main, je tiens ça bien droit devant moi et je vais montrer la chose au Meister. Qui s'évanouit. Il doit s'évanouir souvent! A mon passage, les babas se précipitent :

— Brraçva! Oï oï oï...

*

J'ai pas tiré trois semaines, j'ai tiré juste cinq jours. Et j'avais tellement mal que je courais dans le camp, comme un fou, sans arrêt, jour et nuit, je donnais des coups de pied et des coups de tête dans tous les poteaux. L'aspirine de Schwester Paula s'avéra nettement insuffisante. Ils m'ont refoutu au boulot que ça me cognait encore là-dedans à chaque battement de pouls avec une violence effroyable. Tu parles que j'ai eu la tête à la préparer, l'évasion du siècle!

Je me suis retrouvé derrière mon wagonnet, je poussais avec la main droite et le coude gauche, je hurlais à chaque secousse, ce con fou dingue de Viktor se marrait comme douze vaches polonaises.

— Dou, égal kong wie Polak!

Toi con comme un Polak! Où toi fourrer doigt? Wo stecken? Huh? V doupié! Doupa abschneiden Finger! Toi fourrer doigt dans trou du cul, trou du cul couper doigt!

Le voilà reparti à bramer.

Le camp des Tartares

En principe, il est interdit de parler aux « Ost » en dehors des stricts besoins du travail, à plus forte raison d'entretenir avec eux des rapports hors de l'Abteilung. Dans la pratique, on nous fout la paix.

Le camp des Russes est séparé du nôtre par une double palissade hermétique renforcée de barbelés. La baraque du Lagerführer contrôle l'accès à chacun des camps. Il n'est pas absolument impossible de passer d'un camp dans l'autre, mais c'est dangereux. Il n'y a guère que Maria ou moi qui nous y risquions, tantôt dans un sens, tantôt dans l'autre, surtout depuis que nous ne travaillons plus côte à côte. Je me languis d'elle, elle se languit de moi, on se porte des petits cadeaux : vingt-cinq grammes de margarine, deux tranches de pain, un peu de kacha * qu'elle a dégoté va savoir où, un mouchoir qu'elle a brodé pour moi, d'un beau F cyrillique, ça donne ça : Ф, avec des petites fleurs autour, je suis très fier d'être aussi étrange en cyrillique. Je lui ai fait son portrait, j'étais content, ça lui ressemblait pas mal, au crayon à encre, je m'en étais mis plein la langue à mouiller ce machin, elle a regardé, a froncé le nez, puis a éclaté de rire, c'est tout ce qu'elle sait faire, m'a tapé sur la tête, a encore regardé le dessin, l'a caché sous son matelas et s'est remise à rire comme une cinglée. J'ai pas encore compris si mon dessin lui plaisait ou pas. Les babas dans la piaule la suppliaient « Fais voir, Maroussia! » Rien à faire.

---

* La kacha, c'est du grain de sarrasin cuit à l'eau, un peu comme du riz. C'est bon, ça a un goût très fort.

J'ai voulu apprendre le français à Maria. Je connaissais le principe de la méthode Assimil, alors j'ai bricolé une méthode de ce genre pour apprendre le français aux Russes, mais entièrement en bandes dessinées. Je dessine très vite. Ça commençait comme ça : un type se désignait lui-même du doigt et il disait « Je suis Jean ». Puis il montrait la table et il disait : « Ceci est la table »... Je transcrivais tout phonétiquement en alphabet cyrillique. J'ai fait répéter la première leçon à Maria, la prévenant qu'elle aurait à me la lire le lendemain. Le lendemain, après cinq minutes, elle envoyait promener tout le bazar. Elle disait dans un éclat de rire qu'elle avait une tête trop bête, que ce qui entrait par une oreille ressortait aussitôt par l'autre, « Rass siouda, rass touda! » et bon, je me sentais vieux professeur barbichu et chiant, alors j'ai laissé tomber.

Tout ce qu'elle a voulu savoir du français, c'est comment on dit « Ia lioubliou tiébia » : je t'aime. « Maïa lioubov » : mon amour. Rien que des bulles de roman-photo. « Mon amourr » la fait rire aux larmes. Et aussi « mon trrésorr ». Il paraît que, là-bas, « Trésor » est un nom de chien, comme chez nous « Médor ». « Amour » est un nom de fleuve.

Il a bien sûr fallu que je lui explique ces mots qui reviennent si souvent sur les lèvres des Français : « con », « merrdalorr », « la vache », « va chier », « fais chier », « ta gole », etc. Elle croyait que « vache » et « va chier » sont deux cas du même nom, deux déclinaisons...

Naturellement, les copains et moi n'avons pas manqué de nous adonner au jeu que découvrent avec ivresse tous les petits malins en présence d'étrangers : apprendre aux Russes des obscénités déguisées. Par exemple : « Fous-moi ta bite dans le cul! » pour « Voulez-vous me dire quelle heure il est? », et autres joyeusetés. Les réactions ont été tellement violentes qu'on a préféré ne pas insister. Il vaut mieux réserver ça pour les dames allemandes, qui vous donnent une tape et puis rient de bon cœur. Si tu bosses avec des Allemandes, bien sûr, ce qui n'est pas mon cas.

Maria me demande pourquoi les Français ne chantent pas. Je lui dis si, ils chantent. Alors, pourquoi ils chantent si mal? Et pourquoi ils chantent des trucs si cons? Elle me dit « Chante-moi des chansons françaises, tu vas voir. »

Moi, je cherche des trucs bien, je lui chante « Vous qui passez sans me voir », mais elle est duraille, celle-là, je la sais pas bien, y a pas la radio, chez nous, alors je suis à la traîne, je connais que les chansons que les copains chantent souvent, surtout du Tino Rossi, du Maurice Chevalier, de la mémère qui chante « Les roses blanches », je sais pas son nom, elle a une voix rocailleuse, le dimanche matin dans la rue Sainte-Anne on n'entend qu'elle sur toutes les T.S.F., à toute volée. Maria a honte pour moi et pour mon malheureux peuple. Il n'y a qu'une chose qui lui plaise, c'est « La route de Dijon, ou vasô-ô-ô, ou vasô! » Oui, mais c'est des chansons de scouts, ça, j'ai pas été chez les scouts, moi, je connais juste celle-là, et encore, deux couplets.

José, qui se targue de son sang espagnol, apprend aux Russes cultivées « Adios, muchachos », qu'elles répètent pieusement, puisque ça vient de France, n'est-ce pas.

La grande Fernande, une volontaire d'entre les volontaires, une grande poufiasse triste, chante « Mon amant de Saint-Jean » avec tant de conviction qu'elle termine toujours en gueulant « Les hommes sont des beaux dégoûtants! » et puis elle éclate en sanglots. Ça a frappé les babas, qu'une chanson ait un tel pouvoir. Il a fallu que je leur traduise les paroles. Quand j'eus expliqué « ... car les mots d'amour qui grisent toujours sont ceux qu'on dit avec les yeux », les babas unanimes s'écrièrent « Oï Brraçva, kak pravda! » Comme c'est vrai!... Et leurs yeux s'embuèrent. J'aurais aimé voir la tête du petit père Lénine, s'il avait pu entendre!

*

Le dimanche, on ne travaille pas. Sauf les gars des trois-huit ou des douze-douze, naturellement. C'est même un truc qui m'épate. Pourquoi ces nazis farouches arrêtent-ils la production de guerre un jour sur sept, au risque de la perdre, la guerre, et c'est bien justement ce qu'ils sont en train de faire! Pas par respect du jour du Seigneur, quand même? Pas par gentillesse pour le travailleur? Enfin, bon, c'est comme ça, le dimanche, nix Arbète.

Le matin, on traîne au pieu, surtout l'hiver. On n'ose pas risquer un orteil hors du tas de chiffons. Toujours réveillé le premier, je me fais une joie de brailler, aussi fort et aussi faux que je peux (je peux beaucoup) « C'est aujourd'hui dimon-on-cheu! C'est la fête à mamon! Voâci des rô-ô-seu blon-on-cheu, toi qui les ai-ai-mais tont! » Je reçois des souliers sur la gueule, je suis content, j'ai fait chier le monde, je me lève en posant le pied sur la figure de Paulot Picamilh qui ronfle au rez-de-chaussée, je passe mes pompes, c'est tout ce que j'ai à enfiler, pour le reste je couche tout habillé, j'empoigne le broc, j'empoigne le seau, je vais jusqu'à l'Administration chercher le jus et les briquettes. Et tâcher de carotter une patate cuite ou une lichette de pain margariné à la grosse Doucia.

Après, s'il n'y a pas chasse aux punaises ou corvée de nettoyage général, je lave du linge, ou je répare mes pompes, ou je couds... Quoique, depuis quelque temps, Maria, d'autorité, me prend sur le dos ce qui tombe trop outrageusement en ruines et y met des pièces. Je suis son homme, n'est-ce pas, si je suis mal tenu c'est elle qui en a la honte devant les babas.

Les Russkoffs sont nourries au camp, les Franco-Hollandais-Belges à l'usine. J'attends que Maria ait touché sa portion, elle la met dans une gamelle, nous partons ensemble pour le réfectoire de l'usine. Je touche mon écuellée de rata, on s'assoit côte à côte, elle n'a pas le droit d'être là, mais, le dimanche, le vieux Werkschutz de garde ferme les yeux et même, attendri, nous file du rab de patates, s'il y en a. Tout le monde nous couve, on doit être mignons comme tout, nous deux, très carte postale sentimentale avec un cœur autour. Nous mettons en commun nos deux porcifs, la russe et l'occidentale, nous les mangeons dans la même écuelle. J'ai faim à dévorer l'écuelle et la table avec. Maria aussi.

Aussi pauvre, aussi infecte que soit devenue la nourriture des Français, elle est encore décente comparée à ce qu'ils osent faire bouffer aux « Ost ». Pour toute viande, elles touchent une fois par semaine une pincée d'une espèce de boudin d'abats émietté dans une soupe de patates un peu moins claire que les autres jours. Le volume alimentaire est fourni par du chou, trognons compris, du rutabaga, du kohlrabi, des « spinats » et quelques autres verdures indigestes, gonflées de flotte, hérissées de fibres. Ça te boursoufle la tripe sans te nourrir. C'est pourquoi toutes, même les plus jolies, ont les joues creuses et le ventre gonflé. « Elles sont comme les oies, dirait maman, elles ont le bec maigre et le cul gras. » Le cul n'est pas bien gras, pourtant, tout est dans la panse, dilatée comme un ballon par toute cette flotte, par toutes ces fermentations d'herbasses et de racines à vaches.

Nous autres Occidentaux avons droit, le dimanche, à une très mince tranche de ce que je crois être du bœuf en conserve, bouilli, absolument insipide, que nous mastiquons avec respect en nous répétant que ce sont des protéines, cette denrée plus précieuse que l'or. Quatre toutes petites patates très laides, pleines de défauts bizarres, l'accompagnent. Ces gnons noirâtres, ces ulcères, ces indurations malsaines rendent difficile l'épluchage. La chair grisâtre a un goût de topinambour malade et pue comme les tas de pulpe de betteraves laissés à pourrir au coin des champs. A croire que c'est une variété de patates étudiée et mise au point spécialement pour les camps, des patates pénitentiaires. Une louchée d'une sauce vinaigrée et sucrée, tiédasse, abominable, arrose le tout.

Je fais le tour des tables, pour le cas où un écœuré ou un chiasseux n'aurait pas terminé sa porcif, mais sans grand espoir. Il est fini, bien fini, le temps où les petits Français à leur maman faisaient la moue devant les cuvettes pourtant remplies à ras-bord de bonnes choses qui tiennent au ventre et rentraient grignoter, assis sur leur châlit, les tartines de rillettes des colis familiaux! Quand je pense qu'en ce temps-là, qui ne dura que quelques semaines, on nous servait d'énormes gamelles d'orge cuite à l'eau, sucrée, froide, ça avait la consistance du gâteau de riz, des soupes de croûtes de pain noir, sucrées aussi, parfumées à la cannelle (un régal!), des soupes de choucroute avec, émietté dedans, de ce boudin d'abats dont je parlais, des soupes de nouilles très molles, très cuites, mêlées de patates et de rutas... Les gars goûtaient, avaient des haut-le-cœur, pleuraient en évoquant les biftecks-frites de leur enfance, les potages julienne passés à la moulinette, une cuillerée de crème fraîche au moment de servir... Moi, je raflais les écuelles, je m'empiffrais jusqu'aux yeux, je rapportais dans des bidons de quoi nourrir Maria et quatre ou cinq autres babas. Et c'était bon, toute boulimie à part. Une soupe à la choucroute, quelle merveille! Maria me dit que c'est le principe du « chtchi », la soupe nationale des paysans russes, mais eux, cela va de soi, la font incomparablement meilleure que ces Allemands brutaux!

Et j'ai découvert que ça me convient très bien, ce genre de repas : tout dans une écuelle, une grosse soupe bien épaisse, patates, choux, nouilles, riz, fayots mêlés, la viande aussi, en petits bouts éparpillés tu sais même pas ce que c'est, tout a bouilli ensemble, ça change de goût suivant qu'il y a plus ou moins de ceci ou de cela, quand t'arrives au fond de l'écuelle t'as le ventre plein à craquer, tu lèches ta cuillère, tu la fourres dans ta poche ou dans la tige de ta botte, si t'as des bottes, c'est le paradis. Les repas structurés me font chier, hors-d'œuvre, potage léger, plat de viande, légumes, fromage, dessert, que de chichis, que de conneries! Et cette place exagérée qu'on donne à la viande! Ces rôtis, ces volailles, architecturés, présentés cucul, petites tomates autour, petites patates, gningningnin. Vive le plat unique, plein l'écuelle, à ras bord, la cuillère debout dedans! C'est à ça que je rêve, dans ma fringale permanente, pas à des tranches de gigot ou à des homards grillés, non, mais à de glorieuses soupes de béton, débordant d'écuelles profondes comme des auges, de repas qui se torchent à la cuillère, sans lever le nez, sans couteau ni fourchette. Gastronomie mon cul *.

Bon, eh bien, il est fini, ce joli temps, maintenant on la saute. Nous quittons le réfectoire à regret, en claquant des mâchoires.

Les rues ne nous sont pas interdites. Aux « Ost » non plus. Simplement, nous ne devons pas nous y montrer ensemble. En principe. Là encore, la tolérance est large. Pourvu que les Soviétiques portent leur « Ost » bleu et blanc bien en vue à gauche de la poitrine, pourvu aussi que nous ayons en poche nos papiers, c'est-à-dire essentiellement l'Ausweiss de la firme à qui nous appartenons, les

---

* Je n'ai pas changé.

Schupos* nous laissent tranquilles. Une seule fois, deux flics en civil, après présentation de l'Ausweiss, nous intimèrent d'avoir à aller chacun notre chemin, mais c'était la Gestapo, pas la police de ville. Beaucoup plus dangereux sont les miliciens français, les brutes à Darnand, escogriffes rouleurs de mécaniques, sinistres boy-scouts à gueules de vaches et à béret basque qui arpentent deux par deux les rues de Berlin, ont tous droits de police sur les Français et ne se lassent pas de s'en donner le plaisir. Ces charognards, avec leurs airs de super-flics, te demandent ce que tu fous en compagnie de cette pourriture bolchevique, si tu te rebiffes ils te cassent la gueule et te livrent à la Gestapo, ils n'attendaient que ça. Pourquoi ne rampent-ils pas sur le front de l'Est à en chier aux côtés de leurs copains de la Wehrmacht, puisqu'ils aiment tellement ça?

Tu sors de l'usine Graetz, tu prends à gauche la Elsenstrasse, au bout il y a le Treptower Park. C'est un petit bois de Vincennes qui étire ses frondaisons le long de la Spree entre Treptow et Baumschulenweg. Comme tous les coins de verdure berlinois, il fait beaucoup plus agreste, plus « sauvage » que les bois parisiens, tout en étant plus fréquenté. Tu t'enfiles dans un sentier enfoui sous les branches, tu as l'impression d'être au diable, en pleine forêt, et tout seul, alors qu'en fait un rideau d'arbustes te sépare de la chaussée où passe le tramway. Le sous-bois épais fleurit au gré des saisons. Perce-neige, primevères, violettes, muguet, aubépine, acacias s'y succèdent. Les oiseaux y chantent à tue-tête. Des sources jasent, des ruisseaux se tortillent jusqu'à la Spree. Nous nous y enfonçons comme dans le pays des fées.

Quand Maria ne chante pas, elle raconte. Quand elle ne raconte pas, elle chante. Elle me montre une fleur, me la nomme en russe, me dit « Répète! ». Je répète. Je m'amuse à décliner le mot, accusatif, datif, toute la lyre, pour bien me le mettre en tête, et puis elle me chante une chanson là-dessus. Elle a des chansons pour tout, pour l'aubépine et pour le muguet, pour l'acacia et pour le foulard, pour le sorbier et pour le banc... Elle me raconte l'Ukraine, les potins du camp, les derniers bobards du front russe. Elle

---

*Schupo : flic, sergent de ville.

parle vite, elle tient absolument à ce que je comprenne tout, pas moyen de faire semblant, elle me demande « T'as compris? Sûr? », elle me fait répéter après elle.

Le long de la Spree, qui est ici très large, presque un lac, nous croisons des dames allemandes vêtues à la mode venues promener leurs blonds enfants. Beaucoup de mutilés, aussi, surtout des aveugles. Cela saute tout de suite aux yeux, en Allemagne, ce nombre de mutilés de guerre, jeunes ou vieux. Où cachons-nous donc les nôtres, chez nous? Les aveugles ne brandissent pas de canne blanche, mais portent un large brassard jaune garni de trois gros points noirs en triangle.

Au hasard d'une clairière, il nous arrive de tomber sur une bande de Russes ou d'Ukrainiens avec balalaïkas et accordéons. Au début, il y a eu de l'accrochage, salope, qu'est-ce que tu fous avec ce Frantsouze de merde, il te faut du capitaliste, nous on est trop moches pour toi, tout le cinéma traditionnel chez tous les peuples du monde... J'ai dû me frotter une fois ou deux avec des gars un peu bourrés, et puis on m'a admis, sinon adopté. J'ai maintenant quelques copains parmi les gars à grosses casquettes. Dès que tu parles russe, même mal, les sourires se déplissent, les cœurs s'ouvrent.

Ils sont trapus, râblés, tout ronds de visage, ils seraient roses s'ils ne crevaient pas de faim, ils portent de grosses casquettes à visières carrées, plantées bien droit sur la tête, enfoncées jusqu'aux yeux, une roubachka boutonnée sur le côté, un pantalon élimé plongeant dans des bottes-tuyau-de-poêle. Ils ressemblent beaucoup aux Ritals que je voyais débarquer de leurs montagnes pour venir à Paris « fare eul machon ». Mêmes grosses mâchoires, mêmes yeux bleus candides-rusés, même démarche d'ours. Naturellement, ils chantent. Des babas du camp viennent chanter avec eux, ça tourne vite au bal champêtre, ils dansent de ces danses de village où l'homme et la femme, face à face, se défient sans se toucher, tandis qu'une chanteuse les excite à petits coups de gorge... Maria regarde, les yeux brillants, tendue, frémissante, et puis se lance, et elle n'est plus là. Possédée. Le gars, autour d'elle, tourne, bondit, s'accroupit, elle, droite, souveraine, ses pieds seuls remuent... Bon Dieu, Maria qui danse!

Les autres m'engagent à danser, mais je connais trop mes limites, j'ai jamais été foutu de danser même un slow... Maria ne veut pas que je me ridiculise, elle me dit je t'apprendrai, tu danseras mieux que tout le monde.

Les gars me donnent des graines de tournesol, je leur donne des cigarettes de ma ration.

Un dimanche, on entend dans le bois chanter à tue-tête. Maria, qui a l'oreille plus fine, me dit : « C'est pas les nôtres! » Je dis « Qui veux-tu que ce soit? » On va voir. Au milieu de la clairière nue, c'était l'hiver, une vingtaine de prisonniers de guerre ritals, maigres comme des lacets usés, jaunes, hâves, les yeux de loups enfoncés dans les orbites, drapés dans leurs ridicules capes vertes qui leur protègent à peine les épaules, laissant cul et ventre exposés au vent glacé, se tiennent par les épaules, bien serrés pour avoir moins froid, et chantent à grandes dents blanches, de tous leurs poumons, « Funiculi-funicula ». L'émotion me, comme il sied de dire, prend à la gorge. De douces larmes me perlent là où perlent ces choses. Maria est ravie. Elle bat des mains. Elle demande : « Kto ani? » Qui c'est, ces gars? Je lui dis : Des Italiens. Elle proteste : « Mais tu me disais que les Italiens c'est un peu comme les Français! » Ben oui, et alors? Mais ceux-là, ils chantent, Brraçva! Ils chantent!

*

Il m'arrive d'avoir des sous. C'est quand j'ai vendu ma ration de cigarettes du mois. C'est même ma seule source de revenus, tant que je suis puni* je ne suis pas payé. J'ai une ardoise terrible à la comptabilité de la Graetz A.-G. puisque mon travail ne paie pas ma villégiature. La Graetz A.-G. n'est pas contente, je risque un jour de me retrouver en prison pour dettes, ce qui serait cocasse. Imperturbable, la femme de la cantine me distribue mes rations de tabac en même temps que le reste, tant que je suis là je suis là. Et bon, les cigarettes, je les vends. Pas cher, c'est de la cochonnerie, de la cigarette de camp, des « Rama » ou des « Brégava » mal ficelées fabriquées en Tchécoslovaquie. J'arrive quand même à les fourguer à des ouvriers chleuhs qui n'ont pas les moyens d'acheter des américaines aux

---

* Puni : Ça s'expliquera plus loin.

prisonniers, et ça me fait quelques marks pour aller manger des Stamms chez George.

Ah, ah. Qu'est-ce qu'un stamm? Un Stamm, un « tronc », est un plat sans tickets que certains restaurants populaires proposent pour un prix raisonnable. Ça comporte en général une patate à l'eau, un peu de chou rouge, un peu de choucroute et une cuillerée de sauce brune chimique, très bonne. Parfois, la patate est remplacée par une boulette de mie de pain et de flocons d'avoine. Parfois, le Stamm est une soupe. Il ne comporte jamais de viande, ni de matière grasse, c'est pourquoi la pratique du Stamm reste tolérée.

Qu'est-ce que George (prononcer : « Guéorgueu »)? George est un restaurant dans la verdure, qui devait avoir des allures de guinguette en des temps moins crispés. Le gros George a certainement été boxeur, il y a plein de photos de boxeurs au mur. Nous mangeons nos Stamms le plus lentement possible — on ne t'en sert jamais un deuxième — en buvant de la Malzbier. Nous nous sentons tout à fait couple de bons bourgeois berlinois venus passer le dimanche dans la nature (« in der Natur », mot magique) et se préparant gravement à rentrer se coucher.

Au dos des couverts d'aluminium il est gravé : « Gestohlen bei George », volé chez George. Le lieu ne doit pas être trop bien fréquenté, en temps de paix. Pour l'instant, la clientèle est presque uniquement composée de troufions en perme, et, quand ils ont un coup dans le nez, il vaut mieux se tenir sur ses gardes, ils n'aiment pas tellement voir les vaincus se prélasser à l'arrière tandis qu'eux se font trouer la paillasse, ils trouvent ça inconvenant, surtout si le merdeux de Franzose se trimbale au bras d'une princesse de ballet russe, belle à te faire rêver la nuit, une princesse qu'ils sont allés eux-mêmes lui chercher, eux, les conquérants, pour la lui apporter sur un plat d'argent, si c'est pas des malheurs!

*

Une fois, j'avais des tickets de pain. Voilà comment. Je revenais d'une lointaine corvée, très tard, accompagné de Pépère, le Chleuh responsable de moi, j'étais alors déjà puni à perpète et versé au Kommando des gravats. On prend un tramway. Pépère reste sur la plate-forme. Moi, fourbu et le ventre creux, je m'affale sur le premier siège à l'intérieur. Il n'y avait d'autre qu'une petite vieille dame assise tout au fond du tramway. Elle n'arrêtait pas de me regarder en hochant la tête. Lorsqu'elle fut pour descendre, elle passa près de moi, chancela, posa la main sur ma main en disant, très bas, très vite : « Nimm! Nimm! » Prends! Ses yeux étaient pleins de larmes. Ce qu'elle avait posé sur ma main, c'étaient des tickets de pain. Quatre tickets rouges et noirs. Sur le moment, j'ai été touché aux larmes. On n'est pas si souvent gentil avec moi, parmi les bons Allemands! Et puis je me suis dit merde, quelle dégaine je dois avoir pour attendrir à ce point les vieilles dames sensibles! Je me serais pas cru aussi lamentable.

Et voilà, j'avais des tickets de pain, j'en ai revendu un pour avoir des sous, avec les sous et les autres tickets j'ai acheté des gâteaux chez le boulanger, fier comme un Turc, et on est allés manger les gâteaux chez George, Maria et moi, avec Paulot Picamilh et la petite Choura. Et les filles en ont rapporté pour les copines.

*

Maria est une fille de Kharkov, une citadine. Elle ne s'enfouit pas sous des épaisseurs superposées de capitonnages de kapok piqué édredon, ni ne s'entortille la tête dans un châle de laine blanche en façon de grosse boule de gomme. Elle ne traîne pas de lourdes bottes ni ne s'enveloppe les jambes de chiffons croisillonnés de ficelles. Elle porte une petite robe bleu marine, des bas de laine bleu foncé, un manteau rouille à carreaux écossais, des chaussures à bride et à bouton, très 1925, et rien sur la tête. Elle ne possède strictement rien d'autre, aucune rechange, et pourtant elle est toujours non seulement impeccable, mais pimpante. Les autres aussi, d'ailleurs. Les châles resplendissent, les loques sont propres et reprisées, les bottes nettoyées.

Ce qui frappe peut-être en premier, chez les Ukrainiens, c'est la blancheur du sourire. Des dents éclatantes de santé, solides, bien plantées. Il arrive tout de même que le dentiste soit passé par là, mais alors, ça se voit. Les dentistes soviétiques ont la main lourde. Ils raffolent du métal. Un sourire crénelé d'acier inoxydable, ça donne un choc, la première fois. Parfois, ce sont toutes les dents de devant qui y sont passées, telles celles de Génia-gueule-en-fer. L'ayant fait prudemment remarquer à Maria, je m'entendis répondre que c'était un immense progrès par rapport à ce qui se passait sous les tsars, quand les dentistes n'existaient que pour les riches. Aujourd'hui, grâce au régime soviétique, tout le monde en U.R.S.S. a de bonnes dents, naturelles ou en fer, car le régime soviétique nous a aussi apporté l'hygiène et la brosse à dents. Quand les Français auront fait la Révolution et chassé les sales capitalistes, alors vous aussi vous aurez tous de belles dents au lieu de vos tristes bouches aux sourires jaunâtres. Il est vrai que, parmi nous, les gens de plus de trente ans ont des dentures pleines de trous et de chicots noircis... Je ferme donc ma gueule, mon clou rivé.

Pas mal de Russes ont la figure marquée de petite vérole, surtout parmi les moins jeunes. C'est impressionnant, le visage est comme un champ de bataille sur lequel ont explosé des milliers de petits obus, chacun creusant son cratère. On les appelle les « granulés ». Ça aussi, l'hygiène et la Révolution l'ont fait disparaître.

*

Je raconte mes journées à Maria, c'est pas facile, je suis perfectionniste, il faut que je trouve le mot juste ou la périphrase, puis, quand je l'ai trouvé, repérer son cas dans la phrase, et là, vite, vite : masculin, féminin ou neutre, cas particulier ou non, singulier ou pluriel, le verbe, maintenant, perfectif ou imperfectif, avec mouvement ou sans mouvement, et l'accent, et la musique de phrase, quelle gymnastique, je suis en nage! J'enrage quand je me trompe. Maria me répond à toute vitesse, accroche-toi si tu peux, j'ai pas le temps de reconnaître un mot qu'il t'en défile deux cents...

Je lui raconte qu'aujourd'hui, dans les rues des beaux quartiers autour du Zoo, j'ai assisté à une chasse aux fauves. Des bombes sont tombées sur le Zoo, cette nuit, ont détruit des enceintes, les bêtes se sont échappées dans la ville, folles de terreur. Il fallait les voir, les gros pères à croix gammée, chasser le lion et le rhinocéros au fusil de guerre, rampant dans les gravats, excités comme des poux!

Je lui raconte Erkner. Le premier bombardement-tapis. La première alerte en plein jour. A midi précis, on l'avait entendu depuis Treptow, un seul lourd épais gras bruit. J'étais de l'équipe de déblaiement. Nous étions là-bas dans la demi-heure. Ils avaient ouvert leurs soutes, lâché toutes leurs bombes d'un seul coup... Le vrai bon truc. Un joli petit pays de villas, au bord d'un lac. Pas une n'en avait réchappé. Les cratères se chevauchaient, les arbres étaient hachés. Des milliers de morts. Mon premier bombardement sérieux. Il devait y en avoir bien d'autres. Maria me dit : « Les nôtres ne bombardent pas les villes. » J'étais sur le point de lui répondre que c'est parce qu'ils n'ont pas d'avions, et puis, bof...

Maria me raconte Sonia, la petite Sonia, mais si, tu vois qui c'est, eh bien, sa sœur est arrivée, elle est dans un camp, à Siemenstadt, vers Spandau, Sonia l'a appris par des babas, elle la croyait encore au pays, chez ses parents, elle est allée la voir, et voilà, dans son village un soldat allemand couchait avec la femme d'un moujik, le moujik n'aimait pas ça, un jour, il était plein de vodka, il est venu et il a tué l'Allemand, dans le lit, avec son couteau. Et puis il a porté le corps dehors, loin, et il a attendu, et il avait très peur, et tous les gens du village avaient très peur. Ils pensaient que les Allemands allaient prendre plusieurs hommes et les fusiller. Mais non. Au contraire, le lendemain, les Allemands ont quitté le village. Tous partis, tous. Les Russes ne voulaient pas y croire, et puis ils ont fait la fête, ils disaient qu'ils avaient tellement eu peur de ces Allemands, et puis, regarde-moi ça, tu en tues un, ils se sauvent! Mais voilà que dans la nuit des gens qui étaient partis au soir sont revenus au village et ont dit qu'à quelques kilomètres de là les Allemands barraient la route et obligeaient les Russes à retourner en arrière. Et d'autres gens en ont dit autant d'autres routes qui partaient du village. Au matin, les habitants des hameaux à la périphérie du village sont arrivés, disant que les Allemands les obligeaient à se replier sur le village. Tout le monde commença à être inquiet, à se demander ce que ça voulait dire. Ils le surent bientôt. Voilà qu'arrivèrent les avions, des bombardiers et aussi des chasseurs, qui se mirent à bombarder et à incendier le village, maison par maison, et à mitrailler tous ceux qui s'échappaient des maisons. Aussitôt après, les chars arrivèrent, par toutes les routes à la fois, suivis de fantassins avec des grenades, et ils ont tué absolument tout ce qui vivait. Ceux qui avaient essayé de s'enfuir plus tôt s'étaient heurtés à un cordon de soldats qui les abattaient à la mitrailleuse. Le père, la mère, la grand-mère et le petit frère de Sonia avaient été tués. Sa sœur était restée cachée deux jours sous un paquet de linge, et puis elle avait couru dans la campagne, avait été trouvée par d'autres Allemands, qui l'avaient envoyée ici dans un convoi.

Maria me raconte la vie en Ukraine, comme c'était bien, avant la guerre. Il y avait des cinémas, des matches, des bals. On mangeait de tout ce qu'on voulait, tant qu'on voulait. Maria avait un patiéfone (Ma joie en reconnaissant dans ce mot l'alliance de « Pathé » et de « phone »!) avec des disques très beaux. On se mariait et on divorçait comme on voulait, il suffisait de se présenter devant le camarade responsable de l'état-civil, on lui disait voilà, nous voulons nous marier, ou bien nous voulons divorcer, pfuitt, c'est fait, bonnjourr.

*

Chez les Russkoffs, je suis au chaud. Elles ont ce qu'ont les Ritals de la rue Sainte-Anne, ce que j'ai côtoyé, enfant, et dont j'ai flairé l'odeur puissante et merveilleuse : elles ont le sens de la tribu. Il y a une odeur russe comme il y a une odeur italienne. Il n'y a pas d'odeur française. Cette odeur animale, violente, de nichée de louveteaux, de poils du ventre de la mère arrachés pour tapisser le nid... Cette odeur qui n'est sans doute, après tout, que l'odeur paysanne, que j'aurais aussi bien trouvée chez des ploucs de l'Ardèche serrés autour d'un âtre enfumé, macérés dans leurs sueurs séchées sur eux, dans leurs jambons pendus aux poutres, leurs oignons, leurs aulx, le suint de leurs bêtes sur leurs vêtements... Peut-être. Mais il se trouve que pour moi, enfant d'une mère obsédée de propreté, d'hygiène, de grand air, d'eau de javel et d'encaustique, traquant les odeurs comme autant d'obscénités, pour moi l'odeur italienne avait été celle du paradis entrevu. L'odeur russe — l'odeur de baraque de paysannes russes — est le paradis retrouvé. C'est une odeur de tribu, et c'est une odeur de femmes. J'y suis au chaud, j'y suis en paix, toutes mes défenses tombent, j'y suis rassuré.

Et puis, les Russes sont excessifs. Moi aussi. Leurs émotions sont rapides, violentes, ravageuses. Dans les deux sens. Leurs joies sont délirantes, leurs peines abominables. Ils passent des unes aux autres sans transition, d'un extrême à l'extrême opposé, en dents de scie. Moi aussi. Les Italiens aussi, toutes proportions gardées, mais chez eux ça s'extériorise, ça se passe en démonstrations spectaculaires, cris, pleurs, gesticulations, arrachage de cheveux, coups de tête dans le mur, coups de poing dans la poitrine... Et toujours, dans le coin de l'œil, l'étincelle de lucidité du Rital qui se regarde souffrir en connaisseur. Le Russe mord à pleines dents dans le désespoir, crève de bonheur sans regarder à la dépense. A fond la caisse. Il ne donne pas de coups de tête dans le mur, car, lui, il se pèterait la gueule comme une pastèque, et d'ailleurs, de temps à autre, il le fait, et elle pète...

Oui, c'est trop facile. Oui, je me barbouille d'exotisme de pacotille, je me vautre dans les nostalgies à deux ronds, je me fabrique des succédanés de patrie plus amusants que la vraie, et en tout cas sans devoirs et sans danger, oui, oui, larme à l'œil, cabaret russe pour touristes en autocar, souvenir de Saint-Malo en coquillages, oui, oui, d'accord! Tu crois que je me rends pas compte? Les autres se barbouillent bien de causes sublimes, d'idéaux transcendant tout, de choses invisibles et abstraites qui « donnent un sens » à la vie... Dieu, patrie, humanité, race, classe, famille, héritage, réussite, devoir, héroïsme, sacrifice, martyre (donné ou reçu...), carrière, puissance, gloire, obéissance, humilité... Se dépasser. Dépasser l'humain, l'animal dans l'humain. Refus de n'être au monde que pour bouffer, chier, dormir, baiser, crever, comme n'importe quelle autre bête. Besoin d' « autre chose »... Et eux marchent, marchent à fond. N'est-ce pas aussi con, aussi vain? Moi, du moins, je ne m'y laisse pas prendre. Je ne laisse pas mon émotion prendre les choses en main. Court-circuiter ma petite froide raison raisonnante. Enfin, j'essaie.

Je n'ai pas demandé à naître, je n'ai pas demandé à faire partie de ce clan-ci plutôt que de celui-là, je ne vois pas pourquoi je me refuserais le plaisir des émotions et des sympathies, puisque je suis bâti pour les goûter, pour les goûter très fort. Je n'ai aucune mission sur terre, aucune raison d'y être, sinon vivre, et vivre le moins douloureusement possible. C'est ce que je fais. C'est d'ailleurs ce que font aussi ceux qui se persuadent d'être nés pour « quelque chose » qui transcende la peu excitante chimie organique, simplement leur aide-à-vivre c'est justement ça, ce cinéma sublime. Ne supportent pas le désespoir, donc s'inventent de faux espoirs. S'ils pouvaient savoir que le désespoir (le non-espoir), c'est pas triste, pas triste du tout!... Je cueille les fleurs du chemin, je me plais à leur parfum, je sais fort bien qu'elles ne sont que les organes sexuels des plantes, que ce n'est que pur hasard si je suis ainsi fait que j'ai plaisir à leur vue, à leur odeur, que ça n'a ni importance, ni signification, ni valeur symbolique, qu'il n'y a pas d'harmonie de la nature, rien qu'un enchevêtrement de hasards qui ne pouvaient pas ne pas être parce que autrement ça ne tiendrait pas debout, je sais tout cela et je prends mon plaisir, je regarde, je hume, je vis. Puissamment. Je n'ai aucune raison d'être au monde mais j'y suis, et puisque j'y suis je veux en profiter, ça ne durera pas. Merci maman, merci papa de m'avoir fait aussi apte à vivre.

Une véritable ville flottante

Les premiers temps, j'étais dans une baraque, je l'avais pas choisie. On m'avait collé là, et bon. C'était une chambrée comme toutes les chambrées, avec dedans des connards et des sympas, des mi-figue et des mi-raisin, une ou deux vraies têtes de cons, un dingue à colères rouges, trois gars de la Mayenne rugueux et secrets séparés du clan et aspirant à s'y refondre, un mataf, un Russe blanc, un Ch'timi, deux Belges de la variété flamande, un Hollandais à cravate et col dur, et un vieux. L'échantillonnage standard, quoi, sauf le nègre. Il n'y avait pas de nègre. Le Rital y était, c'était moi. Le Juif aussi y était, mais il faisait semblant que pas, d'ailleurs de façon à ce qu'on voie bien qu'il faisait semblant, et nous, donc, nous faisions semblant de marcher tout en nous arrangeant pour qu'il voie bien que nous faisions semblant, ça lui faisait tellement plaisir... Le Marseillais aussi y était, c'était le vieux. Il faisait double emploi.

Première fois de ma vie que je dormais en chambrée. J'avais jamais dormi ailleurs que dans le grand lit avec papa, quand j'étais petit, et, depuis mes douze ans, dans le lit-cage, tout seul. Et aussi un peu dans la paille, pendant l'exode. Ni frère ni sœur, donc tout à fait ignorant de la servitude de partager sa piaule. J'étais curieux de voir comment j'allais supporter ça. Eh bien, pas mal du tout. Il faut dire que, travaillant en trois-huit, mes horaires contre-nature faisaient que je me couchais quand les autres se levaient, ou bien au beau milieu de l'après-midi, ou quand ils ronflaient depuis longtemps.

Je me suis découvert une faculté de m'isoler que je ne me connaissais pas. Perdu dans les altitudes enfumées, au plus haut du châlit à étages, coincé entre les chevrons de sapin, enfoui jusqu'aux yeux dans l'amas de chiffons et de vêtements que j'entassais pour compenser la minceur de la couverture réglementaire, je m'étais fait de ma bauge un ventre-de-ma-mère, une oasis-refuge dont l'horizon était les quatre bouts de bois limitant ma paillasse.

Nous nous entendions à peu près, faut pas trop demander, disons que nous nous supportions. Les deux Belges, garçons de café à Anvers, s'estimaient d'un rang social moins crasseux que celui de nous autres petits prolos. Ils exerçaient au camp et à l'usine les fonctions d'interprètes, c'est-à-dire de tampons et d'intercesseurs, ce qui ne va pas sans un certain lècheculisme, d'un côté, ni sans une attitude de supériorité bienveillante, de l'autre. Ils étaient plutôt pas trop mal, l'un dans l'autre, parlaient beaucoup et très fort, riaient à faire trembler les vitres à des blagues accablantes de naïveté. Le Hollandais, ne parlant pas un mot de français, n'avait commerce qu'avec les Flamands. Tombé là par l'effet de je ne sais quelle méprise, il nous quitta dès qu'une paillasse se trouva libre dans les baraques hollandaises.

Le vieux s'appelait Alexandre. Il avait dépassé les cinquante ans, âge plus que suspect, mais s'indignait jusqu'aux larmes quand nous le traitions de volontaire et de nazi. C'était une vieille feignasse gourmande, égoïste et tire-au-cul, qui se sortait de toutes les situations par un déluge de mots gluants que son accent du Midi et son absence totale de dents de devant rendaient aussi flasques que le contenu d'un œuf cru tombé du premier étage. Il mentait comme on respire, se contredisait sans vergogne, avalait l'avanie, pleurnichait toute honte bue avec cette volubilité gélatineuse. Il pissait énormément, se levait dix fois la nuit. Comme pissoir, nous n'avions que le trou des chiottes, immense mais unique, là-bas à l'autre bout du camp, au moins trois cents mètres dans la bise hérisse-mollets. Le vieux trouvait plus confortable de pisser dans des boîtes de conserves, une collection de boîtes vides alignées sous son plumard. Il commençait par la première à gauche et les remplissait méthodiquement, l'une après l'autre. Quand par hasard il restait, au matin, une boîte non employée, il s'inquiétait pour ses reins. Le jet heurtait le fer-blanc dans un joyeux vacarme de source vive tombant dans un tuyau d'orgue, les gars, réveillés, gueulaient, le vieux bredouillait de molles menaces et s'enfonçait sous ses hardes. Un jour, nous perçâmes ses boîtes de multiples trous, le vieux se pissa sur les cuisses, et nous de rire. Il gueula, mais nous l'avertîmes que s'il recommençait on le lui ferait boire. Nous avions l'air résolu, alors il renonça. Se contenta de se traîner jusqu'à la porte en râlant glaireux et de glisser sa triste queue au-dehors par le minimum d'entrebâillement possible. La porte, les planches de la cabane, les marches de bois du seuil et la terre tout autour s'imbibèrent de pissât concentré qui, au premier soleil, pua d'une épouvantable puanteur.

*

En ce temps-là, les volontaires étaient honnis. Par la suite, quand nous pûmes apprécier combien ces pauvres cons avaient été couillonnés, nous nous indignâmes moins. Outre les hauts salaires, les travailleurs volontaires devaient bénéficier de logements individuels, confortables, d'une nourriture « abondante et soignée », de primes, de bons de vêtements, de permissions et, surtout, de considération. En fait, ce fut à peu près le cas pour les premiers arrivés, jusque vers la fin de 1942. Mais ceux qu'amena le convoi qui m'amena furent traités exactement comme nous : camp, baraques, châlits et toute la merde. Les couples furent séparés, les femmes françaises logées dans une baraque à l'intérieur du camp des femmes russes, à l'écart toutefois afin que les babas ne leur crevassent point les yeux : elles haïssent ces « poufiasses faschistes », c'est comme ça qu'elles causent.

Maria me demande : « Les Françaises sont toutes comme ça? » Bien emmerdé je suis pour lui expliquer que les filles venues travailler en Allemagne l'ont toutes fait volontairement, que ce sont de malheureuses raclures, des épaves, qui voyaient ça comme l'Aventure, la chance unique de redémarrer sur de nouvelles bases une vie irrémédiablement loupée. Elles sont jeunes, assez, et elles ont déjà la dégaîne de la vieille morue alcoolo qui fait des pipes aux clochards pour un coup de rouge, rue Quincampoix, derrière les Halles. Maquillées en carnaval, rimmel, faux-cils et tout — pour bosser dans le cambouis! — tortillant leur popotin gras-doubleux perché sur leurs talons de quinze centimètres, cradingues à puer, et puant, noyant ça sous des pelletées de parfum de prisunic, camouflant tant bien que mal à grand renfort de cataplasmes plâtreux des bubons violacés et des plaques rouges ou livides, irradiant la chaude-pisse et la vérole, l'œil mauvais, la bouche veule, elles perdent peu à peu l'espoir de lever le fils à papa S.T.O. ou le naïf militaire chleuh qui a pris à Paris le goût des belles madames françaises, et avec l'espoir elles perdent leur vernis de faux luxe en peau de lapin. La plupart finissent sur le tapin autour d'Alexander Platz pour le compte de barbillons français, prisonniers ou S.T.O. en cavale qui ont mis la poigne sur le mitan berlinois, maquent même des femmes chleuhes, tiennent des bars, des tripots, trafiquent marché noir et faux papiers pour déserteurs allemands...

Les volontaires, donc, se retrouvent logés à la même triste enseigne que nous, les forcés. Je me suis un peu payé leur gueule, les premiers temps, la gueule de ceux, du moins, qui avaient eu l'innocence de ne pas cacher ce qu'ils étaient. Je me marrais bien, moi qui avais même refusé de signer le contrat bidon qui nous faisait symboliquement acquiescer à notre rapt. Je me suis donné pour règle de ne rien signer tant que je serais en Allemagne. Les autorités n'insistent d'ailleurs pas, et jusqu'ici rien de spécialement fâcheux n'en est résulté, preuve que toutes ces écritures sont de la merde à tartiner sur les lunettes des bonnes âmes de la Croix-Rouge, que les Chleuhs se foutent bien de ces simagrées et qu'ils n'en font qu'à leur bon plaisir. Et c'est normal. Ou alors, à quoi bon être vainqueurs? Enfin, quoi!

Par la suite, je suis devenu moins tranchant. De quel droit je me permets de juger? Après tout, qu'est-ce que j'en ai à foutre? Chacun mène sa vie, dans cette putain de jungle. N'est pas héros qui veut. N'est pas lucide qui veut. Qu'est-ce que j'ai de moins con qu'eux? J'aime pas qu'on me force, c'est tout. Mais qu'aurais-je fait, moi beau malin, si j'avais eu une famille à nourrir et pas de boulot? Ben, oui... Donc : pas de famille. Rester libre. Et Maria? Maria, c'est pas la première pierre d'une famille. Maria, c'est moi prolongé. C'est la solitude magnifiée. Et les gosses? Elles veulent toutes des gosses... Oh, ben, on verra, eh! Déjà se sortir de là...

*

Je ne suis resté que quelques mois dans cette baraque, où se trouvaient deux autres gars de Nogent, Roger Lachaize et Roland Sabatier, celui qui devait mourir peu après son arrivée. Lorsque le camp fut détruit pour la première fois par les avions, je profitai du chambardement de notre répartition dans les baraques du camp provisoire de la Scheiblerstrasse pour me dégoter un châlit chez des gars qui me plaisaient bien.

Ils étaient toute une bande qui avaient quelque chose de spécial. Une espèce d'avant-garde. Enfin, c'est comme ça que moi, ours, ignare, bourré de lectures et de timidités, ne sachant rien du monde, je les voyais. Maintenant que je les connais bien, je peux dire qu'ils ne m'ont pas déçu.

C'est, si j'ose dire, la baraque intellectuelle du camp. Non, c'est pas ça. Je veux dire qu'ils sont marrants de la façon dont sont marrants les étudiants bambocheurs dans *Les Misérables* ou dans *La Vie de Bohème.* Toujours en train de déconner, mais sur le ton de Jouvet disant « Bizarre? Vous avez dit bizarre? » Avec eux, je me sens de plain-pied. Ils me font rire, je les fais rire, pas obligé de se mettre au niveau. Ce sont tous de bons bougres, pas universitaires pour deux ronds, il y a même parmi eux pas mal de manuels, dont maintenant moi, et des paysans. Il serait prétentieux de dire qu'ils sont moins cons, mais il est juste de dire qu'ils s'efforcent de l'être. Le ton est donné par le grand Pierre, Pierre Richard, dit « le Cheval » à cause de sa longue figure, son père vend des T.S.F. au Mans. Cette interminable saucisse est un boute-en-train formidable. On se fait chier ici tout autant qu'ailleurs, mais au moins on rigole de nos emmerdes, on se fout de la gueule du mec qui a le noir, on s'installe comme au cinéma pour contempler à son aise le mec qui pique sa colère. On a des discussions passionnées, ces gars savent des tas de trucs, j'ouvre grandes mes oreilles, je m'instruis c'est pas croyable.

L'ambiance est très « Auberges de Jeunesse ». Je ne savais même pas ce que c'était. Bob Lavignon, Paulot Picamilh, Burger et d'autres sont des fervents du camping à pied ou à vélo, avec points d'appui sur les A.J. pour l'amitié. Je découvre l'esprit A.J., ça me plaît bien. C'est le culte de la nature et le goût de l'effort, comme chez les scouts, mais sans le côté cucul et militaro-cureton. Ce sont tous de solides mécréants, et capables d'expliquer pourquoi. Je me sens enfin chez moi.

Ils chantent de ces chansons de la campagne qu'on trouve, comprimées, dans les recueils « Jeunesse qui chante » que tout le monde connaît et que, moi, je découvre. « Janneton prend sa faucille », « Derrière chez nous il est une montagne », « La rose au boué », « Les crapauds », oui, bon, on voit le genre, ils chantent ça à trois voix, je chante avec, ému comme une jeune fille. D'ailleurs pas assez naïfs pour ne pas se cligner de l'œil.

Pierre « le Cheval » est amoureux d'une Russkoff, la grande Klavdia, une, comme l'adjectif l'indique, longue personne au long visage, jolie, avec un long aristocratique nez. Un couple assorti. On leur dit de nous garder un poulain. Pierre, du coup, étudie le russe. Ça nous rapproche. Presque tout le monde, ici, étudie quelque chose, quelque chose de somptueusement inutile, plus c'est inutile plus c'est beau, c'est notre luxe, à nous. Picamilh étudie le russe et le solfège, Loréal étudie le tchèque, je ne sais plus qui étudie le bulgare, un autre le hongrois. Un vrai régal de nabab, le hongrois : vingt-deux déclinaisons, pas le moindre repère commun avec les langues européennes, et c'est parlé par une pincée de ploucs au nez sale perdus dans un creux des Carpathes!

Contrairement aux autres baraques, à peu près tout le monde ici est capable de se démerder avec plus ou moins de bonheur en allemand.

*

On parle souvent, de plus en plus souvent, de la façon dont tout ça va finir. Il y a ceux qui pensent que les Ricains, à peine liquidé Hitler, vont, sur leur élan, avaler l'Armée Rouge et liquider une bonne fois le communisme, puisque après tout c'était le but initial de cette guerre, on avait laissé Hitler se goinfrer l'Autriche, la Tchécoslovaquie, la Pologne, la Hollande, la Belgique et la France parce que la vraie raison pour laquelle on tolérait ses caprices était la grande croisade vers l'Est, il était censé au bout de tout ça écraser les Bolcheviks et y laisser tellement de plumes qu'il n'y aurait plus qu'à se baisser pour ramasser les morceaux et liquider à son tour le nazisme, à moins que, réflexion faite, on ne se le fût gardé dans un coin, ça peut resservir, et voilà que ce grand con s'y prend comme un manche et se fait casser la gueule par les moujiks. D'où obligation d'aider Staline (qui est quand même plus à gauche, donc plus « démocrate » qu'Adolf) pour le public, qui ne comprendrait plus rien si on faisait l'inverse, mais dès que les Russkoffs sont en vue on leur fait le coup de Pearl-Harbour, pour le prétexte on trouvera bien.

T'as vu ça de ta fenêtre, disent les tenants de l'autre hypothèse! Les Russkoffs sont partis pour se faire l'Europe, maintenant que les voilà en route ils ne s'arrêteront qu'aux Sables-d'Olonne, ils vont te virer Pétain, Mussolini, Franco et Salazar d'un coup de torchon, c'est la lutteu finaleu qui commen-en-ceu, c'est la Révolution qui s'avan-an-ceu et qui sera victorieuseu demain, prenez ga-a-ardeu, prenez ga-a-ardeu à la jeun' ga-a-ardeu.

Il y a les sceptiques-c'est moi tout seul, — qui dis vous êtes tous des bons jobards, Hitler n'a pas pu casser les reins à Staline, c'est vrai, grosse déception pour le capitalisme mondial et pour les dames qui donnent à la quête, mais il a quand même fait du bon boulot, ne serait-ce que toute cette Europe cassée qu'il va falloir rebâtir, tout ce bon matériel de guerre envolé en fumée ou coulé au fond de l'onde amère, ça a déjà fait circuler pas mal de fric, ça n'a pas fini. Staline n'est pas assez con pour se lancer dans la révolution universelle, c'est bon pour des Lénine, pour des Trotski (je me suis vraiment instruit, dans cette piaule!), Staline a une bonne place, il vient de se la consolider, du granit, il s'est nommé Maréchal de l'U.R.S.S., maintenant il est vieux, il est fatigué, il s'est bien marré, il va se regarder dans la glace avec son bel uniforme et manger des gaufrettes, ça m'étonnerait même qu'il vienne jusqu'ici (là, je prends des risques!). Vous en faites pas, ça se terminera entre bons compères, comme celle de Quatorze, tu me donnes Varsovie je te donne Ouagadougou, tout le monde encule tout le monde et au bout du traité il y a la Troisième Mondiale, automatique, la routine.

Et, dit quelqu'un, suppose quand même qu'ils arrivent ici, les Russkoffs, qu'est-ce qu'on devient, nous, là-dedans?

Au fait... Question intéressante. Et qu'on n'est pas sans se poser, parfois, furtivement. Forcés ou volontaires, prisonniers, déportés, réfugiés, pétainistes... les Russes n'en ont probablement rien à foutre, de ces nuances! Les filles m'ont dit qu'il était fort probable que tout Soviétique qui s'est laissé embarquer par l'ennemi, peu importe comment, sera par cela même considéré comme coupable et bon pour la Sibérie. Le retour des prisonniers et des déportés se soldera par des déportations en masse vers l'Est, c'est à peu près certain, et ça ne les fait pas rigoler. Alors, tu penses, nous autres tristes cons, on a toutes les chances de se retrouver dans d'autres baraques, aussi pourries que celles-ci, à bouffer des kohlrabis gelés dans un bled encore plus dégueulasse qu'ici. Les mecs, c'est parti, on est les esclaves de l'Europe nouvelle, on est rien qu'un peu de merde sur la botte des conquérants, on va creuser des trous, remuer des gravats, soulever des rails, avec dans notre dos des connards à Gummi * qui te tapent sur les mollets, merde, merde, merde...

Voilà où l'on arrive quand on se laisse aller à scruter l'avenir. Scruter l'avenir est une manie de petit vieux pas propre, comme manger ses crottes de nez. Ça te rend triste et con. Les babas, qui savent, elles, ce qui les attend presque

* Le Gummi (prononcer « goumi ») est une matraque faite d'un bout de tuyau d'arrosage en caoutchouc armé, très épais et très dur. Manié avec compétence, ça peut faire excessivement mal sans trop esquinter le bonhomme. Ça peut aussi l'estropier ou le tuer, affaire de doigté. Quand tu soulèves un rail et que le surveillant flanque à l'improviste un coup de son Gummi sur les mollets d'un des gars, le gars, surpris, gueule et lâche le rail. Tout le poids retombe brusquement sur les autres, lesquels, les bras arrachés, peuvent très bien laisser échapper le rail, qui leur écrase les pieds. C'est pour ça que je n'aimais pas beaucoup les corvées dans les gares. Il existe aussi des Gummi sérieux, en caoutchouc plein, et même avec un câble d'acier noyé dedans.

à coup sûr, tu crois que ça les empêche de chanter? De sourire jusqu'aux oreilles? Et bon, on cause d'autre chose. De cul, par exemple. C'est toujours excellent, de parler de cul. Ça stimule les boyaux de la tête et ça supprime les flatulences. Ou en tout cas ça les améliore. Si j'étais condamné à mort, je passerais ma dernière nuit à causer cul avec le geôlier.

*

Il aura fallu que j'atterrisse ici pour sortir de mon cocon et y voir un peu clair dans le grand chambard.

Ici, pour la première fois, j'entends parler de de Gaulle. Je veux dire que tout ce que j'en savais jusque-là, c'est qu'il s'agissait d'un vague militaire pas d'accord avec Pétain, qui avait fui à Londres et qui, de là-bas, injuriait les collabos et excitait les terroristes. Je disais « les terroristes » parce que tout le monde disait comme ça, c'était le mot, quoi. Je me rends compte maintenant que je vivais d'une façon tellement coupée du monde que c'en est pas croyable. Les copains n'en reviennent pas, des questions cons que je leur pose.

Chez nous, il n'y a pas la T.S.F., maman n'en a jamais voulu, ça coûte cher et ça mange du courant, et dedans y a rien que des bêtises et des réclames. Le journal, je l'achetais pas, les faits divers je m'en fous, le communiqué allemand c'est toujours la même chose, la politique c'est rien que de la propagande très chiante, à la fois bravache et chialarde, moralisante et pousse-au-crime, violente et rabâchante, bénissant le Ciel qui nous a punis pour notre bien et réclamant le châtiment des vrais coupables : les Juifs, les francs-maçons, les communistes, l'Angleterre, l'Amérique, les bandes dessinées et le Front Popu. Les tickets de ceci de cela honorés à telle date c'est maman qui s'en occupait, ses patronnes lui disaient. Les spectacles je m'en tapais, je n'allais qu'au ciné, à Nogent, quand les acteurs me plaisaient, le metteur en scène je savais pas qui c'était ni même ce que c'était, j'allais voir un film « de Fernandel » ou « de Michel Simon », c'est marre. Les pages lettres-et-arts, effroyablement chiantes : tu te cramponnes pour comprendre, et quand t'as décrypté tu t'aperçois que l'autre prétentieux parlait pour ne rien dire.

Je lisais, pourtant, je dévorais, mais des livres. Des livres que je dénichais, en quantité, pour quelques sous, chez les libraires d'occasions, en particulier chez le père Dayet, rue du Château, à Vincennes. Je passais devant tous les soirs en quittant un chantier sur Montreuil pour rentrer à Nogent à pied par le Bois. Je fouillais dans son éventaire, je fouillais dans sa boutique, il me laissait faire, je grimpais à l'échelle, il me mettait de côté les bouquins qu'il savait devoir me plaire. Il s'emballait sur un auteur, m'en lisait des pages et des pages, à haute voix, me harponnant par le col pour que je n'échappe pas, enthousiaste, ému aux larmes, postillonnant, le goût d'ailleurs très sûr. Il avait une fille ravissante, j'osais pas la regarder.

Je dois au père Dayet de m'avoir fait connaître des joies parmi les plus grandes de ma vie : Giraudoux, Gide, Steinbeck, Hemingway, Caldwell, Marcel Aymé, Jacques Perret... Je raffolais, je raffole de Jacques Perret. Et Giraudoux, donc! Et...

J'ai découvert la vulgarisation scientifique. Le pays enchanté. Pas « les merveilles de la science » et autres niaiseries. De la très sérieuse, très solide initiation à la méthode scientifique, à l'esprit scientifique, dans les livres, entre autres, d'un prodigieux pédagogue : Marcel Boll. L'école m'avait ouvert l'esprit au raisonnement mathématique, à la physique, à la chimie, m'avait fait prendre conscience de l'impérieux besoin de logique et de cohérence qui est en moi, avait éveillé ma curiosité joyeuse, mon dévorant désir de savoir, et surtout de comprendre. Si bien que, à ma surprise, je me rends compte que tous ces gars si avertis, si dans le coup, si instruits, même, sont absolument ignorants dans toutes ces matières pour moi autrement importantes (et autrement passionnantes!) que la politique, le cinéma, la chanson, le sport, la peinture... Impossible de parler théorie des quanta, relativité restreinte et générale, mécanique ondulatoire, classification périodique, énergie nucléaire, énergie de désintégration, dynamique du vivant, évolution... Toutes ces choses terriblement actuelles dont je suis rempli, ça leur fait faire les yeux ronds. Surtout, ça les emmerde, hélas! Je leur parle de l'utilisation de l'énergie libérée par la rupture des noyaux atomiques lourds et donc instables, j'essaie, pour les intéresser, de ramener la chose aux applications technologiques spectaculaires que je pressens imminentes, en particulier la très probable et très prochaine apparition au-dessus de nos gueules de bombes basées sur la libération violente de cette énergie fantastique, ils me répondent Rommel, chars « Tigre », forteresses volantes, parachutistes, Montgomery, Joukov, Stalingrad... De la « nature » ils ne voient que le côté petites fleurs, verdure, vie champêtre opposée à la vie « aliénante et déshumanisante de l'usine et de la ville », c'est comme ça qu'ils causent. Avec mes électrons, mes neutrons, mes photons, mes galaxies et mes ondes de probabilité, j'ai un peu l'air d'un con. Je croyais tout le monde au courant, j'avais pédalé pour les rattraper, total j'avais vingt longueurs d'avance : ils n'avaient même pas pris le départ. C'est coton d'arriver à intéresser les gens à autre chose qu'à des conneries! Pourtant, s'ils savaient! Là est le pays des merveilles, le vrai pays des fées : le réel.

A la maison, on ne parlait jamais politique, ni même de la guerre (« des événements », ainsi qu'il se dit, pudiquement, comme s'il s'agissait d'une obscénité). Juste maman, pour râler contre la famine, contre les queues, contre cette guerre bâtarde qui ne ressemble à rien : en Quatorze, on recevait des obus, il y avait des poilus au front, mais on avait de quoi manger, c'était organisé! Tandis que là, à quoi ça ressemble, je vous le demande? On ne sait ni qui gagne ni qui perd...

A part mon copain Roger et les gars du club de boxe, je ne voyais personne en dehors du chantier. Quant aux maçons, presque tous Ritals, ils n'étaient absolument pas dans le coup.

Si bien que, pour moi, il y avait vaguement, quelque part par là, dans la campagne, très loin, des « terroristes » qui estourbissaient des troufions chleuhs isolés et faisaient dérailler des trains, je le savais parce que à chaque fois apparaissaient sur les murs les sinistres petites affiches rouges ou jaunes bordées de noir sur lesquelles se lisait en lettres gothiques « Bekanntmachung » suivi de l'information que, à la suite du lâche attentat, les vingt otages dont les noms suivent ont été passés par les armes, signé : le Militärbefehlshaber in Frankreich, von Stülpnagel. Un nom que je ne risque pas d'oublier.

Je voyais — quand il m'arrivait d'y penser — les « terroristes » comme des bandits de grand chemin, des despérados nés de la misère des temps, tuant les Allemands, les miliciens et les gendarmes, passant à la lampe à souder la plante des pieds des fermiers afin de leur faire dire où ils planquaient la lessiveuse bourrée des billets de mille du marché noir, un mélange de Robin des Bois et de chauffeurs d'Orgères, de ruffians des Grandes Compagnies de la guerre de Cent Ans et de brutes superbes à la Pancho Villa, à la Tarass Boulba... Je fourrais dans le même sac, sans chercher plus loin, terrorisme et marché noir, j'imaginais vaguement que, dans d'impénétrables forêts, les mêmes gars se livraient aux deux activités, l'une nourrissant l'autre, faut bien vivre, qu'il devait y avoir parmi eux des communistes, des Juifs et des francs-maçons échappés aux flics, ça me paraissait logique...

En écoutant les discussions de la chambrée, j'ai appris que ce de Gaulle avec deux L est en fait le chef du gouvernement français en exil, reconnu par les Anglais, les Amerlos, les Russes et tout ce qui actuellement est anti-nazi, que Pétain l'a condamné à mort comme traître et félon mais que lui-même considère le gouvernement de Vichy comme illégal et vendu... J'ai appris aussi que les « terroristes » des affichettes abominables sont des « résistants », des francs-tireurs, comme on disait autrefois, que parmi eux il y a effectivement beaucoup de communistes et qu'ils obéissent aux ordres de de Gaulle, lequel envoie depuis Londres des messages codés par T.S.F. J'ai appris que l'indicatif de ces émissions est le début d'une symphonie célèbre d'un certain Beethoven et que Pierre Dac, le Pierre Dac de *L'Os à moelle*, oui, celui qui nous faisait tant rigoler à l'école, cause dans le poste à Radio-Londres. « Les Français parlent aux Français. »

En somme, si je m'étais pas fait faire aux pattes et jeter ici, j'aurais jamais su ce qui se passe en France. Je dois être un cas.

Les gars discutent à perte de vue si de Gaulle est communiste ou pas. En général, ils concluent que oui. Mais ça fait bizarre. Certains pensent qu'il doit être trotskiste, c'est du communiste plus chic, plus intellectuel. En tout cas, à peine les Chleuhs boutés hors de France, les communistes prendront le pouvoir, ça c'est sûr! Mais non, vous déconnez, essaie de dire Louis Maurice, le plus renseigné : Bidault, le bras droit de de Gaulle, est un cureton fanatique, et justement c'est lui qui commande toute la Résistance, alors, hein, faut pas dire n'importe quoi! Ah? Bon. Ça devient compliqué, vachement.

J'ai enfin appris ce que c'est que ces fumeuses histoires de Mers-el-Kébir, de Dakar, de la Syrie, auxquelles les affiches font sans cesse allusion en les mélangeant à Jeanne d'Arc, à Trafalgar, à Sainte-Hélène et à Fachoda pour nous rappeler que l'Angleterre a toujours été notre ennemie sournoise et acharnée et pour nous inciter à bien obéir au Maréchal, à nous engager dans la L.V.F. « Français, vous avez la mémoire courte! » Tu parles! On prouverait sans douleur que n'importe quel pays au monde est notre ennemi sournois, héréditaire et acharné : la France n'a pas arrêté au long des siècles de chercher des crosses à tout le monde et de foutre le feu partout...

A Paris, la dernière année, j'avais découvert *Le Crapouillot*, un magazine comme je n'aurais pas cru qu'il pouvait en exister un. Le dimanche matin, je faisais un saut sur les quais, j'avais repéré, près du Châtelet, un bouquiniste qui soldait des vieux numéros des années trente. J'ai acheté toute la série, petit à petit. Les titres m'avaient fasciné : « Les horreurs de la guerre. » « Les fusillés pour l'exemple. » « Le sang des autres. » « Les marchands de canons. » « La guerre inconnue »... S'y étalaient d'effroyables photos de guerre, de celles qu'on ne montre jamais dans les journaux. Comme tout civil, je ne connaissais de la guerre que les images héroïques de la répugnante presse des propagandes officielles. Maman avait ramené une fois de chez une patronne un paquet de *Miroir de la Guerre* mêlés de *La Baïonnette* et d'autres platitudes pousse-au-crime et gonfle-con. Entre-temps, j'avais lu Barbusse, Rilke, Dorgelès, qui m'avaient flanqué un coup dont je ne me suis jamais remis. Je les voyais, là, sur le vif. Les textes étaient ce que j'avais jamais lu de plus anticonformiste. Ça me convenait tout à fait. J'y avais nourri mon horreur spontanée de la guerre et de toute violence de masse. De toute violence. De toute action de masse. Je suis une bête solitaire *.

Les premiers bombardements sérieux eurent lieu au printemps 1943.

Au ululement de la sirène, nous devions bondir avec nos affaires dans la tranchée qui zigzague par le travers du camp. Le Lagerführer et ses sbires faisaient le tour des baraques, paillasse par paillasse, tapant dessus à coups de trique tandis que les clebs hurlaient de joie mauvaise et happaient aux mollets les attardés.

Dans la tranchée, nous n'y restions guère. Si ça tombait au loin, on s'y emmerdait, on n'y pouvait pas remuer, on sortait sur l'herbe maigre pour s'allonger face au ciel et commenter le spectacle. Si ça nous tombait dessus, c'était pire que tout, personne ne voulait rester coincé là-dedans, l'épouvante. Tu entendais les torpilles te descendre droit sur la gueule en déchirant posément les couches d'air, l'une après l'autre, en déchirant de plus en plus fort, de plus en plus aigu, de plus en plus près, merde, celle-là, elle est pour ma gueule, elle est pour ma gueule, elle est pour ma gueule... WAOUMM! Tu es projeté en l'air comme par une raquette, tu retombes sur un mec, tu reçois un mec sur le dos, le sol sous toi, autour de toi, ondule des hanches et secoue son cul, tu vacilles oscilles chavires plonges, de la terre plein le cou, ça déchire ça déchire ça déchire juste au-dessus de plus en plus près plus près plus près, WAOUMM, une autre, et WAOUMM, une autre! Six, huit autres, un chapelet, on rebondit, encore et encore, petits pois sur un tambour, sardines dans un tuyau, sens dessus dessous, cul par-dessus tête, la trouille la trouille la trouille, ça y est, Loret le mataf qui pique sa crise, à chaque fois que ça tombe trop près on y a droit, le voilà qui se roule par terre, bave de la mousse, regarde blanc, fout des coups

* Je sais. *Le Crapouillot* de Galtier-Boissière et de ses copains rescapés des tranchées est devenu, après 1945, un triste torchon à sensation, râleur et petit-vieux, et, pour finir, carrément facho. Plus rien de commun.

Le pacifisme du *Crapouillot* de 1935 n'était d'ailleurs pas exempt d'une certaine naïveté tonitruante, reflet de la personnalité du fondateur. N'empêche, c'était le premier son de cloche détonnant que j'entendais. Il m'a marqué profond.

de tatanes tout autour, épileptique jusqu'aux oreilles, faut qu'on le maîtrise, qu'on l'attache solide, et pendant ce temps-là ça tombe, tu parles d'un cadeau!

Quand ça tombe pas trop près, on s'installe pour le ballet aérien. Le personnel d'encadrement nous fout la paix, trop content de planquer son cul dans l'abri du Lagerführer, chiens compris.

La nuit tiède est un grand chaudron sonore où bourdonnent cent milliards de gros moteurs tranquilles. Les baguettes de lumière filent droit aux nuages, s'y cognent, s'y écrasent. Elles oscillent autour de leur pied, se croisent, fouillent, fouillent, parfois coincent un insecte brillant, ne le lâchent plus, convergent dessus à trois ou quatre. La Flak (l'artillerie antiaérienne) se déchaîne. Quatre tubes groupés. Quatre coups secs, en rafale. Toujours par quatre. L'insecte explose, dégringole, les doigts de lumière suivent sa chute, je pense aux types qui sont dedans, à ce qui se passe, là, dans leur tête, ces sales cons qui ricanaient dur, tout à l'heure, en délourdant leurs soutes à bombes, ces pauvres cons qui regardent les lumières d'en bas leur sauter à la gueule, je suis à leur place, je suis eux, je le suis tout à fait, merde, des hommes peuvent faire ça! Accepter ça!

J'ai compris : je suis un lâche. D'accord. Je suis bien content de l'être. D'abord, c'est pas un vice. Il n'y a pas de vices. Je ne suis pas sur terre pour donner un spectacle à tous les autres cons et faire ce qu'il faut pour avoir leurs applaudissements : « Bravo! Il est brave! Il est mort en brave! Mieux vaut mourir en brave que mourir en pleurnichant! » Tu te rends compte? C'est avec ce genre de conneries qu'on les fait marcher! A l'estime! A la honte! Mourir crânement! Mais, Ducon, quand tu seras mort tu ne te verras pas! Tu ne seras plus! N'auras jamais été! Ton souvenir, ton image flatteuse, c'est dans la tête des autres qu'elle sera! Dans la tienne il n'y aura rien, rien! Vivre se conjugue au présent, uniquement au présent. Je vous emmerde, spectateurs! Je vous emmerde, appréciateurs, fins gourmets ès courage et attitudes viriles! Je vous emmerde, moralistes! Je t'emmerde, postérité! Je n'ai qu'une peau, et démontrez-moi le contraire! Vous ne me flétrirez pas, vous ne m'humilierez pas, rien ne peut me flétrir, rien ne peut m'humilier! A mes propres yeux, qui sont les seuls qui comptent. Pour moi, quoi que je fasse, je ne serai jamais infâme. Quoi que je fasse, je m'aimerai toujours! Je me le jure!

Hi, hi, ricane Ducon, on a compris : Narcisse! Égocentriste comme un lapin! Non. Réaliste. Logique jusqu'au bout de la logique. Et merde, je suis bien con de me fatiguer... Fin de la digression introspective.

Ah! Ils balancent les grappes! Les belles grappes éclairantes rouge rubis, vert émeraude, bleu électrique, mauve, jaune d'or, qui se balancent haut en l'air et descendent, lentement, lentement, entre les rigides faisceaux oscillants de lumière blanche. Les obus éclatent, rouges, les éclats sonnent sur les toits, sur les tôles, un avion s'écrase au sol et explose, une grande lueur pâle, WAOUMM, une torche rouge du côté de Neukölln...

Ça peut durer une heure, ou deux, ou trois. Ça peut remettre ça plusieurs fois dans la nuit, surtout l'été. Pas brillant, le réveil, à cinq heures.

Dans la tranchée des Russkoffs, Maria a très peur, ses copines me l'ont dit. Je me faufile là-bas, les babas me cachent, je la prends contre moi, ça la rassure, un peu. J'ai peur aussi, mais dans ma tête, pas dans mes nerfs. Ça reste raisonné, jamais la panique qui vous fait trembler, gueuler, pisser, perdre le contrôle. Une chance. Je la couve, la berce, je lui parle bébé, je me sens très grand mâle protecteur. Elle tremble sans pouvoir s'arrêter, claque des dents, glacée. Longtemps après le danger passé, elle est encore comme ça. Un sourire essaie de se faire jour sur son visage blême aux yeux creux : « Tiaï! Nitchévo, Brraçva! On est vivants? Tout va bien! »

Ma banlieue à l'heure allemande *

Lorsque j'étais rentré de l'exode, fin juin 40, je m'étais présenté à mon supérieur hiérarchique, le contrôleur du tri du bureau de poste Paris-XI, rue Mercœur. Lequel m'avait dit que, oui, bien sûr, en ce moment, le courrier, hein, mais bientôt les trains allaient remarcher, et donc la Poste être de nouveau à même d'assurer sa glorieuse mission, mais pour l'instant on tournait avec le minimum d'effectifs, et dans ces conditions, n'est-ce pas, les auxiliaires embauchés d'urgence en septembre 39, on ne savait pas trop... Restez donc chez vous, on vous fera savoir en temps utile. Ah, ouais, m'sieur, je vois. Et pour la paye? Pardon? La paye du mois de juin. J'ai travaillé jusqu'au 15, et puis je suis allé faire du vélo sur l'ordre de l'Administration, et bon, me voilà, je suis bien fatigué, j'aimerais assez toucher mes sous. Écoutez, la trésorerie est un peu désorganisée, mais tout va rentrer dans l'ordre, vous serez prévenu aussitôt que votre problème aura été réglé.

Huit jours plus tard, le courrier remarchait, mais pas de nouvelles. Je suis allé au bureau, pensant retravailler sur-le-champ. Le receveur m'envoya chez le comptable, lequel me remit une enveloppe mince mince — la stricte quinzaine passée au tri — et m'annonça que les auxiliaires engagés en septembre étaient tous licenciés, dont je. La France entre dans une ère d'austérité, vous comprenez... Ses salades, il pouvait se les mettre à égoutter. J'ai sauté sur mon vélo en me disant que les rêves dorés de maman allaient en prendre un coup et que ça ne serait pas drôle. Ça ne le fut pas.

* Pardon, Jean-Louis!

Me voilà sans boulot. J'étais pas le seul. Les ouvriers s'étaient sauvés vers le Sud et puis étaient revenus, mais les patrons s'étaient sauvés beaucoup plus loin encore, et donc étaient plus longs à revenir. Quand ils revenaient... Il y avait un sacré chômage. Les gens ne s'en faisaient pas trop, ils grignotaient leurs petites réserves, les Allemands allaient remettre l'économie sur les rails et tout le monde au boulot, c'est qu'ils n'aiment pas les feignants, les Allemands, un peuple de travailleurs, on ne peut pas leur retirer ça. Fini les quarante heures et les vacances à la mer! (Ricanement de joie mauvaise.)

En attendant, qu'est-ce que je fous, moi? Je glande avec Roger, je demande à droite à gauche, et voilà que Christian Bisson me dit qu'il quitte son boulot pour un autre et que si ça me botte il me présente. C'est quoi? Tu te coltines une voiture à bras et tu aides sur les marchés. Ça biche.

Le lendemain, je me retrouve entre les brancards d'un camion à bras plutôt lourd et couinant, en train de grimper la côte vers le plateau d'Avron. C'est une sacrée côte. Drôlement raide et drôlement longue. Au moins deux kilomètres et demi de grimpette entre le rond-point de Plaisance et les anciennes carrières de plâtre dans les galeries desquelles se cultive à grands soins le champignon de Paris.

Je travaille pour Raymonde Gallet, qui fait les primeurs sur les marchés, et pour son frère Jojo, grande brute, grande gueule, qui fait le poisson. Raymonde s'est dégoté cette combine des champignons, c'est une culture expérimentale, ils produisent peu, juste pour quelques clients privilégiés, dont Raymonde. Ça donne des champignons étonnants, certains gros comme des gros cèpes, couleur café au lait ou chocolat, parfumés, délicieux. Je grimpe là-haut trois fois la semaine, l'après-midi, ma carriole accrochée au cul comme la casserole à la queue du chien. Six kilomètres en tout, dix pour revenir parce qu'alors je dois faire le détour par la Maltournée pour payer l'octroi. Et de la Maltape à la rue Thiers, par le boulevard d'Alsace-Lorraine et le boulevard de Strasbourg, ça fait cinq grosses bornes d'une côte qui file droit au ciel, avec deux cents kilos de champignons ultra-précieux dans la guimbarde. Je dis pas ça pour me plaindre, j'aimais bien, c'était sportif, diablement, j'avais la rue pour moi tout seul, pas une bagnole, le désert, je serrais les dents, je pensais à des choses dans ma tête, des trucs que j'avais lus, arrivé là-haut l'air soufflait vif et dru, je chargeais mes paniers, je repartais aussi sec pour ne pas louper l'octroi, dans la descente je me bandais pour retenir, j'y arrivais parfois tout juste tout juste, c'était chouette.

Tous les matins, le marché. On mettait tout sur la voiture à bras, la marchandise pour le poiscaille et pour la légume, les balances, les outils, François dans les brancards, la bricole au poitrail, et en avant. La famille Gallet poussait au cul, sans se tuer.

*

Les marchés, quel joli métier! Sauf qu'il fallait décaniller aux toutes petites heures, et ça, j'aime pas trop. L'aurore aux doigts sales, c'est pas ma sœur. L'hiver, à cinq heures, il fait nuit noire, c'est là que le froid est le plus froid, je m'amenais dans la réserve à la Raymonde, un box qu'elle louait dans la cour à Pianetti, rue Thiers, derrière le petit bal. Là, à la lueur d'une lampe à carbure qui nous creusait des gueules de cadavres, on préparait la camelote, Raymonde et moi. Par exemple, elle avait un chargement de brocolis qui s'étaient mis à fermenter, les cons. Ça puait à te peler les narines et ça chauffait, une vraie leçon de choses. Il faisait tout tiède, dans la cambuse. Tu plongeais tes mains dans la masse de brocolis pourris : au moins quarante-cinq degrés. Alors, voilà, accroupis dans cette moiteur, on les triait, on récupérait les pas trop trop pourris, on en récupérait le plus possible, on les lavait, Raymonde les reficelait en petites bottes, ça faisait la rue Michel. Elle calculait en même temps à combien elle devait les vendre pour que ça lui rembourse le manque à gagner des pourris et toute cette contrariété qu'elle en avait eue, le chagrin ça n'a pas de prix. Je matais sournois entre ses cuisses, elle les avait longues et nerveuses, un rien sèches, peut-être, mais le rêve y trouvait son compte. Quand j'y repense, je me dis qu'elle y mettait sans doute un peu de malice, mais j'aurais jamais osé même penser qu'elle y pensait, pourtant elle avait des yeux à manger de l'homme, une femme de prisonnier, pomponnée, rouge à lèvres et bas de soie noirs, la cuisse blanche tout au fond, ben, ouais, quoi...

On faisait le marché de Nogent, trois fois la semaine, et puis ceux de Fontenay, du Perreux et de Bry dans les interstices. Ça faisait de drôles de trottes. On arrivait, on déballait, on arrangeait tout sur les tables, déjà la queue s'allongeait. Même avant qu'on arrive. Pas eu besoin de leur apprendre. La queue, ils ont su tout de suite, spontanément. Ils l'ont inventée. Le poisson n'a jamais été rationné, ni les légumes verts. Justement : c'étaient les seuls trucs qu'ils pouvaient acheter sans tickets, alors ils faisaient la queue. Pour les denrées à tickets, ils faisaient la queue aussi : la trouille que le ticket ne soit pas honoré. Il faut dire que le poisson se faisait rare, et qu'un jour même il n'y en eut plus du tout, à cause du mur de l'Atlantique, tout ça.

Vendre du poisson en plein vent, l'hiver, c'est pas tout rose. Tu le vides et tu lui coupes la tête, tu te coupes le doigt avec, tu sens rien. Cet hiver 40-41 fut sauvage. La France commençait à la sauter vilainement. Je rapportais du poisson à la maison, des champignons, des dattes, les Gallet me faisaient des prix. Le soir, j'allais à la boxe.

Je ne sais plus qui avait eu l'idée. Petit-Jean, peut-être bien. Petit-Jean, un ancien boxeur, la trentaine, vif, mince, râblé. Devait tirer dans les mi-légers. Bon, il s'est mis à exister un Club Pugislistique Nogentais, affilié au C.P. XXe, va savoir pourquoi. La boxe soudain avait pris un prestige énorme auprès de la jeunesse française, c'était au moins un terrain où la France brillait. La gloire de Cerdan, de Dauthuille, de Charron fascinait les mômes voués à l'usine, comme naguère le Tour de France ou le foot. C'était le seul tunnel avec un peu de ciel au bout, le seul trou par où l'évasion semblait possible, tout au moins le rêve de l'évasion. Ils se foutaient bien de la guerre perdue ou gagnée, les mômes voués à l'usine! Au bout de la guerre, pour eux, il y avait de toute façon l'usine, la chiourme, la paie misérable, le logement grouillant de mômes, la picole pour voir les varices de Bobonne en rose, et rien. Noir et gris. Comme leurs vieux.

Ils se jetaient dans la boxe à corps perdu, persuadés qu'avec une méchante droite et du cœur au ventre tu dois arriver, c'est forcé. Suffit d'être encore plus dur aux coups que le gars en face, de serrer les dents, de guetter le moment et de placer son parpaing mortel dès que l'ouverture se présente : le gars descend, asphyxié. C'est comme ça que boxait Cerdan. Un tank.

Peu allaient à la boxe pour l'amour du sport, l'excitation du danger frôlé, le plaisir de la feinte et de l'esquive, la joie puissante du combat, de l'adversaire mesuré, analysé, déjoué, manœuvré. Moi, oui. J'aime vraiment ça. Être entre les cordes, je veux dire. Regarder, je m'en fous. Ça m'emmerde. Je rêvasse à autre chose. Cerdan et compagnie, je savais même pas qui c'était, avant, et guère davantage après. Le sport-spectacle, rien ne me fait chier davantage.

J'avais tâté du foot, mais j'ai vite compris que les sports d'équipe ne sont pas pour moi. La natation, on m'avait presque forcé à faire de la compète, je me défendais pas mal, mais rien à faire, il y a un esprit d'équipe, de clan, ils sont tout le temps fourrés ensemble, font des bouffes, des sauteries, je m'y emmerde, j'ai laissé tomber. J'aime mieux plonger dans un coin de verdure secret, remonter mes deux trois kilomètres à fond de train à contre-courant et puis me laisser redescendre à longues longues brasses silencieuses, comme une couleuvre, sans personne, tout seul entre eau verte et ciel bleu... Le vélo, j'avais tout de suite été repoussé par l'ambiance kermesse et fête popu. Mes efforts, je me les veux solitaires, c'est là que je goûte le haut bonheur. J'ai accompli des exploits dont personne ne saura jamais rien.

J'aurais pas cru que j'aimerais la boxe. Je m'amusais bien à boxer à poings nus, ou à lutter, avec Roger, on se flanquait de sacrées raclées, mais les gants, le ring, les règles, toutes ces complications ne me disaient rien. Et puis, la boxe était réputée sport de brutes et délectation de sadiques. C'est vrai, d'ailleurs : les brutes et les sadiques sont sur les gradins. Pas sur le ring.

Petit-Jean était un artiste. Et un pédagogue. Mine de rien, à l'économie de paroles et d'efforts, il savait fort bien nous prendre, nous guider, nous enseigner à exploiter nos atouts et jusqu'à nos défauts. Nous étions toute une bande. Jean-Jean et son frère Piérine, Manfredi dit Frédo, Charton, Hougron, Suret, Labat... Petit-Jean fondait beaucoup d'espoirs sur Roger Pavarini, mon inséparable, et sur Maurice Hubert, dit Bouboule, le fils du bistrot de la rue Thiers. Tous deux tiraient les lourds.

La boxe exige un entraînement très dur, très régulier, précédé de sévères séances de musculation, d'assouplissement et de respiration. Cet ascétisme me convenait. Interdit de fumer : je cessai donc, à tout jamais. Quinze jours après mon arrivée à la salle, et alors que je pensais devoir me préparer pendant encore des mois avant les angoisses du premier combat, Petit-Jean m'annonça comme une chose toute naturelle que je faisais partie du voyage du lendemain à Versailles et que je tirais contre un poids moyen. Ça s'appelle « mener au mâle ». J'ai eu beau gueuler, les autres m'apprirent qu'il s'y prenait toujours comme ça et que s'il me menait au mâle c'est qu'il savait que j'étais capable de m'en sortir honorablement.

Et bon. Après une nuit sans sommeil, me voilà dans le vestiaire d'un palais des sports de banlieue, les mains bandées serré de cinq mètres de Velpeau, en maillot de corps Petit-Bateau (les amateurs n'ont pas le droit de tirer torse nu), aux fesses la culotte de Roger, aux couilles la coquille de Roger (Roger était toujours équipé impecc, ses vieux lui laissaient tout ce qu'il gagnait), aux pieds des espadrilles tout effilochées (Roger chausse du quarante-et-un, moi du quarante-quatre, je ne pouvais donc pas porter les superbes tout neufs chaussons de boxe de Roger...) Panique intense. Pas de me faire casser la gueule, mais d'avoir l'air d'un con. C'est mon tour. Je traverse la foule. Survoltés, ces vampires. T'excitent au passage : « Défends-toi, petit gars, je mets deux sacs sur toi. » Les bonnes femmes te palpouillent les biceps, les yeux retournés. Des fauves. Le ring. La lumière te tombe dessus, à pic, t'épingle sur le carré. Tu t'assois. Tu mates le mec dans le coin en face. Il a l'air mauvais, la vache! Des biscoteaux de forgeron. Une sale petite gueule de gouape cruelle. C'est mon cinéma : les gars me dirent après que j'avais, moi, une tête épouvantable de tueur. Ce que c'est que la trouille! Petit-Jean me bafouille je ne sais quoi dans l'oreille. Me passe la main voir si la coquille est bien en place. Me colle dans la bouche le protège-gencives de Roger (ça se fait sur mesure, ça coûte la peau des fesses). L'arbitre nous fait signe. On y va. Marmonne ses patenôtres. Oui,

M'sieur, d'accord, M'sieur. Dans nos coins. Gong. Ça y est donc.

Voyons. Ma garde. Les pieds en dedans, bien dressé sur les pointes. La jambe arrière fléchie, tout le poids dessus. La tête planquée derrière les gants. Le dos voûté, la poitrine creuse, l'épaule gauche ramenée devant la figure. Pas une fissure. Un château fort. Je sautille un peu, sans bouger les bras. Je tourne autour, pour voir comment il se sert de ses jambes. Mal. Les pieds à plat. Il tourne sur lui-même en marchant au lieu de sauter. Je fais vite un saut vers ma droite, donc sur sa gauche, j'y avais pensé avant, j'ai sa joue offerte. je risque une gauche, sans y croire, c'est pas possible, c'est un boxeur, je lui lance un coup de poing, il va pas le recevoir, ce serait trop simple... Et il arrive! En pleine gueule, papa! Sur sa joue, par le côté, ça le déséquilibre, il fait trois pas pour se rattraper, comme les crabes. J'en reste tout con. J'aurais dû suivre, redoubler la gauche, et puis, schniak, la droite. Je voudrais t'y voir! J'ai donné mon premier coup de poing, et il est arrivé, juste comme je voulais! Ma première patate! La salle a hurlé. Un hurlement énorme, effrayant, comme une tempête contre les rochers.

Du coup, il s'est vexé, c'est devenu moins facile. Il m'a rentré dedans, j'ai dû esquiver, me planquer derrière les gants. Et alors ce bruit de tempête a grossi, a grossi, et cette fois contre moi... Je croyais que j'aurais peur. Non, pas du tout. J'étais en rogne. Je me suis donné à fond. Je voyais les coups arriver, lentement, lentement, j'avais dix fois le temps d'esquiver et de calculer ce que j'allais lui balancer en échange, de bien repérer l'endroit exact... Même, je regardais ses yeux, je ne les quittais pas, je voyais ses pensées en même temps qu'il les pensait, je pensais avec lui, avant lui... Quel jeu formidable!

Rien ne crève comme donner des coups de poing. Après une minute, j'étouffais, mon cœur voulait sauter dehors par ma bouche béante, la poitrine me brûlait, les bras me pesaient, j'envoyais mes poings au ralenti... Et ce gong qui ne sonnait pas!

Ça a été un dur combat, et je l'ai gagné. Aux points. Je me suis tapé les trois reprises. Il y eut des spectateurs pas d'accord, sans doute des copains du gars, il était dans son fief. Soufflé de tant de mauvaise foi, j'ai fait signe aux gradins : « Descendez ici, qu'on s'explique! » Scandale. Huées. Les juges parlent de me disqualifier. Plus tard, Petit-Jean m'engueule au vestiaire. Paraît que ça se fait pas. Ah, bon.

Jean-Jean, Roger, Bouboule et les autres se sont farcis leurs bonshommes, et puis on est rentrés, moi bien content bien soulagé.

*

Il fait un froid noir. Roger, n'ayant rien de mieux à faire, m'accompagne aux champignons. Ça tombe à pic. Un verglas assassin vernit la chaussée, on n'arrive pas à tenir debout, et il faut en plus que je retienne la sacrée carriole qui glisse sur ses jantes cerclées de fer sans que les roues aient même à tourner. L'un de nous est toujours à plat ventre, quand ce n'est pas les deux. Bon. On finit quand même par hisser la carriole au haut du plateau d'Avron. On charge. Maintenant, la descente en vrille jusqu'à la Maltape. Je paie l'octroi. La nuit est tout à fait tombée, et avec elle un brouillard à manger à la cuillère. On ne voit pas ses pieds. La longue côte toute droite file dans le néant, ponctuée de tristes lumignons voilés de bleu, très joli tableau dans le genre attends-moi un instant je vais me foutre par la fenêtre. Il va falloir s'enfiler ça?

On se relaie dans les brancards. Pas moyen de tirer, tes pieds filent, tu glisses en arrière sous la carriole. Alors l'autre fait tourner la roue, à la main, rayon par rayon. On avance, tout doucement, un centimètre après l'autre. Naturellement, on n'a pas emporté de lampion, on comptait rentrer avant la nuit. Et voilà, c'est gagné : comme c'est à mon tour de faire tourner la roue, plié en deux, le cul offert, le brouillard se matérialise en autobus et me rentre carrément dans le lard, m'attrape à l'épaule gauche, me plaque contre la roue, je m'étale, le bus s'arrête juste avant de me passer dessus. La carriole cul par-dessus tête, les champignons dans le caniveau. Le gars de l'autobus, bien emmerdé. Les voyageurs s'emplissent les poches. Je rame à plat ventre, la bouche pleine de sang, impossible de me relever, impossible de respirer, ça me fait un mal de chien. Roger n'a rien.

Les flics arrivent, parlent d'hôpital, je veux gueuler que

non, je crache un gros paquet de caillots. Roger dit que j'habite tout près, ils se laissent attendrir.

Tête de papa quand on me débarque sur un brancard! Pauvre papa. Tête de maman quand elle rentre du boulot... Bon. Trois côtes enfoncées, le poumon un peu lacéré, un bras noir des doigts à l'épaule, des gnons partout, rien de sérieux. Deux semaines de lit. Roger m'apporte des bouquins.

Huit jours plus tard, Nino Simonetto jaillit dans la chambre, la gueule à l'envers. Il est midi. Nino crie :

— François, le marché couvert vient de s'écrouler!

Effectivement, j'avais entendu comme un lourd bruit, gras et mou. C'était donc ça!

— Il y a plein de morts! Ça gueule, t'entendrais ça! Du sang partout! Je retourne aider.

Le marché couvert de Nogent est un grand hangar tout en fer, dans le style des Halles de Paris, tarabiscoté comme de la dentelle. Raymonde et Jojo Gallet y ont leurs tables. Sans mon accident, j'aurais été en train d'y vendre. Plus tard, j'ai su que la mère Gallet a été blessée à la tête, qu'une cliente à elle a été tuée sur la table même, parmi les choux-fleurs, les reins pliés dans le mauvais sens par une énorme poutrelle de fer à trous-trous. En tout, vingt-deux morts, d'innombrables blessés. C'est le poids de la neige, plus d'un mètre d'épaisseur, qui a tout fait. Tout le monde s'accorde à dire que les Allemands ont été plus que corrects.

*

Je suis vite retapé. Un jour, Roger me dit :

— On embauche, chez Cavanna et Taravella. Présente-toi demain, moi j'y suis depuis ce matin.

Me voilà donc maçon.

Garçon maçon chez les Ritals, c'est pas du velours. Les Ritals sont aussi durs aux autres qu'ils sont durs pour eux-mêmes. Le garçon doit obéir, comprendre à demi-mot, et filer. Il doit deviner de quoi le compagnon aura besoin avant qu'il en ait besoin. S'il a trois, quatre ou cinq compagnons à servir, à aucun moment la « marchandise » ne doit manquer à aucun d'entre eux, brique, mortier, eau, même s'ils sont éparpillés au diable les uns des autres, même s'il faut grimper le mortier au seau, sur l'épaule, par quatre ou cinq étages d'échelles verticales collées à un échafaudage. Les maçons disent « l'échafaud ». S'ils sont ritals, ils prononcent « il çaffoud ».

La première fois que j'ai fait du terrassement, je poussais ma pelle dans le tas de glaise compacte, je me cramponnais au manche, je poussais à corps perdu, rien à faire, la pelle ne pénétrait pas d'un centimètre, alors je prenais de l'élan, je frappais à la volée, j'en arrachais gros comme deux noix, les autres se marraient, la glaise s'accumulait devant moi, retombait sur la gueule du gars qui piochait au fond du trou, et moi je comprenais pas, je voyais des gringalets glisser leur pelle dans la glaise comme une tarte dans un four et balancer avec aisance des pelletées de quinze kilos dans la brouette... Jusqu'à ce que papa, passant par-là, me dise :

— Et la cvisse? A quva i te serve, la cvisse?

— Quelle cuisse?

— Tou gu'y arriveras zamais si tou gu'mettes pas la cvisse, vayons! Pousse 'vec sta cvisse!

Et, me prenant la pelle des mains, papa m'a fait voir comment la cuisse gauche vient s'appuyer par-derrière au manche de la pelle et le pousse discrètement d'une formidable poussée. J'ai essayé. Épatant!

Papa est parti en ronchonnant, mais plus tard je l'ai entendu qui disait à Arthur Draghi :

— L'n'est mica tante beste : tou la splique oune fvas, l'a comprende tout svite!

Mais j'avais beau faire, être costaud, joyeux, plein de bonne volonté, j'étais « çvi-là qu'il était touzours il primière à l'école », donc suspect. Un qu'il a la teste à estoudier, i po pas avar la force dans les bras, c'est pas poussib'. Qué les livres et la brique, i vont pas ensemb'. J'étais « le bureaucrate », quoi. Et quand il m'a fallu vider, à la pelle carrée, une brouettée de mortier bien mou dans une auge posée sur « il çaffoud » à hauteur du premier étage et que tout m'est retombé sur la figure, bien à plat, plâf, ils ont tous rigolé à s'en péter les bretelles et il a fallu que je paie un litre.

Ce n'était jamais très méchant, à part quelques sournoiseries déplaisantes, mais j'avais de quoi me défendre.

Gentil, soumis, empressé tant que je me sentais en confiance, teigneux à ne pas croire quand je sentais la vraie méchanceté. Je descendais un jour le raidillon de la Grande-Rue vers le pont de Mulhouse, dans les brancards du camion à bras chargé à crouler, quelque chose comme une bonne demi-tonne sur les reins, avec des échasses de sapin pour échafaudage qui dépassaient de cinq mètres devant et autant derrière. Le compagnon, le vieux Toscani, dit « Biçain », était censé retenir le camion de toutes ses forces, à l'arrière, cependant je me sentais partir, irrésistiblement, j'avais beau freiner contre la bordure du trottoir, rien à faire, le poids m'entraînait, j'étais obligé de courir, de courir de plus en plus vite, tout le chargement sautait et rebondissait, la lourde guimbarde allait me passer dessus, je fermais ma gueule, attentif à une seule pensée : ne pas avoir l'air d'un con, j'allais y passer... Et voilà papa qui passe, juste à ce moment, juste par là, il avait un sac de ciment sur l'épaule, il jette son sac, il vient se mettre à côté de moi dans les brancards, il s'arc-boute sur ses courtes solides cuisses, un cheval, papa. A deux, on l'a arrêté, le camion. Papa avait l'œil meurtrier. Mais il m'a juste dit, sévère :

— Fout fare 'tenchion, vayons! Pourquva tou le çarzes tant que ça, sta camion? Pourquva tou partes toute sol?

— Mais je suis pas tout seul, papa! Y a Biçain qui retient derrière.

— Qué Biçain?

J'ai regardé : j'étais tout seul. Biçain s'amenait sur ses petites pattes, en se roulant une pipe, à bien cinquante mètres derrière. Le vieux fumier! Et tout ce temps-là, j'avais cru qu'il retenait, cramponné au pavé. Quand il a vu papa, il s'est mis à courir, il a fait le fâché :

— Ma qu'est-ce qui te prende courir tante vite? Qué te souivre ze po même pas! C'est pas tellizente courir coumme ça, qué tou poutrais passer sotto il camion! Tiens, vous sêtes là, Vidgeon? Dites-loui, à l'vot' fils, qué c'est des jimproudenches, pourquva mva, i m'écoutera pas, mva.

Papa n'a rien dit. Il était tout blanc. Sa lèvre tremblait. Il a haussé les épaules, a ramassé son sac de ciment et est parti. J'ai compris que le vieux Biçain était une vraie sale bête, et ça n'a plus été comme avant. Un jour où nous travaillions tous deux dans un pavillon du Perreux, il m'a fait je ne sais plus quel tour de vache, je lui ai mis trois pêches sur la gueule, je l'ai laissé au fond de la tranchée et je suis allé demander mon compte au grand Dominique. Le soir même, j'avais retrouvé de l'embauche sur un chantier, à Montreuil.

*

A la fin de l'été 41, je travaillais au ravalement d'un vieil immeuble du faubourg Saint-Antoine, au 43, sur la cour, avec Dédé Bocciarelli et le fils Toni. Un boulot pas commode, tout en échafaudage volant, on se hissait au palan, quand on piochait le mur le bazar se balançait. Un matin, j'arrive à vélo par la Nation, je vois sur les deux trottoirs du faubourg, devant chaque porte d'immeuble, des groupes de gens qui avaient l'air d'attendre, tout tristes, tout mornes. A leurs pieds, des valises, des cartons, des balluchons.

En regardant mieux, je vois que chaque porte d'immeuble est encadrée par deux flics en uniforme. Je vois aussi que ces gens tout tristes portent l'étoile jaune sur la poitrine. Des Juifs. Des flics en civil entrent dans les maisons et en ressortent, poussant des Juifs devant eux.

Les femmes des Juifs sont descendues leur dire au revoir, et aussi leurs enfants. Voyant que l'attente se prolonge sur le trottoir, elles remontent vite leur préparer des casse-croûte, leur cuisiner quelque chose de chaud pour manger avant de partir, leur chercher une couverture... Ils vont rester sur le trottoir comme ça jusque tard dans l'après-midi, assis sur leurs paquets, et enfin les cars de la police les embarquent.

Je demande à Dédé et à Toni où on peut bien les emmener. Oh, ben, dans des camps de concentration, parce que si les Allemands les laissaient libres ils donneraient des renseignements aux Anglais, feraient du sabotage, tout ça. Juifs et Allemands, c'est chien et chat, tu comprends. Tu crois qu'ils vont leur faire du mal? Oh, non, penses-tu! Ils ont pas le droit. Ils les envoient travailler la terre, pour remplacer les prisonniers, faut bien que la moisson se fasse. Et puis d'abord ils prennent seulement ceux qui sont pas français, ceux qui viennent de Pologne, par là, au diable Vauvert. Oui, mais tout ce mal que les Allemands disent d'eux, et aussi les journaux français, ils gueulent tous qu'il faut les tuer, que c'est de leur faute si on en est là, qu'ils pourrissent tout? Oh, tu sais, c'est de la politique! Dans la politique, ils n'en font pas le dixième de ce qu'ils proclament dans leurs discours.

J'avais feuilleté de ces journaux politiques, *Je Suis Partout*, *La Gerbe*, et le plus crapuleux de tous : *Au Pilori*. C'était tellement con, tellement haineux, tellement boutiquier jaloux, tellement bas-du-cul, mais surtout tellement, tellement con, insolemment, triomphalement con, que j'en revenais pas que le Maréchal, qui est si distingué, si vieux soldat austère et noble, tolère ces glapissements. Même s'il n'est lui-même qu'une vieille crapule ambitieuse, il a une autre allure. Oui, mais il est gâteux, paraît-il. Et puis c'est un cul-bénit, il peut pas les piffer, les Youpins.

Les dessins, sur *Le Pilori*, c'est rien que des Juifs. Nez en aubergine, bouche lippue répugnante, cheveux crépus, allure dégueulasse. « Ils se prélassent à nos frais dans les camps, leurs femelles leur apportent caviar et champagne. Il faut en finir une bonne fois! » T'as lu un numéro du *Pilori*, tu les as tous lus. Leurs dessins sont même pas un tout petit peu marrants, comme étaient autrefois ceux du *Canard enchaîné*. Là, rien, rien que de la haine, du pousse-au-crime. D'ailleurs, ils ne cherchent pas à être drôles, ils méprisent l'humour, ils veulent faire « penser », et aussi être durs, durs comme les Allemands.

Il y a eu une exposition anti-juive au Grand Palais. J'y suis pas allé, mais j'ai vu les affiches, il y en avait plein les rues : « Sachez reconnaître le Juif », avec des modèles de nez pendants, de bouches de grenouilles, d'yeux de lézards, d'oreilles en feuilles de radis fanées, de doigts crochus, de pieds palmés... Parfaitement, de pieds palmés! Les affiches du film *Le Juif Süss* aussi valent leur pesant de coups de pied au cul! Tout ça me rappelle les frénésies anti-juives des vertueux petits gars de la J.E.C., avant guerre. Ils doivent bicher, aujourd'hui, les petites vipères!

J'ai vu quand ils ont déboulonné les statues. Toutes les statues de bronze de Paris, ils les ont enlevées, des Français ont fait ça, oui oui, pour en faire cadeau aux Allemands afin qu'ils les coulent en pointes d'obus. Le plus écœurant, c'est la campagne de préparation dans les journaux. Les plus grandes plumes te démontraient que nos statues étaient laides, qu'il fallait en débarrasser Paris pour que la France n'ait plus à rougir... Comme pour les Juifs, quoi. Ils cherchent dans leur tête ce qui pourrait bien faire plaisir aux Allemands et ils le leur offrent avant qu'ils le demandent. J'ai entendu dans le métro un type qui disait qu'on faisait cadeau de nos belles statues aux Fridolins en échange de plusieurs dizaines de millers de Juifs qu'ils laissaient partir en douce pour l'Amérique. Le type ajoutait si c'est pas malheureux, des œuvres d'art uniques au monde, et en bronze, monsieur, vous savez ce que ça vaut, le bronze? Tout ça pour des feignants et des rapaces même pas français qui ont fait notre malheur! Ah, ils doivent bien rigoler, Rothschild et compagnie!

*

Les chantiers, j'aimais bien. Le maçon est un ouvrier à part, qui tient du paysan et du marin. Courbé sur la terre qu'il malmène à grands coups de pioche ou voltigeant dans les airs à la merci d'un nœud mal serré *. Le travail est varié, à l'infini, tu te trouves sans cesse confronté à mille problèmes imprévus qu'il faut résoudre, et vite, et solidement. Le maçon est avant tout un bricoleur, un débrouillard. Savoir s'échafauder en fonction du boulot est déjà toute une science. Et aussi savoir économiser ses forces, harmoniser ses gestes, se programmer le travail dans le temps et dans l'espace... Les compagnons, tous des montagnards ritals durs à cuire comme la meulière, me menaient la vie dure, exigeants sur le travail, sans pitié, et

* En ce temps-là (eh, oui), les échafaudages étaient faits de troncs de jeunes sapins (les « échasses », verticales) entretoisés par des rondins d'acacia (les « boulins », horizontaux). Le tout tenait par des cordages arrangés en nœud de maçon, que les maçons appelaient « la cravate », et qui n'est autre que le nœud de cabestan des marins. Une cravate mal faite, ça pouvait être la mort.

en même temps pleins d'attentions bourrues, vraies mères poules à moustaches :

— Françva! Varde on po' douve qu'tou mette el' pied! Tout gu' l'a mica vista qué sta plançe-là il est en bachcoule? Qué si tou gu'mette el pied zouste là dessus, allora tou tombes zousqu'en bas et tou te vas touver! Et après, qu'est-ce que ze vas dire à tou pare, mé? Ze vas dire coumme ça « Vidgeon, l'est l'vote Françva qu'il est toute morte, pourquva l'a mess' il pied sour una plançe qu'il était en bachcoule, et allora l's'est touvé, ecco! » Allora tou pare i va dire coumme ça : « Tounion *, i va dire coumme ça, l'est tva, l'compagnon, loui, l'était on pour'goche qu'al counnaichais rien, le rechponchable il est tva, ecco. » Oh, ze le sais qué dou mal i me le fara pas, ma l'avra tante çagrin, pour' homme, qué de le var ze me mettrai à plorer anche me.

J'aimais les vannes classiques des maçons ritals. Si tu vois un copain en train de creuser un trou, tu dois lui dire :

— Euh, Micain **! Ma vard'on po' qué buse ***! Fa 'tenchion pas croser troppe lvoin, qué tu vas ressourtir cez i Chinvas!

Un Rital n'a jamais pu discerner une différence entre « l'équilibre » et « la calibre », ni entre une « chambre à air » et la « chambrière », ce bout de bois qu'on plante sous un camion à bras, à l'arrêt, « per fare qué i tient debout toute sol ». J'aimais les noms des outils. Chaque truelle a le sien : la briqueteuse, la lisseuse, la spatule, la langue-de-chat, les bertelées... Et aussi les pioches : le pic, la panne, le descentoir, le piémontoir... La langue du métier foisonne d'expressions qui me ravissent, dont je ne sais pas si elles viennent du dialetto ou du français de métier. Par exemple, on dit « soulager » pour « soulever » ou « lever » : « Françva, soulaze on po' sour ton côté, qué c'est pas de niveau! » On dit d'une poutre qu'elle « fatigue ». On dit « le

---

* « Tounion » : Antoine.
** « Micain » (très difficile à prononcer) : Dominique.
*** « Buse » : dialetto. Italien : « buco » : trou.

nu » d'un mur, qui est la surface véridique sur laquelle tu peux te fier. On dit « le fruit » du mur, quand il penche...

*

Quand papa ou moi travaillions sur un chantier « al diable ouverte », nous emportions la gamelle, que le garçon met à réchauffer en plein vent, sur un feu de chutes de bois. Garnir la gamelle était devenu le tourment des femmes de maçons.

Il était bien fini, le temps des beaux dimanches de la rue Sainte-Anne, le temps des gosses portant dans des torchons à carreaux rouges les plats odorants sortant du four « per fare ouna poulitesse oux vigins ». La rue Sainte-Anne dansait devant le buffet. Si on n'a jamais complètement crevé de faim, on le doit aux deux Dominiques, Cavanna et Taravella, les patrons, qui se démerdaient à trouver le fabricant de pâtes clandestin qui, à prix d'or, vendait des nouilles presque noires, moitié farine-moitié poussière, ou le plouc qui tirait de ses haricots secs le quadruple de ce que lui en donnait le marché régulier... J'étais déjà ravagé par la faim. J'achetais toutes les saletés sans ticket : les boîtes de conserves « pâté végétal », à peine ouvertes une épouvantable odeur de pulpe de betterave pourrie, tout rutabaga bouilli, sans un soupçon de gras. Le sucre de raisin, quand j'en trouvais, ça avait un goût très fort de caramel brûlé et c'était très acide. Le dimanche, on allait aux escargots, on les mangeait en ragoût, bouillis avec du vin, puisqu'il n'y avait pas de beurre. J'avais trouvé un charcutier qui, une fois par semaine, vendait du boudin sans ticket, en grand mystère, un drôle de boudin sans bouts de gras dedans, qui sentait fort malgré les oignons dont il était bourré. J'ai su un jour que c'était du boudin de chien, il payait des mômes pour voler les chiens. J'ai connu un gars qui piégeait les chats dans une porte entrebâillée. Il imitait le cri d'une souris, le chat passait la tête, couic!

J'ai connu l'insolence de ceux qui peuvent se payer de la viande, du saucisson, du beurre, du sucre, et te bouffent ça à la gueule, tranquillement...

Pendant la drôle de guerre, en 39-40, le bâtiment languissait, papa avait trouvé du boulot à Colombes, grâce au père de Roger Pavarini. Il lui fallait traverser tout Paris en métro, changer deux fois, et puis prendre un autobus. Prendre le métro, ça a l'air tout simple, mais imaginez seulement que vous ne savez pas lire! La première fois, Pavarini avait montré à papa, lui avait fait compter les stations (papa, du moins, savait compter sur ses doigts). Et bon, papa allait tout seul, bravement, dans toute cette foule, et ne se trompait pas. Jusqu'au soir où il prit le mauvais couloir. Il compta les stations, suivit le couloir, et se retrouva perdu dans une banlieue épouvantable, en pleine nuit de guerre sans lumières... Il tourna en rond, n'osant demander, les gens n'auraient pas compris son parler. Il finit par demander asile aux flics, qui lui permirent de dormir sur un bat-flanc, en cellule. Le lendemain, il était à l'heure sur le chantier, sans avoir mangé. Maman avait passé une nuit terrible.

Ils ne doivent pas avoir beaucoup dormi, l'un et l'autre, depuis que je suis parti.

Le bruit gras d'une ville qui croule

On est huit. Des fois dix, des fois douze. Aujourd'hui, huit. Les quatre autres ont dû être envoyés dans un autre secteur, ça a dégringolé dur, cette nuit. Huit punis, huit têtes de lard. Huit « saboteurs ». La fine équipe. Le Kommando des gravats.

Tous les matins, à cinq heures, nous devons nous rassembler devant la baraque du Lagerführer, pour l'appel. Notre petit appel individuel pour nous tout seuls, vermine que nous sommes.

Le Lagerführer fait la gueule. A cause de nous, il est obligé de se lever aux aurores. Il n'a pas beaucoup dormi. Trois alertes, dont deux sévères. Chaque fois que la sirène hurle, il doit faire le tour des baraques avec ses sbires et ses chiens, vérifier plumard par plumard qu'un salopard de feignant d'emmerdeur de Franzose de merde ne préfère pas rester à roupiller, quitte à risquer la mort par éparpillement de la tripaille mêlée à des fragments de bombe de quatre tonnes, plutôt que descendre dans la tranchée dérisoire mais réglementaire. L'autre nuit, Marcel Piat a failli se faire dévorer vivant, il s'était planqué dans le placard, le con, il avait pas pensé aux clebs.

Le Lagerführer fait la gueule. Être chef, ça entraîne des responsabilités. Cette grosse vache devrait pourtant bénir le Führer et les petits copains bien placés qui lui ont permis d'être là à se faire du lard sur nos rations au lieu d'en baver sur le front russe.

Les deux vieilles couennes qui nous escortent n'ont pas l'air frais non plus : joues grises, yeux bouffis. Ce sont des pépères trop vieux pour jouer à cache-cache avec les balles des mitrailleuses, ou trop esquintés, alors on les utilise à surveiller la racaille latino-slave. Ils portent des bouts d'uniformes dépareillés, râpés aux genoux et aux coudes mais rapiécés avec soin : veste vert-de-gris, futal kaki, ou l'inverse, casquette de ski verte à longue visière en bec de canard et rabattants pour les tites noreilles frileuses. Sur le dos, un sac tyrolien qui pend, flasque. Il n'y a dedans que la boîte à casse-croûte, l'universelle boîte d'aluminium en forme de haricot où les tranches de pain s'encastrent au millimètre près. La ratzionnelle hallemande boîte pour le hallemand casse-croûte. Au retour, le sac sera moins flasque. Mais n'anticipons pas.

L'appel est vite fait.

— Loret?

— Présent.

— Picamilh?

— Jawohl!

— Kawana?

— Ouais.

Il a fallu qu'ils germanisent mon nom. J'ai beau leur épeler, à tous les coups ils m'injectent d'autorité un K et un W, me sucrent un N. Loret, bon, ils prononcent ça « Lorett », ou bien, si c'est un gars tout fier de montrer qu'il a bien profité des leçons de français du lycée, « Lô-ré », l'air d'avaler une grenouille vivante, mais au moins ils respectent l'écriture. Ce « Cavanna » doit leur paraître d'un exotisme huileux, chargé de turpitudes basanées et de fourberies crépues. Ils tournent autour, le reniflent comme une crotte de chien. Une telle incongruité déshonorerait leurs impeccables bordereaux. Me voilà donc devenu Franz — prononcer Franntss — Kawana, c'est officiel, c'est ce qui est inscrit sur mon passeport, le superbe et complètement bidon passeport rouge vif qu'ils te collent d'office entre les pattes dès ton arrivée, sans te demander ton avis ni, d'ailleurs, la moindre pièce d'identité. Un lorgnon à cheval sur un museau de rat t'interroge :

— Name?

— Hein?

— Pas parler allemand? Dolmetscher!

L'inévitable Belge surgit.

— Il te demande ton nom, une fois, hein. Comment tu t'appelles, quoi.

— Cavanna.

Grimace dégoûtée.

— Wie?

— Répète un peu, une fois, s'il vous plaît.

— Ca-van-na.

Je fais sonner mes deux N comme s'il y en avait dix-huit. J'aime beaucoup mes deux N. Et je mets l'accent sur le deuxième A, à l'italienne.

— CavAnnnna.

Il répète après moi, tordant la gueule sous l'effort :

— Gafânâ.

Je lui écris le mot sur un bout de papier. Museau-de-rat s'illumine :

— Ach, so! Jawohl!

Il articule, tout faraud :

— Gafânâ!

Il inscrit : Kawana.

Je dis « Nein! » (Je sais dire « Nein ».) « Pas comme ça! » (Pour qu'il comprenne mieux, je prononce « Bas gomme za ».)

Il se tourne, interrogatif, vers le Belge. Le Belge traduit :

— Er sagt, es wird nicht so geschrieben.

Museau-de-rat dit :

— Doch wird's ab heute so. Maindenant, êdre gomme za, Meuzieur. Ici, Deutschland. Hallemagne. Diffitsile lire nom gomme za pour Hallemand. Chose diffitsile pour Hallemand, chose pas bon, Meuzieur *.

* J'ai mis un H devant « Hallemagne », « hallemand ». Ça ne veut pas dire qu'il faut prononcer ça avec un H aspiré, mais qu'il faut donner un coup de glotte. Il n'y a pas de liaisons en allemand. Si un mot débute par une voyelle, on le sépare du mot précédent par une espèce de petit hoquet, de claquement de la glotte très caractéristique, le « Knacklaut ». C'est ce qui donne cette allure raide et saccadée au discours. Les Allemands claquent les talons entre chaque mot. Par exemple, ici, « pour Allemand » ne doit pas se prononcer « poural'-mand », comme vous feriez spontanément, mais bien « pour 'Alleu-mang », en détachant bien et en donnant le coup de glotte. « La 'Alleu-magne ». Devant la difficulté de rendre ça en graphie française, j'ai opté pour le H, c'est pas l'idéal mais ça marque quand même le coup et ça visualise bien la chose. Merci de votre attention.

Oh, après tout, si ça les amuse... Moi, en tout cas, ça m'amuse.

— Vorname?

— Ton petit nom, hein?

— François.

— Wie denn? Vranntzoâ?

Il se tourne vers le Belge :

— Was soll das heissen?

— Es heisst « Franz », auf Deutsch.

— Ach so! Warum denn sagt er nicht « Franz »?

Il inscrit « Franz ».

— Geburtstag? Geburtsort? Verheiratet? Schnell, schnell!

— Ta date et ton lieu de naissance, es-tu marié, dépêche-toi, une fois, hein.

J'énonce tout ça, schnell, schnell, il inscrit, il applique le tampon, pas d'un coup de poing désinvolte et viril comme les flics de chez nous, non, il le pose bien d'équerre, il exerce sur le manche l'exacte et efficace pression que lui enseigna l'expérience, et puis il contemple, satisfait, le résultat : un bel aigle violet, ailes déployées, hiératique, stylisé à outrance, très moderne, très expo de 1937, avec entre les pattes la croix gammée sacramentelle. Il se recueille une seconde, prend son élan et griffonne d'un jet par le travers de ce chef-d'œuvre d'art appliqué un paraphe en forme de courbe de température de méningiteux à l'article de la mort.

*

Doucha s'amène, le bras tiré vers le bas par un grand broc à eau de fer émaillé brunâtre. C'est le café. Au moins dix litres. Ils sont pas regardants sur la quantité. Doucha roule sur les hanches et creuse les reins, ventre en avant. C'est à cause des Holzschuhe, ces épaisses semelles de bois avec juste un petit bout de chiffon sur les doigts de pied, qui t'obligent à traîner les talons sans les décoller du sol si tu ne veux pas envoyer ta bûche dans l'œil du copain. Ça donne une démarche spéciale, à la fois nonchalante, fatiguée, lourdasse et balancée, la démarche des camps. Ça fait un boucan de futaille vide. Doucha sourit jusqu'aux oreilles. Elles sourient tout le temps, elles sont comme ça. Du seuil de la cambuse, elle me crie, ravie, comme si j'étais le plus bel ornement du plus beau jour de sa vie :

— Dobroïé outro, Brraçva!

— Dobroïé outro, Douchenka!

— Nou, kak diéla?

— Nitchévo, Doucha, nitchévo. Tébié, kak?

Elle a une grimace, un geste fataliste, un grand sourire.

— Kharacho, Brraçva! Jivou.

Ça va, je vis. On rigole tous les deux. C'est vrai que c'est formidable d'être vivant. Encore vivant. Et entier.

Elle pose le broc par terre, devant nous. Elle a dû se lever encore plus tôt que nous pour préparer le café. Le café... Plus clair que du thé très très léger. Je comprends d'ailleurs pas pourquoi ils le font si clair, puisque c'est de l'orge grillée. Pourraient au moins en mettre assez, de quoi lui donner cette belle couleur noir goudron d'un bon café, ça serait déjà ça. Le moral, ça compte. Ou peut-être que l'orge manque aussi? En tout cas, il est chaud, le topf en fer émaillé brun me brûle les lèvres, ça me réveille la tuyauterie.

Naturellement, sans sucre. Belle lurette que j'ai effacé ma ration de la semaine. En fait, je l'avale d'un seul coup, en la touchant, devant la grosse Chleuhe à insigne du Parti qui préside à la distribution. De rage que ce soit si peu : deux cuillerées à soupe de sucre en poudre dans un cornet de papier découpé dans le *Völkischer*. Il y en a qui essaient de faire durer ça toute la semaine. Et qui finissent, le troisième jour, avec un sanglot de désespoir, par se jeter le maigre reste au fond du gosier pour du moins en sentir une fois le goût. Il y en a qui tiennent la semaine. Mesurent leur demi-cuillerée à café de la journée au milligramme près, et puis dégustent leur lavasse très hypothétiquement sucrée avec les airs supérieurs et la bonne conscience fessue d'un qui sait dompter la bête. Ces mecs-là, tu leur réduis du jour au lendemain la ration de moitié, ils diminuent la pincée quotidienne de moitié, c'est tout simple. Bonnes petites fourmis bien prévoyantes, ça, madame. Ça survivra, ça, madame. Ça fera du petit épargnant, plus tard. Il en faut.

Naturellement, rien à bouffer. Ma brique et demie de pain noir de la semaine, elle a fait deux jours. En me retenant surhumain. C'est plus fort que moi, j'ai faim, j'ai faim, je rôde comme un loup dévorant, les guibolles me flageolent dessous, et ce bricheton sur la planche... Je me coupe une petite tranche toute mince toute mince, rien qu'une. Et puis bien sûr une autre. Et puis une autre. Et puis, merde, j'attrape le quignon, je plonge dedans, je me remplis la gueule de pâte grise acide à moitié cuite pleine de flotte pour que ça fasse plus lourd, je m'en bourre les joues, je mâche à pleines mâchoires, je salive un jus épais ça gicle ça me coule, je retourne le pâton dans ma bouche comme avec une fourche, han, je mâche, je mâche, j'avale, volupté. En deux bouchées, a pus. Et merde. Après ça, toute la semaine à regarder les autres, les prévoyants bien organisés, grignoter leurs tartines feuilles à cigarettes. Je leur demande rien. D'ailleurs, ils m'enverraient chier. C'est quand même pas juste qu'une carcasse comme voilà moi, un mètre quatre-vingt-deux, tout en os et en mâchoires, avec des appétits d'ogre et des instincts frénétiques, touche les mêmes rations que ces petites natures qui se tapent, vu leur mignardise, des boulots pépères, et même parfois assis, tandis que je me coltine un turbin de cheval de labour.

Le Lagerführer jaillit de sa baraque.

— Los, Mensch!

Nos deux guignols pressent le mouvement.

— Komma her, dou Filou! Vorwärts... Marsch!

On y va. Sur le large trottoir de la Köpenicker Landstrasse, on fait une jolie troupe. Des épouvantails en marche. Deux ans qu'on traîne les mêmes fringues, qu'on remue les gravats avec, qu'on les garde l'hiver pour dormir, qu'on se les roule en boule l'été comme oreiller. Il ne manque pas un bouton à mon pardessus, mais il n'y en a pas deux de la même couleur. A chaque nouveau bouton, les Russes rigolent et applaudissent. C'est Maria qui me les donne, je sais pas où elle les fauche, les copines me félicitent, ce sont des cadeaux, des gages d'amour. Les Russes raffolent des petits cadeaux. Je ne suis pas en loques, mais je suis tout en pièces et en reprises. Coudre, ça me déplaît pas, il faudrait seulement avoir des pièces du même tissu, ça ferait plus chic. J'ai aux pieds des godasses de l'armée italienne échangées à un prisonnier contre je ne sais plus combien de rations de cigarettes, des godasses superbes, les Ritals n'ont que ça de bien, pour le reste leurs uniformes c'est encore plus camelote que ceux des Chleuhs.

Mon vieux lardosse parisien est serré à la taille par une ficelle, afin que le vent de la Baltique qui me remonte le long des cuisses ne me morde pas trop le ventre. Dans la ficelle est passée l'anse du topf, la tasse de fer émaillé, contenance un demi-litre, qu'il faut toujours avoir sur soi, on sait jamais, ça serait trop con de louper une aubaine de soupe ou un coup de café brûlant par défaut de récipient. Pour la même raison, ma cuillère dort au fond de ma poche, prête à jaillir. Ne jamais se séparer de sa cuillère.

Ce qu'on fout là? Eh bien, comme je disais, on est une espèce de Kommando. Le Kommando des gravats. Depuis que les Anglais ont décidé de venir en masse lâcher leurs bombes sur Berlin à peu près chaque nuit quand c'est pas trois fois dans la nuit, c'est-à-dire depuis l'été quarante-trois, la municipalité de Berlin, ou le gouvernement, ou l'Armée, ou le Parti, ou je ne sais qui et de toute façon qui que ce soit au bout du compte c'est toujours le Parti puisqu'ils sont tous du Parti ou rendent tous compte au Parti, depuis donc que les Anglais ont commencé à démolir méthodiquement Berlin, il a été décidé que chaque entreprise importante fournirait quelques travailleurs forcés, choisis parmi les moins indispensables et les moins bien notés, pour aller chaque matin piocher les décombres de la nuit et, éventuellement, aider les ensevelis pas tout à fait morts à s'en extraire, ou dégager les cadavres, ou aider les survivants à récupérer quelque objet précieux.

En ce qui me concerne, c'est tombé juste au bon moment. Ça m'a sauvé la mise, et peut-être la peau. Je dis pas pour autant « Merci, les Angliches! » Quand je vois ce qu'ils font, j'ai envie de tuer, de les tuer, tous, Anglais, Allemands, Français, Russes, Amerloques, tous ces sales cons, ces tristes pauvres sales cons qui n'ont rien su foutre qu'en arriver là. En arriver là où tu n'as plus à te poser de question, où il faut tuer ou être tué, tuer et être tué, tuer en masse, être un héros et un assassin ou crever et se faire en plus cracher à la gueule. Sales cons qui faites les guerres, qui, prétendez-vous, les subissez, mais qui passez votre vie à les préparer, qui osez envisager la guerre comme solution possible de l'équation! Qui entretenez des armées formidables, formez des officiers dans des écoles de guerre — Des écoles de guerre! Tu te rends compte? —, qui inventez des armes nouvelles et en calculez minutieusement l'effet « optimal », qui trouvez de bonnes et saintes raisons pour justifier votre guerre — Y a-t-il jamais eu une seule guerre qui ne fût pas une guerre juste, et des deux côtés? —, qui proclamez, une fois la guerre là. que peu importe si vous vous y êtes laissés embarquer par mégalomanie, par cupidité, par machiavélisme politique, ou parce que ça vous démangeait de faire fonctionner votre belle armée moderne, votre belle machine à tuer bien astiquée, ou tout simplement par connerie, parce que l'autre a su vous manipuler, peu importe, l'heure n'est plus aux analyses ni aux recherches de responsabilités, devant la Patrie en danger c'est l'union sacrée, l'ennemi est là, haut les cœurs, tue, citoyen, tue, tue! Tristes salauds qui parlez d'honneur, de sacrifice suprême, d'implacabilité nécessaire... Venez voir Berlin!

J'ai vu crouler Berlin, nuit après nuit, nuit après nuit. Jour après jour quand les Américains s'y sont mis. Trois mille forteresses volantes dans le grand soleil de midi, lâchant d'un seul coup leurs bombes, toutes leurs bombes, toutes ensemble, au commandement. Un « bombardement-tapis », ça s'appelle. Venez écouter un bombardement-tapis, une seule fois, d'EN DESSOUS, et puis nous parlerons des connards qui vous expliquent qu'il faut se battre, hélas hélas, c'est bien triste mais on n'a pas le choix, alors que ces mêmes fumiers, ou leurs cousins, ont laissé tranquillement grossir la bête, l'ont écoutée proclamer ses desseins, l'ont laissée violer les traités sacro-saints, l'ont regardée préparer la grande boucherie, l'y ont aidée, l'y ont poussée... Et merde, où je m'en vais? Combien avant moi ont vomi la guerre parce qu'ils l'avaient eue sur la gueule, combien de Barbusse, combien de Rilke?... Et qu'est-ce que ça a changé? Les hommes sont comme ça, la guerre n'est pas la monstruosité qu'on prétend et qui ne révolte que les sensiblards dans mon genre. La guerre est le produit normal, fatal, de toute réunion d'hommes. Passe ta crise, mon grand, gueule un bon coup, et puis planque-toi. Sauve ta peau. Sauve ceux que tu aimes. N'en aime pas trop, t'aurais pas les bras assez grands. Ne perds pas ton temps et tes étonnements à découvrir que les hommes sont des sacs de contradictions, qu'ils croient détester tuer mais qu'ils adorent tuer, qu'ils ont peur mais adorent dominer leur peur, ils sont même très fiers de ça, ils appellent ça le courage... T'occupe pas, vieux, ferme ta gueule, ils te traiteraient de « lâche », c'est leur pire injure, leur seul vrai vice infamant, les pauvres cons, alors que le seul vrai vice, non pas infamant, la honte connais pas, mais dangereux, mais mortel, et justement on en crève, c'est la connerie, je m'en fous d'être un lâche, et même je trouve ça plutôt utile, mais celui qui te dit « Lâche! », en général, c'est pour te faire comprendre qu'il te veut du mal, et moi j'aime pas qu'on m'aime pas, alors aussi sec mon poing dans la gueule. Ben, oui. Si tu supportes pas l'horreur, petit gars, ferme les yeux, bouche-toi les oreilles, eux ils la supportent, l'horreur, ils s'habituent très bien, ils naviguent dedans très à l'aise. Ils ont une chose qu'ils appellent « conscience », qui leur dit quand l'horreur est juste et bonne. T'occupe pas. Fais semblant. Ferme ta gueule. Ouais... Facile à dire.

J'ai vu crouler Berlin, jour après jour, jour après jour. Ils ont fait ça. Ils ont pu le faire. Je ne m'en remettrai jamais. La guerre sera toujours en moi, toujours, tant que je vivrai.

Ils ont pu faire ça. Ils l'ont fait en riant, j'en suis sûr, en chantant, en se donnant de grandes tapes dans le dos pour avoir si bien visé, en débouchant le champagne des grandes occasions... Des hommes ont pu faire ça. J'ai vu crouler Berlin, j'ai pas vu Londres, les journaux d'ici se vantent de l'avoir écrasé. J'ai pas vu Kharkov, j'ai pas vu Stalingrad, j'ai pas vu Dunkerque, j'ai pas vu Pearl-Harbour, j'ai pas vu Dresde, ni Hambourg, ni Dortmund, ni Varsovie, je les ai pas vues mais je les ai toutes vues. J'ai vu Berlin.

La guerre, les Chleuhs l'ont dans le cul, on le sait, et eux aussi le savent. Les Russes sont sur l'Oder, les Ricains sont en France et en Italie, tout fout le camp, c'est la fin. Alors, pourquoi les bombes sur les villes? Ça n'écourte pas les guerres d'un seul jour, pas d'une heure. Pour terroriser le populo? Oui, c'est vrai, il est terrorisé. Et alors? Quel populo? Des femmes, des gosses, des vieux, des esclaves déportés. C'est pas ceux-là qui décident de la guerre. Ils ne peuvent rien, que répandre leurs tripes, brûler vivants, crever de faim, avoir peur, avoir peur, et fermer leur gueule. J'ai vu une femme, pas jeune, pleurer devant le tas de briques qui avait été sa maison, on venait de sortir de là-dessous les morceaux de son mari. Elle sanglotait, pas moyen de se retenir. Ne voulait pas s'en aller de là. Sanglotait, c'est tout. Se tordait les mains. Pleurer en public est défendu. Indigne du peuple allemand. Défaitisme. Le défaitisme est puni de mort. Partout des affiches le rappellent. D'autres exaltent l'admirable fermeté des Berlinois dans l'épreuve. C'est la première chose qu'ils font, coller ces affiches sur les ruines fumantes. A peine l'alerte finie, les Hitlerjugend aux cuisses musclées accourent avec leurs pinceaux, leurs pots de colle, leurs culottes courtes et leurs chaussettes blanches... Deux gros mecs en uniforme moutarde avec brassard rouge à croix gammée ont pris la femme chacun par un bras, lui ont parlé, avec patience, ils comprenaient très bien, ils lui ont dit nous comprenons très bien votre douleur, c'est atroce, salauds d'Anglais, mais il est mort pour l'Allemagne, pour le Führer, il sera vengé, songez à tous ces beaux jeunes gars qui tombent au front, gningningnin, ils débitaient leurs conneries de merde, mais elle s'en foutait bien, de l'Allemagne, du Führer, du peuple allemand, de l'honneur et de la dignité, et de perdre la face devant des cochons d'étrangers. Plus rien n'existait, elle n'offrait plus prise, elle avait perdu son vieux, la bombe n'avait pas voulu d'elle, elle n'était plus qu'horreur et incrédulité. Et moi je la regardais, je devrais être blindé, l'horreur je patauge dedans à longueur de journée, je la regardais et j'avais envie de chialer avec elle, de hurler à la mort, cette vieille c'était ma mère, c'était maman devant son fils éventré, mon blindage était tombé, une bonne femme qui pleure qu'est-ce que c'est dans le bordel d'épouvante où je traîne mes pieds depuis si longtemps, ben oui, tu sais jamais quand ça va te cueillir, tout à coup j'en pouvais plus, viens me parler de Boches ou de pas Boches après ça... Les deux gros cons à croix gammée en ont eu marre, ils se sont mis à lui parler sévèrement, puis à l'engueuler, à la secouer, à lui faire honte, mais elle, tu parles, de plus en plus indigne, alors ils lui ont foutu des gifles et puis ils l'ont embarquée.

Les Allemands alentour baissaient le nez, filaient comme des rats. Nous aussi.

*

Le métro est tout près du camp. La station s'appelle Baumschulenweg, c'est le nom du quartier. C'est pas vraiment le métro, c'est le S-Bahn, un métro quand même, mais qui se balade en l'air. Il existe un autre réseau, un vrai, celui-là, souterrain, le U-Bahn. Le S-Bahn va loin dans la campagne, comme un train de banlieue, mais dans le centre de la ville ses lignes sont aussi serrées que celles du U, avec lesquelles elles se croisent et s'entremêlent, mais sans se mélanger, sans qu'on puisse passer d'un réseau à l'autre. Ça fait assez bordélique, mais eux ont l'air de s'y retrouver.

Baumschulenweg est coincé aux confins de Berlin, au diable Vauvert, vers le Sud-Est, au-delà de Neukölln, le faubourg ouvrier — qui fut le « faubourg rouge », m'a appris Rudolf, un Chleuh de l'usine, réformé, campagne de Russie, la trentaine, beau comme sont beaux les Allemands quand ils se mettent à être beaux, dans le genre gueule ravinée, mèche onduleuse sur l'œil bleu pâle, deux rides profondes, irrésistibles, filant des ailes du nez aux commissures, qui crache ses poumons, n'en est pas spécialement reconnaissant au Führer, n'a plus grand'chose à perdre et me parle désabusé, aux chiottes, en grillant un clope, « Ach, Scheisse! », l'œil aux aguets, quand même — au-delà de Neukölln, tout près de Treptow où s'étendent les considérables établissements industriels de la firme Graetz A.G., mon employeur, mon maître, responsable de moi devant le Führer du peuple allemand, et qui a pratiquement sur moi droit de vie et de mort sans même avoir à se salir les mains : un coup de fil à la Gestapo suffit, et la Gestapo n'est pas loin, elle est dans l'usine même.

Baumschulenweg : une banlieue à pauvres, à pauvres décents. Des petites usines, des ateliers, des garages, des terrains vagues, de la tôle rouillée, du mâchefer, des blocs d'immeubles modernes tristouilles trapus casernes alignés tous pareils le long de la Köpenicker Landstrasse, tous avec un petit espace vert devant, sans barrière pour séparer du trottoir. Berlin est tout en sable, les petits espaces verts aussi, il y pousse des petits sapins tout noirs, des petits bouleaux tout blancs, des petites verdures rampantes à fleufleurs et à boules rouges. Le sable est criblé de trous de lapins, la nuit ils gambadent au clair de lune, tu parles d'une ville! Les Allemands aiment beaucoup leurs petits lapins, et aussi les petits oiseaux, ils clouent dans les arbres des nids en forme de petites maisons. Les piafs chleuhs ne savent-ils donc pas construire leurs nids eux-mêmes?

Le camp est coincé là, entre la chaussée et le talus du S-Bahn qui court parallèlement à la Köpenicker Landstrasse (ça veut dire « route nationale vers Köpenick », ou quelque chose comme ça). Juste à côté, il y a un terrain de sport où les Hitlerjugend viennent s'entraîner le dimanche matin, avec tambours, clairons et longues trompettes d'où pendent jusqu'à terre des bannières de Moyen Age à franges dorées. Rouges, les bannières, avec, cela va de soi, le disque blanc et la croix noire qui fait la grimace. Ils s'entraînent au fusil, au revolver, à la baïonnette, à la grenade, au parcours du combattant, c'est ça leurs sports.

*

En ce temps-là, Berlin s'était couvert de baraques en bois...

Dans les moindres interstices de la ville colossale se faufilent des alignements de parallélépipèdes de sapin jaune coiffés de papier bitumé. Le Gross Berlin, c'est-à-dire Berlin et sa banlieue, forme un seul camp, un camp énorme, émietté parmi les bâtiments, les monuments, les bureaux, les gares, les usines.

Pour un Parisien, Berlin est une ville éparpillée, bâtarde, à peine une ville. Elle englobe dans son énorme superficie des bois, des lacs, des prés, même des champs cultivés, coincés entre les pâtés d'immeubles. Et même dans la partie très urbanisée, dans le Berlin monumental, d'immenses espaces vides vous déroutent tout à coup. Tout vise au grandiose, au grandiose volontiers lourdingue, mais c'est justement l'effet recherché. Écrasant, voilà. On dirait une ville conçue sur plan, décidée une fois pour toutes, un caprice de Pharaon mégalo et urbaniste, et puis bâtie, au long des siècles, quartier après quartier, sans dévier du plan initial. Avalant les bourgades de la périphérie et les digérant tranquillement, les incorporant à l'ensemble comme si elles y avaient été prévues de tout temps. Cela donne une ville à la texture lâche, coupée d'avenues gigantesques, trouée de places sans limites que balaient les vents aigres de la Baltique ou que raclent jusqu'à l'os les tempêtes glacées surgies des steppes. Une ville, en somme, conforme aux préceptes des hygiénistes moralistes du XIXe siècle et des adeptes moustachus de la gymnastique suédoise, ces obsédés de la santé par le grand air et de la pureté par le contact avec la verte nature. L'austère et vertueux docteur Kneipp était allemand. Ou suisse-allemand, peut-être.

L'épanouissement fessu de ce qu'on appelle ailleurs l'art victorien, ici l'art wilhelminien, que j'appelle, moi, l'art dondon, a coïncidé avec l'ère triomphale de l'Allemagne de Bismarck, et ça se voit. Ici, il a trouvé de l'espace pour gonfler ses hanches, ses croupes et ses mamelles. De la volute, de la cariatide, de la colonne cannelée, du chapiteau corinthien plein ton tablier... Toute cette luxuriance dimensionnée dans le gigantesque, cela va sans dire.

Les rues larges comme des Atlantiques se coupent à angle droit, les trottoirs se prolongent dans le no man's land des petites jungles bien léchées qui maintiennent les murs habités hors de portée du souffle toujours douteux des passants. Ça ne se resserre un peu qu'autour d'Alexander-Platz — le vieux Berlin —, quartier des putes et du marché noir, où serpentent quelques ruelles presque tortueuses, et aussi à Neukölln aux désespérantes casernes ouvrières de brique blême. A Neukölln, j'ai même vu du linge sécher aux fenêtres.

*

Du haut d'un wagon du S-Bahn, tu survoles camp après camp. Vus de là-haut, ils sont tous pareils, sinistrement pareils. Baraques légères, démontables, fabriquées en série, groupées par « blocks », allées de mâchefer, hautes palissades de planches couronnées de barbelés tout autour, deux baraques peintes en blanc encadrant la barrière d'entrée : celle du Lagerführer, le chef de camp, et celle de l'infirmerie. Parfois, l'entrée de tel ou tel camp se fleurit soudain d'une rondelle de tulipes, de pensées ou de géraniums. Ça veut dire que la Croix-Rouge y est attendue. La Croix-Rouge suisse, la Croix-Rouge internationale, d'autres Croix-Rouges pleines de zèle envoient de loin en loin des missions dans les camps pour voir si les prisonniers de guerre, les déportés ou les S.T.O. sont traités humainement, il paraît qu'il y a des règlements internationaux, des lois de la guerre, Genève, La Haye, tout ça. Quand on voit les Russes de corvée à l'entretien du camp repiquer en rond du plant de petites fleurs aux abords de l'entrée, on se marre : « Oh, Natacha, la Croix-Rouge va venir? » Natacha se marre aussi.

Vus de là-haut, à vitesse de métro, tous les camps se ressemblent. De près, il y a des nuances, quoique les Berlinois qui longent les palissades ne remarquent guère de différence, et d'ailleurs s'en tamponnent. La kerre gross malhèr, mais à la kerre gomme à la kerre, n'est-ce pas. Les voyous blêmes ou les Kolkhosiens épais entassés là-dedans les dégoûtent et leur font un peu peur, il y en a tellement, mais leur présence est la preuve tangible de la victoire, leur aspect l'affirmation éclatante de la supériorité de la Race, de sa force, de sa beauté, de sa culture. Aux jours exaltants des guerres éclairs enlevées comme des rallyes, le déferlement des hordes soumises sur la ville glorieuse avait nourri leur liesse. La victoire alors n'était pas seulement un communiqué triomphal dans le journal, une tonitruance de chœurs guerriers à la radio, un discours délirant de joie du Führer... Elle était là, visible, palpable, éclatante, déversée sur le pavé par pleins wagons à bestiaux, inscrite à l'envers sur la gueule des vaincus, sur la gueule craintive, flétrie, effarée, ahurie des sous-humanités aux haillons si pittoresques et, n'en doutez pas, grouillants de vermine.

Les esclaves étaient les fruits grisants de la victoire, comme l'étaient les éventaires croulants de vins français, de vodkas aux aromates, de camembert, de beurre, de truffes, de caviar, de volailles, de saumon de la Volga, de charcuteries exotiques, de nougat, de fruits confits, de harengs marinés dans toutes les variétés de la marinade, de cuissots de chamois des Pyrénées, de filets d'aurochs de Pologne, de confits d'oie des Landes, de pattes d'ours des Carpathes confites dans leur fourrure, de tripes à la mode de Caen, de langues de rossignols assaisonnées aux pétales de roses de la mer Noire, de boudin de mouches vertes de Cracovie, de bottes de pattes de cigognes de Poldévie (ça se mange comme les asperges), de sauterelles salées de Cyrénaïque pour l'apéritif, de nouilles Lustucru aux œufs frais, de cornichons sauteurs de Biélorussie, de limaces rouges au miel de la Basse-Estonie, de tourtes aux queues de castors de Crimée, de cacao Van Houten, de marrons glacés, de bêtises de Cambrai, de pastilles Vichy-État, de cognac, de calvados, de genièvre, de lambic, de slivovitz, d'ouzo, de chartreuses multicolores et d'une prodigieuse variété de liqueurs poisseuses, les Allemands aiment les tabacs doux et les alcools sucrés, de Numéro Cinq, de rouge Baiser, de savonnettes Palmolive, de lingeries qui rendent fou (französische koschonnerie), de poupées russes emboîteuses pour tester le Q.I. du gosse, de fourrures, de cuirs, de soieries, de porcelaines, de tapis, de pendulettes avec les bras de Mickey qui font les aiguilles, de cigares qui explosent, de poil à gratter, de cartes postales polissonnes, d'ouvre-boîtes magiques qui affûtent aussi les couteaux et écrivent les noms à la crème rose sur les gâteaux d'anniversaire... Tout ça à des prix fantastiques de bon marché. Nul pillage ici : l'Allemagne achetait et payait. En marks. Le Führer avait décidé que le Reichsmark valait vingt francs français. Avant juin quarante, sur le marché des changes, il valait deux ou trois francs. Pourquoi, dans ces conditions, s'abaisser à être malhonnête?

Ainsi, la victoire n'était pas une abstraction. Tout le monde en profitait. Le Führer annexait les empires, le Feldmarshall Goering se goinfrait les Rembrandt, le peuple élu faisait la queue au Kolonialwaren (l'épicerie) ou au Delikatessen (la charcuterie) pour toucher sa juste part du butin légitime et glorieusement gagné.

Les tout premiers contingents de viande de vaincu sur pied avaient été composés exclusivement de prisonniers de guerre. D'abord les Polonais, avalés en moins de rien, puis, après juin quarante, d'un seul coup, en masse, les Français, le formidable cheptel français : deux millions de captifs, la quasi-totalité des armées de la République. Aussi les Belges, les Hollandais, les Danois...

Quelques stalags (camps de prisonniers de guerre)

furent bricolés à la hâte autour de Berlin. On y puisait de la main-d'œuvre pour tout ce qui ne touchait pas directement à la production de guerre. Les Kommandos d'éboueurs, de balayeurs, de creuseurs d'abris, de débardeurs de wagons, de manœuvres de toute sorte, parcouraient, sous escorte, les rues de Berlin, et ce devait être effectivement un spectacle bien réchauffant pour les cœurs allemands que ces troupeaux de guerriers déchus, aux uniformes à la godille, traînant les pieds, entortillés de cache-nez et de passe-montagne, la musette leur battant le flanc, le gigantesque barbouillage K.G. leur zébrant le dos d'infamie. Les petits enfants jouaient à les tuer : ratatatata. Les deux longues cornes raides du bonnet de police français excitaient les ricanements des galopins. Plus tard, il y eut les convois de prisonniers soviétiques, mais ceux-là, on ne les montrait pas. J'en ai vu une fois. C'était dans une gare de marchandises, je me rappelle plus laquelle, le Kommando des gravats était de corvée pour décharger de la brique, tout à coup un pote me dit :

— Mate! C'est qui, ceux-là?

Je regarde. Un paquet de mecs immenses, formés impeccable au carré, qui marchaient au pas, un pas lent, lourd, nonchalant, irrésistible. Droits, le regard figé loin devant. Des statues en marche, des robots de pierre. Harnachés de loques invraisemblables, des lambeaux d'uniformes d'une drôle de couleur, on n'aurait pas su dire si c'était du mauve, ou du gris, ou du beige, enfin une couleur bizarre, où il y avait un peu de tout ça, une couleur triste et douce. Un calot minuscule, un peu style calot chleuh, avec une fente au milieu, mais beaucoup plus petit, collé sur le côté du crâne tondu à zéro comme une limace sur un melon. Les gars de l'escorte, des gueules de peaux de vaches, mitraillette en pogne, leur hurlaient dessus sans arrêt. Ils nous firent signe de nous écarter du chemin, lôss, lôss, nous enfoncèrent la mitraillette dans le bide parce que nous n'obéissions pas assez vite.

Un gars dit :

— Merde, les mecs! Des Soviétiques!

Il a pas dit des « Russes », il a dit « des Soviétiques ». Ça lui est venu tout seul. Pourtant, jamais on n'emploie ce mot-là. On dit « les Russkoffs , « les Popoffs », « les

Russkis ». Les Chleuhs disent « les Ivan ». Mais là, c'était bien le mot qu'il fallait, il a senti ça d'instinct. Je les verrai toujours, dans leurs longues capotes beige-mauve, massifs, muets, soudés d'un bloc. Inaccessibles. Étaient-ils vraiment comme ça? Moi, en tout cas, c'est comme ça que je les revois, que je les ai reçus en pleine figure, dans cette immensité ferroviaire, sous ce ciel bas où traînaient des nuages lourds.

Les derniers venus furent les prisonniers ritals, après le revirement de Badoglio, à l'automne 43. Ceux-là en bavèrent plus que n'importe qui, plus même que les Russes, du moins pendant les premiers mois. La haine viscérale du Germain pour tout ce qui est noiraud, volubile, et donc, ça va de soi, vantard, fourbe et lâche, se trouvait confirmée. Le Führer les avait forcés à aimer les Italiens, bon, ils avaient essayé, le Führer sait ce qu'il fait, le Führer a toujours raison, puisqu'il est le Führer. Le Führer maintenant vomissait les gratteurs de mandolines, hurlait qu'il les avait toujours tenus en suspicion, ces spécialistes du coup de poignard dans le dos, les vouait à l'exécration du fier peuple allemand qui d'ailleurs n'en gagnerait que plus facilement la guerre, débarrassé d'un allié à qui il fallait sans cesse aller donner un coup de main si on ne voulait pas le voir prendre la piquette chaque fois qu'il se frottait à des Albanais, des Grecs, des Yougoslaves et autres peuplades...

Et puis, la guerre s'éternisant et s'étendant peu à peu à la planète entière, les besoins en main-d'œuvre devinrent fantastiques. On racla les terres conquises. A l'Ouest, on y mit quelques façons, on affecta un semblant de collaboration auquel se prêtèrent avec une servilité empressée les fantoches de Vichy et d'ailleurs. Il y eut d'abord l'appel au volontariat « pour la relève des pauv' prisonniers », puis, devant le peu de rendement, carrément le S.T.O., déportation massive avec acquiescement actif du pouvoir-croupion local, ce qui permettait d'affubler la chose de formes vaguement légales. Les fiers seigneurs de la guerre, tout en proclamant du haut de leurs terribles casquettes que ce serait la victoire ou la mort, se ménageaient à tout hasard une sortie honorable du côté anglo-ricain, et donc préservaient grosso modo les apparences.

A l'Est, c'était plus simple. Plus direct. On raflait tout.

Pas de gouvernement indigène bidon à ménager pour la frime. Terre de conquête, viande à chagrin. A coups de botte dans le cul. Après les premiers revers et le grand reflux de la Wehrmacht, on vit arriver à Berlin d'interminables convois où le moujik s'entassait par provinces entières. Ne rien laisser derrière soi. La terre brûlée. Nécessité militaire, je veux bien, mais ce qu'ils peuvent aimer ça, les militaires! Les Allemands ont un mot pour ça : la Schadenfreude, la joie de détruire. Une armée en déroute peut toujours se donner cette ultime joie-là. L'Armée Rouge l'avait déjà fait, deux ans plus tôt. Boulot bâclé, faut croire, puisque la Wehrmacht trouve encore de quoi saccager. Elle brûle les maisons, abat les bêtes, scie les arbres fruitiers, déporte les croquants qui peuvent encore servir. Méthodiquement. Ça s'enseigne dans les écoles de guerre. L'aspirant Machin passe au tableau et énumère devant ses camarades tout ce qu'il importe de détruire absolument. Ne pas oublier d'empoisonner les puits, c'est dans le manuel. Si l'on manque de mort-aux-rats, y balancer des cadavres. Y faire chier des typhiques...

J'ai vu arriver en plein hiver les wagons-plates-formes qui promenaient depuis des semaines, de voie de garage en voie secondaire, leur cargaison d'Ukrainiens ou de Biélorusses serrés en tas pour ne pas geler vivants, attachés les uns aux autres par des chiffons pour ne pas tomber sur la voie en s'endormant. C'étaient surtout des femmes, de tous âges, mais jamais de très vieilles. Qu'en avaient-ils fait, des grand'mères? Et des grands-pères? Pas de vieux hommes, non plus, sur les plates-formes. Des enfants, par contre, même des tout petits. Tout ça vert de froid, affamé, ahuri de coups et de gueulements, ne sachant où ils allaient, peut-être à l'abattoir, houspillés, lôss, lôss, à coups de crosse dans les côtes, allons, en bas, runtersteigen! Les morts, vous les laissez sur place, on s'en occupera, los, los, schneller, schneller, Mensch! Je regardais ça de loin, interdit d'approcher, barbelés et mitraillettes, on les emmenait, à pied, vers quelque lointain camp de banlieue, pas de camions, pas d'essence, tout pour le front, la viande de pauvres est la seule matière première que le Reich possède encore en abondance.

Parfois, une rame entière du S-Bahn est réquisitionnée

pour transporter un arrivage, mais alors on interdit l'accès de la station aux civils. Des plaques « Sonderfahrt », « convoi spécial », sont accrochées aux flancs des wagons.

Les Belges nous expliquent que Russes et Ukrainiens sont là de leur plein gré, ils préfèrent la captivité au bolchevisme, n'est-ce pas, ils fuient devant l'Armée Rouge parce que le communisme, eux, crois-moi, ils savent ce que c'est, une fois, hein, alors ils ont compris, permets-moi de te dire, et la vie qu'ils ont ici, avec les coups de pied dans le cul et tout, eh bien, c'est le paradis à côté de là-bas, hein, et alors bien sûr ils ont choisi le côté où il y a de la margarine sur la tartine!

Les Belges, on a eu vite saisi qu'il y en a deux sortes : les Wallons et les Flamands. Les interprètes, les « Dolmetscher », ce sont toujours des Flamands. Parce que leur langue maternelle est proche de l'allemand, et que d'ailleurs la plupart ont appris l'allemand, ne serait-ce que pour faire chier leur roi qui les oblige à apprendre le français à l'école. Ça fait qu'ils parlent les deux. Surtout dans les débuts, ils avaient tendance à se sentir assez d'accord avec la théorie du grand aryen blond supérieur... Enfin, bon, à tort ou à raison, on fait gaffe à ne pas discuter politique devant eux, ni à râler trop fort contre les autorités de l'usine ou du camp. Ce qu'il y a de curieux, c'est que les Hollandais, par contre, ces grands tas de muscles blonds et roses, sont considérés par nous comme tout à fait francs du collier.

Plünderer werden abgeschossen! *

Le S-Bahn nous bringuebale à toute ferraille à travers Berlin, à hauteur de deuxième étage, de quartier en quartier, de décombres en décombres. On est serrés. C'est bourré de babas, blêmes à cause de la nuit saccagée et pourtant jacassantes. Les babas sont les bonnes femmes russes. C'est pas une méchanceté, c'est le vrai mot russe. La baba : une boule sur une boule. La plus petite boule, la tête ronde entortillée dans le grand châle blanc, juste le nez qui dépasse, rond aussi, le nez, et tout court, rond et court comme une petite patate, c'est le nez ukrainien, le châle pour finir fait deux ou trois fois le tour du cou, serré serré, et se noue devant. Le reste de la baba, la plus grosse boule, un capitonnage de kapok ou de je ne sais quelle espèce de bourre piquée machine entre deux épaisseurs, ça fait un édredon avec des manches, c'est chaud, terrible, bien plus chaud que tous nos chandails, mais ça t'épaissit citrouille à pattes, les babas marchent les bras écartés du corps. Ce qu'on peut voir des jambes est matelassé d'épaisseurs de journal enveloppées de chiffons et saucissonnées de ficelle. Aux pieds, des galoches de camp, en toile, à pataudes semelles de bois. Il n'y a pas plus attentif à se protéger du froid que les Russes.

Perdus là-dedans, quelques vieux Chleuhs amplement perclus, arrachés à leur retraite pour aller au fin fond des banlieues usinières houspiller la racaille étrangère et prendre des bombes sur la gueule, douze heures par jour, si c'est pas triste après une vie de labeur, une guerre de Quatorze perdue et deux ou trois fils au front, ach Scheisse!

---

* Les pilleurs seront abattus sur place!

Plus on avance vers l'Ouest, plus le désastre vous prend aux tripes. Jannowitzbrücke, Alexander-Platz — le vieil Alex des putes, des déserteurs, des évadés français devenus voleurs et maquereaux, et même tauliers, régnant sur la pègre berlinoise émasculée par la guerre —, Börse... Ici commencent les beaux quartiers. Et l'épouvante. Friedrichstrasse, Bellevüe, Tiergarten, Zoologischer Garten, le trognon de ce qui fut la Gedächtniskirsche, l'église rose, dressé comme un chicot pourri à l'angle de ce qui fut le Kurfürstendamm. Charlottenburg... Soudain, un flot de lumière. Tu es en plein ciel. Plus de murs, plus de rues, plus de ville. Le vide. Devant toi, jusqu'à l'horizon, une étendue blanche qui renvoie crûment le soleil. La neige vue du téléférique. Mais une neige tourmentée, trouée, bosselée, hérissée de poutres, de coins d'armoires enfouies, de tuyaux tordus... Quelques trognons de murs à ras de terre. Par-ci par-là, tout con, un conduit de cheminée, comme un mât un peu zigzagant. Ça m'épatera longtemps, ces cheminées qui restent debout quand les murs sont partis. Rends-toi compte, tout est par terre, des murs d'un bon mètre d'épaisseur, ces immeubles allemands, surtout les rupins, c'est rien que des piles de briques, il y a plus de plein que de creux, enfin, bon, c'est leur mode, seulement quand c'est par terre ça fait une couche épaisse, cinq ou six étages comprimés sur la hauteur d'un seul, étalés sur toute la rue, le quartier nivelé rasibus, et voilà ces conduits de cheminées tout rouges qui tortillent sur fond d'azur leurs doigts de squelettes rhumatisants... Et les radiateurs! Parfois, toute une tuyauterie de chauffage central restée en l'air dessine dans l'espace le fantôme de la maison qui était là. Les radiateurs pendent aux tuyaux comme des raisins mûrs.

— Ça prouve qu'ils ont beau faire les malins, ils sont plus doués pour la mécanique et la ferraille que pour le bâtiment, dit René la Feignasse. A Paris, les murs, ils sont pas moitié épais comme ceux d'ici, eh ben je te parie qu'ils auraient mieux tenu le coup!

Charlottenburg. C'est là qu'on descend.

Au milieu d'une petite place qui dut être charmante, une petite place minutieusement ravagée où trois trognons de platanes en charpie hurlent à la mort, pas loin de la mairie de Charlottenburg, une baraque, comme toutes les baraques, il n'y en a pas cinquante modèles. Au-dessus de la porte, une grande pancarte avec de grosses lettres gothiques très bien dessinées : BAUBÜRO. « Bureau de la construction ». Ça fait moins triste que bureau de la destruction, ça vous remonte tout de suite le moral. Une formidable queue part de la porte, s'enroule deux fois autour de la place. Les sinistrés de la nuit. Ils ont les yeux rouges, l'air secoué, leurs vêtements chics sont blancs de poussière de plâtras, parfois déchirés, parfois brûlés. Certains ont la tête bandée ou le bras en écharpe. Certains portent sur le dos des sacs tyroliens ou bien traînent des valises dans ces petits chariots de bois blanc à quatre roues cerclées de fer qui ont l'air de joujoux pour atteler des petits moutons. Le sac tyrolien pour Monsieur, le chariot de bois pour Madame, accessoires aussi typiques de l'Allemagne que la culotte de cuir à baudrier pour le gosse.

Pas d'affolement. Tout est en ordre. Les spécialistes du Baubüro vont étudier leurs cas, un par un. Voir s'il y a moyen d'étayer ce qui reste du logement, de boucher les trous du toit avec du papier bitumé, de clouer du carton sur les trous des murs, des choses comme ça... Par les fenêtres, on voit des gars penchés sur des tables à dessin hérissées de machins articulés, ça fait très sérieux, très ingénieur.

Des escouades de traîne-patin dans notre genre déboulent de partout, encadrées par des gardes-chiourme gâteux mais l'air terriblement compétent. Devant la baraque, un gros Chleuh violacé vêtu de vert tendre, petit chapeau à plumeau et pantalon enfoncé jusqu'aux genoux dans les grosses chaussettes blanches à côtes, ça lui fait des mollets coulés dans le bronze, s'occupe de tout, pas à s'inquiéter, il connaît son boulot. Herr Doktor, architecte en chef, huile, insigne du Parti. Nos deux vieilles couennes nous amènent devant lui, ébauchent un compromis foireux de salut nazi et de salut militaire. Depuis l'année dernière, le salut nazi est le seul salut autorisé et obligatoire, mais les réflexes, passé un certain âge...

Le gros père architecte en chef nous toise, écœuré. Il commence à nous connaître. Il consulte une liste, hausse les épaules, lance aux deux couennes un aboiement dont je saisis seulement « Uhlardstrasse » et « Mauern niederschlagen ». Merde. Abattre des murs. Le truc le plus con. Des façades restées debout toutes seules, va savoir pourquoi, six étages qui oscillent dans la brise comme un décor de film, dangereux comme tout pour le passant rêveur, alors nous on s'amène avec de longues perches d'échafaudage et on les pousse préventivement par terre. Boulot très spectaculaire, ça fascine les mômes du coin, nos deux croûtons les maintiennent à distance, « Weiter, Kinder! Weg bleiben! », les mômes hurlent de joie quand le mur s'écroule et que le sol sursaute dans un formidable nuage de poussière. Pendant ce temps-là, ils ne pensent pas à leur Mutti écrabouillée, à leur Vatti criblé de petits trous ronds. Heureux âge.

Oui, mais nous, on aimerait mieux aller piocher les décombres frais sous lesquels dorment les cadavres de la nuit. C'est un boulot dangereux, il y a des tas de bombes à la con qui oublient d'exploser quand c'est le moment et qui n'attendent que ton coup de pioche pour se rattraper. Et puis, ces connards d'Angliches balancent maintenant des saloperies à retardement réglées pour péter des fois vingt-quatre heures plus tard... Mais c'est là qu'on a quelque chance de tomber sur un pain presque entier, sur un bout de lard, sur une mine de patates, peut-être même sur une boîte de singe, si t'as vraiment du pot. Les conserves, ça résiste absolument à tout, juste un peu cabossées, une belle invention. Mais faut faire gaffe. La famille anxieuse suit tes gestes, il traîne des mecs à brassard, des schupos, des petits cons de la Hitlerjugend trop contents de te dénoncer. N'avoir dans l'idée que de faucher de la bouffe, au milieu de tout ce deuil, faut être un beau dégueulasse, non? Ça peut te conduire tout droit à Moabit, la vieille prison où les pilleurs sont décapités à la hache, pas moins. Alors on fait mine de rien, quand on repère un truc qui se mange on jette un œil à droite à gauche voir si personne l'a vu, on le pousse de côté, du bout de la pelle, on le recouvre discrètement de quelques gravats, on se le balise au moyen d'un indice quelconque, on photographie bien le coin dans sa tête et on continue à piocher.

Ah! Ton pic s'enfonce dans du mou... Tu y vas à la main, tu dégages doucement tout autour, et peut-être que tu trouves un sac de linge sale, et peut-être un ventre de bonhomme. Là, tu arrêtes. Tu te redresses. Tu appelles. « Hier! Jemand! » Ici! Il y a quelqu'un! Un Schupo accourt, ou un mec au brassard fatidique, ou un pompier, ou la vieille couenne, enfin n'importe quoi d'allemand. Seul un Allemand peut toucher à la viande froide allemande. Ils s'empressent, achèvent de le dégager, si la famille n'est pas présente ils se contentent d'attraper le gazier par une patte et de tirer dessus, des fois la patte leur reste dans les mains, hurlements d'horreur, il y en a qui dégobillent, ils ont bien de la chance d'avoir quelque chose à dégobiller dans l'estomac, enfin, bon, c'est leur affaire, pas touche, indigne. Toi, profitant de l'émoi, tu vas t'accroupir au-dessus de tes repères de tout à l'heure, tu te démerdes sous les pans de ton vieux lardosse et tu t'empoches le quignon, ou le bout de sauciflard, ou quoi que ce soit que tu t'étais mis à gauche.

*

Cette façade-là est vraiment haute. C'est pas avec nos bouts de bois qu'on l'aura. Et puis, tu pousses là-dessus, c'est pas du tout certain qu'elle va tomber où tu as décidé qu'elle tomberait. Elle peut aussi se mettre en zigzag et te descendre sur la gueule. J'aime pas du tout. Je dis au pépère :

— Ceci n'est pas bon. Tout à fait pas bon. Il faudrait une échelle très grande. Passer une corde en fer par fenêtre, sortir par autre fenêtre, très long corde, tirer corde tous ensemble, braoum.

Il regarde le mur oscillant et dit :

— Où que tu veux que je trouve une échelle, mon petit?

Il a raison. Je disais juste pour dire.

Bon. On glande. René la Feignasse, Paulot Picamilh, La Branlette, Loret le Mataf, Ronsin le prisonnier transformé, Guérassimenko le Russe blanc et Viktor, le Polak fou à lier, épluchent des mégots qu'ils ont mis en commun et se roulent posément des pipes. Les deux Chleuhs font la gueule. C'est pas en foutant des murs par terre qu'ils rempliront leurs sacs à dos. Un monsieur distingué s'approche, dit « Guten Morgen! » à Pépère — on l'appelle Pépère, l'autre, naturellement, c'est Mémère —, Pépère est le moins bouffé aux mites des deux, lui offre une cigarette, le prend à part et lui dit quelque chose. Vu. Un type qui vient se pêcher de la main-d'œuvre pas chère pour clouer de la moquette. On a l'habitude. Les sacs à dos vont quand même s'arrondir, tout compte fait.

Pépère salue, dit « Aber, natürlich », revient vers nous, me désigne du doigt « Dou, Filou », désigne aussi La Branlette et Viktor. « Mit kommen! » On s'en va, plutôt contents. Y aura peut-être un pot de confitures à étouffer, chez le distingué. Les autres font la gueule. Bien fait.

On arrive dans un secteur où, miracle, quelques immeubles pas trop déglingués font les fiers parmi les tas de gravats. Ces tas de gravats sont moins blancs qu'ailleurs, il y pousse de ces tristes fleurs jaune sale qui ne poussent que là. Ce sont donc des ruines âgées d'au moins un an. Le monsieur nous fait entrer dans une maison à gros balcons de pierre soutenus par des bonnes femmes, de pierre aussi, à moitié prises dans le mur, musclées comme des catcheurs, même leurs nichons on dirait que c'est des biscoteaux qu'elles ont sur la poitrine. Tout à fait bon genre.

Tu pousses la porte, l'escalier sent l'encaustique, il y a un tapis au milieu, rouge, avec des barres de cuivre pour le tenir, les murs sont de faux marbre mais très bien imité, la rampe est en bois épais et noir, toute tarabiscotée. On referme la porte sur l'horreur lunaire. Il n'y a jamais eu de guerre, jamais eu de bombes, de nuits blanches, de quartiers de viande humaine tombant du ciel. Je suis tout petit, c'est jeudi, il n'y a pas d'école, maman m'emmène chez une de ses patronnes où elle fait le ménage. Ça sent bon le bourgeois.

Le monsieur a une madame, charmante, un peu triste mais ça lui va bien, transparente de peau comme souvent les Allemandes, cheveux pâles, chignon bien tiré, aussi distinguée que lui, ils font la paire.

Elle nous montre ce qu'elle attend de nous. Voilà, beaucoup des vitres de leurs fenêtres sont cassées — Ça, je veux bien le croire! — Monsieur a réussi à se procurer des carreaux — Comment a-t-il fait, le coquin? Doit avoir le bras long. Ou alors les a fauchés à son usine, toutes les vitres sont réservées aux usines — et bon, voilà, si nous étions assez gentils pour les mettre en place...

Ils ont du pot. Je sais poser les carreaux. Mais il me faut un diamant. Je fais le geste de couper. Ils ont un diamant. Et du mastic. Ils ont du mastic. Et un couteau à mastiquer. Ah, ça, ils n'ont pas. Je prendrai le couteau à beurre. La Branlette m'aidera. Viktor mettra la cave en ordre et montera du charbon. Pépère l'accompagnera, il est quand même censé ne pas nous perdre de vue.

Avant qu'on s'y mette : « Wollen sie ein bischen Kaffee trinken? » Tu parles si on veut un peu de café, on ne pense qu'à ça! Du café, ça veut dire quelque chose à grignoter avec, toujours. La faim hurle dans mes boyaux.

Ça se passe à la cuisine, une cuisine verte et blanche, d'un ordre parfait. Une petite Russkoff rougissante nous y accueille.

Je lui dis, tout content :

— Comment tu t'appelles?

— Nadiéjda Iéfimovna.

— Qu'est-ce que tu fous là?

— Le patron est chef dans l'usine, alors il a demandé qu'on lui donne une jeune fille russe pour travailler chez lui à la maison, et voilà, il m'a choisie, moi.

Eh, oui. A Baumschulenweg aussi. Depuis que l'Armée Rouge campe sur l'Oder, à moins de quarante bornes d'ici, les dignitaires font « travailler » des filles russes chez eux, les gâtent, les chouchoutent, les habillent, font apprendre le russe à leurs demoiselles, c'est charmant.

Ils leur disent « Mange, Natacha, ne te gêne pas. Tu es comme notre fille, Natacha. Tu as tellement souffert! Ah, si nous avions pu le faire plus tôt! Nous t'aimons, Natacha. Et toi aussi, tu nous aimes, n'est-ce pas? » Natacha s'empiffre, rit, gazouille, en profite sans chercher plus loin. Pas dupe. La madame finit toujours par lui demander, tortillante :

— N'est-ce pas que tu es bien, avec nous, Natacha? Nous te soignons bien, n'est-ce pas? Tu pourras le dire, que nous sommes tes amis, que nous t'aimons beaucoup, que nous aimons beaucoup les Russes, que nous n'avons jamais rien dit contre eux?

Natacha promet tout ce qu'on veut. Le soir, au camp, elle raconte à ses copines. Qui se marrent. Amèrement. S'ils savaient, les bons Allemands prévoyants, s'ils savaient que les déportés soviétiques voient arriver l'Armée Rouge avec presque autant de trouille qu'eux-mêmes! Ces bruits qui courent, peut-être lancés par la Propagandastaffel mais va savoir, que tous les citoyens de l'U.R.S.S. qui se sont laissés prendre par les Allemands et embarquer en captivité, que ce soit comme prisonniers de guerre, déportés politiques ou raciaux, travailleurs déportés, otages ou ce qu'on voudra, sont considérés par les autorités soviétiques comme coupables de désobéissance aux ordres d'évacuation vers l'Est, peut-être même de trahison... Ça me paraît gros, mais c'est ce qui se raconte. Les filles en discutent, dans les baraques.

Ah, ah. Madame, solennelle, apporte le pain. Du Vollkornbrot, c'est des riches. Il est noir, tassé comme du pain d'épices, très lourd, très acide, avec des grains de blé entiers coincés dedans. Elle coupe des tranches à l'aide d'une espèce de scie circulaire à couper le jambon. Je trouve ça suprême chic, mais je m'aperçois que ça permet de couper le pain fin comme du papier, et c'est bien ce qu'elle est en train de faire, la vache! Chacun une feuille à cigarette. Sur une assiette à filet doré, il est vrai. Je me demande si elle va étaler la margarine au pinceau ou au pistolet. Non, au couteau, mais elle a la main! Pas un milligramme par personne. Eh bien, la journée va être longue...

Je lui pose ses carreaux, mais j'ai trop faim, merde, je flageole, la tête me tourne, j'en casse la moitié. Et puis d'abord, ils n'ont qu'un trop gros marteau, ces intellectuels. La Branlette dort debout, comme toujours, ses yeux bordés de jambon clignotent au fond de ses noires orbites. Ça fait quatre fois qu'il va aux chiottes. Où trouve-t-il tout ce foutre, bon Dieu? J'aurais même pas la force de me déboutonner, moi. Je ramasse les bouts de verre sur le balcon, il y en a un sacré tas, Monsieur et Madame ont l'air navré, Monsieur avait calculé juste la surface de vitre qui manquait, ils restent avec plein de fenêtres aveuglées au contreplaqué, évidemment ça fait désordre. Et dis donc, pendant que je suis penché avec la balayette, voilà que Madame s'accroupit pour m'aider, s'accroupit de telle façon que mes yeux ne peuvent pas ne pas plonger entre ses genoux, qu'elle a ronds et blancs. Et écartés. Rien n'arrête l'œil, pas même l'ultime lingerie, elle n'en porte pas, et il plonge, l'œil, jusqu'au plus secret de la chose secrète! J'ai jamais vu ça. Pas la chose, je veux dire, la manière. Je lève le nez. La dame me regarde bien droit en face. Je suis rouge, les joues me brûlent. Pas elle. Monsieur est debout, elle s'appuie à sa jambe. Affectueusement, dirais-je. Ça, alors!

Il y a sûrement quelque chose que je suis censé faire, un message à déchiffrer, je sais pas, mais bon, j'ai rien compris. Ou peut-être qu'elle est contente juste comme ça? Que ça l'excite? Ou que ça excite son Jules? Je le saurai jamais.

Et bon, on a fini. On récupère Viktor, remonté de sa cave, qui fait la causette à Nadiejda dans la cuisine. Il fait semblant de vouloir la violer, elle a peur, il rit comme une jument. Savoir s'il fait si semblant que ça... Viktor ne peut pas saquer les Russkoffs. La plupart des Polaks ne peuvent pas, mais lui, en plus, il est fou. Il fait des conneries de gros fou con, de gros fou polak de la campagne polaque. Et il est fort comme le cheval de la jument de tout à l'heure. Une bête. Sauf que les bêtes n'ont pas ces yeux de fou. Il s'est tapé deux mois d'Arbeitslag, il en est pas crevé, pas tout à fait. Son père l'avait dénoncé. Il avait fauché des abricots sur l'abricotier personnel du président-directeur général de la Graetz A.G., l'actuel rejeton régnant de la dynastie Graetz, j'étais avec lui, on bossait tous les deux à des boulots de gros ploucs cons dans la cour de l'usine, on se coltinait des ferrailles, l'abricotier passait une branche par-dessus le mur, on est grimpés dedans, on s'est empiffrés d'abricots pas mûrs, j'en ai ramené dans ma chemise pour Maria, Viktor en a ramené pour Viktor. Son père couchait dans le châlit au-dessous du sien, il a dit Viktor, qu'est-ce que tu bouffes, enfant de putain, file-m'en. Viktor a dit tiens, fume, et il a ri son rire de jument, et il a tout bouffé, et il a eu la chiasse. Le vieux a été trouver le Werkschutz, le surveillant, il a dénoncé

Viktor, la Gestapo est venue chercher Viktor et l'a collé en Arbeitslag pour un mois. Quand il en est revenu, son premier soin a été de casser la gueule à son père, bien à fond, tout flageolant qu'il était, s'il a pas tué le vieux c'est que les Werkschutz le lui ont arraché des pattes. Il est reparti pour l'Arbeitslag. Il n'a jamais dit que j'étais avec lui. Pour des abricots, et même pas mûrs, merde!

Je lui dis Viktor, t'es bourré, du bist besoffen, du Schwein Polak voller Scheisse! Viktor me gueule nix trinken, cave de merde, seulement charbon de merde, tu vois cette conasse, moi foutre elle bite dans le cul, Pfeife in Arschloch, tak, v doupou, moï khouil v jopou tvoyou, razoumich, ty kourrva rousskaïa?

Nous revoilà à l'air libre, dans la bonne vieille odeur de plâtras et de brûlé. Je soupèse le sac de Pépère. Il y a quelques briquettes de tourbe dedans, enveloppées de chiffons pour étouffer les angles vifs. « Du, Kohlenklau! » je lui dis, en me marrant, et je lui montre, sur un trognon de muraille, la célèbre affiche du Kohlenklau, le voleur de charbon, une sinistre silhouette qui vole l'énergie du Reich chaque fois que tu oublies de fermer l'interrupteur, œuvre d'un artiste des services de je ne sais quel ministère à je ne sais quelle économie de guerre de merde*. Pépère me cligne de l'œil. En somme, si on était vaches, on pourrait l'envoyer vite fait à Moabit, nous autres, le vieux Pépère. Et aussi son copain Mémère. On a barre sur eux, quoi, à bien regarder les choses. Tout ce que je pourrais faire, si j'étais un peu vicelard... Bof.

Viktor s'arrête pile. Il gueule :

— Chef! Hunger! Nix essen, nix arbeit.

*

Faim, patron! Pas manger, pas travail.

J'allais justement le dire. Pépère a compris. Les lendemains de grands bombardements sur le quartier, en général il y a distribution de soupe pour les sinistrés de la nuit. On a repéré quelques trucs comme ça. On est dans le quartier de Wilmersdorf. Direction : la mairie de Wilmersdorf. Au passage, je ramasse une pelle de terrassier que je

* 1979 : La France redécouvre le Kohlenklau et la baptise « Gaspi » (Note de l'auteur.)

me colle sur l'épaule, Viktor et La Branlette trouvent une vague planche qu'ils portent à deux.

Comme prévu, devant le Rathaus Wilmersdorf il y a des tréteaux, des planches dessus, des marmites fumantes, des dames bienfaisantes qui distribuent la soupe et des gens tristes qui font la queue, cuvette-écuelle sous le bras. Nous nous mettons à la suite, sans nous séparer de nos ostensibles accessoires. Ils proclament que nous œuvrons pour soulager ces détresses, faudrait être fumier pour nous refuser une louchée de soupe.

En principe, on touche la soupe une fois par jour, le soir, au camp. A mesure que les terres fertiles, les Beauce, les Brie, les Ukraine, échappaient aux troupes du Reich, la soupe s'est faite de plus en plus claire. Elle est maintenant constituée d'eau chaude, très chaude, de ce côté-là rien à dire, piquetée de quelques grains d'une espèce de semoule et colorée au Kub. Deux fois la semaine, elle est remplacée par trois petites patates grincheuses, gelées l'hiver, pourries l'été, bouillies avec la peau. Le reste des rations, nous le touchons une fois par semaine : un pain et demi, trois centimètres de saucisson à l'ail sans ail (l'Allemand a horreur de l'ail), cinquante grammes de margarine, vingt-cinq grammes de beurre, une cuillerée de fromage blanc, deux cuillerées à café de sucre en poudre, une cuillerée de confiture rouge vif, chimique à hurler, qui d'ailleurs, loyale, ne prétend évoquer aucun fruit connu, et dont je raffole. On chuchote que les autorités du camp et, hiérarchiquement, tout le menu personnel allemand, se sucrent au passage sur nos rations. C'est tout à fait vraisemblable. Le contraire me surprendrait violemment. Mon cynisme est à la hauteur de ma récente connaissance de l'humaine nature.

La soupe des sinistrés est une aubaine. Elle sent bon. Elle est épaisse, elle a une riche couleur beige, il y nage des gros bouts de patates épluchées et des nouilles, plein de nouilles, de ces nouilles allemandes très molles, très cuites, délicieuses. Et même des bribes de viande, va savoir quelle viande, du cochon, du veau, de la viande, quoi, qui fait des fils et se prend dans tes dents, comme au bon vieux temps.

Je m'accroupis dans un coin, à l'écart, je veux déguster ma soupe tout seul, tête à tête avec mon estomac. C'est bon, c'est bon! La cuvette est pleine à ras-bord, la bonne femme qui m'a servi ressemble à ma tante Marie, la sœur de Papa, elle m'a cligné de l'œil et m'en a collé une bonne louchée de plus.

Je pose ma cuillère, j'ai le bide plein à péter, je suis heureux, heureux...

Un type s'assoit près de moi. C'est un Russe, un paysan. Il porte une casquette en tissu à carreaux, genre casquette de voyou, mais lui il se l'enfonce jusqu'aux yeux, la tête ronde remplissant bien la coiffe, le bouton-pression déboutonné, ça lui rabat les oreilles à droite à gauche, la visière, taillée carrée, se projette droit à l'horizontale. C'est un élégant. Les autres portent la traditionnelle casquette noire, style marinier. Sous un veston râpé, plein de taches, il porte la roubachka russe. Le cul par terre, appuyé au mur, il tire de sa poche une cigarette, la casse en deux, remet une moitié dans sa poche avec des précautions d'amoureux, dépiaute l'autre moitié, la roule dans un morceau de *Signal*, c'est un magazine de photos, du papier râpeux, épais comme du carton. Il allume son clope, tire la première exquise bouffée, se la déguste longuement, souffle la fumée comme on soupire. Il est là, il rêvasse, les yeux accrochés à ses bottes rafistolées. Je voudrais être capable de ça, de me déconnecter comme ça. Tout son corps est détendu, comme un chiffon, comme un chien affalé au soleil. Moi, faut toujours que je bricole, que je combine des trucs dans ma tête, des trucs excitants. Et voilà qu'il se met à chanter, tout doucement, tout doucement, sans paroles, juste un bourdonnement pour lui tout seul, pour bercer son rêve. Et c'est « Katioucha ».

« Katioucha ». L'air qui règne sur toute cette guerre. Rien qu'une petite chanson bien cucul, bien convenable, sentimentalo-patriotique, sans doute fabriquée sur commande pour les exigences du temps par un poète officiel pour le moins académicien d'une académie d'entre leurs académies de l'U.R.S.S. Ce que « Lili Marleen » est aux Chleuhs, « Katioucha » l'est aux Russkoffs. Mais « Lili Marleen » est poignant, désespéré, cafardeux d'un cafard envoûtant et morbide, « Lili Marleen » pue la guerre d'avance perdue, le désespoir désiré, « Lili Marleen » est subtilement décadent, vénéneux comme un opium, défaitiste par son flou même, je parle surtout de la musique. La voix de Lale Andersson, lasse, blasée, savamment niaise, voix de gentille pisseuse mal mûrie, te fout envie de chialer, doucement, sans savoir pourquoi, parce que tout passe et que rien ne vaut la peine... Comment les gars de Goebbels ne se sont-ils pas rendu compte de ça? En tout cas, succès foudroyant. Depuis cinq ans « Lili Marleen » traîne ses nostalgies débilitantes de Norvège en Sahara, de Brest à Stalingrad. Je dirai pas que c'est à cause de ça que les Chleuhs prennent la piquette, mais je peux pas m'empêcher de penser que ça a dû aider.

« Katioucha », la « Madelon » des Russkoffs, c'est juste le contraire. Ça traîne pas la patte. C'est pimpant, optimiste, concon, bonnes joues, sans problème. Et charmant. Et russe. Surtout russe. Formidablement russe. Il faut avoir entendu cinquante voix sauvagement belles se saouler jusqu'aux larmes, jusqu'à la pâmoison, en faisant des variations sur « Katioucha »... Les Russes chantent comme on fait l'amour. Comme on devrait faire l'amour : plus loin que l'orgasme, jusqu'à l'extase.

Ce moujik fredonne « Katioucha », tout bas mais de toute son âme. Il se bourdonne ça pour lui tout seul, s'offre un concert, cherche des modulations, attentif, tout content quand il s'est tricoté un petit truc réussi. Tire sur son clope, de loin en loin, à l'économie, l'œil toujours perdu sur ses pinceaux rapiécés. Balance la tête, à peine à peine. Il se saoule gentiment la gueule, comme ça, d'une chanson. Et alors, j'en meurs d'envie, j'ose pas, et puis c'est plus fort que moi, je me risque, je me faufile dans sa fête intime. Je bourdonne avec lui — oh, bien modestement à la tierce —, je colle bien à lui, je fais gaffe pas me gourer pas détonner, pauvre con de Français sans oreille je suis, et lui, comme si de rien, mais je sens qu'il est d'accord, qu'il m'accepte, et c'est très chouette, j'en tremble de bonheur *.

Quand, par les nuits d'été, les huit cents filles russes, de l'autre côté de la palissade, chantent toutes ensemble, ça arrive, toutes ensemble sous les étoiles, merde, des chants furieux et doux, grands comme des Niagaras, quand ton cœur est trop gros pour ta poitrine et que tu crois crever de trop beau, alors les Français commencent à gueuler :

---

* Vers 1970, dans un bistrot de la banlieue parisienne, j'entendis soudain — avec quel choc au cœur! — « Katioucha » jaillir d'un juke-box. Ils en avaient fait l'élément principal d'un pot-pourri qui, sous le nom de « Kazatchok » (?), fut la danse dans le vent de cet été-là.

— C'est fini, oui ou merde? Eh, nous on bosse, nous, demain! Salopes de merde! Poufiasses! Sauvages! Mais qu'est-ce qu'elles ont dans le cul, merde? Roupillent jamais, c'te race-là? Vos gueules, bordel!

Et leur balancent des cailloux sur le toit des baraques. Dernière trouvaille : devant chaque piaule se trouve un seau de sable ainsi qu'un baquet d'eau avec une pompe à main, en cas d'incendie. Ils s'amènent derrière la palissade avec le baquet d'eau, ils pompent par-dessus des jets pour arroser les filles. Elles ne voient pas la méchanceté, croient à une amicale plaisanterie, se bousculent en riant pour profiter de la douche, les Russes adorent se balancer des seaux d'eau en pleine figure, l'été. Et chantent de plus belle.

*

La peau du ventre bien tendue, on se remet en route pour notre chantier de tristesse. Ça se trouve vers la Uhlandstrasse, par là, pour autant qu'on puisse se repérer dans ce Sahara de décombres. Et je l'ai en pleine gueule.

Ils ont planté quatre bouts de chevrons dans les gravats. Ils y ont attaché trois filles et un type. Des Russes. Ils leur ont collé à chacun une balle dans la nuque. Leurs têtes cassées pendent sur leurs poitrines. Paquets de caillots noirs, de cervelle rose, de bouts d'os blancs, de cheveux collés. Le sang a pissé stalagtites sur les genoux pliés. Ils penchent en avant, sciés par les ficelles qui les retiennent aux poteaux. Les justiciers ont accroché au cou du type une pancarte qui lui barre la poitrine :

PLUNDERER WERDEN ABGESCHOSSEN!

« Les pillards seront abattus. »

Deux grands gros quinquagénaires moutarde à brassard et à képi mou de S.A. se tiennent à droite et à gauche, jambes écartées, mains au ceinturon. Pétard au côté. Jugulaire au menton. Brioche arrogante. Sales vieux cons. On est là, verdâtres, on voudrait n'avoir pas vu, mais rien à faire, ça y est, t'as vu, t'as vu pour l'éternité. Les deux grosses vaches se veulent impassibles comme les S.S. d'élite qui montent la garde d'honneur au Soldat inconnu, mais c'est plus fort qu'eux, la joie mauvaise leur sort par tous les trous, qu'est-ce qu'ils sont contents qu'on voie ça, nous!

Je demande :

— Qu'est-ce qu'ils ont fait?

Le gros con de droite condescend, de haut en bas, rictus satisfait :

— Ils ont pillé, voilà ce qu'ils ont fait. Ils ont volé les morts. Gross Filou, Meuzieur. Alle Filou abgeschossen! Pan, pan! Ja, ja, Meuzieur!

J'en avais déjà vu, une fois, de loin, mais ceux-là étaient pendus. Un madrier entre deux arbres, trois cordes, trois pancartes. Les pendus tournaient sur eux-mêmes, on avait du mal à lire. On n'a pas toujours d'arbre sous la main, par les temps qui courent. Ou peut-être qu'ils trouvent que la balle dans la nuque c'est plus expressif, comme mise en scène.

Pépère nous presse, los, los. Il aime mieux ne pas trop traîner par ici, avec ses trois briquettes qui tirent son sac à dos vers le bas. On s'en va. On marche en silence. Au bout d'un moment, René la Feignasse dit « Ben, merde... »

Ronsin, le prisonnier « transformé », deux fois évadé, deux fois repris, maintenant « libéré » comme tous les prisonniers, c'est-à-dire du jour au lendemain décrété libre, donc civil, donc automatiquement requis pour le S.T.O., balancé dans un camp de S.T.O. et privé de tous les avantages de l'état honorable de prisonnier de guerre, ricane :

— Vous en faites, des gueules! A Ravarousska *, c'était tous les jours. Tous les jours. Moi, j'y ai échappé de justesse. Je suis blindé. Faut pas vous laisser abattre, les mecs! On les aura! On les encule!

Et il se met à brailler, sur l'air de la fameuse chanson des Bat' d'Af' pour fins de noces et banquets :

Il est sur la terre ukrainienne
Un régiment dont les soldats
Dont les soldats
Sont tous des gars qu'ont pas eu de veine

---

* Ravarousska : forteresse à régime sévère pour prisonniers indisciplinés, évadés repris, etc. Je ne la connais que par les récits de Ronsin, qui, croyais-je, était assez porté à l'exagération. Maintenant que je sais ce dont « ils » ont été capables, je suis moins sceptique. Ravarousska doit se trouver quelque part en Pologne ou en Ukraine.

On nous a r'pris et nous voilà!
Et nous voilà!
Ravarousska, section spéciale,
C'est là qu'tu crèves, c'est là qu'on t'bat,
La la la la gnin gnin gnin gna-a-le
Tagtagada hur hur et caetera...

(Ça, c'est quand il se rappelle pas les paroles.)
— Et au refrain, tous ensemble!

En avant, sur la grand'route,
Souviens-toi, souviens-toi
Oui, souviens-toi!
Qu'les anciens l'ont fait sans doute
Avant toi, avant toi!
Percé de coups de baïonnette,
Schtroumpf labidrul et bite au cul,
Dans le dos tu l'as la balayette
Tchouf tchouf bing flac turlututu!
Et on s'en fout!
Quéqu'ça fout?
Sac au dos dans la poussiè-è-re,
Marchons, prisonniers d'guè-è-erre!

Allez pas croire qu'il rigole, Ronsin. Il bouche les trous de sa mémoire avec ce qu'il ramasse, au hasard de la fourchette, mais, l'œil farouche, la lippe mauvaise, il vocifère ça sous le nez de Pépère, à son intention spéciale, il s'y croit, nom de Dieu, il joue sa peau en une héroïque folie. Pépère remonte sur son épaule la bretelle du flingue qui a glissé, et il dit, avec un bon sourire :

— Ja, ja! Gut! Pong chang-zon.

Je me marre. Je dis à Ronsin :

— Vous vous êtes pas foulés, merde! Vous avez repris mot pour mot « Les Réprouvés » en mettant « prisonniers de guerre » au lieu de « bataillonnaires », et puis t'en oublies la moitié, et puis c'est toujours les mêmes salades, vos chansons de fortes têtes, de durs de durs, c'est chialotteries et compagnie. Vous faites les bravaches, c'est nous les terribles, les buveurs de sang, et la ligne d'après vous chialez sur vos malheurs, et qu'on vous fout des coups de baïonnette, et qu'on vous fait bouffer de la poussière...

Pauv' petits lapins! Vos chants de soi-disant révolte, c'est ça qui vous fait le mieux marcher! Total, qui c'est qu'est bien content? C'est les officiers, c'est les gardes-chiourme. Vous êtes bien des bons cons, tiens!

Ça le fout en rogne, à tous les coups. Son cinoche, c'est le voyou, le cynique, le mec en marge, ni Dieu ni maître, et en même temps patriote-mort aux Boches-sang impur-couilles au cul-poil au bide... Ça va très bien ensemble, j'ai souvent vu.

— T'es qu'un petit con de bleu-bite, tu causes de ce que tu sais pas, t'as jamais vu un homme, un vrai! Et puis d'abord, tu crois à rien, t'es là que tu ricanes, mais moi j'ai le droit de causer, moi, j'en ai chié, moi! Ils t'ont fait bouffer ta merde, à toi? A moi, ils me l'ont fait bouffer. Et le mitard, à Rava, tu sais ce que c'est? Moi, les Boches, je leur pardonnerai jamais, jamais! Et plus il en crève, plus je suis content! Et quand l'armée française sera là, je me prends un flingue et je me régalerai la gueule, personnellement, fais-moi confiance, je leur baiserai leurs nanas et je leur viderai mon chargeur dans le bide en même temps que je leur lâcherai ma purée dans le con, ça, je te le jure, je le fais, et devant le mari, devant les mômes, devant les vieux, qu'ils en profitent bien, et après je me les bute tous, les fumiers, en prenant mon temps, ah, les vaches, et les petits cons dans ton genre je me les veux à ma pogne, tu vas voir ton cul! Apatride! Vermine! Sans couilles! Gonzesse!

Il se monte, il se monte, il écume tout en marchant. Pépère regarde, étonné. « Was denn? Wass geht's schlecht mit ihm? Warum ist er so böse? » Ronsin se décharge sur lui : « Iche bine beusé parce que Zie Deutch alleu enculés salopes! » Et il fait les gestes pour être sûr d'être compris. Pépère fait « Ja, ja! Sei doch nicht böse! » Ne fais donc pas le méchant... Viktor le Polak hennit son rire de jument. Il va étouffer. « Annkoulé? Dou fick-fick Pépère, ja? » Et puis il dit : « Marcel, singen " Dann kou "! » Et il commence, à voix formidable :

Dann kou,
Dann kou,
Izorronn la viktoâ-â-rré!

Ronsin ne résiste pas. Il entonne le chant vengeur

qui console depuis cinq ans tant de pauvres couillons dans les Stalags :

Dans le cul,
Dans le cul,
Ils auront la victoi-a-re!
Ils ont perdu
Toute espérance de gloi-a-a-are!
Ils sont foutus!
Et le monde en allégrè-è-è-esse,
Répète avec joie sans cè-è-è-esse :
Ils l'ont dans le cul, dans le cul!

Au moins, ça nous fait marcher au pas. Il attaque le couplet :

Un jour un homme se mit en tête
De vouloir être le bon Dieu.
Mais voici que les anges rouspètent
Et avertissent le Roi des cieux....

C'est là que la première bombe arrive. Et toutes les autres à la file. On se retrouve par terre, soufflés comme des bougies, des tas de trucs durs nous dégringolent sur le dos, le sol nous fout des ruades dans le ventre, les monceaux de gravats sautent en l'air, ils commencent à avoir l'habitude, les bombes tombent et retombent sans cesse aux mêmes endroits, il y a des briques qui ont dû être projetées en l'air cent mille fois et retomber cent mille fois, finalement, la guerre, quel gaspillage!

Ça tombe vraiment fort, et en plein sur nos gueules. On entend maintenant les avions, un bourdonnement fantastique, à couper au couteau, tout le ciel résonne comme une cloche énorme, tu es juste au milieu de la cloche, ils sont partout, les explosions se chevauchent et se bousculent, parfois il y a un blanc et alors tu entends, au loin, un long bruit gras, lourd, tranquille : un quartier entier qui s'écroule, qui s'affaisse sur lui-même, d'un seul coup. « Carpet-bombing ». Bombardement-tapis.

— Merde, dit René la Feignasse, ils sont toute une armada! J'ai l'impression qu'ils couvrent tout Berlin!

La sirène! Il est bien temps. Ils se sont fait blouser comme rarement. La Flak, elle, l'artillerie contre-avions, n'a pas attendu. Ses salves de quatre coups secs hachent la clameur énorme, en roulement continu, des explosions.

— Qu'est-ce que vous foutez là? A l'abri, tout de suite, à l'abri!

C'est un Schupo. Ils nous harponne, nous pousse devant lui.

— Fliegeralarm! A l'abri, Donnerwetter! Los, los!

Pépère hurle, de trouille et de colère :

— Quel abri? Où ça, un abri?

— Kommen Sie! Schnell!

Il court jusqu'à un coin où quelques fantômes d'immeubles se silhouettent dans la fumée. Les caves servent d'abri, effectivement, c'est écrit dessus, noir sur jaune, avec une grosse flèche qui désigne une porte d'entrée. Le Schupo donne un coup de pied dans la porte, nous pousse comme des paquets à l'intérieur, nous engueule : « C'est défendu de rester dans la rue pendant l'alerte! » Il s'éloigne, furibard, sous les bombes, à la recherche d'autres contrevenants.

L'escalier de la cave oscille sous le pied. Les impacts se succèdent, maintenant, réguliers comme des coups de marteau sur une enclume. D'abord le bruit abominable des couches d'air déchirées l'une après l'autre, à toute vitesse, de plus en plus près, locomotive d'enfer qui te plonge droit dessus et hurle, et hurle, et son hurlement s'enfle jusqu'à l'insoutenable, jusqu'à l'hyper-aigu, droit sur toi, droit sur toi, celle-là elle est pour moi, je l'attends, je l'attends, et c'est l'impact, le sol te projette comme une crêpe, tu retombes accroupi, tu rentres la tête dans les épaules, le pire est à venir, la décision... Voilà : l'explosion. Tout bascule. Roulis. Tangage. La terre se tord, furieuse. Fouette de la queue. Les murs balancent et toi aussi, mais à contretemps. La voûte te tombe dessus en larges plaques brique et ciment, poussière poussière poussière, gravier dans le cou, hurlement, une femme est blessée, attention, voilà la suivante, la locomotive plonge, impact, nom de Dieu, elle est encore plus près, cette fois c'est pour nous... Explosion, tangage, avalanche... Pas encore pour cette fois... Et en voilà une autre. Et une autre. La lumière vacille, s'éteint, se rallume. S'éteint. Le noir. Le pilonnage s'intensifie. Les coups de bélier se bousculent, se contrarient, tu es projeté contre un mur, avant de l'atteindre l'élan, cassé net, s'inverse, te voilà tête en avant contre celui d'en face. Pas moyen de suivre, on se fait paquet de chiffons, la peur ne peut plus monter-descendre en guettant les bombes, il y en a trop, elle est bloquée une fois pour toutes au paroxysme, des femmes hurlent, où vont-elles chercher ce hurlement-là, il se vrille et perce et brûle tout là-haut plus haut que l'épouvantable tohu-bohu des piqués, des impacts, des explosions, des écroulements, il te fait soudain penser à ta peur, jusque-là tu la vivais t'y pensais pas, ta peur te saute à la conscience, tu réalises la folie furieuse de la situation, tu veux courir, gueuler, griffer, faire quelque chose... Il n'y a rien à faire. Tu es livré aux strictes lois du hasard, tu auras le pot ou tu l'auras pas, tu sauras ça après. Et ça tombe, et ça tombe...

Une accalmie. Des coups à la porte. Des cris furieux. René la Feignasse frotte une allumette. Pépère essaie d'ouvrir la porte. Elle est faussée. On s'y met à trois, on la décoince, un type surgit, comme un diable noir, dans un ouragan de fumée noire. Le monde extérieur n'est que fumée noire, et qui pue. On tousse. Le type a des yeux de fou. Il gueule :

— La maison brûle! Tout le quartier brûle! Alles kaputt! Alles! Überall! C'est la seule maison pas encore toute brûlée! Ma maison! Aidez-moi! Qui veut m'aider?

Juste là, ça se remet à tomber. La porte m'est arrachée des mains, des morceaux de voûte nous tombent dessus, mais l'ensemble tient le coup. La vague passe.

On se regarde, pas chauds. Paulot Picamilh hurle :

— Moi, j'en ai marre, de ce trou à la con! N'importe quoi, mais je veux pas crever là-dessous!

Il dit au propriétaire :

— Ich komme mit!

— Ich auch! je dis. Et on sort derrière lui.

— Allez faire les cons tant que vous voudrez, mais fermez la porte, merde!

Ça, c'est Ronsin. On l'entend qui essaie de recoincer la porte de tôle dans son chambranle tordu, en jurant hystéro.

L'escalier de la cave est à demi comblé par les gravats. Plus on monte, plus ça pue. On grimpe quatre à quatre jusqu'aux combles. La charpente flambe. Par les trous du toit, un ciel de fin du monde. Rouge et noir. L'incendie ronfle et craque, les bombardiers invisibles continuent à rôder, placides comme un plouc qui laboure son champ. Ils bourdonnent leur énorme terrible bourdonnement. La Flak aboie et rage. Au loin, les bombes martèlent. Ils s'attaquent à un autre quartier, là-bas vers l'est... Vers l'est! Là, j'ai la trouille, la vraie. Les tripes soudain aspirées, plaquées aux poumons. Maria! Elle est là-dessous, elle aussi! Et si j'allais ne plus la retrouver? Elle est peut-être déjà en bouillie, mêlée à des briques, à des bouts de planches... Je panique. J'avais jamais senti comme ça à quel point c'était possible. Que brusquement elle n'existe plus. Que j'arrive, comme un con, que je coure, comme je cours à elle, et rien : il n'y aurait plus de Maria! Il n'y en aurait jamais eu. Il n'y aurait que l'espace où devrait se trouver Maria. Et où elle ne serait pas. Elle ne serait que dans ma tête, un souvenir... Non, merde, non! Ça ne se peut pas! Elle existe, Maria, je l'ai vue, je l'ai serrée dans mes bras, encore hier soir! Elle est là-bas, elle a peur, comme moi, pour moi, elle bouffe de la fumée, elle mâche des plâtras, elle a la figure barbouillée de larmes, de morve et de suie, elle pense à comment elle va me raconter ça, ce soir, et puis tout à coup elle se dit que je suis peut-être mort, qu'il est possible que je sois mort, très probable, même, oh, merde, non, Maria, je suis là, je suis là, j'ai peur, sois là, Maria, j'arrive, la guerre nous a amenés l'un à l'autre, la guerre est notre amie, elle ne peut pas nous tuer, pas l'un sans l'autre, pas l'un sans l'autre!

Je demande à Paulot :

— Tu crois qu'ils auront dégusté, à Baumschulenweg? Et à Treptow?

— Ça se pourrait bien. Ils mettent vachement le paquet, aujourd'hui.

Il faut bien que je me contente de ça.

Le bonhomme nous tend des seaux. La citerne réglementaire est pleine d'eau. On mouille des chiffons qu'on se noue sur la figure. On court comme des dingues avec nos seaux, on se cogne, on n'y voit que dalle, les larmes nous brouillent tout, heureusement La Feignasse et Pépère nous rejoignent, et là ça va mieux, on fait la chaîne, les seaux volent de main en main, on finit, mais oui, on finit par avoir raison de toutes ces putains de flammes!

Le propriétaire nous fait signe que c'est pas tout. Il ouvre une porte. Elle donne sur une terrasse goudronnée. Des crayons incendiaires ont mis le feu au goudron, ça brûle avec une épouvantable fumée jaune cotonneuse. Bon, puisqu'on a commencé... Le bac de sable (réglementaire!) est approvisionné. Natürlich. On se rue avec nos pelles, avec nos seaux, on se retient de respirer, on jette le sable sur la flamme, on piétine pour l'étaler, on court en rechercher, en respirant un grand coup à travers le chiffon. On finit par baiser cette saleté-là aussi. Le vieux pleure de joie.

De là-haut, aussi loin que je puisse voir, tout ce qui n'est pas aplati à ras de chaussée flambe. L'incendie dévore ce qui reste de cet îlot tout à l'heure encore épargné. L'immeuble que nous venons de sauver est séparé des autres par des jardins. Il a sa chance, si seulement le vieux monte la garde sur son toit, avec ses petits seaux et sa petite pelle, tant que voltigera une flammèche. Jusqu'à la prochaine fois...

Pépère demande au bonhomme de lui signer un papier comme quoi lui et son équipe ont travaillé pour lui. Pépère doit rendre compte. Le vieux nous emmène dans son appartement, il nous verse un coup de Schnapps et signe tout ce qu'on veut. Dans son allégresse, il rédige spontanément une attestation enthousiaste comme quoi les Franzosen tel et tel et tel ont, au péril de leur vie, sous un bombardement terrible, tel jour à telle heure, activement contribué à sauver des vies allemandes et des biens allemands.

Paulot empoche le papier et dit :

— Ça peut toujours servir.

Une sirène, très loin, sonne la fin de l'alerte. Sans doute celles du coin ont-elles été détruites. Nous revoilà dehors. Le bourdonnement d'enfer s'est tu. On n'entend plus qu'un ronflement-pétillement continu, puissant, égal, le grand bruit tranquille d'une ville qui brûle.

Au loin, très loin, les pompiers. Que voulez-vous que fassent les pompiers quand cent mille maisons flambent? De temps en temps, une explosion secoue le décor. Bombe à retardement. Quelle ingéniosité! Comme ils doivent s'amuser, les inventeurs qui inventent ça! Les aviateurs qui règlent la pendule du machin en pensant à la gueule du type qui se croyait tiré d'affaire! Et les torpilles verticales, c'est pas beau, ça? Ça te traverse une maison du haut en bas, c'est réglé pour n'exploser qu'après un certain nombre d'impacts, ça perce tous les planchers, ça pète seulement dans la cave. Une grosse bouffée de poussière fuse par les soupiraux, à l'horizontale. L'immeuble descend sur lui-même, se met à genoux, s'émiette en un tas bien propre, sans une bavure, ensevelissant sa cave-abri aux murs tartinés de bouillie humaine bien rouge...

Il va falloir rentrer à pied. Pas de S-Bahn, pas de métro, pas de tram : pas de courant. Quinze kilomètres jusqu'à Baumschulenweg. Pépère consulte sa montre. Il dit, sans rire :

— Feierabend!

« La journée est finie! » C'est bien le moins... Et bon, on se met en route.

Ronsin ricane et applaudit à chaque explosion. Il nous raconte, avec les gestes :

— Pendant que vous faisiez les boy-scouts, moi je me suis régalé la bite. Elle avait dans les quarante balais, mais très baisable. C'te pétoche! C'est celle qui gueulait, vous voyez qui je veux dire, elle gueulait, elle gueulait, elle pouvait plus s'arrêter. Je lui dis de fermer sa gueule, « Maul zu! » je lui gueule, si y a une chose que je sais dire en boche c'est bien celle-là, mais elle, comme si que dalle, complètement hystéro. Merde, je l'alpague aux épaules, et alors je sens que c'est du pas dégueulasse sous la poigne, question fermeté de viande, je savais même pas laquelle c'était, il faisait noir comme dans mon cul, je la prends contre moi, je la berce, je lui dis « Nix schreien! Schon fertiche! Alles goute! », comme à un bébé, quoi. Je lui tapote la joue, je lui caresse la figure. Petit à petit, elle se rassure, mais elle tremblait comme une feuille, alors j'ai commencé à placer mes poignes, elle a des nichons, la vache, pour son âge, putain! Moi, aussi sec je me mets à triquer. Je lui prends la main pour lui faire toucher, merde, elle a sauté, comme une brûlée! La salope... Mais juste là, dis donc, juste bien, v'là que ça se remet à dégringoler! La v'là repartie à gueuler, à trembler, elle se serre contre moi, merde, je bandais tellement, j'oubliais d'avoir les jetons. J'ai dit merde, ma salope, tu vas y passer, y a pas de bon Dieu! J'y ai écarté les cuisses, j'y ai un peu cogné dessus, elle avait tellement peur de me lâcher qu'elle a fini par se laisser faire. Tu parles d'un boulot, enlever la culotte d'une bonne femme qui te serre comme si elle se noyait! Mais elle y est passée, merde! Je lui ai foutu mon ciflard, il était temps, j'allais lâcher la purée dans la nature. Et je vais te dire, eh ben, une fois en train, elle s'y est mise aussi, ouais, mon pote! Ah, la vache, ce coup de cul! Elle m'a harponné la langue, je croyais qu'elle allait me l'avaler! Et sur la fin, je te jure que c'est plus de trouille qu'elle gueulait! Ah, merde, ça fait du bien, tiens!

Un silence. Des images nous passent derrière les yeux. René la Feignasse dit :

— Ben, ma vache! Pendant que nous on se brûlait les roustons sur le toit de l'autre vieux branque...

Viktor a au moins compris les gestes. Il brame de joie :

— Marcel fick-fick starou kourrvou! Marcel immer fick-fick!

Et puis il supplie :

— Eh, Marcel, singen « Pass mal auf »!

Ronsin, faut pas lui dire deux fois. Il attaque à tue-tête :

Finie la guerre,
Nix pommes de terre,
C'est la misère
Partout!
Papa canon,
Maman ballon,
Toujours fabrication!
Ah, pass mal auf * :*
Grosse machine de retour!
Fraülein fick-fick,
Ein Marck zwanzig,
Toujours machine kapoutt!

On braille tous le refrain en chœur, en guettant Pépère. Pépère s'en fout. Il y en a comme ça cinq ou six couplets. Le dernier se termine par :

---

* « Pass mal auf! » : « Fais attention! »

Ah, pass mal auf,
Disait un Marseillais,
Vive le pastis
Et vive de Gaulle!
Vive la France, et nous v'là!

Tout ça est bien joli, mais je voudrais qu'on marche plus vite. Je voudrais déjà être arrivé. Savoir. Cette saleté de poigne qui me tord la tripe tord de plus en plus fort. J'en suis sûr : Maria est morte. La panique monte. Ne pas y penser. Marcher, merde, marcher.

Cette lumière de fin du monde exalte mon angoisse. En plein irréel. La fumée a étouffé le soleil, tout danse à la lueur rouge des flammes. La chaussée n'est que cratères et crevasses, des geysers jaillissent des conduites crevées, les fils électriques du tramway traînent à terre. Au fond d'un trou béant, les rails du métro. Partout, des crayons incendiaires. Incroyable, la quantité qu'ils ont pu balancer! Au moins cinq ou six par mètre carré! Ce sont des prismes d'aluminium, trente centimètres de long, cinq de large, à six pans, c'est pourquoi on les appelle des crayons. Qu'ils tombent n'importe comment, à peine sont-ils posés qu'ils crachent par un bout une flamme effroyable, ardente comme un chalumeau, capable de foutre le feu dans un rayon de plusieurs mètres à n'importe quoi d'un tant soit peu combustible. Il y en a des millions. Chacun d'eux prolongé, sur le pavé, par un long éventail de brûlé noir qui part du bout actif. Et maintenant, dans cette demi-nuit, si tu marches dessus tu te casses une jambe. Scheisse!

Sur des pans de mur encore debout, de longues dégoulinures brillantes bavent jusqu'à terre. La pierre est creusée de vilaines plaies aux bords boursouflés. Le pavé même semble avoir bouillonné comme une confiture.

— Phosphor! dit Pépère, impressionné.

Oui, on connaît. On l'a trop souvent vu dégringoler, la saloperie, en chuintant, étincelant dans la nuit comme une coulée d'acier fondu, éclaboussant, rebondissant, accrochant immédiatement des flammes dévorantes à tout ce que ses plus infimes gouttelettes peuvent effleurer, liquéfiant tout ce qui ne veut pas brûler. On parle de milliers de degrés, de crânes creusés par une seule goutte comme des coquilles d'œuf vides.

Répandus aussi à foison, de longs filaments de papier à chocolat. On m'a expliqué que ça sert à faire du boucan, ça multiplie le bruit des moteurs et empêche les oreilles-robots de la Flak de détecter la direction des avions.

Ça, c'était fatal : on se fait réquisitionner au passage par des mecs à brassards pour dégager une cave où l'on entend faiblement crier. On s'y met, et que veux-tu faire d'autre? Pendant qu'on s'acharne sur le tas de briques, de poutrelles et de tout ce que tu voudras emmêlés agrippés arc-boutés l'un à l'autre, les gars de l'autre moitié de l'équipe, ceux de Mémère, viennent à passer par là, se font alpaguer eux aussi, et bon, avec les flics et les passants on finit par être une vingtaine de types à s'activer, on arrive enfin à la porte, on l'enfonce, c'est pas beau à voir. Il en reste trois d'un peu vivants, dont un gosse. Ils étaient assis par terre, le long du seul mur qui ait tenu. Tous les autres sont aplatis.

Je suis secoué. J'en oublie un instant que Maria est peut-être comme ça, elle aussi, en ce moment même.

Ronsin ricane.

— C'que t'en as à foutre, de ces cons-là? Fais pas cette gueule! Ils l'ont cherchée, ils l'ont trouvée, non? La guerre, c'est pas que la victoire, la guerre. C'est aussi ça. Ils l'ont voulue, ils l'ont dans le cul. Bien fait pour leurs gueules. On leur en fera jamais assez baver.

Qu'est-ce que tu veux répondre? Je voudrais bien que les choses soient aussi nettes dans ma tête. Les problèmes sont vites résolus, pour Ronsin.

On presse le pas. Voilà Tempelhof, l'aérodrome. Pour ne plus risquer de se faire réquisitionner, on quitte l'avenue et on marche sur la voie du S-Bahn qui longe le terrain. C'est là que, derrière le grillage, sont exposés les avions ennemis abattus. Je contemple au passage ces forteresses volantes si bien nommées. Sidéré qu'on puisse dépenser tant de science et d'amour pour ces usines à tuer. Bon, la philosophie à deux ronds, ce sera pour un autre jour... Vite, vite, au camp!

Il me semble que la voûte de flammes se fait moins ardente, à mesure qu'on avance vers l'est. Qu'on suffoque moins. Je reconnais des carcasses de maisons, intactes extérieurement mais entièrement vidées par le feu, qui étaient déjà comme ça avant.

Neukölln. Pas trop touché. Baumschulenweg. Mon cœur cogne. On passe le canal. On passe sous le talus du S-Bahn... Tout est paisible. Les vieilles ruines n'ont pas changé de silhouette, les baraques de bois trois fois jetées bas et trois fois rafistolées ont la même gueule de travers que ce matin, à l'ombre des grands blocs détruits il y a six mois. La lune se lève sur cette paix, Maria m'attend, tout est bien.

Un jour d'entre les jours.

Le jour où l'Histoire s'est trompée de jour

C'est un matin, un matin d'été, il fait grand jour bien qu'il ne soit pas encore six heures, das Schuttkommando, le Kommando des gravats, descend la Baumschulenstrasse en direction de la station du S-Bahn. Devant l'entrée du métro aérien, sur le trottoir, à l'angle de la Stormstrasse, deux troufions vert-de-gris, casqués, bottés, en armes, regardent passer le monde. A leurs pieds, une mitrailleuse, braquée sur le carrefour. Une bande de cartouches est engagée dans la culasse. Un troisième feldgrau, jambes écartées, est assis à la mitrailleuse, le cul sur le truc en fer prévu pour ça. Un trio semblable et symétrique occupe le trottoir d'en face, devant le bistrot du coin. Des silhouettes casquées font les cent pas sur le pont du S-Bahn, qui enjambe la rue, là-haut.

Les autres et moi, on se regarde. On dit rien, c'est juste la bonne occasion pour fermer sa gueule, mais on a le cœur qui cogne. Les Russkoffs se seraient-ils enfin lancés dans le grand bond en avant? Depuis le temps qu'on les dit aux portes de Varsovie, qu'on attend la ruée finale...

Impassibles, campés sur les reins, jambes ouvertes, ils nous regardent, du fond de l'ombre qui tombe de leur casque. Ils regardent passer la pouillerie de l'Europe, leur bétail... Non, là, je fais de la littérature. Au fond, ils s'en foutent. C'est des troufions, quoi. Tu les mets là, ils sont là. N'empêche qu'on se sent falots, plutôt. On attend le choc, on rentre la tête. Coincés entre les deux colosses comme des morpions entre l'enclume et le marteau. Il y a de l'historique dans l'air. Cinq ans qu'on baigne dans l'Histoire, je commence à en reconnaître l'odeur. Je tends l'oreille, je guette le bruit lointain du canon, mais rien.

Rien que le fracas des millions de semelles de bois du troupeau aux gueules blêmes de faim, aux yeux hallucinés par le manque de sommeil, qui trottine sur ses millions de petites pattes, du camp à l'usine, de l'usine au camp. Rien que le jacassement des babas marquées de l'« Ost » bleu et blanc.

Le S-Bahn nous promène au-dessus du champ de ruines. Berlin est décidément bizarre, aujourd'hui. Il y a de la troupe partout. Des blindés évoluent entre les tas de gravats. Des formations d'infanterie marchent au pas cadencé, bien sages bien en ordre, fusil à la bretelle, va comprendre ce qu'ils fabriquent... Aucun mouvement d'ensemble ne paraît se dessiner. Il y en a qui cernent hermétiquement de grands bâtiments encore plus ou moins debout, des machins imposants malgré les écorniflures des bombes. Sur certains flotte le drapeau à croix gammée, sur d'autres également le pavillon de guerre barré de la grande croix noire et blanche avec une petite croix de fer dans un coin. L'immobile grouillement vert les enferme, bien au carré. Aux carrefours, des groupes de mitrailleurs. Quand le carrefour est grand, des canons antichars, des barbelés, des chars d'assaut en position, tourelle braquée sur... Sur quoi, au fait? Certains camps sont entourés d'un cordon de troupes, d'autres non.

Je demande à Pépère ce qui se passe. Rien. Il ne se passe rien. Pourquoi devrait-il se passer quelque chose? Mais il a un air faux-jeton. Je donne un coup de coude à la Feignasse.

— Dis donc, René, ça pourrait bien être le commencement de la descente en vrille!

— Toi aussi, tu trouves que ça sent le roussi, hein?

— T'as entendu quelque chose, au sujet des Russkoffs?

— Quels Russkoffs?

— Ben, l'Armée Rouge, pardi! Ils bougent, ou quoi?

— Rien entendu.

On arrive à Zoologischer Garten. La grande magnifique colossale station. Enfin, c'était. Troufions partout, sacs de sable, canons antichars déployés derrière, bien assis sur leur longue queue qui s'ouvre en deux et s'arc-boute sur le pavé. La Feignasse me dit :

— Y a quéque chose qui va pas. Si c'est les Russkoffs qui s'amènent, alors explique-moi pourquoi les canons, les blindés et tout le bazar sont tournés vers Berlin? Vers le dedans de Berlin, je veux dire. Les Russkoffs, ils vont pas s'amener par le métro, quand même?

Je me dis oui, tiens, au fait. Et puis, bon, la journée commence, déjà tâcher de trouver un rogaton à bouffer. On dirait qu'il va faire beau, sûr que les autres enfoirés vont en profiter pour venir nous balancer du phosphore sur la gueule.

Sur le coup de midi, pendant qu'on remue vaguement je ne sais quels décombres, Pépère discute avec un collègue à lui, ils parlent du coin de la bouche, l'air tellement mine de rien que ça pue le subversif à cent mètres. Il en oublie les choses sacrées, Pépère. Pas Viktor. Viktor gueule :

— Chef! Pause!

Pépère sursaute, nous crie « Ja! Ja! Sofort! Ein moment, Mensch! » Et il replonge dans ses messes basses, l'air de plus en plus perturbé.

Viktor, il lui en faut davantage. Il hurle à plein gosier :

— Paouzé, Chef! Paouzé, ièb'* tvaïou matj, ty svolotch!

Pépère prend congé de son pote et rapplique, tout pensif. Il ordonne machinalement « Pause! ». s'assoit sur un trognon d'escalier qui fut monumental et tire de son sac à dos une boîte à sandwiches.

Ah, mais non! Il va pas se taper la cloche devant nous qui la sautons! Viktor est le premier à réagir.

— Essen, Chef! Suppe! Im Rathaus! Gute Suppe!

Oui, mais, dans ce coin, il n'y a pas de distribution de soupe gratuite à la mairie, aujourd'hui. Au moins trois jours qu'il n'est pas tombé de grosses bombes sur le quartier. Pas de pot. Pépère nous explique ça. Viktor ne se connaît plus.

— Was? Nix Zouppé? Huh? Nix Zouppé? Scheisse, merdalorankoulétoikong! Kong, kong, kong! Merdlabite! Ièb' tvaïou matj nix Zouppé faichiermonkoul la merde, v'doupié, nix essen nix Arbeit, besser der Tod, kourrva iégo match!

---

* « Va baiser ta mère, salaud! ». Le plus spontané des jurons russes. Viktor le Polak jure volontiers en russe, et nous aussi. C'est une langue épatante pour cet usage.

Pépère devrait se fâcher, même s'il ne comprend pas tout. Il y a la mimique. Mais non. Il a cet air pétrifié... Il dit tout à coup :

— Kommen wir mal einen Stamm essen!

Allons nous taper un Stamm. Pèpère, ajoute :

— Ich bezahle!

C'est moi qui paie. Là, on n'en revient pas. Qu'est-ce qui lui arrive? La Wehrmacht a fait sa jonction avec les Japonais quelque part du côté de Calcutta, ou quoi? On le suit dans une rue à l'écart, c'est un rez-de-chaussée pas complètement démoli, ils ont étayé ce qui en reste avec des bouts de madriers, cloué du carton aux fenêtres, l'enseigne est en miettes mais les morceaux sont restés en place, on y lit « Gasthaus » entre deux réclames pour la Schultheiss Bier. Nous voilà assis, tous les six, aujourd'hui on est six. La patronne, toute rose, tablier blanc amidonné impecc, nous demande ce qu'on veut, on dit « Stamm! » d'une seule voix, et puis on dit « Malz! », c'est la bière brune sucrée, sans alcool, au goût de caramel et de réglisse.

Et voilà les Stamm qui arrivent, on s'empiffre le bon jus bouillant, elle nous demande si on veut du rab, tu parles si on veut! Elle nous apporte même à chacun une tranche de pain noir mince mince. La nouba!

Pépère meurt d'envie de nous dire quelque chose qu'il sait, ça crève les yeux. Deux ou trois fois il prend son élan, et puis non, il referme la bouche et secoue la tête.

Il paie, danke schön - bitte schön, aufwiedersehen, nous revoilà en route pour nos gratouillis dérisoires. Mais Pépère, c'est plus fort que lui. Arrivés dans un coin désert, il s'arrête, nous donc aussi, coup d'œil à droite à gauche, il se penche vers moi, me souffle dans l'oreille :

— Der Führer ist tot!

Le Führer est mort.

Ben, mon vieux... Effectivement, c'est une nouvelle. C'est donc ça qu'on vient de fêter! Je transmets aux autres. Les bouches s'arrondissent et restent comme ça, béantes. Pépère a l'air ni content ni pas content. Visage de bois. Simplement, il offre des cigarettes à tout le monde. René la Feignasse demande :

— Mais de quoi il est mort? Il était pas malade...

Tonton découvre soudain l'ampleur des conséquences. Il dit à Pépère, tout excité :

— Alors, fini la guerre? Krigue fertiche? Fini les bombes? Retour Pariss?

Pépère pas savoir, Pépère répéter ce que Kamerad dire à lui, Pépère emmerdé avoir trop causé, Pépère et sa foutue grande gueule...

On n'en tirera rien de plus. Tout en travaillant à réparer avec nos ongles les dégâts faits par quelques millions de tonnes de bombes américaines et britanniques de la meilleure qualité, on s'excite l'imagination sur la conjecture.

— Même si Charlot est mort, ça veut pas dire forcément la fin de la merde. C'est Goering qui prend la suite, automatique, et j'ai pas l'impression que ce gros con soit plus sentimental que l'autre gugusse. Et puis d'abord il est coincé dans le système, même s'il voulait arrêter il pourrait pas, il se ferait buter par les S.S...

— Merde, n'empêche, ça en fait déjà un de moins! Et le plus teigneux de tous! Je voudrais bien savoir de quoi il est clamsé. Tu crois qu'il s'est fait descendre?

— Par qui? Tu vois d'ici un Chleuh descendre le Führer, toi?

— Peut-être qu'il a pris une bombe sur la gueule, après tout?

— Oh, dis, eh, pas de danger! Ces mecs-là, ça risque pas le bout du nez hors de leurs bunkers super-secrets. Oh, pis, merde, on verra bien. Si ça se trouve, tout ça c'est rien que du courant d'air comme il y en a tant, vous excitez pas, les mecs, c'est pas encore demain que vous vous taperez un demi à la terrasse du Dupont-Bastille.

C'est quand même curieux. On devrait voir des drapeaux en berne, des draperies noires avec des têtes de mort et des croix gammées d'argent, je sais pas, moi, entendre pleurer des trompettes et sangloter des trombones, enfin de ces choses tristes et grandioses qui se font quand meurt le Père de la patrie... Mais non. Au loin, sur les avenues, des bottes mâchent le pavé, des canons tressautent sur leurs pneus derrière leurs camions. C'est tout. Autour de nous, sur le champ de ruines, de vagues coups de pioche, quelques ordres placides.

Le soir descend. Pépère crie :

— Feierabend!

En route vers le S-Bahn Zoo. Tiens, les mitrailleuses au coin des rues ont disparu. Les canons et les blindés aussi. Les wagons sont bourrés de babas et de Franzosen harassés, d'Allemandes pâlichonnes, de mutilés de guerre, de vieillards récupérés au bord de la fosse. Seuls uniformes : des permissionnaires avec au bras la fiancée. Comme tous les jours. Rien de spécial sur les visages.

Au camp, personne n'a entendu parler de rien. J'épate bien ma baraque en leur annonçant la mort d'Adolf. On me prend bruyamment pour un con, ouah, dis, eh, ça se saurait! Pour les mitrailleuses aux carrefours, ça, oui, ils sont au courant, ils en ont vu à Treptow, mais pas de quoi s'affoler, ça doit être des espèces de grandes manœuvres pour le cas où... Et bon, je ferme ma gueule, ils ont sûrement raison, et moi j'ai sommeil, moi.

C'est bien plus tard qu'on entendit parler de l'attentat du 20 juillet, de Hitler rescapé par miracle, du putsch presque réussi s'en était fallu d'un cheveu... Ainsi donc, tout ce jour-là, Berlin avait été aux mains des insurgés, les troupes qui montaient la garde aux carrefours et encerclaient les ministères étaient des troupes rebelles, leurs canons étaient dirigés contre les S.S.! Et nous, nous n'avions rien vu, rien compris... Comme Julien Sorel à la bataille de Waterloo... L'Histoire, si t'es pas un spécialiste, elle te passe au-dessus de la tête.

La grande plaine de l'Est européen

Février 45. Pour se réchauffer, on se répète que les Russes campent sur l'Oder. Qu'ils ont pris Küstrin, peut-être même Frankfurt. Que Stettin est assiégé. Si tout ça est vrai, ils sont à cinquante kilomètres de Berlin. Ils se regroupent avant la curée. On suppute, on essaie de faire la moyenne entre les bobards grisants et les communiqués officiels. Excités comme des poux! On met bout à bout toutes nos bribes d'allemand, toute la science de la chambrée, pour décrypter les filandreux comptes rendus du *Berliner Tageblatt*. On affûte notre sens critique de petits Français à qui faut pas la faire pour tâcher de lire entre les lignes.

« Das Oberkommando der Wehrmacht gibt bekannt... » Depuis deux ans, l'Oberkommando de la Wehrmacht communique toujours la même chose : en certains points du front, les invincibles armées du Reich se replient triomphalement sur des positions situées très légèrement en arrière par rapport à celles qu'elles occupaient hier. Ces nouvelles positions sont infiniment mieux conformées pour faire le plus de mal possible à l'ennemi. Notre foudroyante manœuvre de décrochage a déconcerté l'ennemi, lequel fonce tête baissée comme un gros con épais dans le piège diabolique et vient s'enferrer exactement à bonne portée de la contre-attaque préparée par les stratèges de la Wehrmacht suivant les directives personnelles du Führer... » Ça me rappelle des choses. Des « routes du fer » définitivement coupées alors que les blindés allemands fonçaient à travers la Belgique. D'insolentes affiches « Nous vaincrons parce que nous sommes les plus forts! » alors qu' « ils » étaient aux portes de Paris...

Les commentaires des correspondants de guerre viennent étoffer un peu la sécheresse toute militaire du communiqué quotidien en décrivant la stupidité moutonnière des moujiks au regard de zombie qui manient leur fusil comme une massue, le tiennent par le canon et cognent avec la crosse, se font tuer comme à l'abattoir, courent au-devant des mitrailleuses en criant « Gourré! » (Hourra!), crèvent en telle quantité qu'ils sont obligés d'emporter des échelles avec eux pour passer par-dessus les monceaux de cadavres, encerclent stupidement les corps d'armée du Reich, font des prisonniers par centaines de mille à la fois, prennent les villes les unes après les autres sans réfléchir, les pauvres niais, sans songer un instant qu'ils se jettent dans la gueule du loup! Naturellement, ces sous-hommes imbibés de mauvais alcool commettent sur les populations des atrocités ingénieuses que jamais aucun soldat au monde n'a commises, et surtout jamais aucun soldat allemand. Oh, mais, ils le paieront cher! La magnifique victoire que constitue la retraite élastique parfaitement réussie de la Wehrmacht remplit avec l'exacte perfection voulue par le Haut-Commandement que dirige le Führer et avec une précision dans le temps qui fait l'admiration des connaisseurs le double objectif à elle assigné, à savoir : premièrement de faire éclater par l'exemple même à la face du monde civilisé la barbarie inouïe du judéo-bolchevisme et l'état de dégénérescence répugnant des peuplades slaves, deuxièmement de donner aux armes fantastiques nées des super-cerveaux allemands le temps d'être opérationnelles.

Ces armes d'apocalypse vont entrer incessamment en action, on attend seulement le vrai bon moment de l'effet maximum, ce sera grandiose, New York, Londres et Moscou détruits en une seule fois, à distance, l'Armée Rouge tout entière soudée en une seule flaque de caramel brûlé... Le journal parle à mots couverts (secret militaire!) de rayon de la mort, d'ultrasons indécelables qui liquéfient le cerveau et font tomber l'acier en miettes, de champs de force électromagnétiques qui stoppent les moteurs des avions en plein vol et les font tomber comme des pierres, de tremblements de terre et de raz de marée artificiels capables d'engloutir un continent, de gaz qui rendent l'ennemi peureux, le font pleurer comme un enfant et réclamer sa maman, d'autres gaz qui paralysent, de microbes spécialement dressés pour ne mordre que l'ennemi... La science allemande national-socialiste est la plus forte du monde. C'est parce qu'elle est animée par un idéal. Elle attend son heure. Celle-ci sera terrible.

« Que nos ennemis bombardent donc nos villes, a ricané le Führer devant le micro, ça nous fera du travail en moins! De toute façon, nous avions l'intention de jeter à bas ces vieilles villes crasseuses suant l'esthétique judéo-ploutocratique petite-bourgeoise pour ériger sur leurs emplacements les vertigineuses réalisations de l'architecture nouvelle, pur produit du génie créateur de la race allemande régénérée par le national-socialisme. »

Les Allemands, gravement, passionnément, discutent ces perspectives grandioses. Ça aide à supporter. Car, à leur tour, ils font connaissance avec la faim. La trouille, ils ne l'ont pas encore. Pas vraiment. Le Führer les a habitués aux miracles, ils attendent le miracle. Même les gigantesques affiches rouges et noires qui, partout, sur fond de flammes dévorantes, hurlent SIEG ODER BOLSCHEWISTICHES CHAOS! (La victoire ou le chaos bolchevique!) n'arrivent pas à leur faire prendre pleinement conscience des réalités. Au lendemain des bombardements tout spécialement sévères, la radio annonce aux Berlinois le déblocage d'une ration exceptionnelle de cigarettes, ou de cent cinquante grammes de saucisson, ou de cinquante grammes de vrai café (« Bohnenkaffee ») ou d'un demi-litre de Schnapps. Je suppose qu'il existe quelque part une administration qui calcule ça, avec barèmes, tarifs, équivalences : vingt mille morts égalent dix cigarettes, par exemple. Sinon, le moral craque. Combien dites-vous, cette nuit? Neuf mille neuf cent cinquante morts? Ah, non, je regrette, au-dessous des dix mille, pas de cadeau. Et bon, faut croire que ça marche, puisque ça marche.

L'hiver 44-45 a été d'une férocité sauvage. Le thermomètre restait bloqué à moins vingt, descendait parfois à moins trente. Dans le camp, la ration de charbon a été réduite à trois briquettes de tourbe — ein, zwei, drei, los! — par baraque et par jour. Nous complétons en allant faucher du bois dans le tas de décombres que sont devenus les immeubles ouvriers jouxtant le camp. Rabotés à ras de terre en une seule nuit par des torpilles de quatre tonnes (quatre tonnes, c'est ce qu'affirment les prisonniers, les choses militaires sont leur spécialité). Enfin, bon, les gravats sont hérissés de bouts de bois de toute sorte, solives, parquets, portes, meubles, on organise des expéditions la nuit, on fait la chaîne, on a bricolé un trou invisible dans la palissade, on a la trouille au cul, PLUNDERER WERDEN ABGESCHOSSEN, l'écriteau sinistre luit au clair de lune, crever pour des bouts de bois, merde, mais les gros cons à brassards ne se gèlent pas les couilles la nuit, pas de danger, et quant aux petits merdeux fayots de la Hitlerjugend, s'il s'en amène un ou deux on leur fera leur fête ni vu ni connu, et va donc raconter ça à tonton Adolf, graine de vipère! On planque le bois volé sous les paillasses, on entretient un feu d'enfer, le poêle est rouge sombre, des étincelles sortent par la cheminée, le Lagerführer doit avoir d'autres soucis, faut croire.

Les queues ont fait leur apparition. « Bien fait pour leurs gueules! C'est bien leur tour! » ricanent les copains. Ils en ont, de la chance, d'avoir ce sens du talion! Ça doit aider, je suppose. Moi, que les estomacs chleuhs pâtissent, ça ne remplit pas le mien. Voir crouler les villes allemandes, pleurer les mères allemandes et se traîner entre deux béquilles les mutilés de guerre allemands ne me console pas des villes françaises en ruines, des mères françaises en larmes et des Français hachés par la mitraille, bien au contraire. Toute ville qu'on tue est ma ville, toute chair qu'on torture est ma chair, toute mère qui hurle sur un cadavre est ma mère. Un mort ne console pas d'un mort, un crime ne paie pas un crime. Sales cons qui avez besoin qu'il existe des salauds pour pouvoir être salauds en toute bonne conscience... Mais je me répète, je crois.

Les gens dans les queues ont des gueules vertes, des yeux bordés de rouge au fond de gouffres d'ombre. Les bombes tombent, et tombent, jour et nuit, à n'importe quelle heure, quel que soit le temps. Les sirènes ululent à contretemps, les alertes se chevauchent et se bousculent, le commencement de la suivante sonne avant la fin de la précédente, les tas de gravats tressautent sur place, il n'y a plus rien à démolir, rien que de la brique pilée à éparpiller, le paysage est nivelé, simplement les cratères changent de place.

La France est perdue, l'Ukraine est perdue, l'Italie, la Pologne, la Biélorussie, les Balkans sont perdus, les riches plaines à blé, les gras pâturages, les mines de fer et de charbon, les puits de pétrole sont perdus... Naturellement, quand l'Allemand jeûne, nous, on grimpe aux murs! Nous sommes réduits à une soupe par jour. Les colis des familles, depuis longtemps déjà réduits à quatre par an afin de ne pas encombrer le peu de wagons restant au Reich, ont complètement disparu à l'été 44, quand les Ricains eurent débarqué en France.

Plus de lettres, non plus. Ce qui se passe en France, on n'en a des aperçus qu'à travers *Le Pont,* journal imprimé à notre intention, qui nous décrit notre malheureux pays baignant — provisoirement, espère ardemment *Le Pont!* — dans le sang répandu à flots par les communistes déchaînés et par leur piteux otage, le fantoche traître félon ex-général de Gaulle. Les terroristes et les maquereaux surgis des maquis où les contraignait à se cacher la force tranquille de l'ordre allemand national-socialiste assassinent, incendient, violent, pillent, tondent les cheveux des femmes les plus respectables. Les nègres américains saouls et drogués ont fait de Paris un Chicago sans loi. Les Juifs, rentrés dans le sillage des brutes yankees, tiennent avec arrogance le haut du pavé, règnent sur le marché noir et la politique, se vengent atrocement de tous ceux qui se conduisirent pendant quatre ans en vrais Français patriotes conscients et responsables...

Ça nous fait marrer. On sait vaguement que Pétain et sa clique se sont sauvés en Allemagne, dans un bled nommé Sigmaringen, va savoir où ça se trouve. C'est eux notre gouvernement légal, il y a des ministres de ceci et de cela, de l'Intérieur, de l'Extérieur, des Colonies... Ils parlent de reconquête du sol national, rien n'est joué, l'Allemagne a perdu une bataille, elle n'a pas perdu la guerre... Guignols!

Oui, mais on raconte que Paris n'est plus que ruines, que les bombardements ricains ont tout bousillé, que les Chleuhs se sont battus maison à maison, qu'avant de partir ils ont foutu le feu partout et que, pour finir, les communistes, excités par les Juifs, ont fusillé les parents des S.T.O. T'as beau te dire que c'est de la propagande grosse comme le gros cul de Goering, tu te demandes si tout au fond de l'exagération il n'y aurait pas un noyau de vérité et si tes vieux ne sont pas deux petites flaques noirâtres aplaties sous des tonnes de briques. C'est la forme la plus habituelle du corps humain, par les temps qui courent.

Les camps sont toujours là. Plus que jamais là. Un camp, c'est élastique. Une bombe sur un immeuble de brique, il y a du répondant, ça vole en éclats, c'est l'avalanche. Une bombe au milieu d'un camp, les baraques se couchent sur le côté, il suffit de les redresser. Le camp de Baumschulenweg a été trois fois jeté à bas et remis sur pattes. Il est toujours debout. Alentour, il n'y a plus rien.

Bien sûr, il arrive que les camps brûlent. C'est même spécialement à cet usage qu'ont été conçus les crayons incendiaires et les bombes au phosphore. Trois jours après, le camp est de nouveau debout, et tout neuf. Et purgé de ses punaises.

Les punaises. Les millions de punaises. Les invincibles punaises. J'en avais jamais vu, avant. Elles s'entassent en amas serrés serrés dans les fissures du bois, dans les replis de ta paillasse en papier. Tu regardes : rien. Tu regardes mieux : juste une mince ligne noire, une ombre à peine plus marquée, sans épaisseur. Tu n'y crois pas. Tu glisses une lame de couteau. Horreur. Ça bouge. La chair de poule te grimpe le long du dos. Il y en a, dans une fissure de quelques centimètres de long, des dizaines, des centaines, aplaties, écrasées l'une sur l'autre, tu n'en vois que la tranche, et voilà que ça se met à courir, mollement, dégueulassement, papattes grêles, antennes frémissantes, lourds ventres mous pleins de ton sang qu'elles ont pompé dans la nuit et qu'elles digèrent, qu'elles transforment en flaques de merde goudronneuse... Lutter? Impossible. Au début, on a essayé. On sortait tout dehors, on brûlait tout ce qui pouvait brûler, on promenait des torches de papier dans toutes les fissures. Périodiquement, en rentrant du boulot, on trouvait les baraques bouclées, sans qu'on nous ait prévenus, les portes et les fenêtres obstruées par des bandes de papier collant. Une violente odeur de soufre t'arrachait les poumons, des fumerolles bleuâtres fusaient par les interstices du bois. Tu dormais dehors, s'il faisait beau. S'il pleuvait, tu dormais dehors. Ou dans la tranchée-abri, mais c'était interdit, ou dans les chiottes si tu arrivais assez tôt et si tu supportais l'odeur.

Parlons des chiottes, puisque les voilà. Une baraque parmi les baraques, quinze mètres de long, sept ou huit de large, mais sans cloisonnement intérieur. Une porte à chaque bout. Au milieu, une fosse de deux mètres de large, longue de toute la longueur de la baraque, soit quinze mètres. Deux bons mètres de profondeur. Au milieu de la fosse, sur toute la longueur aussi, un madrier, soutenu tous les deux mètres par un madrier transversal. Tu enjambes la fosse, tu t'installes en équilibre sur le madrier central, tu t'accroupis au-dessus du vide, comme un perroquet sur son bout de bois, tout à fait ça, tu pousses ta crotte. Tu es rarement seul. Après la soupe du soir, les deux litres de liquide bouillant qui, brusquement, te dilatent la tripe font chasse d'eau. Le perchoir au-dessus de la fosse se garnit soudain d'une enfilade de petits oiseaux accroupis dans un cataclysme d'entrailles gargouillantes. Tous les sociologues vous diront que chier en groupe engendre la jovialité et resserre les liens tribaux. La conversation roule les éternels vannes où le génie des peuples a toujours glorieusement associé la merde et le sexe, ces deux voisins maudits hilares.

Naturellement, ça pue les trente-six mille fumiers, là-dedans, ça pue la merde et le désinfectant. Le désinfectant plus que la merde. Quand le tas atteint une certaine hauteur, on jette dessus quelques pelletées de terre. Quand la fosse est pleine à ras, on en creuse une autre plus loin et on transporte la baraque dessus. « On », c'est les Russkoffs. Esclaves des esclaves.

Les constipés, les dort-en-chiant, dont je suis, se retrouvent aux heures tranquilles sur le perchoir à perroquets, entre habitués, et élèvent le débat. La constipation porte à la philosophie, à moins que ce ne soit l'inverse.

Il est très courant de laisser choir son portefeuille dans la fosse, surtout lorsque le besoin te talonne. La poche-revolver bâille, voilà l'Ausweiss et les photos de famille éparpillés dans l'immonde! Ça m'est arrivé plus d'une fois, à la grande joie des copains qui venaient comme à la fête assister à ma descente aux enfers, en slip, c'était assurément passionnant, je dégueulais à m'arracher l'âme, ces tonnes de merde froide autour de mes cuisses, on n'imagine pas, c'est pire que tout, et ensuite m'accompagnaient en fanfare au lavabo où, sous le maigre jet de la rampe à trous, je nettoyais mes jambes et mes trésors.

Un matin que j'étais en position sur le perchoir, seul, repassant à haute voix la conjugaison de quelques verbes russes assez vicieux, il me sembla entendre, montant de l'abîme, un gémissement suivi de hoquets nettement humains. Je me penchai avec précaution, le moindre dérapage sur le madrier gluant pouvant me précipiter tête en avant dans l'horreur, et j'aperçus une forme courbée, dans la chose jusqu'au ventre, vomissant à corps perdu, tâtonnant l'air de ses bras, la tête casquée d'un épais cataplasme de merde, produit de mes chimies intimes, qui venait tout juste de prendre son envol et de s'abattre, à la verticale, sur la nuque, plof, du malheureux.

Je regardai mieux. C'était le pasta. C'est-à-dire le curé. Notre camp, béni du Ciel, a la chance de posséder un curé, ou presque. C'est un prisonnier « transformé », séminariste de son métier, et même presque prêtre, si j'ai bien compris, enfin un gars qui est qualifié pour dire la messe. Le dimanche matin, tous les Chouans de la Mayenne ainsi que quelques rares autres culs-bénits assistent au saint office dans un coin de la baraque qu'il partage, réglementairement, avec dix-neuf autres ex-prisonniers de guerre. Nous autres mécréants on l'appelle « le pasta », c'est ce que nos oreilles entendent quand les Allemands l'appellent « Pastor ». Pour le moment, il hoquetait et sanglotait, de honte plus que de dégoût. Ses longs bras palpaient l'air devant lui, on aurait dit un aveugle. Je demandai :

— Qu'est-ce que tu fous là-dedans, pasta? T'es tombé?

Silence farouche.

— T'as laissé tomber ton portefeuille, hein, c'est ça? Allez, dis-le, y a pas de honte. Si je peux t'aider...

Il finit par lâcher, lèvres serrées :

— Mes lunettes! Tu m'as fait tomber mes lunettes. Sans lunettes, j'y vois rien, moi. Rien de rien. J'ose plus bouger.

— Ben, pleure pas, on va les chercher, elles peuvent pas

être tombées loin, tes lunettes! Pourquoi que t'as pas dit que t'étais là-dessous, aussi? Je me serais mis plus loin.

— Je voulais pas que tu me voies.

— Eh ben, on peut dire que t'as réussi! Tiens, les v'là, tes lunettes, juste là devant toi. Et ton livre de messe, il est là, un peu à gauche.

C'était son livre de messe qu'il avait laissé tomber.

Je l'ai aidé à sortir de là, puis on est allés tous les deux à la baraque-lavabo se décoller la merde du corps. On se causait pas beaucoup avant, juste bonjour-bonsoir, mais depuis, plus un mot. Dès qu'il me voit, il rougit et regarde ailleurs. Pourtant, une aventure comme celle-là, ça aurait pu être la naissance d'une grande amitié, ça aurait pu.

*

Les lavabos, c'est aussi une baraque standard, parcourue tout du long en son milieu par une étroite auge de fer étamé avec au-dessus, à hauteur de lave-mains, un tuyau percé de petits trous. Si tu veux te laver, tu tournes le robinet placé en bout de tuyau, l'eau jaillit en mince filet de tous les petits trous à la fois, ça pianote sur le truc étamé un très joli air de banjo, très guilleret. C'est la seule source d'eau du camp. Pas de douches, naturellement. Glaciale l'été, glace tout court l'hiver : gelée dans le tuyau jusqu'au printemps. A moins que le Lagerführer n'envoie le matin de bonne heure le Polonais préposé à ça promener une lampe à souder tout le long du bazar, tu te débarbouilleras à l'usine, à la sauvette.

Quarante types à la fois peuvent se laver, il y a quarante trous. L'eau est froide, le savon rare (une minuscule savonnette par mois, contenant moitié d'argile, qui se délaie sans mousser, on préfère se la garder pour la lessive). Heureusement, le Français se lave peu.

La lessive, ça se fait bouillir dans un seau. Oui, mais de seau, on n'en a pas. Alors on fauche celui du Feuerschutz, la défense contre l'incendie, qui est censé se trouver, plein en permanence, avec sa pompe à main, le bac de sable et la pelle, à la porte de chaque baraque. Très difficile à se procurer : il est toujours en main. Dans un grand élan de pureté, un type décide de laver son linge. D'abord, mettre à tremper. C'est un bon début. Le type tasse le linge dans le seau, remplit d'eau et glisse le tout sous son châlit. Le dissimule derrière un amoncellement de bricoles, tu vas voir pourquoi. Le lendemain, il fera la lessive, il en est d'avance tout ragaillardi tout content de lui. Se sent déjà purifié. Le lendemain, il se dit bof... Le surlendemain aussi. Et le temps passe.

Tu veux faire ta lessive. Tu commences par chercher le seau. C'est-à-dire par fouiller sous tous les lits. Attendre que chaque type soit aux chiottes pour pouvoir fouiller, autrement il permet pas. Tu finis par trouver le seau, supposons. Tu le tires au jour. Bourré boursouflé d'une effroyable pourriture. Tu vides par la fenêtre l'eau croupie et toutes les bêtes innommables nées de la crasse macérée, tu vas au lavabo remplir le seau, ça peut faire plusieurs centaines de mètres, ça dépend à quel bout du camp tu loges, tu rinces le seau, tu ramènes de l'eau claire, tu mets à tremper tes loques précieuses. Ah, oui : le linge de l'autre feignasse, trempé dégoulinant grouillant puant, tu le remets où tu l'as pris, mais sans le seau. L'heureux propriétaire s'en apercevra, ou ne s'en apercevra pas. Et bon, après vingt-quatre heures de trempette cachée sous ton lit, ta crasse commence à se décoller. Tu as mis de côté un petit tas de cendres de bois prélevées au bas du poêle. Tu les verses dans le seau, tu mélanges bien, tu poses ça sur le poêle. Ça bout. Et ça bout. Chassée de la fibre par la gentille potasse des cendres, la crasse monte et s'agglomère en croûte que secouent les grosses bulles de vapeur. Il se peut qu'alors une association d'idées se fasse quelque part dans l'agile cerveau du précédent détenteur du seau, lequel t'interpelle dis donc fumier, et qu'au bout de tout ça il y ait de la bagarre, du seau de lessive viré du poêle à coups de tatane... Il se peut que le Lagerführer ou bien les pompiers du quartier en visite d'inspection s'aperçoivent que le seau n'est pas à sa place réglementaire, d'où recherches, découverte, éparpillement du linge à la volée sur le mâchefer, réintégration du seau dans ses fonctions officielles et punition générale pour la chambrée.

Mais si tu as bouilli ta lessive sans encombre — ça arrive —, tu l'emportes à la baraque-lavabo et tu la frottes comme tu l'as vu faire à ta maman, avec la petite savonnette de terre glaise au lieu de savon de Marseille. Il en sort un jus épouvantable, tu te sens hygiénique jusqu'à l'héroïsme, tu étends ton linge tout propre au-dessus de ta paillasse, sur une ficelle, il y a très peu de place mais bon, on y arrive. En voilà bien pour six mois.

On peut aussi ne jamais laver, ne jamais se laver. Il y a la manière. J'ai vu des gars qu'on portait de force sous la flotte, qu'on foutait à poil et qu'on récurait avec du sable, comme des casseroles, tant ils puaient, les pauvres vermines. D'autres portent leur crasse avec une arrogance de boyards, tel Fernand Loréal, dont le short figé de graisse et de suint constitue un des pôles d'attraction de notre piaule, célèbre dans tout le camp et jusque chez les Russes.

*

A part les punaises, les petites bêtes ne nous tourmentent pas trop, ce qui est assez étonnant. Jamais de puces. Parfois des poux de corps, qui entraînent sur-le-champ la désinfection de tout le contenu d'une baraque, hommes et effets. La hantise des poux ronge les responsables. Un pou, ça peut être le départ d'un épidémie de typhus, ce fléau des camps *.

On arrive à maîtriser le pou, tout au moins à le tenir en respect. La punaise, jamais. Renaît de ses cendres, comme si de rien n'était. La nuit, elles nous courent dessus avec leurs millions de petites pattes répugnantes. Nous sucent à blanc. On est tellement crevés qu'on finit par dormir quand même. Elles ont toutes les ruses, les salopes. Je dors sur le dos, la bouche ouverte. Une abominable odeur me réveille : une punaise, plongeant sur moi depuis une poutre, m'est tombée droit au fond de la gorge, et là, dans sa détresse, elle gigote et lâche tout le jus dégueulasse qui gonfle ses glandes à jus. Ça me pue la punaise écrasée plein les naseaux, je la sens s'efforcer de prendre pied sur mon amygdale, mes cheveux se dressent droit en l'air... Si tu te les écrases dessus à coups de gifle, l'odeur te révulse. Vaut

* Affiché partout : « Ein Laus : der Todt! » Un pou : la mort.

mieux les oublier. Ce qu'on arrive très bien à faire, à la longue.

Quand le camp a été jeté par terre, la première fois, une partie d'entre nous a été évacuée, le temps de le remettre debout, dans un camp situé non loin de là, dans la Scheiblerstrasse, c'est une rue tranquille quelque part entre Baumschulenweg et Schöneweide. Un côté du camp est bordé par un canal qui se jette, un peu plus loin, dans la Spree. Ce camp appartient à une autre firme. Il est moins brutal que le nôtre, d'allure moins pénitentiaire. Si l'on y chie toujours en famille, du moins est-ce sur des sièges séparés. Il y a même une douche. Les Lagerführer — ils sont deux qui se relaient — ne prennent pas les choses trop au tragique, surtout ne se prennent pas pour des S.S., malgré l'uniforme. Les gars de l'autre firme se serrent un peu, on nous répartit dans les espaces vides.

De l'autre côté du canal, juste en face, on voit un autre camp, un camp de Russkoffs, très grand, grouillant.

Une nuit d'entre les nuits, nous émergeons de la tranchée, l'arrosage a été terrible. Le camp russe flambe. A vingt mètres de nous, le pont par lequel la Köpenicker Landstrasse enjambe le canal a été entièrement détruit, et comme il a fallu pas mal de bombes pour atteindre le but, tout le quartier a de nouveau été chamboulé. C'est miracle que nos baraques n'aient rien, ou presque : carreaux cassés, débuts d'incendie qu'on maîtrise vite.

Mais le camp de l'autre côté de l'eau, le camp russe? Ça ne va pas du tout. L'incendie est plus fort qu'eux, ça ronfle de plus en plus furieusement, on les voit s'agiter et gueuler, petits machins noirs sur fond de brasier rouge, il y en a qui jaillissent des baraques en flammes, qui courent et flambent en courant, il y en a qui essaient de retourner dans le feu, sans doute qu'ils veulent sauver des leurs restés bloqués là-dedans.

Pierre Richard, Paul Picamilh, Bob Lavignon, Raymond Launay, Marcel Piat, Louis Maurice, Fernand Loréal, Auguste, Cochet, Burger, moi-même, enfin toute la vieille baraque, quoi, toute la fine équipe, on fonce ensemble pour donner un coup de main à ces gars. La porte du camp s'ouvre en haut d'un escalier de bois, le camp se trouve en contrebas de la rue. Je grimpe en tête, je me cogne à quelque chose. Je lève le nez : un revolver. Ça, alors!

A l'autre bout du revolver, le Lagerführer. Les autres m'arrivent derrière, n'ont rien vu, me poussent sur l'engin, me houspillent :

— Qu'est-ce que tu fous? Ouvre la porte!

Et puis se rendent compte de la chose. Le Lagerführer gueule :

— Où croyez-vous aller, comme ça?

Je gueule aussi :

— Aider les gars d'en face, pardi!

— Nein! Sie bleiben hier!

Vous restez ici... Qu'est-ce qui lui prend? Je le croyais plutôt brave mec. Pierre Richard crie :

— Vous êtes fou, ou quoi? On va pas regarder ces gars brûler tout vivants et rester là à rien foutre!

On le rejette sur le côté. Marcel Piat tourne la poignée. La grille est fermée à clef. Le Lagerführer tire un coup en l'air.

— Hier bleiben, habe ich gesagt!

— Mais, bon Dieu, on veut pas se sauver! On va donner un coup de main aux Russes et on revient! Vous feriez mieux de venir avec nous, merde!

— Zurück bleiben!

Fermé comme une huître. Paul Picamilh me tire par la manche.

— Regarde un peu.

Ce camp n'est pas clos d'une palissade opaque, mais d'un grillage, comme d'ailleurs le camp russe en flammes. Et de l'autre côté du grillage, sur le trottoir de la Scheiblerstrasse, des silhouettes en uniforme sont là, jambes écartées, revolver au poing. Qu'est-ce que ça veut dire?

Le Lagerführer voit qu'on a vu. Il se radoucit.

— Also. Verstanden? Nun, zurück bleiben, brav und ruhig. Gut?

Pendant ce temps, l'incendie ronfle et crépite, les flammes se tordent haut en l'air. Les Russes ne courent plus dans le brasier, ils sont massés devant, contre la grille, et regardent, et gémissent, et hurlent, et se jettent par terre. Et tout le long de leur clôture, sur l'étroit sentier à pic au-dessus du canal, les silhouettes noires sont là. Les bottes luisent, bien astiquées.

Et nous, comme des cons. Accrochés à notre grillage, ne comprenant rien à ce qui se passe. Le feu tombe vite, des baraques en lamelles de sapin c'est l'affaire d'une bouchée, il ne reste que des braises qui palpitent dans le vent, à ras du sol. Un brouhaha monte du troupeau frileusement serré... On en parlera entre nous, quelque temps, et puis, les choses vont tellement vite... Je voudrais quand même bien comprendre ce qui s'est passé. J'en parlerai à Maria.

*

Une autre terrible nuit. Cette fois, ce sont les maisons en face du camp qui flambent, les beaux immeubles bourgeois alignés sur l'autre trottoir de la Scheiblerstrasse. Toutes les maisons, sur toute la longueur de la rue, plusieurs centaines de mètres. A peu près épargnées jusqu'ici, elles y seront passées en une seule fois.

Il ne s'agit plus de baraques de sapin, mais de belles grosses lourdes maisons de sept étages, avec des reliefs en pierre sculptée, des ornements en céramique de couleur, des balcons en fer forgé. L'incendie dévore à pleines mâchoires, les vitres pètent, quand le feu atteint une cage d'escalier cela fait cheminée, une cheminée colossale, d'un seul coup les flammes jaillissent en gerbe du toit, les tuiles cascadent, le ronflement devient ouragan, on entend à l'intérieur les étages crouler sur eux-mêmes et s'écraser dans les caves.

Il doit se trouver des poètes pour trouver ça « sauvagement beau »... Je suis glacé. De peur. De dégoût. De rage. Les habitants de ces immeubles sont là, plantés sur le trottoir le long du camp, à regarder brûler leurs maisons. Hébétés. Nous regardons aussi, mêlés à eux. Cette fois, on ne nous a pas empêchés de sortir. Il ne manque pas de cons pour ricaner en douce. Bien fait pour leur gueule! L'ont bien cherché! Gningningnin... Et bon, on peut rien foutre, quoi. Que regarder. Un vieil homme dit sans conviction que les pompiers vont arriver. Une jeune femme hausse les épaules. Les pompiers! Combien de milliers de maisons sont-elles en train de flamber en ce moment même dans Berlin?

Cette fois encore, nos baraques n'ont pas trop dérouillé : quelques crayons cracheurs de feu vite étouffés sous de frénétiques pelletées de sable. Nous rôdons autour des baraques pour déceler la braise qui couve en traître et écraser la flammèche en quête d'aventure.

Deux types surgis de je ne sais où s'amènent sur nous, des types à casquettes hors-bord, sanglés dans des uniformes, va savoir quels uniformes, ils en ont tant, et d'ailleurs je m'en fous. Ces deux mecs gueulent je ne sais quoi, ils ont l'air à cran, à leur place je serais pas content non plus, voir flamber sa ville sous son nez ça fait jamais plaisir.

Ma parole, mais c'est à nous qu'ils en ont! Pas moyen de comprendre, l'incendie couvre tout, alors ils parlent avec les mains, poussent vers la porte du camp ceux qu'ils raflent en chemin. « Los! Los! » Ça, je l'entends quand même. Ils veulent qu'on rentre, c'est ça? C'est qui, ces grandes gueules? Des flics? Des S.S.? La Gestapo? Des sales cons, en tout cas, la main prompte à dégainer le pétard. Bon, bon, on y va. On y va, mais sans se presser. Ça se dandine au portillon. Des ricanants les regardent droit dans les yeux, au passage, bien leur montrer que plus ils en chient plus ça nous fait du bien. On gagne la guerre comme on peut. Moi, je vois pas l'intérêt d'aller tirer les moustaches au tigre, mais moi je suis un pacifiste, un dégonflé.

Les deux zigotos s'énervent, veulent hâter le mouvement. Comme je passe la porte, il m'arrive dans le dos un paquet de gars brutalement poussés. Je suis un dégonflé, mais un dégonflé violent. Je me retourne, prêt à cogner, juste derrière moi il y a mon copain Burger, un doux intellectuel à lunettes, brun, tout frisé. Il leur parle, aux deux terreurs, Burger. Il leur dit, posément, en bon allemand bien articulé :

— Enfin, quoi, ne poussez pas comme ça! Nous sommes des hommes, pas des chiens.

Qu'est-ce qu'ont bien pu comprendre ces abrutis? Les voilà qui tordent la gueule, révulsés de haine, qui empoignent aux épaules le gars Burger, qui lui crachent sous le nez :

— Was? Was hast du gesagt?

Burger répète. Et se prend deux baffes sur la gueule. J'ai pas le temps de me rendre compte que le voilà soulevé de terre et embarqué par les deux connards qui lui bourrent la tête de coups de poing et le cul de coups de botte. On veut leur courir après, leur expliquer, il y a un malentendu, Burger est le gars le plus paisible du monde! Nos Lagerführer nous barrent le passage.

— Ça suffit, rentrez, c'est rien, je m'en occupe!

Celui qui a dit ça a eu l'occasion de me prouver qu'il ne parlait pas pour ne rien dire.

*

C'était un soir. J'avais dû passer à l'usine, à Treptow, au lieu de rentrer directement au camp raccompagné par Pépère. Une histoire de timbre d'Ausweiss à régulariser. L'Ausweiss, une petite carte délivrée par l'employeur, n'est pas seulement un laissez-passer pour circuler dans l'usine et dans le camp, c'est surtout le seul papier d'identité qui soit pris au sérieux par les autorités et la flicaille. Le fameux passeport rouge plein de tampons n'a aucune valeur. L'Ausweiss est la marque de notre appartenance à un maître. Ce maître est responsable de nous. Sans Ausweiss en règle, nous sommes du gibier de Gestapo. L'Ausweiss porte un timbre que l'on change chaque mois. Ce mois-là, mon timbre s'était coincé dans un service, j'avais dû passer le chercher à l'usine. Je rentrais au camp par le tramway, le long de la Köpenicker Landstrasse. Le tram était bourré, normal à cette heure. Sur la plate-forme, ça cahotait sec. A chaque arrêt, impossible de me retenir, je recevais un paquet de foule dans le dos et je plongeais, légèrement, vers l'avant. Et je heurtais, légèrement, un escogriffe en uniforme, eux et leurs uniformes! La première fois, l'escogriffe me grogne je ne sais quoi, je ne comprends l'allemand que si l'on me cause tout doucement, tout gentiment. Je présume quand même qu'il me prie de ne le plus heurter, ce que je me promets de faire. A l'arrêt suivant, je me cramponne, mais, bing, tout le paquet m'arrive, je plonge, je heurte. Légèrement. Très, très légèrement. Il me foudroie. Je fais une grimace navrée, beurrée d'excuses très humbles. Au troisième arrêt, je lutte vraiment de toutes mes forces, mais rien à faire, quand t'es en porte à faux t'es en porte à faux, je reheurte. A peine à peine. Je souris comme on sourit chez nous dans un tel cas, connivence amusée, ça finit par devenir marrant notre histoire, vous voyez le sourire. Lui hurle à se retourner les poumons, agite la main pleine de menaces, gonfle du cou, devient rouge homard tavelé de violet vinasse. Tu parles d'un sanguin! J'attends le quatrième arrêt avec résignation, et de toute façon c'est le mien, Baumschulenweg, c'est là que je descends. Et bon, même jeu... Mais là, à peine l'ai-je effleuré que ce grand corniaud me balance une paire de baffes. Comme ça, devant tout le monde. Nom de Dieu! Ne me faites jamais ça.

La fureur noire me brouille la tête, je joue des coudes, je me taille un trou, je vire tout le monde de la plate-forme, sauf Tête-de-Homard, je me veux de l'aise, et là je lui place un gauche-droite pif-paf sur le tarin sur l'œil, il titube chancelle recule jusqu'à ce qu'il se cogne dans l'angle, c'est juste ça que je veux, le voilà coincé tout droit bien à ma main, je te lui ai laissé aller une de ces avoines! Ils se sont mis à quatre ou cinq pour m'arracher de là, m'ont jeté sur le trottoir, mais j'avais eu le temps de lui renfoncer la façade à l'intérieur de la gueule bien bien. Au fur et à mesure que je cognais, il descendait le long de l'angle dièdre du coin du truc comme un ascenseur dans sa cage, et moi je le suivais dans sa descente. Je me demande d'où ça me vient, cette sauvagerie? C'est qu'après des coups pareils je suis pas fier de moi, pas du tout.

Enfin, bon, parmi les intercesseurs il y avait deux Schupos, ils m'ont alpagué chacun par un aileron tandis qu'on relevait ma victime, qu'on la requinquait, qu'on lui ramassait sa belle casquette, et nous voilà en route pour le commissariat de Baumschulenweg, le long de la Baumschulenstrasse, moi devant, drapé dans mes loques et mes bouts de ficelle, encore tout bouillant de rage, coincé entre deux Schupos, lui derrière, la gueule ravagée, le nez pissant le sang, des mégots et des tickets de tram collés à son uniforme caramel. Il me semble qu'il était caramel.

Le flic derrière le bureau enregistra la déposition du gars, et quand ce fut mon tour il me dit « Du, Maul zu! », ta gueule, toi, et me fit boucler en cellule.

Il est venu me chercher au matin, m'a fait asseoir et m'a dit :

— Tu sais ce que tu as fait?

J'ai baissé la tête, l'air aussi con que je pouvais.

— Ce type, il est de la Gestapo, tu l'as vu, non?

Non, j'avais rien vu. J'ai jamais été foutu de distinguer un caporal-chef d'un vice-amiral, en France. Alors, ici...

— Écoute, tu habites ici, à Baumschulenweg, dans le camp de la Scheiblerstrasse, hein? Le Lagerführer m'a donné d'excellents renseignements sur toi, tu es sérieux, travailleur, alors, bon, on n'en parle plus. Mais ne fais plus le con, ça vaudra mieux.

Il m'a cligné de l'œil. Me voilà dehors. Je voyais pas du tout les choses comme ça, tout au long de cette putain de nuit... Je cavale au camp, le Lagerführer me fait signe d'entrer dans sa baraque, il devait me guetter, il me tape dans le dos, m'offre du café et une tartine, et m'explique le coup.

Les hommes de la Schutzpolizei, les flics traditionnels, détestent les types de la Gestapo, qui les méprisent, leur ôtent les affaires intéressantes et les relèguent à la circulation. Ils en ont peur, comme tout le monde, mais sont tout prêts à leur tirer dans les pattes, et c'est ça ta chance. Tu parles s'ils ont rigolé quand ils ont vu comment tu avais arrangé ce grand con! Toi, une pauvre merde française, soit dit sans te vexer! Et à moi aussi, ça m'a fait du bien.

Un sacré pot qu'ils soient allés demander les renseignements à ce Lagerführer, qui ne me connaît pas, au lieu de les demander à Herr Müller, chez Graetz, à Treptow, ainsi qu'ils auraient dû le faire! Là-bas, je suis classé comme feignant, subversif et saboteur, j'ai déjà reçu deux avertissements écrits me promettant la Gestapo à la prochaine incartade... Un sacré pot, oui.

J'espère donc que ce Lagerführer va se démerder pour arracher Burger des pattes de ces grosses brutes, quelles qu'elles soient *.

Cette fois, le choc est imminent. Berlin s'installe dans l'état de siège. Les trois quarts des usines sont détruites, mais la plupart avaient été évacuées en province, surtout vers le Sud, en Bavière, en Autriche. Une partie des machines et du personnel de la Graetz, ceux de la branche

* Ce n'est qu'avec bien du mal que nous réussîmes à avoir des nouvelles de Burger. Encore pûmes-nous tout juste savoir qu'il avait effectivement été embarqué par la Gestapo et placé en « camp spécial ». La débâcle allemande emporta tout. J'ai retrouvé Burger et les copains à Paris en 1945. C'est lui-même qui nous apprit qu'ayant été identifié comme ayant milité aux Auberges de Jeunesse, organisation interdite, il avait été enfermé en Arbeitslag, puis en Konzlag, avait attrapé le typhus, avait failli en crever, en était réchappé, et voilà.

mécanique de précision et électronique, qui fabriquent surtout des postes de radio pour parachutistes, sont partis pour Bregenz, au bord du Rhin, près de la frontière suisse. La tête bourdonnante de projets d'évasion, bien sûr. Parmi eux, Pierre-Tête-de-Cheval et Raymond Launay. Et ils l'ont fait! Ils ont soigneusement préparé leur coup, ont rampé une nuit jusqu'au Rhin, se sont glissés doucement dans l'eau et ont nagé comme des dingues. Le Rhin, à cet endroit, est un gros torrent sauvage et glacé. Ils ont failli être emportés par le courant, se sont fait tirer dessus par les sentinelles allemandes, ont quand même réussi à aborder de l'autre côté, sur la rive suisse, très en aval, à moitié gelés, mais bon, c'était fait. Pierre et sa Klavdia travaillaient dans le même atelier, avaient donc été transportés ensemble à Bregenz. Pierre a dit à Klavdia de l'attendre, quoi qu'il arrive, de ne surtout pas bouger de là, de se planquer s'il le faut, parce qu'il reviendra la chercher, rien ne l'empêchera *.

*

Une chose remarquable, et que nous ne manquons pas de remarquer, est la relative immunité dont semblent jouir les usines, surtout les grosses. Sans parler de la Graetz, pourtant vouée aux fabrications de guerre et qui, bien qu'un peu écornée par-ci par-là, continue à pondre ses fusées d'obus à pleins wagons, il y a en face du camp, de l'autre côté de la Spree, sur les hauteurs entre Ober Schöneweide et Karlshorst, une centrale électrique qui fournit le courant à toutes les usines du coin. Ses cheminées crachent tant que ça peut. La nuit, le ciel, au-dessus, est en permanence illuminé, ça fait une coupole rose qui se voit de très loin. Or, bien que le coin ait été pilonné à maintes reprises, la centrale est toujours là, intacte parmi les ruines, et crache imperturbable sa fumée, et illumine les nuits de son halo rose. Lors des premiers

* Pierre Richard et les autres, après un court internement en Suisse, furent rapatriés dans la France désormais libérée. Pierre s'engagea aussitôt dans la Deuxième D.B., et c'est comme ça qu'il est allé chercher Klavdia et, son temps fini, l'a ramenée en France.

grands bombardements de nuit, alors que, en dépit du Lagerführer et de ses clebs, nous restions dehors, le nez en l'air, à regarder s'entrecroiser les faisceaux des projecteurs, descendre lentement les grappes de fusées éclairantes multicolores et dégringoler les avions en flammes, nous attendions éperdument le coup au but qui éparpillerait cette saloperie de centrale. Mais non. Les rangées d'immeubles s'abattaient, les vénérables sapins du Treptower Park volaient haut en l'air avec leurs racines, la centrale, tranquille, rougeoyait. On se disait quels cons, ce qu'ils visent mal! On se dit aujourd'hui que les choses ne sont sans doute pas aussi simples, que les cons, c'est nous, et aussi les aviateurs, et aussi les troufions chleuhs, et aussi les civils chleuhs, tout au moins les minables... Siemensstadt, l'énorme complexe industriel de la firme Siemens, une ville entière d'usines, de bureaux, de logements ouvriers et de baraquements implantée dans les bois tout à fait à l'Ouest, au-delà de Charlottenburg, tourne à plein régime. Oui... Tout le monde sait ça, tout le monde voit ça, c'est l'éternelle histoire des aciéries de Wendel jamais bombardées pendant toute la Grande Guerre et fournissant de l'acier à canons aux Allemands comme aux Français, l'éternelle même vieille histoire pourrie que tout le monde sait et que personne ne veut savoir, tout juste bonne à nourrir les déconnages d'ivrognes accrochés aux zincs des banlieues à pauvres... Si on commence à s'étonner, on n'a pas fini.

Sieg oder bolschewistiches Chaos *!

Berlin se prépare à l'assaut. Plutôt dans le style héroïque-tasse de thé que sombre désespoir. Je crois qu'ils ne se rendent pas vraiment compte. Les villes, avant de tomber, ne se rendent jamais vraiment compte. Paris, en juin quarante, goguenardait et attendait le miracle. Les peuples, c'est lent à se mettre dans le coup.

Des murailles de sacs de sable s'édifient en des endroits dont je ne comprends pas pourquoi là plutôt qu'ailleurs, j'espère que les spécialistes responsables comprennent, eux. Des canons antichars sont en batterie sur la Köpenicker Landstrasse ainsi que sur les autres artères qui viennent de l'Est. Les convois militaires roulent jour et nuit.

Fini les gravats. Toute la ville n'est plus que gravats. Ils baissent les bras. Avec les autres arsouilles, je creuse maintenant des fossés antichars tout autour de Berlin, un jour ici, un jour là, on te fait abandonner le tronçon commencé pour en commencer un autre ailleurs, cherche pas à comprendre.

C'est un boulot facile, du sable partout. Comme à la plage. Pas besoin de piocher, tu creuses à la bêche, comme tu retournerais ton carré de radis. On descend comme ça à trois mètres de profondeur, le fossé a trois mètres de large au ras du sol. Le sable extrait du trou est disposé en talus le long du fossé. Je n'ai jamais eu autant l'impression de faire quelque chose de dérisoire. Si vraiment des fossés peuvent arrêter des chars, pourquoi donc ont-ils laissé les chars russes arriver jusque-là?

---

* La victoire ou le chaos bolchevique!

L'emmerdant, c'est la faim. Fini aussi, la chasse aux croûtes de pain sous les décombres! Mais j'ai trouvé une autre source de calories. Jean, un prisonnier — c'est tout ce que je sais de lui, son prénom : Jean —, un Jurassien à la belle gueule tourmentée, m'échange ma ration de cigarettes contre des patates. Ça, c'est le pactole!

Les prisonniers de guerre jouissent dans l'usine d'un statut spécial. Tacite, mais respecté. Autant les Allemands n'ont pour nous, graine de prolos français, que méfiance et mépris, autant ils vouent aux prisonniers français une chaleureuse estime. Honneur au loyal adversaire tombé, tout ça tout ça. Les prisonniers étaient là longtemps avant nous. Les conventions internationales interdisant de les employer à des tâches de guerre, ils conduisent les camions de ravitaillement, manœuvrent les petits véhicules électriques qui, dans l'usine, transportent de la réserve aux cuisines les sacs de patates et d'autres comestibles, manipulent à longueur de journée ces fabuleuses denrées qui nous rendent fous de convoitise. La confiance des Allemands est d'ailleurs bien placée. Les prisonniers se servent, bien sûr, mais ça reste discret.

Vers la fin de 1943, si je me rappelle bien, ils leur ont joué un sale tour, aux prisonniers. La fameuse « relève » tant prônée par Vichy : « Va travailler en Allemagne, tu libéreras un prisonnier! » avait, je l'ai dit, abouti à un fiasco. Il avait fallu instituer le ramassage forcé : le S.T.O. Qui avait submergé l'Allemagne sous une main-d'œuvre maussade, faiblarde, tire-au-cul dans la plupart des cas. Alors qu'on avait sous la main les deux millions de prisonniers, deux millions de gaillards dans la force de l'âge, formés à la discipline militaire, bien encadrés, et qu'on ne pouvait utiliser qu'à labourer les champs, traire les vaches, balayer les rues, transbahuter des sacs de patates sur des petits chariots ou tendre les mains pour aider l'épouse du chef du camp à dévider de la laine, si c'est pas à vous fendre le cœur, un gaspillage pareil!

L'idée vint-elle des Allemands? Vint-elle des gens de Vichy? Elle vint. Un beau jour, les journaux annoncèrent en triomphe : « L'Allemagne magnanime libère tous les prisonniers de guerre français, belges, hollandais et luxembourgeois! » Coup de tonnerre. Les kakis se voyaient déjà rentrant au pays, versant les douces larmes des retrouvailles, se faisant dorloter par l'épouse fidèle, plongeant son soc à soi dans son lopin à soi...

En fait, voilà : ils étaient tous libérés, c'est-à-dire n'étaient plus considérés comme prisonniers de guerre, c'est-à-dire étaient redevenus de simples civils, des civils dans les limites d'âge du S.T.O. Les conventions internationales concernant les prisonniers de guerre ne s'appliquaient plus à eux. On pouvait donc les employer à des travaux vraiment sérieux. Fabriquer des obus, par exemple. Ce qui fut fait. On les laissa dans leur camp chaque fois que cela s'avéra plus commode que de faire autrement, simplement ce ne furent plus des camps de prisonniers mais des camps de travailleurs forcés. Les prisonniers travaillant pour la Graetz, qui appartenaient auparavant à un Stalag des environs, furent ramenés dans notre camp, où l'on érigea pour eux quelques baraques à l'écart des autres. On leur distribua de vieux vêtements civils *, et bon, quoi.

Ils faisaient une drôle de gueule. Naturellement, ils pouvaient refuser d'être « transformés » — c'est l'expression qui devait prévaloir — mais on leur laissa entendre que ce serait la fin de la belle vie, qu'ils devaient se préparer à des tracasseries, et qu'au moindre prétexte le Strafkommando et la forteresse apparaîtraient dans le paysage.

Enfin, bon, les prisonniers de la Graetz furent « transformés », ce qui ne changea d'ailleurs rien à leurs fonctions dans l'usine, ils s'y étaient trop bien intégrés, ils étaient d'ailleurs peu nombreux, on n'allait pas tout chambouler. Nous nous foutîmes raisonnablement de leurs gueules, sans trop appuyer.

Jean est prisonnier, même si « ex- », donc Jean a la confiance, les Werkschutz de la porte ne lui font pas ouvrir sa musette. Sa musette pleine de patates chipées à la réserve. Qu'il m'apporte à la baraque. J'en file la moitié à Maria. Le reste, je me l'empiffre avec Paulot Picamilh, nous avons décidé de faire popote pour le meilleur et pour

---

* Vêtements civils provenant peut-être des camps d'extermination, c'est ce que j'ai pensé après le retour.

le pire. Deux ou trois fois par semaine, on se fait péter la peau du ventre à force de patates, c'est bien notre tour. Les autres ont maintenant leurs combines. Marcel Piat se fait dorloter par la maman d'Ursula, une petite Allemande de seize ans, brune, avec une de ces têtes de chat comme quand elles se mettent à avoir des têtes de chat. Ils s'adorent, il l'emmènera en France, c'est juré *.

*

Défendre Berlin est l'affaire de tous. D'ailleurs, le national-socialisme n'a-t-il pas rendu tous les Allemands égaux devant le Führer? Il est donc décrété que tous les Berlinois valides, sans distinction de rang, de fortune ou de sexe, doivent, sous la direction de leurs chefs d'îlot, aller le dimanche creuser des fossés antichars.

Ce dimanche-là, toute la firme Graetz A.G. est alignée sur la plaine immense, et elle creuse. L'ambiance est joviale, très partie de campagne. Herr Graetz en personne, l'héritier du nom, le rameau fleuri de la dynastie, est là, bêche en main, de fort bonne grâce, ma foi, et aussi Frau Graetz, qui ne perd pour autant rien de sa naturelle distinction. Le vent aigre de cette queue d'hiver avive les joues de ces charmants vieillards. Herr Müller creuse aussi, un sourire amusé en coin de lèvres. Tout ce monde est en tweed vert pomme et pull à col roulé, botté, bien sûr. Herr Müller porte culottes de cheval, casquette de ski et foulard de soie. L'état-major reste groupé en début de tranchée.

Le personnel allemand vient tout de suite après, et puis s'étire la racaille, Français, Hollandais, Polonais, Russes, fraternellement mêlés, aboyés au cul par des contremaîtres de l'Organisation Todt en uniforme moutarde qui ne nous laissent pas souffler, les vaches :

— Los! Los! Schneller! Tiefer! Gestapo! Wo gehst du hin? Scheissen? Nein! Hier scheissen!

Les autres trouvent ça excessif. Loréal envoie se faire foutre le fayot de chez Todt. Il se fait hurler sous le nez un discours hystérique où revient quatre fois le mot « Gestapo ». Moi, je m'en fous, j'ai l'habitude. Et puis, je vole en

* Il l'a fait.

plein bleu. Maria est là, à côté de moi. On creuse ensemble, on se marre, elle veut faire la course, me prouver qu'une fille d'Ukraine vaut quatre métèques mâles franco-ritals, je la laisse prendre de l'avance, elle se donne à fond, elle tire la langue, ses joues sont toutes roses, ses boucles s'échappent de son fichu, je suis heureux, heureux à hurler. Et je hurle. Je fais « Yahou! », je saute en l'air, j'attrape Maria à pleins bras, je la serre à la faire craquer, le ciel est gris, le vent glacé, bon Dieu, il existe des moments comme ça!

Elle fronce le nez, me donne une gifle, « Chto ty? Tchort vozmi! » et puis rit tant qu'elle peut, et puis je me mets à bêcher à fond de train, je la rattrape, elle voit que je l'ai possédée, alors elle me tape dans le dos avec le plat de sa bêche, elle m'engueule, « Oï ty, zaraza, ty! » je me sauve, c'est qu'elle tape dur, je la désarme, on est essoufflés, on se regarde, on se rit dans la figure.

Organizatsiône Tôdeute en profite pour nous aboyer au cul. J'emmerde Organizatsiône Tôdeute de tout mon cœur.

Il n'a pas l'air d'y avoir de soupe de prévue. A tout hasard, ce matin, avant de partir, on avait rôdé autour de la cambuse, Loréal, Picamilh et moi, et, pendant qu'ils faisaient l'appel des Russkoffs, on avait décloué une planche, on avait passé le bras : un rutabaga. On était tombés sur un tas de rutabagas. On en avait prélevé chacun un, un gros, on se l'était enfoui sous le chandail, matelassés de chiffons et de vieux journaux comme on est ça ne faisait même pas de bosse. Arrivés sur les lieux, on avait enterré nos trois choux-raves à des endroits convenus, avec trois petits bouts de bois pour les repérer. Quand un de notre bande avait trop faim, il allait jusque-là, s'accroupissait mine de chier et se coupait une tranche de ruta. Puis se la mâchonnait discrètement tout en bêchant.

Cru, c'est pas mauvais, ce machin, c'est plutôt sucré. Bien moins répugnant que cuit. Oh, quoique, même cuit, il y a pire. On a fait du rutabaga le symbole de la famine, l'horreur des horreurs. Ça serait plutôt meilleur que du navet, moi je trouve. Ou que la doucereuse carotte qui fait les cuisses fraîches. C'est pas nourrissant, quoi, c'est surtout ça : de la flotte. Mais la vraie putréfaction, la dégueulasserie infernale, c'est un légume que j'avais jamais vu en France, même aux plus noirs moments, et qui, ici, abonde : le kohlrabi... Figure-toi une espèce de truc rond, vaguement navet, mais tout fibreux à l'intérieur, comme un méli-mélo d'allumettes mâchouillées. Au fur et à mesure que la soupe s'appauvrit en patates, elle s'enrichit en kohlrabis. Ça pue, c'est visqueux comme de la méduse morte, et faut que tu recraches chaque bouchée à cause de ces fibres de bois. Bon. C'était : « Mœurs et coutumes du kohlrabi ». Fin du documentaire.

Tout à coup retentit sur la plaine un énorme bastringue.

Mais la servante est rousse!
Sa jupe se retrousse...

En français dans le texte. Hurlé à t'arracher la tête. On regarde. Une camionnette s'est arrêtée près de nous, à vingt pas. Sur le toit, un haut-parleur énorme. C'est ce truc qui nous verse dans les oreilles ses gueulantes de Foire du Trône, à pleine puissance.

Dans le bistrot du port...

Puisque c'est en français, ça nous est spécialement destiné, à nous les Français. Nous plantons donc la bêche et écoutons consciencieusement, le cul dans le sable. Organizatsiône n'ose rien dire : à l'intérieur de la camionnette il y a de l'uniforme, de l'uniforme avec « S.S. » sur le col.

On a encore droit à « Vous qui passez sans me voir » tonitrué par Jean Sablon, puis une voix paternelle braille :

— Travailleurs français! La plupart d'entre vous n'ont pas choisi d'être ici. Mais vous y êtes, vous n'avez plus le choix. Je sais que beaucoup espèrent en secret la victoire du bolchevisme et de ses alliés judéo-ploutocrates anglo-saxons. Quelle grave, quelle tragique erreur! Outre que ce serait la fin de l'Europe et de la civilisation dans un bain de sang, car les Bolcheviks vainqueurs ne se contenteraient pas d'écraser le Reich allemand, ils écraseraient ensuite les Anglais et les Américains et submergeraient le monde entier, outre cela, vous devez savoir que, dès maintenant, les communistes sont les maîtres de la France. De Gaulle n'est qu'un fantoche entre leurs mains.

Ils ont fait voter une loi ordonnant que tous les Français, volontaires ou forcés, qui sont partis travailler en Allemagne au lieu de s'enfuir et de rejoindre les maquis, soient livrés aux conseils de guerre sous l'accusation de trahison au profit de l'ennemi en temps de guerre. Plusieurs milliers de requis du S.T.O. ont été déjà passés par les armes, leurs femmes et leurs mères ont été tondues et insultées sur la place publique, leurs biens ont été confisqués.

Travailleurs français! Il ne vous reste qu'un espoir : la victoire des armées du Reich allemand. Il ne vous reste qu'une issue : rejoindre vos frères qui combattent aux côtés des soldats du Reich dans les rangs de la Waffen-S.S. Les hordes bolcheviques sont aux portes de Berlin. Mais la guerre n'est pas jouée! Les forces du Reich sont à peine entamées. Leur ardeur au combat n'a jamais été aussi grande. Les armes formidables que forgent les arsenaux du Reich stopperont net l'avance des barbares et frapperont le monde de stupeur et d'admiration.

Travailleurs français! Laisserez-vous les brutes mongoles venir vous égorger sans vous défendre? Vous êtes de toute façon condamnés, vous n'avez pas le choix, conduisez-vous en hommes, rejoignez les rangs de la Waffen-S.S. française!

Ça graillonne deux ou trois coups, et puis

Mais la servante est rousse!
Sa jupe se retrousse...

On rigole. Un peu jaune, quand même. Maria me demande : « Qu'est-ce qu'il a dit? » Mais voilà que le haut-parleur déverse une chanson ukrainienne. Au tour des Russkoffs de se faire attentifs. Il leur balance les mêmes boniments, avec pour conclusion : « Engagez-vous dans l'armée du général Vlassov! »

*

Je ne saurai jamais si Herr Graetz et Madame auraient bêché toute la journée, s'ils auraient creusé leur portion de trou réglementaire dans les délais prévus, si, dans le cas contraire, on les aurait obligés à rester après l'heure du

Feierabend tout le temps nécessaire, si, pendant la pause, ils se seraient restaurés d'une légère collation de dinde en gelée et de foie gras, assis sur des sièges pliants... Je ne saurai jamais rien de tout ça, ces emplâtrés d'Amerloques nous tombent dessus à midi pile, une armada fantastique, d'un horizon à l'autre, et c'est nous les premiers servis. Ces lignes de fourmis noires zigzaguant sur la plaine éveillent le cher vieil instinct du chasseur. Nous nous aplatissons dare-dare au fond du fossé. Ceux qui n'ont pas creusé assez profond se donnent des gifles. Mais déjà les premières gamelles descendent.

Ils font ça à l'américaine : le paquet. A quoi bon s'esquinter les yeux à viser. Il suffit de balancer la quantité de bombes voulues, on écrase tout le paysage dans un rayon de quelques kilomètres autour de l'objectif, on écrase bien bien, pas un centimètre carré d'épargné, l'objectif est fatalement écrasé dans le lot. Mathématique. Et coûteux, d'accord. Mais la guerre n'est-elle pas justement faite pour que tournent les usines à faire des bombes? Ah, oui, tiens, c'est vrai. Quand t'expliques, tout devient clair.

Ça cogne dur. Ouh la la... Terriblement dur. Tiens, la sirène se décide. Et la Flak. Tiens, un avion s'abat, la fumée noire au cul. Braoumm! On a envie de crier bravo... Et puis on se souvient, on se retient. C'est eux, le bon droit, hé! C'est eux, les nôtres. Tu te fais faucher les deux pattes, t'as pas le droit de te plaindre, c'est pour ton bien. Pas confondre. Ici, en bas, c'est le Mal. Là-haut, les archanges d'acier, c'est le Bien. Toujours réajuster, que ça soit bien net dans ta tête. N'empêche, s'ils pouvaient aller s'expliquer ailleurs que sur nos gueules, le Bien et le Mal...

On reste bien une heure au fond du trou, le nez dans la flotte. Tout de suite, j'avais aplati Maria sous moi, pour lui faire un rempart de mon corps, très chevaleresque, très d'Artagnan. Mais elle avait rué, tu m'étouffes, grand con! Et bon, fais à ton idée, merde, après tout, c'est ta peau. Ça ne se passe pas trop mal. Des éclats de machins divers nous pleuvent dessus, par rafales. On se cache la tête sous le fer des bêches. Une fille s'est fait une carapace d'une brouette renversée. Elle me fait coucou avec la main. C'est la petite Choura, Choura malenkaïa. Pas qu'elle soit tellement petite, mais c'est pour ne pas confondre avec l'autre, la grande Choura, Choura bolchaïa.

De temps en temps, un cow-boy a l'idée de nous prendre d'enfilade, il se place à un bout et remonte tout le fossé en lâchant ses crottes à ressort, s'il réussit à les placer toutes dans la rainure il gagne la partie gratuite, mais ils ont décidément les doigts trop épais, tout tombe à côté, un pointillé de gros geysers de sable et de boue s'égrène parallèle à nous, ça nous retombe dans la tranchée, c'est pas très cinglant mais peu à peu ça t'enterre tout vivant. Ce qu'il leur faudrait, c'est des mitrailleuses, et nous cueillir en rase-mottes, on a envie de le leur dire, mais de toute façon ils ne pourraient pas, ils sont trop gros, c'est de la forteresse volante, ça, Madame, pas du biplan d'acrobatie.

J'en ai marre. Et puis d'abord, j'ai chopé un rhume, dans cette flotte, j'éternue. Ça me met de mauvais poil. Je dis à Maria : « Pachli! » On s'en va! Elle, tout de suite : « Pachli! »

On rampe hors de ce piège, on rampe hors de cette plaine, on saute de cratère en cratère, on plonge au fond d'un trou dès que ces cons-là reviennent au-dessus de nous. Je prends la main de Maria. On se barre, on sait pas où, droit devant nous, de toute façon c'est partout pareil, tout saute en l'air, tout pète, tout crame, des quartiers entiers descendent à la cave, braoumm, d'un seul coup, au garde-à-vous, avec ce bruit gras et mou que je vous ai dit, ce bruit dégueulasse qui vibre longtemps, comme une note très grave de ce gros violon, là, la contrebasse, c'est ça. Fumée, poussière, conduites crevées, égouts crevés, chevaux crevés, flammes, sang, tripes, cris, hurlements, gémissements, merde, merde et merde. Je vais pas vous décrire un bombardement. Je ne fais que ça. Et les autres gros cons, là-haut, qui bourdonnent et bourdonnent, et balancent leurs bombes de merde, leur phosphore de merde, leurs lanières de papier d'argent de merde, bientôt leurs sandwiches, leur chewing-gum, leur froc, leurs couilles... Ne savent que balancer, ces gros cons placides de merde.

*

Nous avançons là-dedans, en toussant, mouchoir sur la bouche, et soudain je me rappelle que je suis heureux. J'ai la main de Maria dans la mienne. Tout le reste c'est du décor autour, une aventure autour de nous deux, je suis heureux, pétant de bonheur. Tout ce que je possède est là, au bout de mon bras, tout ce qui a de l'importance, qui peut me faire vivre ou crever, suivant que je l'ai ou que ça me manque. On risque d'y passer. C'est marrant de risquer, à deux.

On marche. Deux enfants perdus dans cette guerre de vieux cons. On doit avoir l'air de Charlot et de la fille dans la scène finale des *Lumières de la ville*, quand ils s'en vont, tous les deux, vers le soleil levant. Il me semble que c'est bien dans ce film-là.

Fin de l'alerte. Hébétés, clignotants, saupoudrés de plâtre, les survivants, un à un, sortent de leurs trous à rats. Des camions feldgrau transportent des gars feldgrau à tout berzingue à travers le désastre. Quelque dignitaire du Parti, quelque huile de l'Armée, qui aura égaré la clef de son abri personnel? Un enterrement se remet en route. Derrière le corbillard à bouquets de plumes noires, la famille se tord avec recueillement les pieds sur les débris. Les hommes sont en redingote et en haut de forme. C'est un petit enterrement maigrichon, un enterrement de pauvre, mais tout Allemand conserve dans la naphtaline la redingote noire et le chapeau haut-de-forme, le « zylinder » (prononcer « tsulinndeur ») entouré d'un crêpe de vingt centimètres de haut, qu'exige la décence et qui ne servent qu'aux enterrements.

Quand un soldat meurt au front, ses proches ont droit à trois jours de deuil. Pendant trois jours, l'épouse ou la mère peut se vêtir de noir, le père porter un crêpe au bras. Au-delà, ce serait indécent, et d'ailleurs c'est interdit. La Gestapo veille. Sinon, toute l'Allemagne serait en noir, l'énormité de l'holocauste vous sauterait à la figure. Ce ne serait pas bon pour le moral. Un peuple qui se bat doit avoir le moral.

Je reconnais des ruines familières. On dépasse Schöneweide. Tiens, finalement, sans le faire exprès, on avait pris la direction du camp! Voilà la Landstrasse. Ça a très peu cogné, dans ce coin. Quelques cratères dans la chaussée, ici et là. Un attroupement. On veut voir. C'est un cheval mort. De quoi, pas facile à dire : il est aux trois quarts dépecé. La foule s'est abattue dessus, ils se taillent des biftecks dans la viande chaude, des caillots noirs pleins les doigts, fébriles enragés, ils vont se couper mutuellement les doigts en rondelles à charcuter hargneux comme ça!

La surprise, c'est pas ça. La surprise, c'est que ce sont des Allemands! Des messieurs, des dames, cravatés, chapeau, porte-documents, des jeunes filles diaphanes, même un aveugle avec ses trois gros points noirs sur le brassard jaune. Des Allemands, s'abaisser à cette curée! Des Allemands, manger du cheval! Il faut qu'ils aient vraiment faim...

Je tire mon couteau, je me faufile à quatre pattes jusqu'à la carcasse du cheval, j'attrape un lambeau de viande qui pendouille, je le coupe. Je reviens à Maria, tout fier :

— Du bifteck, dis donc! Je vais te faire griller ça, bien grillé sur les côtés, bien bleu au milieu, comme à Paris, tu vas voir, tu vas te régaler!

Elle me regarde, sidérée :

— Tu vas manger ça?

— Ben, oui. Et toi aussi. Ça donne des forces.

— Tu veux que je mange du cheval?

Là, le dialogue s'enlise dans les marécages de l'incompatibilité des cultures. Maria crache comme une chatte en furie, s'essuie la langue, fait « Tfou! » trois cent mille fois, dit qu'on lui avait bien dit que les Français mangeaient les grenouilles, les escargots et les limaces, mais elle n'avait jamais voulu le croire, et maintenant elle voit, c'était vrai, des gens capables de manger du — Tfou! — cheval sont capables de tout!

Et bon, j'ai partagé mon bifteck avec Picamilh. Ou avec Piat, je sais plus.

La nuit balte

Un soir de la fin février, l'ordre est donné de rassembler nos affaires et de nous tenir prêts à partir. Tout le monde. Appel à cinq heures du matin devant la baraque du Lagerführer. Grande perplexité dans le camp. On questionne les interprètes belges. Ils ne savent rien. Est-ce que les Allemands de la Graetz partent aussi? Non, seulement nous. Et les Russes? Les Russes partent avec nous. Je me faufile chez les babas par ma trouée habituelle. Ça jacasse volubile dans les baraques. Le camp est comme une fourmilière où tu as donné un coup de bêche. Les babas se bousculent au lavabo, font en vitesse, à l'eau froide, des lessives qui n'auront pas le temps de sécher.

Maria plie ses affaires. C'est vite plié : un petit balluchon de linge bien propre bien au carré. Je lui demande si elle sait où on va. Bien sûr, elle sait : on va au front. Tout le monde sait. Toutes les babas, en tout cas. Au front? Qu'est-ce qu'on va foutre au front? Pardi, qu'est-ce que tu crois? Akopy kopatj. Gräben graben. Creuser des tranchées. C'est tout ce qu'on sait faire, non? Et c'est tout ce qu'il y a à faire en Allemagne, maintenant. Toute l'Allemagne creuse des tranchées. Et où ça, au front? C'est grand, le front! Elle a un geste vague. Kouda niboudt na sévèr. Vers le Nord, par là...

Elles ont toutes l'air plutôt contentes. Excitées, disons. Comme les petites filles du pensionnat la veille des vacances. Rient, se font des blagues. Maria me voit soucieux.

— Tu n'es pas content?

— Creuser des trous en avant des lignes, ça me plaît pas tellement.

— Mais on va à la campagne, Brraçva! C'est merveilleux! Tu ne connais pas la campagne, tu n'as jamais vu, tu es de Paris, Paris c'est comme Kharkov, il n'y a pas la campagne, tu ne sais pas comme c'est beau!

— Et si on nous sépare?

Là, elle se fronce.

— Pourquoi tu vois toujours tout noir? Aujourd'hui, je suis contente. Demain, on verra. Je sais seulement ça : on reste ensemble, toi et moi. My s toboï. Chto boudièt zavtra, to ouznaïèm zavtra.

Elle m'embrasse, elle chante « Prochtchaï lioubimyï gorod », « Adieu, ville bien-aimée », elle me dit apporte-moi tes trucs à laver, toi cochon. Tu dois avoir plein de choses sales puantes sous ta Matratze. Va chercher, vite! Tu te rends compte, Brraçva, on quitte ces sales baraques pourries pleines de punaises, cette sale ville toute cassée où les gens sont si méchants! Je suis contente!

Si elle est contente, je suis content. Laisse-toi donc aller, Brraçva, sois un peu moins le fils de la Morvandelle tragique et un peu plus celui du lumineux Rital Gros Louvi qui prend le temps comme il vient et ne se retient certes pas de rire ce soir parce qu'il risque de pleurer demain!

Les copains sont en train de faire leurs paquets en jurant des putain de bordel de merde parce qu'ils doivent abandonner sur place des tas de machins très précieux, il y a comme ça dans la vie d'abominables déchirements. Parmi ces trésors, je récupère un vieux pantalon, une espèce de vareuse, des chaussures qui furent blanches et de tennis, un béret basque, tout ça à peu près de la taille de Maria, et aussi une valise en carton très fatiguée, une valise tout à fait plouc du Cantal qui monte faire fortune à Paris. Je rafistole la valise avec du fil de fer et de la ficelle, je fourre mes trouvailles dedans et, à quatre heures, je me glisse chez les babas, je grimpe sur le châlit de Maria, je la réveille doucement, je lui dis :

— Habille-toi avec les choses qu'il y a là-dedans et mets tes affaires dans la valise. Comme ça, tu auras l'air d'un Français, si on regarde pas de trop près.

Et puis je file me laver.

A cinq heures, tout le camp piétine sur l'emplacement prévu pour les piétinements. Les Russes d'un côté, les

Français de l'autre. Je repère Maria. Elle porte son éternel petit manteau écossais feuille morte archirâpé rafistolé mais bien convenable, ses bas de laine bleus, ses chaussures 1925 avec une bride sur le dessus et un bouton sur le côté. La petite vache! Ses boucles fauves flambent comme un soleil, ukrainiennes avec arrogance et féminines à ne pouvoir penser qu'à ça. Un vrai défi.

Elle me regarde, rit à s'étouffer, me montre la valise à ses pieds. La saloperie de valise d'immigrant qui m'a donné tant de mal et m'a volé une heure de sommeil. J'espère du moins qu'elle a mis dedans le déguisement de prolo français dont j'étais si fier. J'avais même épinglé à la vareuse un insigne bleu-blanc-rouge avec la tour Eiffel.

On nous distribue un café aussi déprimant que d'habitude, mais aussi bouillant, c'est tout ce qu'on lui demande. Surprise : il est sucré. Très légèrement. Le Lagerführer procède à l'appel. Il recommence cinq fois, il manque toujours quelques gars et quelques filles saisis par la chiasse au mauvais moment, forcément, ça dure trop. Il finit par y renoncer, balance son bordereau dans la baraque avec un énorme « Scheisse! », et puis il nous fait un discours.

— Vous tous, là, vous allez prendre le train. Le type, là, c'est votre chef. Les gars à côté de lui, c'est les surveillants. Je ne sais pas si, là où vous allez, il fera meilleur qu'ici. J'ai idée que ça doit se valoir. Lebt wohl, ihr Filou!

Notre « chef » est un grand machin plein de santé, un civil, mais torturé par des nostalgies militaires, comme ils sont tous. Vareuse verdâtre à ceinturon, avec plein de popoches terriblement viriles, culottes de cheval, bottes fauves, pull-over col roulé blanc, par là-dessus un petit bitos tyrolien avé le plumeau, té. A la main une cravache, si si, je vous jure, dont il se fouette les bottes de temps en temps, quand ça lui revient en tête qu'il a une cravache. Plutôt l'air du grand mollasson qui se joue le cinéma du hobereau à monocle. Ses aides sont des Tchèques, pas des Sudètes, des vrais Tchèques slaves, assez emmerdés d'être là. Tout de suite, on sent que ça sera pas la discipline de fer.

On s'attendait aux fourgons à bestiaux. Et non, on a droit à un vrai train, avec des compartiments. Un train interminable, il doit bien avoir trois kilomètres de long, bourré jusqu'aux filets d'échantillons bigarrés de matériel humain qui rappellent le bon vieux temps où la Wehrmacht triomphante raclait l'Europe jusqu'à l'os. L'Europe est maintenant à peu près partout libérée de la Wehrmacht, mais les Européens sont toujours là, pris au piège, et l'Allemagne se rétrécit sur eux, l'Allemagne a eu les yeux plus gros que le ventre, le camp des Tartares est devenu la station Châtelet aux heures de pointe.

On a l'air un peu surpris de nous voir arriver, la horde de la Graetz. On dirait qu'on n'était pas prévus. Les gars de la Riechsbahn sont débordés, on ne nous charge d'ailleurs pas dans la gare, la gare est démolie, l'embarquement se fait dans la banlieue, quelque part au Nord de Berlin.

Qu'à cela ne tienne, on rajoutera les wagons qu'il faudra, c'est pas les wagons qui manquent. De par la rapide diminution de surface du Reich, ces temps derniers, l'énorme quantité de wagons fauchés dans toute l'Europe et concentrés là n'ont plus tellement l'occasion de se dégourdir les roues. Nous marchons jusqu'à la queue du train, là-bas au diable, en râlant, bien sûr. Les babas portent bien droit sur la tête leur balluchon, comme au kolkhose, elles vont nu-pieds, pour l'équilibre, l'orteil tâte le terrain en éclaireur, leurs sabots se prélassent en haut du balluchon, elles marchent cambrées, le poing sur la hanche, ça leur donne un port de reine, ainsi qu'aime à dire l'explorateur-poète en parlant des négresses qui se coltinent sur le chignon sa baignoire, sa table de bridge, son whisky, son canon de campagne et ses caisses de munitions. Maria serre fièrement la poignée de sa valise civilisée. Moi, j'ai arrangé des ficelles à la mienne pour la porter comme un sac à dos, c'est toujours la valise de jeune fille de maman, celle qui a fait sur mes épaules l'exode de juin quarante.

Nous voilà casés, toute la Graetz ensemble, rien que des copains dans le compartiment, Maria contre moi, côté fenêtre sens de la marche, et aussi Anna, la petite Choura, la grande bringue de la cambuse dont j'oublie toujours le nom, celle qui a des dents en fer, on se serre, on se tient chaud, ça commence à sentir fort la bonne odeur russe de chien mouillé, la bonne vieille odeur de kapok qui n'arrive jamais tout à fait à sécher en profondeur... Lachaize tire de je ne sais où des plaques de miel synthétique qu'il a échangées à je ne sais qui contre je ne sais quoi, Picamilh ou un autre exhibe un bidon de pinard qu'il a échangé à un prisonnier rital contre une montre sans aiguilles mais le Rital a expliqué qu'il découperait des aiguilles dans une lame de rasoir, ah bon, pourquoi pas, s'il tient vraiment à savoir l'heure, Maria tire de son sein un gros sac de graines de tournesol, « Vott chokolade! », la grande Génia, la fille de la cuisine — ça y est, je me souviens, c'est Génia qu'elle s'appelle — extirpe de sous sa jupe un sac de toile astucieusement conçu, style voleuse de grands magasins, d'où elle tire des tranches de pain noir et des portions de margarine... C'est la nouba, c'est la fête! C'est notre voyage de noces, à Maria et à moi.

*

Alors, voilà. Nous sommes en Poméranie, dans un petit bled qui s'appelle Zerrenthin, à une trentaine de kilomètres à l'ouest de Stettin. C'est là qu'on est venus creuser des trous pour arrêter les Russes.

Les Russes sont à Stettin. D'un jour à l'autre, ils vont se mettre en route. Il faut que nos fossés soient prêts. Les chars de l'Armée Rouge piqueront du nez dedans, et voilà, l'assaut sera stoppé net. Les soldats rouges pleureront devant leurs terribles tanks figés le cul en l'air, et Staline implorera la paix. Il faut que ce soit ça, le plan de l'Oberkommando der Wehrmacht, puisqu'on ne voit pas un seul troufion allemand à l'horizon. Pas le moindre mouvement de troupe, pas même un camion de ravitaillement, une estafette à moto. En fait d'uniformes, uniquement ceux des quelques gaillards de l'Organisation Todt qui plantent des petits piquets sur la lande pour délimiter le tracé de nos travaux de fortification.

La Poméranie est plate, à l'infini. Du sable partout. Des rivières, des marécages, des forêts. Des steppes d'herbe maigre, enfin, moi, j'appelle ça des steppes, ce mot-là me donne des frissons. Et d'abord, c'est vrai, je me rappelle très bien, la géographie dit que la steppe c'est quand les touffes d'herbe ne se rejoignent pas et qu'on voit la terre entre. C'est juste comme ça, ici, sauf que la terre, c'est du sable. Je commence à croire que toute l'Allemagne est en sable. Faire le terrassier, dans un bled pareil, c'est du gâteau. Pas comme dans ma banlieue où c'est tout glaise collante et grosse caillasse.

Zerrethin est tout petit. Il n'y a que deux ou trois belles fermes, très propres, quelques maisons de paysans pauvres, une église, une école. Nous sommes logés à l'école et dans la salle du catéchisme. Nous, c'est-à-dire les Français. Les Russkoffs n'ont qu'à se démerder. Et voilà la démerde qu'elles ont trouvée, les Russkoffs : une immense grange, fabuleusement haute, où se trouve une fabuleuse meule de paille. La meule de paille monte jusqu'au toit de la grange, ce doit être la grange communale, ou un machin en coopérative, enfin, bon, on dirait que toute la paille du pays est rassemblée là. Et alors les babas se sont creusé des trous dans la paille, dans les murailles verticales de ce tas de paille au milieu de cette grange, elles s'enfoncent le corps dans leur trou, chacune le sien, juste la tête qui dépasse, on a chaud on est bien, c'est formidable, toutes ces têtes qui dépassent de cette paille comme des nids d'hirondelles accrochés à une falaise, quelle merveille!

Naturellement, je couche là, j'ai mon trou avec Maria dedans, c'est tellement drôle et tellement bon, on se serre l'un contre l'autre, on se regarde et on rit, on rit comme des bossus.

Et le soir, tous les soirs, les Russes chantent. Là, personne ne les emmerde, les Français sont à l'autre bout du pays dans leur école dans leur sacristie, les Allemands du village, quelques vieux et quelques femmes — les enfants ont été évacués — viennent autour de la grange écouter les Russes chanter dans la nuit. Ils s'assoient par terre, ils tirent sur leurs pipes, ils ne disent rien, je sais que de grosses larmes leur coulent sur les joues, et puis ils s'en vont, discrètement. Demain, l'Armée Rouge sera là.

Jamais les filles n'ont chanté comme ça. Dans l'énorme nuit balte, elles se donnent corps et âme, comme on se donne dans l'amour, comme on se suicide. Elles se saoulent de beauté, elles délirent d'extase, au bord de ce demain qui bée, noir, ce demain imminent qui va tout changer, sauvagement, sans qu'on sache quoi, sans qu'on sache comment.

Demain, nous serons libres. Demain, nous serons morts. Tout est possible. Le plus possible de tout est la mort. Elle va tomber de partout. Les Russes, peut-être, nous fusilleront tous. Ou les Allemands, pourquoi pas, avant de fuir. Et avant ça, il y aura eu les combats, ils vont être enragés, on est coincés entre les deux. Peut-être servirons-nous de cochons pour faire sauter les champs de mines... Tout est possible.

Quel que soit demain, demain sera autre chose. La fin de cette merde, en tout cas. Même si c'est pour une autre merde, pire. Même si c'est pour la mort. Autre chose. Tout bascule, tout n'est que peur, espoir, attente. Demain sera énorme.

Pour l'instant, demain reprend son souffle avant de nous tomber sur la gueule. Le temps est suspendu. Même la guerre se fait oublier. Plus de bombes, ni de jour, ni de nuit. Nous roupillons des nuits de retraités. Les Américains ne tapent pas sur les travaux stratégiques, ils préfèrent les villes bien bourrées de monde. Les Russes non plus, d'ailleurs, ne bombardent pas. Pourtant, ils suivent de près tout ce que nous faisons. Plusieurs fois par jour un de leurs petits avions de reconnaissance, un Yak ou un Rata, vient faire du rase-mottes au-dessus de nos têtes, s'amuse parfois à quelques loopings, on lui gueule « Hourra! », on agite nos loques dans le vent, les mecs de la Todt haussent les épaules et se contentent de grogner : « Los! Los! Zur Arbeit, Mensch! » N'ont pas l'air d'y croire beaucoup, à leurs fossés magiques...

Nous vivons un présent plus étroit que le fil d'un rasoir, et les filles chantent comme elles n'ont jamais chanté. Et moi, qu'est-ce que tu crois, je chante aussi, à pleine gorge. Je commence à les connaître, les chants. Maria me tape sur la tête quand je détonne, mais moi tout seul contre trois cents Russkoffs en délire, ça ne doit pas tellement altérer l'harmonie... Les filles sont heureuses, elles oublient tout ce qui n'est pas leur chant, comme des oiseaux ivres de printemps, elles sont en transes et moi aussi, je tremble, je pleure de bonheur, et quand elles se taisent, très tard, nous faisons l'amour, Maria et moi, très doucement, très fort, et on s'endort dans les bras l'un de l'autre, on est deux bébés jumeaux, dans notre nid de paille, juste les têtes qui dépassent.

Pourquoi ne sommes-nous pas comme ça, nous, les Français? Pourquoi ne savons-nous que brailler (faux) des obscénités « gaillardes » chiantes à crever ou bien se tailler chacun son petit succès personnel en singeant les rengaines d'une vedette à la mode? Pourquoi sommes-nous si secs, si froids, si ricanants, si rétrécis, si quant-à-soi, si trouillards du ridicule? Pourquoi n'avons-nous ni chaleur, ni odeur?

*

Chaque matin, à l'aube, appel sur la place de l'église. Notre chef responsable arpente le pavé en fouettant ses bottes de sa cravache et en remuant beaucoup d'air dans les ailes battantes de sa culotte de cheval. Pendant ce temps, un Tchèque fait l'appel. Les aspirants malades forment à part un petit groupe transi. L'examen d'aptitude au dorlotage est encore plus sommaire que celui de Schwester Paula : il n'y a pas de thermomètre. Sans doute faut-il être infirmier diplômé pour avoir le droit de lire un thermomètre médical et d'en interpréter les indications. Culottes-de-Cheval s'approche du groupe de pâlichons, demande à chacun de lui faire voir ce qui ne va pas et prend sa décision à l'enflure. Si c'est très enflé, tu restes dans la paille pour la journée. Sinon, non.

Distribution du café. S'il est arrivé. Parce que le café nous est livré en bouteillons thermos par le camion de la Todt. Comme d'ailleurs la soupe du soir. Le camion arrive ou n'arrive pas. Ou arrive trop tard. S'il n'arrive pas, on part au boulot sans avoir bu le café. C'est triste. Pas qu'on y perde grand'chose, mais on se sent frustrés. S'il arrive, on part après avoir avalé son quart de café clair, comme toujours, dégueulasse, comme toujours, et froid, ça c'est nouveau. Les bouteillons ont beau être thermos, le camion les bringuebale depuis tant d'heures avant d'arriver ici, nous sommes en bout de circuit, que le café est, quand il nous arrive enfin, froid, eh oui. Même chose pour la soupe du soir : liquide, fade et froide. Alors qu'il y a ici trois cents gaillardes qui ne demanderaient qu'à nous faire la soupe, et de la bonne, que dans le village d'immenses marmites sur d'énormes fourneaux de briques servent à cuire la pâtée aux cochons et donc ne servent à rien, il n'a plus de cochons, que, que, que...Oui, bon, quoi. On avale notre café froid, on se prend chacun une pelle ou une bêche, au choix (« Schüppe oder Spaten? ») que nous tend, bien poliment, ma foi, le Tchèque préposé à ça (« Bitte schön! » « Danke schön! »), et puis « Vorwärts... Marsch! », nous voilà en route pour notre chantier du jour, qui se trouvait à six kilomètres du village dans les premiers temps, à plus de douze maintenant car, on a beau bêcher sans zèle excessif, le fossé petit à petit avance, et nous avec, donc.

*

Culottes-de-Cheval aurait bien aimé que nous marchions au pas, pelle sur l'épaule. Tous ces manches inclinés bien parallèles, tous ces fers étincelant comme des hallebardes dans le soleil levant auraient réchauffé son cœur frustré de sous-off-né qu'un destin cruel tient éloigné des héroïques combats, hélas hélas, parce qu'il a une verrue sur l'avant-bras et un beau-frère dans les bureaux du ministère de la Guerre... Faire marcher des Français au pas, tu t'imagines? Même la pelle, on préfère se faire chier à se la coincer sous le bras, mains dans les poches, ou à la laisser traîner par terre, l'air d'emmener pisser le chien. On en rajoute, on fait les avachis, n'importe quoi plutôt que de coopérer, d'accepter de jouer aux petits soldats. Non, mais, pourquoi pas le pas de l'oie, aussi?

Et on y a un sacré mérite. Se retenir de marcher au pas cadencé quand trois cents babas pétantes de santé chantent à plein gosier tout le long du chemin, il faut être vigilant. Ou avoir l'oreille française. Les babas, faut que ça chante. Or, que peut-on chanter quand on marche? Des chansons de marche, eh, oui.

Avec elles, la vie est un opéra. Ces gens-là ne peuvent pas être malheureux. S'ils le sont, ils le sont abominablement, et alors ils chantent leur malheur, et alors ils le sont moins. Je suis sûr qu'ils chantent en Sibérie, qu'ils chantent dans les cimetières, qu'ils chantent dans les épouvantables camps allemands pour prisonniers de guerre russes, qu'ils chantent en creusant leur propre fosse avant que ne se mettent à cracher les mitrailleuses de l'Einsatzkommando...

Les babas chantent et se foutent du reste, elles ne pensent qu'à leur chant, à le faire encore plus beau, à inventer des trucs pas possibles. Elles marchent au pas et ne se croient pas déshonorées pour ça, elles marchent comme on danse, parce qu'on n'échappe pas au rythme, elles ne fourrent pas partout de la symbolique à deux ronds, de l'amour-propre et du point d'honneur. Ce qui ne les empêche pas d'emmerder Culottes-de-Cheval de tout leur cœur, et beaucoup plus efficacement que nous.

Elles ont pris de la mine, les babas. Leurs joues se sont remplies, le vent de la Baltique y a posé deux taches rose vif. Autour de ce rose, le foulard de tête, le platotchok blanc éclatant, les fait ressembler tout à fait aux matriochkas qui s'emboîtent l'une dans l'autre.

Culottes-de-Cheval, dégoûté, abandonne les Franzosen à leur chienlit. Il les laisse se traîner en queue de colonne, plus ou moins contenus par les chiens de berger tchèques. Lui, il parade, viril en diable, au flanc de la musicale cohorte des babas matelassées. Il marque la mesure sur sa botte à coups de cravache, son pied gauche frappe le temps fort sur le sol, de loin en loin il prend conscience que, perdu dans son rêve martial, il a pris vingt mètres d'avance sur la colonne, alors il se plante sur l'herbe du bas-côté, il marque le pas sur place, et quand les premières babas l'ont rattrapé il scande, l'œil sévère : « Ein, zwei! Links!... Links!... »

Pas un instant il ne soupçonne, le Teuton candide, que ces chants somptueux et sauvages qui lui coulent du miel dans l'âme et lui accrochent des ailes aux pieds sont le plus souvent des abominations bolcheviques, des incitations à la lutte des classes, des cris de haine antinazis, des appels au meurtre contre le Boche détesté...

Elles chantent les chansons d'Octobre et de la guerre civile, « Po dolinam et po vzgoriam » : « Les partisans », « Poliouchko, polié » : « Plaine, ma plaine », « Slouchaï, rabotchiï » : « Écoute, travailleur », « La jeune garde », « Varchavianka » : la « Varsovienne » chère à Lénine... Des chansons qui furent célèbres en France au temps du Front

Populaire, telle « Ma blonde, entends-tu dans la ville siffler les usines et les trains? »... Même des chansons communistes allemandes : « Die rote Fahne » : « Le drapeau rouge », « Die Moor soldaten » : « Le chant des marais »... Des chants de guerre mis à la mode par la propagande : « Iesli zavtra voïna » : « Si demain la guerre est là », « Tri tankista » : « Les trois tankistes »... Et de vieux, vieux chants de révolte et de misère des moujiks de la vieille terre russe, c'est toujours finalement là-dessus qu'elles retombent, elles les reprennent et les reprennent, et leurs hurlements de louves courent dans le vent que rien n'arrête, jusqu'à la mer, jusqu'aux lignes russes.

Et lui ne voit rien, ne se doute de rien. Mais d'où il sort, ce boy-scout? Même, il chante aussi, tout fier de connaître un air. C'est « Malenkiï troubatch » : « Der kleine Trompeter », une épopée édifiante dans le genre de notre héroïque petit tambour Bara, qui fut autrefois un chant des Jeunesses Communistes allemandes et que les nazis, le trouvant sans doute efficace, récupérèrent sans vergogne au profit de la Hitlerjugend en changeant juste quelques mots par-ci par-là. Il faut le voir, Culottes-de-Cheval, poitrail au vent, chanter de toute son âme la version hitlérienne, noyé dans le chœur énorme des babas qui lance vers le ciel, en russe, la version communiste, l'œil pétillant de haute malice... Oui, ce sont des plaisirs d'impuissants, des petites revanches stériles de colonisé à colon, je sais, je sais. Ça fait quand même du bien et ça ne tue personne.

Il y a naturellement toujours quelqu'un d'entre nous autres pour réclamer « Katioucha ». Les filles ne se font pas prier. Là, les Français chantent avec elles, les pas trop vieux cons racornis, je veux dire. Ceux qui ne savent pas les paroles font tralalalère, les filles sont heureuses comme tout, dans leurs yeux brillent tous les soleils, on oublie ce qu'on est venus foutre là, c'est comme si on allait à la fête, on prend la pluie sur la gueule on s'en aperçoit même pas, on est bien des crânes de piafs, et c'est tant mieux, c'est pas des crânes de piafs qui nous ont mis dans cette merde, c'est des cerveaux très intelligents très instruits très responsables. Qu'ils crèvent!

De temps en temps, une vieille baba s'arrête, jambes

écartées, et pisse debout, gaillarde et confuse tout à la fois. Et puis elle court pour rattraper les autres.

*

De vraies vacances! On creuse le sable au bon air jusqu'à ce que la nuit s'annonce, les mecs de la Todt, décamètre en main, vérifient si chacun a accompli son minimum assigné, si les parois du fossé sont bien dressées bien lisses juste au bon angle, Culottes-de-Cheval souffle dans sa petite corne et crie « Feierabend! », on est déjà empaquetés dans nos chiffons, prêts à partir, t'en fais pas pour ça, l'un ou l'autre connard de la Todt proteste que non, ça va pas, travail dégueulasse, faire rester ce feignant-là, et celui-là, et celui-là après l'heure pour lui apprendre, on lui dit « Et la soupe? », il répond « Nicht gute Arbeit, keine Suppe », on lui fait un bras d'honneur, on lui dit ta gueule ducon, Herr Organizatsiône Tôdeute hurle « Zapodache! » et puis tout de suite « S.S.! », ici c'est pas la Gestapo, c'est la S.S., tout le monde en chœur lui conseille d'aller se faire enculer chez les Russkoffs, ils ne demandent qu'à l'accueillir, tout le monde en chœur sauf naturellement les vieux cons racornis qui estiment qu'ils seraient bien cons de risquer leur peau pour des feignants merdeux ou pour des tubards qui tiennent pas en l'air, que, eux, leur boulot, ils l'ont fait, leur boulot, eux, et merde, quoi, c'est vrai, à la fin, ça serait trop con de se faire fusiller maintenant, juste avant la fin du cirque, quoi, merde, j'ai pas raison, peut-être?

Culottes-de-Cheval, plutôt emmerdé. On sent qu'au fond il voudrait être populaire, cet homme. Le chef sévère mais juste, adoré de ses hommes qui se feraient tuer pour lui, c'est ça son cinéma. Il prend la Todt à part et discute la chose, voyons voir un peu ça, mon cher, très châtelain qui donne des ordres au jardinier. La Todt, c'est criant, l'engueule, le traite de grande nouille, et que cette racaille ça se mène à coups de botte dans le cul, tout ça tout ça, et bon, ça finit par se tasser, les gars de la Todt savent parfaitement bien qu'ils sont là pour peigner la girafe, ils font joujou sa-sable en se donnant l'air d'y croire mais je suis sûr qu'ils n'ont qu'une idée en tête : trouver la combine pour se tirer de ce piège à cons avant la grande ruée.

On rentre au village comme on en est partis · à pied, en chantant. Enfin, les babas chantent. On a du mal à traîner nos carcasses. On a faim, nom de Dieu ce qu'on a faim! Plus les babas sont fatiguées et plus elles ont faim, mieux elles chantent. Quelle santé! Quel peuple! Et il paraît que les Russes, c'est surtout quand ils sont saouls qu'il faut les entendre, que jusqu'ici j'ai rien vu... Alors, vaut mieux que j'aie pas l'occasion, ce serait trop, je crèverais sur place, le cœur éclaté.

En traversant les petites forêts qu'il y a un peu partout, semées le long de la route, je ramasse du bois sec, Maria et Paulot en font autant, et c'est chargés comme des bourriques qu'on arrive au cantonnement.

Appel du soir. Queue pour la soupe. Si elle est arrivée. Si oui, elle est glacée. Les trop fatigués se l'avalent telle quelle, à même la gamelle, et puis se laissent tomber sur la paille. Nous autres, on allume un feu pour la faire chauffer. En fait, c'est un feu-alibi. Mine de réchauffer la soupe, on fait cuire des trucs. Des trucs qu'on vole. Chut!

Avant d'avoir trouvé les silos, on était strictement réduits à cette soupe de flotte et à la tranche de pain de midi, s'il te restait du pain. Un soir, j'étais le premier à la queue, avec Maria, le camion arrive, j'aide à décharger les bouteillons. Le Tchèque me verse mes deux louchées réglementaires. Pendant qu'il sert Maria, j'avale une gorgée de soupe, j'avais tellement faim. Elle était tournée. Du vinaigre. J'en aurais chialé. Culottes-de-Cheval présidait à la distribution. La colère me mord au cul, ravageuse. Je vais à lui. Je lui colle ma cuvette sous le nez. Sentez-moi ça! Was? Was denn? Sentez, bon Dieu de merde! Nun, das ist Suppe, gute Suppe... Je lui plonge la gueule dedans. Goûtez! Probieren Sie nur mal! Il a de la soupe plein la figure, ça lui dégouline sur la belle vareuse verte. Das ist Scheisse! je gueule. C'est de la merde, ta soupe! Et je lui vide la cuvette sur ses belles bottes fauves. Je lui hurle sous le nez : « De la merde! » Fou enragé. Il est tout blanc. Il me cingle un coup de cravache sur la joue. Pas très fort. Je lui balance mon poing dans la gueule. Je vais le tuer. Les Tchèques, Picamilh, Maria me sautent dessus, me jettent par terre, me maintiennent...

Ça aurait pu se terminer très mal. Mais Culottes-de-Cheval s'est trouvé tout à coup devant une émeute : les gars avaient ouvert les autres bouteillons, ils étaient tous bons à jeter au fumier. Les babas prirent les choses en main, firent un charivari de tous les diables. Culottes-de-Cheval était tout seul, les Tchèques valait mieux pas compter dessus, d'abord ils crevaient de faim, eux aussi, ils tournaient de l'œil, et quant aux S.S., c'est bien utile, les S.S., mais on ne les a pas toujours sous la main au moment où on aurait besoin. Culottes-de-Cheval, devant la colère de son peuple, fit ce qu'avait fait Louis XVI aux Tuileries : il fraternisa. Nous annonça qu'il dirait dès le lendemain sa façon de penser à l'Organisation Todt et qu'en attendant, vu l'urgence et la nécessité, il prenait sur lui d'entamer les rations de secours qu'il était tenu de présenter intactes à tout moment à toute réquisition de ses supérieurs, afin qu'au moins nous soyons nourris ce soir. Tout le monde cria « Hip, hip, hip, hourra! », sauf moi, qui lui gardais un peu rancune de m'être conduit comme un con.

Nous touchâmes une grosse tranche de pain et deux cuillerées de confitures par tête de pipe. Maria et moi allâmes manger notre souper à l'écart, à l'orée de la forêt qui commençait tout de suite aux dernières maisons, assis sur la mousse, serrés l'un contre l'autre comme deux petits oiseaux, les yeux grands ouverts sur l'horizon d'encre où, derrière un nuage, la lune se levait.

*

Très vite, on a eu l'idée des silos. On les repère dans les champs, près des maisons. Certains contiennent des betteraves, des kohlrabis et d'autres saletés fibreuses pleines de flotte, juste bonnes à te gonfler le ventre et à te faire péter. Certains contiennent des patates. Ceux-là nous intéressent.

On attend la nuit tout à fait noire, quand les babas, saoules de chants et de fatigue, dorment. Picamilh et moi, on se faufile jusqu'au silo. Maria fait le guet. On creuse la terre avec les doigts, on écarte la paille. Incroyable : des patates! Rondes, douces, fermes, des grosses patates blondes comme autrefois sur le marché de Nogent. On s'empile les patates entre peau et chemise, on referme le silo bien bien, on se sauve, rigolant d'avance de nos estomacs bourrés à éclater, demain.

On enterre nos patates dans un endroit connu de nous seuls. Le lendemain soir, on s'en fait cuire une marmitée. Les filles me montrent comment conduire un feu. Jusque-là, je faisais ça entre deux grosses pierres, en calculant la direction du vent, bon petit boy-scout. En Ukraine, on utilise une seule pierre, on la cale pour que le dessus soit à peu près horizontal, on pose la marmite sur la pierre, comme une statue sur son socle mais débordant tout autour, on dispose des brindilles en couronne autour de la pierre, on allume. Pas à se soucier du vent, d'où qu'il vienne il trouve du bois à brûler, il peut même changer faire des caprices, il tourne tout autour de la pierre, ta marmite chauffe toujours. T'as juste à glisser des brindilles, pas très grosses, au fur et à mesure que ça se consume. Bientôt nos patates dansent dans l'eau qui bout, les voilà cuites, tu les sors de l'eau, la peau éclate et bâille, dedans c'est comme de la neige. On en file aux copains, on les prévient qu'on leur dira pas où on les a eues, ils sont trop cons, ils saloperaient tout, ils nous casseraient la baraque, mais des patates on leur en donnera tant qu'ils en veulent.

Mais bientôt des tas de petits feux se tortillent dans la nuit. Les babas ont-elles aussi trouvé leur mine d'or, qui est peut-être la même que la nôtre, après tout? Elles rient, elles font popote par petits groupes, chaque groupe a son secret, elles veulent bien filer des patates aux copines mais pas le secret.

Tout le monde se bourre de bonnes patates. Les habitants n'ont pas l'air de s'émouvoir de leurs silos mis au pillage. Ou peut-être qu'ils ferment les yeux? Notre misère qui les attendrit? Les concerts nocturnes des babas qui leur semblent bien valoir quelques patates? On ne saura jamais. Ils sont très discrets. Pas hostiles du tout. Ils savent que, demain, après-demain, cette nuit, ils seront réduits à ce que nous sommes, à pire, peut-être. Leurs patates, qui les mangera?

Nous partons le matin les poches boursouflées de patates clandestines. Pour les manger, voilà comment on fait. On creuse en vitesse le début de notre portion de trou, Maria et moi sommes bien sûr toujours côte à côte, Paulot Picamilh jamais bien loin. Quand le trou atteint un mètre cinquante de profondeur, on s'accroupit au fond, hors de vue, bien abrités du vent, on sort nos patates, on les dévore, froides, la peau avec. C'est bon, c'est bon! Si le con de la Todt s'amène, un gars ou une baba nous le siffle. On lui rendra le même service, chacun son tour.

On se remplume à vue d'œil. J'ai toujours aimé les gros boulots brutaux. J'enfonce ma bêche bien à fond, je la balance en l'air calmement, en professionnel. Je fais le boulot de Maria en plus du mien, j'aime mieux qu'elle aille rôder à droite à gauche repérer s'il n'y aurait pas moyen de se tirer d'ici avant le grand coup de chien, vers l'Ouest ou vers l'Est, je m'en fous, j'ai pas de préférence. Vers l'Ouest? Les Américains sont loin, et puis ces connards écrabouilleurs de villes ne me plaisent pas, j'ai devant les yeux trop de cadavres arrachés aux gravats. Les Russes, j'ai rien contre. Ça doit pas être les mauvais zigues, ils pourraient nous écraser en moins de deux, ils ne le font pas. Et puis, ils ont un côté rustique et pauvre qui m'attire plus que les somptuosités américaines, que les bagnoles américaines, que les cigarettes américaines. Et puis ils pleurent comme des veaux et rigolent comme des vaches. Et puis ils chantent. Et puis ils sont Maria... Bon. On verra.

Cependant, tout timidement, le printemps se défripe. Le printemps poméranien. Parfois on creuse sur la plaine, parfois on creuse sous bois. Il y a eu les perce-neige, puis les primevères, puis les jonquilles. Les merles, prudemment, se dérouillent le sifflet. Sur les étangs tout juste dégelés, les grenouilles plongent et font des ronds.

Maria me chante les fleurs. « Vott, éto landich », c'est du muguet. Elle chante une chanson sur le muguet. « Eto térèn », l'aubépine. Chanson sur l'aubépine. « Vott akatsia », et la voilà qui chante « Biélaïa akatsia », l'acacia blanc, une chanson tsariste, me confie-t-elle, mais qu'est-ce que ça fout, la chanson est si jolie. Celle que j'aime par-dessus tout, c'est « Viyout vitri », une romance ukrainienne, belle à pleurer.

Avril coule, merveilleux avril. Le vent souffle plus doux chaque jour, chargé de lointaines bouffées marines. Sur la plaine, soudain, explosent les fleurs aux couleurs intenses. Une aurore mauve, en haut des arbres, annonce la montée de la sève dans les brindilles. Une promesse verte frissonne et court sur les noires futaies. Un pivert mitraille un tronc. Maria est là. Avril de ma vie.

*

Un soir, en arrivant, j'apprends que Paulot, qui s'était caché pour ne pas aller au boulot, un coup de cafard, il est comme ça, s'était fait piquer par le garde-champêtre alors qu'il fauchait des patates dans un wagon, en gare de Zerrenthin. Il est bouclé dans la prison municipale. Je vais le voir.

C'est une petite prison carrée, trois mètres de côté, construite exprès pour ça, pour être prison, je veux dire, elle comprend une seule cellule dont la porte ouvre de plain-pied sur la petite place du village. Les murs sont fort épais, il y a à la porte un verrou considérable avec un cadenas comme une petite enclume. Une fenêtre minuscule garnie d'énormes barreaux de fer, et Paulot qui se pavane derrière, cramponné aux barreaux, hilare.

Un demi-cercle de babas le réconforte et le plaint beaucoup, ça fait un boucan de basse-cour. Toutes lui ont apporté un petit cadeau : des graines de tournesol, un mouchoir tout propre, du journal pour s'essuyer le cul, deux cigarettes, de la purée, trois pastilles pour la gorge, une lame de rasoir, une ceinture en cuir, un crayon à encre et du papier blanc, un très joli bouton de nacre synthétique, une ration de sucre... Il est là, cette grosse vache, qui se prélasse et se fait dorloter. Il me confie qu'une paysanne du village est venue en douce lui apporter un gros morceau de gâteau au chocolat, qu'il a tout bouffé, et puis une autre dame lui a apporté deux grosses saucisses avec de la choucroute et des boulettes de flocons d'avoine, et qu'il a tout bouffé aussi, en se forçant un peu. Ah, oui, une jeune fille rougissante lui a apporté de la bière bien fraîche, mais il a tout bu. Pauvre garçon. Il rote.

Culottes-de-Cheval arrive, flanqué du garde-champêtre gesticulant. Culottes-de-Cheval est responsable de la tenue de ses hommes. Celui-ci est un voleur. Ce qu'il a fait est grave. Le garde-champêtre a dressé procès-verbal. Il est de son devoir de prévenir les autorités de Prenzlau, le chef-lieu de district, afin qu'ils l'emmènent là-bas où il sera jugé.

Culottes-de-Cheval lui explique que, de toute façon, les patates, hein, à qui seront-elles, dans pas longtemps, et le wagon avec, et la gare avec, hein, hein? Le garde-champêtre dit que ce n'est pas son affaire, la loi est la loi, pour l'instant elle est la loi du Reich allemand, lui il ne connaît que ça. Et puis, dites donc, ça serait pas un peu ce qu'on appelle des propos défaitistes, ce que vous insinuez là?

Ça se présente mal. Picamilh me dit :

— Le certificat!

Je dis :

— Quel certificat?

— Le machin, quoi, tu sais bien, le papier que nous a donné le Chleuh de Berlin quand on a empêché sa maison de brûler! Il y a dessus que Paul Picamilh et Franz Kawana ont risqué leur vie en plein bombardement et ont sauvé celle de plusieurs citoyens du Reich et préservé des biens allemands.

— Merde, t'as raison. Ça peut attendrir ce vieux con. On est des héros, eh.

— Bon, ben, va le chercher.

— Où il est?

— Dans mon sac, tu trouveras bien.

Cinq minutes après, je rapporte le papier, un peu défraîchi mais tout à fait convaincant. Culottes-de-Cheval le tend au garde-champêtre, sur le visage duquel l'émotion le dispute à la perplexité. L'émotion enfin l'emporte, il trifouille les entrailles de son cadenas de compétition, libère le verrou de sa gâche et ouvre la massive porte de chêne. Picamilh apparaît dans le cadre de la porte. Les babas crient « Gourré! » Culottes-de-Cheval serre les mains de Picamilh, me serre les mains, nous dit c'est beau ce que vous avez fait, Ja, sehr edelmütig! Kavallier! Et puis il dit à Picamilh de ne plus faire le con. Picamilh me confie qu'il serait bien resté un jour ou deux de plus, le temps de faire mieux connaissance avec ces dames au grand cœur. La petite jeune fille avait une natte rousse, des taches de rousseur, elle sentait très bon la rouquine.

Fin de l'aventure de Paulot Picamilh dans la prison.

On raffine. On fait de la cuisine. Maria perce des trous dans un vieux couvercle de boîte à conserves à l'aide d'un clou et d'une grosse pierre, les bavures des trous font une râpe, elle râpe là-dessus des patates crues, elle enferme le râpé dans un chiffon, le trempe dans l'eau, tord le chiffon pour presser très fort, il en sort un jus laiteux, elle recommence plusieurs fois, elle ajoute un peu de sucre qu'elle a trouvé va savoir où, elle met ça sur le feu, laisse mijoter mijoter, ça réduit, ça épaissit, elle le retire du feu, le met à refroidir. Ça se fige en une espèce de gelée tremblottante. « Kissel », elle me dit. C'est donc ça, le fameux kissel. Du flan de fécule, en somme. Pas mauvais du tout. Un peu fade. Elle m'apprend qu'on y incorpore normalement du jus de groseilles, ou de framboises, ou de cassis, ou de citron, et qu'alors c'est une merveille. Brave petite ménagère! J'ai une vraie femme à moi, qui fait de ces trucs de femmes. J'avais jamais pensé à ça. Je me sens très pantoufles.

Un jour, en furetant dans une remise, je trouve du blé, un petit sac. Il est drôle, ce blé, il est tout bleu. Bleu ciel. Je l'apporte à Maria. Elle saute en arrière. « Iad! » Poison! C'est du blé empoisonné, du blé de semence. Sans ça les corbeaux le boulottent à peine semé. J'ai pourtant une terrible envie de le manger, ce blé. Cuit comme du riz, ça doit être fameux. Mais d'abord, ôter le poison. Je fais bouillir de l'eau, je lave le blé, l'eau devient bleue, le blé est encore bleu. Je jette l'eau, je recommence. Comme ça trois fois. A la fin, le blé n'était presque plus bleu, je dis ça va comme ça, je le fais cuire, il gonfle magnifique. Ça en faisait une marmite énorme. Maria ne s'approchait pas à moins de deux mètres, Paulot non plus, les autres non plus. Du coup, ils m'ont foutu vraiment la trouille. Mais j'en avais tellement envie! J'ai dit merde, j'ai plongé ma cuillère dans la marmite, je me suis rempli la bouche de ce bon blé tendre et moelleux, j'ai mâché, j'ai regardé les autres, Maria a crié « Niet! », j'ai avalé. Délicieux. Je m'en suis tapé une ventrée crapuleuse. Maria a haussé les épaules, m'a pris la cuillère, a mangé une grosse part de blé. Les autres n'ont pas osé. On s'est couchés en se demandant si ce poison tuait doucement, dans le sommeil, ou bien te donnait les coliques du diable, la chiasse du sang. On s'est aimés pathétique comme deux qui vont mourir, on a essayé de pleurer sur nous, on s'est endormis. Au matin, frais comme l'œil. On avait un peu honte. On a ri comme nous deux on sait rire.

La bouffe me hante. Je cherche des escargots. Mais Maria fait « Tfou! » et crache et me dit que jamais plus je ne la toucherai si je mange cette horreur. Après tout, il aurait fallu les tuer, et j'ai pas le cœur. Je cueille des pissenlits. Maria fait « Tfou! » et dit que c'est de l'herbe pour les vaches. De toute façon, sans huile, sans vinaigre... Un chat vient de tuer un corbeau. Je fais fuir le chat, je plume le corbeau, j'en fais une poule au pot. J'attends le « Tfou! ». Et non. Elle trouve le bouillon délicieux, grignote une cuisse avec ravissement. Elle a raison, c'est fameux. Coriace, sauvage, mais fameux.

Katioucha contre Lili Marleen

Maria me secoue. Me secoue violemment. Hein? Oh, que je dormais bien! Brraçva! Brraçva! Vstavaï! Debout! Quoi, déjà l'heure? Mais je crève de sommeil, moi... Peu à peu, douloureusement, j'émerge. Et j'entends que la grange est pleine de bruit, de « Los! » et de « Schnell! » hurlés à voix hargneuses, les babas s'exclament, protestent tchort vozmi tibia, ty zaraza, ty, ça claque des galoches, ça jacasse aigu, des coups de botte rageurs résonnent sur des parois de planches, oh, oh, serait-ce...?

C'est.

« Alle raus! Mit Gepäck! » Nos paquets, ils sont vite faits. Des files de gars et de filles, grisâtres, yeux collés, traînent la patte en bâillant jusqu'à la place devant l'église. On est là à piétiner, des troufions vert-de-gris — tiens, longtemps que j'en avais pas vu! — houspillent les ahuris, fouillent partout, donnent des coups de botte dans les tas de paille, chassent sans tendresse les retardataires vers le lieu du rassemblement. Ces militaires suent la rage et la méchanceté. On les sent sur le point de perdre les pédales. Il n'en faudrait pas beaucoup pour que jaillisse le revolver. Sur un côté de leur col de vareuse, je vois le si fameux double S stylisé « runique », les deux éclairs calculés quart de poil psycho-esthète effet maxi sur les âmes sensibles, foudre et terreur, barbarie-futurisme, Wagner et béton, le Troisième Reich aussi aura été un opéra. Nous voilà donc placés directement sous l'autorité de la S.S. Merde.

Le canon! Tout près. Je n'y avais pas fait attention. Un roulement continu, pas de trou entre les coups, départs secs, arrivées grasses, tout se fond en une seule énorme clameur. Dos rond, on attend l'appel. Ça discute passionné.

« Tu crois que, cette fois, ça y est? » « Merde, pour une fois qu'on était peinards! Qu'on bouffait à notre faim! » « On a fini d'en chier, les mecs! Ils l'ont dans le cul! » Excités-déprimés suivant tempérament.

L'appel tarde. Il semble qu'il y ait quelque pagaille dans la belle mécanique. Et où est donc passé Culottes-de-Cheval? Bon, ben, en attendant, Maria et moi, on fait un saut jusqu'à la pompe du village. Un S.S. nous gueule « Nein! Zurück bleiben! », on lui dit qu'on va se laver, il fait les yeux ronds, ça se lave donc, ces races, il dit « Gut! Aber macht schnell! » L'hygiène, c'est le meilleur laissez-passer. Et bon, je me fous à poil, Maria aussi, on se pompe la flotte chacun son tour, on se décrasse bien bien, on n'aura peut-être plus l'occasion avant longtemps, une savonnette de camp y passe tout entière. L'eau est glacée, le vent aussi, nous n'avons rien pour nous essuyer, cons que nous sommes, nous n'avons pas pensé à ça. Des Allemandes passent, hâlant des valises sur de petits chariots de bois. Elles sourient à nos blêmes nudités. Une jeune femme spontanément s'arrête, ouvre une valise, me tend une serviette-éponge, en prend une autre et se met à essuyer Maria. Je la remercie. Elle hausse les épaules, nous fait signe de garder les serviettes, nous sourit encore, et puis s'en va, tirant son chariot cahotant.

Nous nous frictionnons à nous arracher la peau, j'empile bien vite autour de moi mes entassements de lainages, Maria enfile son petit manteau feuille morte, ses bas bleus, ses chaussures à bride. Une dactylo qui part pour le bureau. Un platotchok immaculé autour de la tête, c'est tout ce qu'elle consent à l'aventure. Je serre avec soin mon vieux increvable manteau autour de moi à grand renfort de ficelles et d'épingles de nourrice, bien boudiné bien étanche, me voilà paré. Je dois avoir l'air d'un de ces Juifs errants des tableaux de Chagall.

Sur la place, ça piétine toujours. J'arrange des bretelles de ficelle à la valise de Maria, cette valise de carton que j'ai rafistolée à Berlin, afin qu'elle puisse la porter sur le dos, comme moi-même, les bras libres. Pendant ce temps, elle met à cuire une marmitée de patates, elles n'auront peut-être même pas le temps de commencer à bouillir, mais sait-on jamais? J'ai une pensée navrée pour toutes ces belles grosses patates qui dorment dans notre cache, ils auraient pu au moins nous laisser le temps de les bouffer, les Russkoffs. Enfin, bon, c'est comme ça, quoi.

Culottes-de-Cheval finit quand même par se pointer et les patates par être cuites. Juste en même temps. Un sous-off S.S. se tient au côté du grand chef, un vélo à la main, un de ces vélos qu'ils ont, taillé dans une vieille charrue. Culottes-de-Cheval parle.

— Nous allons nous mettre en route vers un nouveau lieu de travail. Je vous demande de marcher en ordre, de ne vous écarter de la colonne sous aucun prétexte et de m'obéir absolument. Vous allez toucher des vivres. Je vous conseille de les économiser. Je vous rappelle qu'il est strictement interdit (strengt verboten!) de traînasser en arrière de la colonne.

Le S.S. confirme d'un hochement de tête. Il tapote son étui à revolver, étire un rictus voyou. Il est noiraud, plutôt petit, avec une moustache qui se voudrait à la Clark Gable. Son vélo à la main, il a l'air d'aller pointer chez Renault. C'est pas comme ça que je me la voyais, la Bête blonde.

Quelqu'un demande :

— Où qu'on va?

Culottes-de-Cheval se tourne vers Clark Gable-de-poche. C'est lui qui répond :

— Nach Western.

Vers l'Ouest. C'est vague, mais éloquent. Il n'a pas l'air décidé à en dire plus, alors on ne lui demande rien.

Culottes-de-Cheval fait l'appel. Il rend compte à l'autre :

— Es sind alle Leute da.

— Gut.

On commence à défiler devant trois babas qui nous distribuent un demi-pain, une porcif de margot et deux cuillerées de fromage blanc. Où veux-tu foutre le fromage blanc? J'ouvre la bouche, je lui dis de me le verser direct dedans, gloup, on n'en parle plus. Maria fait poser le sien sur l'entame de son pain, elle coupe la tranche de pain par-dessous, ça lui fait une tartine. Sidéré d'admiration, je suis. Tout de suite après, un Tchèque nous tend une pelle. Ou une bêche, on a le choix. Il y a aussi deux ou trois pioches et une hache, pour les originaux. Bitte schön. Danke schön. Maria, Paulot Picamilh et la petite Choura, on s'est bourré les poches et tous les replis de patates chaudes, mais il en reste encore, quel dommage, alors Paulot attache une ficelle à l'anse de la marmite, il se la passe au cou, elle lui pend devant, je lui promets de prendre le relai.

« Vorwärts... Marsch! »

Le soleil commence à grimper. Le ciel est bleu ciel. Nous sommes le 4 avril 1945.

*

Nach Western! En débouchant du chemin de terre, on tourne à main droite, en direction de Pasewalk. Et on tombe sur juin quarante.

L'exode. De nouveau. Le troupeau fourbu. L'armoire sur la charrette, les matelas sur l'armoire, la grand'mère sur les matelas. Les poules dans un cageot, entre les essieux.

Juin quarante en Poméranie. Mais avions-nous ces visages de mort, en juin quarante? Ces yeux vides, ces épaules affaissées, cette morne certitude du pire? Je me souviens d'une énorme pagaille, d'une kermesse de la trouille et du pillage. Ici, rien qu'un lourd piétinement de bêtes qui vont à l'abattoir, et qui le savent. Disciplinés, mais pas seulement. Dignes. Empressés à s'entraider. Bien élevés. Oui, ça fait rire, mais c'est ça : bien élevés. Et déjà morts.

Pourquoi ne sont-ils pas partis plus tôt? Parce que c'était interdit. Pourquoi partent-ils maintenant? Parce que c'est obligatoire. L'ordre est donné : vers l'Ouest. Personne ne doit tomber aux mains des Rouges. Personne. Consigne absolue. Les S.S. y veillent. Alors, ils vont vers l'Ouest. Vers les lignes américaines. Bien sûr, ce n'est pas prononcé, aller se mettre sous la protection de l'ennemi serait du défaitisme et de la trahison, mais c'est lourdement suggéré. Les lignes américaines doivent bien se trouver à quatre ou cinq cents kilomètres d'ici... Ils n'y arriveront jamais. Ils n'arriveront jamais nulle part. Ils le savent. L'Armée Rouge a pris son temps, elle a ramassé ses forces, maintenant elle fonce, à l'instant exact qu'elle avait choisi. Rien ne l'arrêtera plus. L'énorme machine à tuer balaie la plaine, d'un horizon à l'autre, écrase tout, rien ne lui échappera.

En juin quarante, nous ne croyions pas à la guerre. Nous ne savions pas ce que c'était. Les Allemands ne pouvaient pas être aussi terribles qu'on nous le disait, et puis, merde, on verrait bien... En avril quarante-cinq, sur les routes d'Allemagne, « ils » ont eu le temps d'apprendre. Ils savent ce qui s'est passé à l'Est. Ils savent qu'ils n'ont à attendre aucune pitié de ces Russes à qui ils ont fait tant de mal. De ces Russes dont leur propagande a fait d'effroyables brutes asiates dégénérées.

*

On marche. Très vite, la colonne perd de son homogénéité. Des solitaires s'y infiltrent, des gars de culture, Tchèques, Polonais, Ukrainiens, prisonniers de guerre. Des Allemands, aussi. Un vieux couple peine. L'homme n'en peut plus. Il s'arrête, cherche son souffle comme un poisson hors de l'eau, repart, appuyé sur sa vieille. Un gars balance sa pelle dans le fossé : « On a l'air un peu cons avec ça, non? » De fait... Je balance ma bêche. Je dis à Maria d'en faire autant. Avant qu'elle m'ait répondu, je sens un truc qui me rentre dans le flanc, je regarde, c'est le petit S.S. vicelard de tout à l'heure, il me pousse son pistolet dans les côtes, un engin énorme, il appuie là-dessus comme sur une chignole, tout content de me faire mal, l'affreux con, un rictus de joie mauvaise tord sa gueule de toréador raté sombré dans l'alcoolisme, il meurt d'envie de tirer. Je regarde le lüger, je fais mes yeux innocents, je demande :

— Warum? Warum die Pistole?

Il crache :

— Werkzeuge nicht wegwerfen!

Pas jeter les outils... Il baragouine un allemand encore plus mauvais que le mien. Ça doit être un de ces jobards qui n'ont pas résisté à l'appel de « Et la servante est rousse... » Du menton, il me désigne la bêche.

— Aufnehmen!

Ça va, je ramasse le machin, et me voilà reparti bêcher les radis, gentil petit jardinier du dimanche. Lui rengaine son gros zinzin, à regret, me jette le long menaçant appuyé coup d'œil du sous-off fumier qui t'envoie le message, toi, mon gaillard, je me la paierai, ta gueule, enjambe son vélo-dinosaure et se tire, pédalant des talons, pieds écartés, vers d'autres pauvres cons à faire chier.

On marche. Pas vite. Culottes-de-Cheval a beau bomber le torse et marteler son pas cadencé des grandes occasions, la colonne se diffuse et s'englue dans le lent dandinement d'un peuple en fuite qu'un élastique rattache à sa maison, un élastique de plus en plus dur à étirer à mesure qu'on l'étire davantage. Le dandinement des exodes, partout le même. La canonnade se rapproche. Je guette les fumées noires. Les voilà. Derrière nous, tout près, un lourd panache soudain grimpe et s'étale. Puis un autre, plus à droite. Un autre. Les réserves de carburant flambent. Il y a donc des unités allemandes derrière nous, les Russes ne seraient quand même pas assez cons pour détruire de tels trésors... On devrait les voir se replier, ces Allemands. Or, rien. Pas un feldgrau, à part ces S.S. au rabais qui pressent le mouvement, los, los, en suant sur leurs bicyclettes.

Paulot, Maria, la petite Choura et moi, on s'arrête un instant le long d'une barrière blanche pour y appuyer nos fardeaux et soulager nos épaules, elle est juste à bonne hauteur, la barrière. On n'est pas là depuis cinq minutes que, brusquement, c'est la queue de l'exode. Il n'y a plus personne après ceux-là. Moi qui croyais que la colonne continuait sur des kilomètres! Et voilà que surgissent une vingtaine de S.S. cyclistes. Cinq ou six d'entre eux mettent pied à terre, dégainent leurs pétards et nous foncent dessus. Ausweiss! On présente nos Ausweiss. Warum tragen die Russinen da kein « Ost »? Pourquoi les deux filles russes ne portent-elles pas l'« Ost »? Oder vielleicht auch warten die gnädige Damen und Herren auf die Roten? Ces messieurs-dames attendent l'arrivée des Rouges, peut-être? (Ricanement.) Wir müssten sie als Spionen auf dem Ort abschiessen! Nous devrions vous abattre sur place comme espions! (Changement de ton.) Espions? Nous prenons un air offensé. Je dis à Paulot :

— Montre-leur le certificat.

Il a pas l'air de comprendre.

— Le certificat, merde! Le papier du Chleuh de la maison brûlée. Ça peut peut-être encore marcher.

Lui, piteux :

— Je l'ai laissé en taule. Je l'ai oublié, quoi.

Finalement, on en est quittes pour se faire gueuler dessus un bon coup. On hâte le pas pour rejoindre, tandis qu'ils fouillent la ferme aux barrières blanches. Je commence à comprendre pourquoi ils sont si nerveux. Ils sont le Kommando-balai, ils ne doivent laisser personne derrière eux. Naturellement, plus les traînards se traînent loin de la colonne, plus ils ont eux-mêmes les plumes du croupion à portée de main de l'avant-garde rouge. J'ai dans l'idée que, pour un S.S., il y a effectivement de quoi se sentir nerveux.

Pas question de pause casse-croûte. Celui qui a faim vient piquer une patate dans la marmite qui pend tour à tour au cou de Paulot ou au mien et la mange en marchant. Voilà Pasewalk, une jolie petite ville, un peu austère, comme elles sont par ici. Pas un troufion, pas un canon en batterie. On passe un pont. L'eau miroite au soleil. Pas loin après Pasewalk, la route bifurque. Vers le Nord ou vers le Sud? Ah, Ah. Culottes-de-Cheval consulte sa carte. On s'allonge dans l'herbe toute neuve, on mâchouille des brins tendres pleins de jus sucré... Un boucan d'enfer déchire le ciel. Deux petits avions nous foncent droit dessus. Sous les ailes, les étoiles rouges, insolentes. C'est plus fort que nous. On saute sur nos pieds, on fait de grands gestes, on gueule « Hourra! » « Salut, les potes! », « Vive Staline! » « Ouais, les mecs! » N'importe quoi. C'est juste pour leur montrer qu'on est contents de les voir.

Ratatata... Oh, ben, merde! Ils nous refont le coup des Ritals! Tous à plat ventre! Je cherche Maria pour la balancer dans le fossé, elle me tire par la jambe : elle y est déjà. Mais qu'est-ce que tu attends, tchort s toboï, tu vois pas qu'ils mitraillent? Je m'aplatis à côté d'elle, valises sur la nuque. Ces deux cons-là font deux passages, les balles cinglent les branches au-dessus de nous, et puis ils s'en vont. Ils s'amusaient un peu en passant, quoi. Les soldats sont de grands enfants.

On se relève. Personne n'est blessé. Maria m'engueule, mais je sais que c'est parce qu'elle a eu peur, c'est la réaction, je ne lui en veux pas. Je me sens très calme, très fort. Très protecteur. En tout cas, on abandonne les bêches dans le fossé, et merde.

Les S.S. de tout à l'heure nous rejoignent. Le gradé va droit à Culottes-de-Cheval, le prend à part, lui parle dans les trous de nez. On dirait qu'il lui passe un sérieux savon. Culottes-de-Cheval dit Javohl, so fort, Herr Schtrumpflabidrülführer, il claque les talons, le S.S. fait signe aux autres, ils s'éloignent à toutes pédales.

Ils s'éloignent... Mais alors... Mais alors, il n'y a plus personne derrière nous! Plus personne entre l'Armée Rouge et nous! Ces gars-là ont fini par avoir la trouille plus forte que la discipline, ils se sauvent vers l'Ouest, les arrogants, ils pédalent vers le chewing-gum et le chocolat au lait! Baisse la tête, fier S.S., t'auras l'air d'un coureur!

Cependant, Culottes-de-Cheval nous a réunis autour de lui. Il a l'air sévère, Culottes-de-Cheval. Il nous apprend que le Gningningninführer lui a fait de très durs reproches concernant l'attitude des étrangers placés sous son autorité, à lui, Culottes-de-Cheval. Le Steckmirindenarschführer et ses hommes ont débusqué, dans les bâtiments d'une ferme peu avant Pasewalk, six femmes russes portant des Ausweiss de la firme Graetz A.G. qui se dissimulaient dans la paille. Elles ont reconnu avec arrogance qu'elles s'étaient cachées pour attendre l'arrivée des Bolcheviks. Elles ont même ricané de façon insultante et se sont réjouies des revers temporaires de la Wehrmacht et des souffrances du peuple allemand. Elles ont été jusqu'à oser se moquer du Führer. En conséquence, elles ont été abattues sur place comme espionnes. Voici leurs Ausweiss.

C'est pas possible! Ils l'ont fait! Maria me dit :

— C'est Génia, la grosse Louba et les autres filles de la bande de la cuisine. Je savais qu'elles allaient essayer de se cacher, elles me l'avaient dit.

Elle est pétrifiée. Et puis elle pleure à gros sanglots, et toutes les babas pleurent, et moi aussi. Génia, la grande boutonneuse pas belle avec ses dents en fer, merde, et Louba avec son gros cul mou, et Marfoucha, et Wanda, et Macha... Maintenant, c'est la rage qui leur monte, aux filles. Elles entourent Culottes-de-Cheval, elles commencent à le serrer de près, elles vont le foutre par terre, lui arracher la peau, lui crever les yeux... Merde, il y est pour rien, ce pauvre con! On s'y met à trois ou quatre, on le dégage. J'y laisse un peu de cheveux, mais, la première violence passée, elles laissent tomber.

Tout à coup, les cent mille tonnerres s'abattent. Une meule de paille prend feu dans le champ à notre droite. Des gerbes de terre et de cailloux jaillissent tout autour de nous. Cette fois, on est en plein dedans. Je demande à Culottes-de-Cheval si les Rouges sont encore loin. Il me répond que le S.S. lui a dit qu'ils ont passé la Randow, la rivière qui coule de l'autre côté de Zerrethin, je vois? Oui, je vois. On a creusé le long de cette rivière. Dans ce cas, ils doivent bien être arrivés à Zerrethin, à l'heure qu'il est. Et nous, combien a-t-on fait depuis Zerrethin? Il regarde sur la carte. Douze kilomètres. Seulement? Alors, ils sont à douze kilomètres derrière nous? Peut-être moins? Je sens l'excitation me courir par tout le corps.

Je lui demande comment ça se fait qu'on n'a pas vu une seule unité allemande monter en ligne, ni battre en retraite. A mon avis, ils sont partis depuis longtemps, je lui dis. Depuis avant même qu'on arrive ici, nous. Mais alors, pourquoi tous ces travaux, ces tranchées antichars? Il n'y avait personne devant les lignes russes, personne que nous autres, pauvres cons, avec nos pelles et nos bêches? Pendant tout ce temps-là? A quoi ça rime? Et maintenant, pourquoi nous foutre ces S.S. au cul?

Il hausse les épaules. Il ne sait pas. Il ne se pose pas de questions. Il ne veut pas tomber aux mains des Bolcheviks, ça, il sait. Alors, en route.

*

En route. Les obus tombent de plus en plus serré, c'est une préparation d'artillerie, comme disent les livres sur la Grande Guerre, ça signifie qu'ils vont attaquer. Oui, ben, j'aimerais bien choisir mieux à ma main les conditions de notre rencontre. Les chars vont surgir d'un moment à l'autre et tirer sur tout ce qui bouge, et après tu t'expliques. Un vrai jeu de cons, la guerre. Pas chercher à comprendre, je suis un civil, c'est trop calé pour moi. Dans quelques années, les livres d'histoire expliqueront tout à fait bien la manœuvre, l'aile gauche, l'aile droite, tout ça, je comprendrai tout, je m'écrierai mais voyons bien sûr, c'était tout simple! Pour l'instant, barre-toi, planque ta peau, les obus ne connaissent personne, pour les obus tout est ennemi.

Stimulés par Culottes-de-Cheval — mais est-il besoin de nous stimuler? —, on force l'allure. On finit même par courir pour échapper à la pluie de ferraille assassine qui, heureusement, tombe à droite et à gauche de la route, assez loin.

Nous rattrapons ainsi le gros de la horde, dont l'affolement devant la mort qui dégringole a quelque peu secoué la morne résignation. Et merde, ces cons de S.S. sont là! Tout au moins deux d'entre eux, dont le petit sous-off à gueule d'apache. Le pétard en poigne, ils font « Los! Los! », ils attendent qu'on soit tous passés et puis ils remontent sur leurs vélos de labour, ils nous pédalent au ras du cul, poussant ceux du dernier rang à coups de leur poing fermé sur la crosse du lüger.

Le vieil homme à bout de souffle de tout à l'heure est affalé sur le bas-côté, le dos appuyé à un arbre. Sa bouche béante cherche l'air. Les yeux lui sortent de la tête, son visage est violet-noir. Sa petite femme ratatinée lui passe un mouchoir mouillé sur le front. Elle pleure, lui parle doucement. Il n'ira pas plus loin. Les deux S.S. mettent pied à terre.

La pluie d'obus cesse comme elle a commencé, sans prévenir. Nous traversons des villages, un pont que personne n'a l'air d'être préposé à faire sauter... Les panneaux annoncent une ville nommée Strasburg. C'est à ce moment que se manifestent enfin les signes de l'existence d'une armée allemande.

Une longue file de fantassins vert-de-gris remonte la colonne. Ils marchent dans le fossé, en file indienne, rasant la haie. Une autre file marche parallèlement à eux, de l'autre côté de la même haie. Je les regarde, stupéfait. Ce sont des gosses. Certains ont l'air d'avoir douze ans. Ils portent des uniformes plus ou moins complets, ceux qui n'ont pas de pantalon ont gardé leurs culottes courtes d'écoliers — la culotte courte se porte tard, en Allemagne. La vareuse feldgrau, trop longue, leur bat les mollets. Ils ont dû rouler le bas des manches pour libérer leurs mains. Je vois aussi des vieillards, vraiment vieux, du poil blanc, du bide, de la nuque en gouttière ou bien à triple bourrelet, de la guibolle arquée, du rein coincé... La plupart portent la cape-toile de tente imperméable camouflée d'un bariolage couleur jeux de lumière dans le frais sous-bois, sur la tête le casque d'acier abondamment garni de feuillages.

Ils sont armés de fusils et de mitraillettes. Des grenades à manche dépassent des bottes de ceux qui en ont. Quelques-uns portent sur l'épaule de longs tuyaux de poêle peints en vert feldgrau. J'entends les gars dire, admiratifs, que c'est là le fameux Panzerfaust, la toute dernière arme miracle qui envoie une petite fusée de rien du tout sur un char, laquelle fusée se colle au blindage, fait fondre l'acier le plus épais en un clin d'œil et injecte par le trou la déflagration d'une charge creuse extraordinairement puissante : tout ce qu'il y a de vivant à l'intérieur du char est plaqué aux parois en tartine de viande hachée sanguinolente. Ou bien est instantanément cramé carbonisé volatilisé il n'en reste rien qu'un peu de fumée, ça dépend des versions, les gars discutent avec intérêt ce point de technique. J'arrive pas à croire ça. Ce simple bout de tuyau de tôle mince? Oui, mais, tu comprends, il faut se tenir tout près du tank que tu veux descendre. A deux ou trois mètres. Et tu crois que les gars du tank vont te laisser approcher bien gentiment? Eh bien, voilà, il faut creuser un petit trou dans la terre, juste de quoi s'aplatir, se camoufler dedans et attendre, le laisser venir tout près tout près... C'est pour ça qu'ils ont ces petites pelles en travers du sac à dos en peau de cheval « avec les poils » qui me fait tellement envie.

Pas d'artillerie avec eux, même légère, pas de mitrailleuses. Le Panzerfaust rend tout ça complètement dépassé. Tu crois qu'avec ces zinzins ils peuvent vraiment renverser la vapeur et gagner la guerre? Les écoliers et les grands-pères chargés de mettre en œuvre les fabuleuses petites merveilles n'en ont pas l'air tellement convaincus. Ils marchent en silence, tête basse, tristes à crever. Ils nous jettent des regards d'envie, à nous qui allons en sens inverse. Couronnés de branches de cerisiers en fleur, la mort sur la figure, ils vont à l'abattoir, et ça ne leur plaît pas.

— C'est le Volkssturm, m'explique Paulot.

Il s'est instruit, en prison, Paulot. Les dames du village lui ont appris que le Führer avait décrété la Grande Colère du Peuple allemand contre l'envahisseur impie et avait décidé de ne pas s'opposer à la levée en masse spontanée des jeunes à partir de quatorze ans ainsi que des vieillards sans limite d'âge. Et les femmes? Tiens, c'est vrai, il n'a pas parlé des femmes. Il n'y aura pas pensé...

Le soleil brille haut et clair. Il fait même chaud, soudain, vraiment chaud pour un début d'avril. Les merles sifflent dans les haies, habitués maintenant au roulement de la canonnade. Décidément, les grands désastres guerriers aiment le plein soleil. Je laisse Maria prendre un peu d'avance, pour le plaisir de la regarder marcher. Ce printemps n'arrive pas à avoir un goût de mort.

*

Parmi les groupes plus ou moins organisés qui, comme nous-mêmes, suivent la route de la grande migration vers l'Ouest, je remarque depuis un bon bout de temps une petite bande de prisonniers de guerre italiens. Ils font tache dans la tristesse générale. Ni l'accablement apathique des Allemands, ni la hargne rouspéteuse des Français, ni le fatalisme plus ou moins insouciant des Russes ne parviennent à déteindre sur leur belle humeur. Bizarrement, personne ne semble avoir charge d'eux. Ils sont livrés à eux-mêmes. Ils vivent le désastre comme une fête, un rallye du week-end, une énorme aventure picaresque dont ils sont bien décidés d'avance à trouver toutes les péripéties formidablement passionnantes, à en déguster à fond le pittoresque et le cocasse. Ils se voient déjà racontant ça aux copains, avec les gestes et la mimique, en vidant des fiasques de chianti dans l'ombre ocellée d'une treille, quelque part entre Calabre et Lombardie.

Le triste tissu de fibres de bois de leurs uniformes verdâtres tombe en loques. Ils se drapent avec arrogance dans la cape mousquetaire fièrement jetée sur l'épaule, c'est justement pour ça qu'elle a été calculée, la cape : pour l'arrogance mousquetaire. Tu ne peux que t'en jeter un coin sur l'épaule si tu veux qu'elle t'enveloppe un peu, comme une toge, c'est ça, or ce geste ne peut être qu'arrogant, et comme tu es obligé de le recommencer sans cesse, la saleté de truc retombe toujours, ça donne à l'armée italienne, même vaincue en loques réduite à l'esclavage, une indélébile arrogance. C'est souvent comme ça, les Ritals. Quand ils veulent faire les fiers et les implacables, ils tombent dans l'outrance, ça donne la fierté du matamore. Ils en sont conscients, d'ailleurs : n'est-ce pas la comédie italienne qui a inventé le type du matamore? Certains portent le chapeau de bersagliere avec la grosse touffe de plumes noires de queue de coq tombant sur l'œil. Plutôt mitées, les plumes, mais du panache, très gentilhomme Louis XIII dans la débine. Ils aiment ça, le panache, les Ritals. Tout en se moquant d'eux-mêmes, ils en jouent, c'est plus fort qu'eux.

Tantôt nous les dépassons, tantôt ils nous dépassent, au hasard des vicissitudes de cette avance syncopée. Chaque fois que nous nous trouvons en présence, je constate que leur volume global a grossi. Je ne veux pas dire qu'ils ont ramassé au passage d'autres prisonniers ritals, mais bien qu'ils occupent dans l'espace une géométrie aux dimensions plus vastes, surtout dans le sens de la hauteur. Cette augmentation de volume est due à une incorporation sans cesse croissante d'objets divers. Les objets, gros ou petits, viennent s'agglutiner à eux comme la limaille de fer court à l'aimant.

Les toutes premières fois, ils portaient de maigres balluchons, des musettes étriquées. Des sacs à patates leur pendaient dans le dos, flasques comme des vieilles figues. Peu à peu, les sacs ont pris de bonnes grosses joues, les musettes ont débordé, des caisses et des cartons sont apparus sur les têtes, sur les épaules. Puis il y eut une brouette. Une autre. Un landau d'enfant. Puis une charrette à bras. Puis une charrette à cheval, avec le cheval. Le niveau du bric-à-brac se mit à monter dans la charrette. Bientôt il dépassa la hauteur d'un premier étage, et tout en haut du tas, tout là-haut, posée sur les sacs et les ballots comme une cerise confite sur un gâteau, était assise une dame allemande, une veuve très digne, en pleurs, tout à fait mettable, ma foi, qui souriait déjà à travers ses larmes.

Sacrés Ritals! D'abord ils marchaient en silence, saisis par l'angoisse ambiante, même s'ils n'y participaient pas. Respectueux tout au moins du terrible désespoir allemand. Comme on ôte son chapeau devant un corbillard qui passe. Après tout, ces gens vont mourir, ces femmes seront violées... Et puis, peu à peu, caressés dans le dos par cet irrésistible soleil, ils ont commencé à fredonner, tout doucement, presque à leur insu, comme on lâche du lest à un besoin naturel impossible à réprimer, comme voulut faire cet homme-là, celui qu'aime à raconter papa, qui, dans l'église, au moment de l'élévation, pris d'une épouvantable envie de péter, crut sauver la situation et faire la part du feu en laissant fuser un filet ténu ténu mais, hélas, produisit une note soutenue de trompette bouchée qui se prolongea, se prolongea et, dans l'histoire de papa, se termina en catastrophe.

Le chant prit de l'ampleur et de l'assurance en même temps que montait le contenu de la charrette, et maintenant ils lancent à trois voix l'air des chasseurs alpins

E bada bene che non si bagna,
Che glielo voglio regalare!

de toute leur âme, à gorge déployée, et leurs yeux brillent, et leur pas est un pas de conquérants, on dirait vraiment que, cette guerre, c'est eux qui l'ont gagnée. Sacrés Ritals!

Les Ritals fascinent Maria. Elle rit avec eux, chante avec eux, engage la conversation. Me désigne, très fière : « One, Italianetz! » Eux, tout contents : « Davvero, sei italiano? Da dove? » Je suis plutôt emmerdé, je parle très mal l'italien, un italien farci de dialetto, l'italien de papa, enfin, bon, on échange quelques mots. Il y en a un qui fait un gringue immédiat et pressant à Maria, j'essaie d'avoir l'air ni du con jaloux ni du con con, c'est difficile, heureusement Maria sent mon embarras et se fait ostensiblement très tendre, m'entoure de petites prévenances, le beau gosse comprend, me cligne de l'œil, fait « Beh! », hausse les épaules et laisse tomber.

Par-dessus le roulement régulier du canon éclatent maintenant des rafales de coups secs, rageurs, tout proches de nous. De grosses explosions isolées nous enfoncent les tympans, nous obligent à avaler. Tacatacatac de mitrailleuses lourdes... Le Volkssturm aurait-il, comme dit le communiqué, pris contact avec l'avant-garde rouge?

Nous traversons Woldegk. La nuit s'annonce. Culottes-de-Cheval nous fait cantonner dans les immenses écuries d'une espèce de château. Pas de distribution de vivres. Aussitôt, malgré la fatigue, nous nous mettons à la recherche des silos. Ils sont tous vides, même ceux de betteraves et de kohlrabis. D'autres sont passés avant nous. Nous mordons dans notre pain noir, nous forçant héroïquement à garder un quignon pour demain matin. Et puis nous nous couchons par terre, sur quelques brins de paille piétinés qui ne nous isolent même pas du ciment glacial, nous nous imbriquons l'un dans l'autre, le ventre de Maria contre mon dos, ses bras enserrant mon ventre, recroquevillés comme deux foetus parallèles, et plouff, nous sombrons.

— Aufstehen!

Le faisceau d'une torche en pleine figure.

Merde, on vient à peine de s'endormir!

— Aufstehen! Schnell! Los, Mensch, los!

D'accord. Deux ou trois bougies clignotent. Je demande l'heure au pasta, qui possède une montre-bracelet. Deux heures du matin. J'ai mal partout. Mais surtout j'ai froid. Maria claque des dents. C'est plutôt un bien qu'on nous ait réveillés, on aurait chopé la crève.

Nous revoilà sur la route. Les Russes se sont rapprochés. Le canon tonne tout près, juste derrière l'horizon, semble-t-il. La plaine s'étale, immense, et plate à l'infini. Quand je regarde en arrière, je vois une succession ininterrompue de brèves lueurs rouges sautiller capricieusement sur la ligne d'horizon. Sur quoi tirent-ils donc? Rien ne tombe, ici. J'ai bientôt la réponse. Droit devant nous, à l'autre bout du diamètre, d'autres lueurs rouges luisent brièvement, explosent ici et là, à la même cadence que les lueurs des départs. Ce sont les impacts d'arrivée. Je n'entends pas leur répugnante déflagration grasse, le vent vient de l'Est, de derrière notre dos, et couvre tout sous le tonnerre continu des coups de départ.

Petits Poucets perdus au beau milieu de cette apocalypse, nous marchons. Stupidement, obstinément, nous marchons. Les obus nous précèdent, quelle horreur allons-nous trouver, là-bas?

Mais voilà que les fulgurances rouges des départs ne sont plus seulement concentrées dans un étroit secteur, droit derrière nous, voilà qu'elles avancent, à droite et à gauche, en tenailles. Elles avancent avec nous, plus vite que nous, elles dessinent exactement le tracé de l'horizon, et maintenant nous nous trouvons au centre d'un demi-cercle parfait et continu d'explosions.

Soudain, quelque chose de nouveau nous glace. Une série de ululements monstrueux, violents et brefs, se succédant par rafales, comme si un géant grand comme le monde se soufflait à toute allure sur les doigts pour les réchauffer. Des boules de feu partent d'un point de l'horizon, au rythme de ces ululements, décrivent dans le ciel des trajectoires parallèles parfaitement paraboliques et s'abattent au loin devant nous, derrière la portion d'horizon encore obscure. Dès qu'elles touchent le sol, un éventail de feu surgit, autant d'éventails que de boules. Ce feu ne retombe pas, l'incendie court, vorace, bientôt tout l'horizon devant nous est en flammes. Ces séries de boules de feu partent de plusieurs points du demi-cercle, crachées par ces ululements épouvantables. Quelqu'un dit :

— Les orgues de Staline. J'en avais entendu causer, j'imaginais pas quelque chose d'aussi terrible. C'est des tuyaux, très gros, groupés en faisceau. Avec ça, ils envoient des fusées énormes. C'est pour ça que ça hurle au lieu de faire le bruit d'un coup de canon : c'est parce que c'est des fusées.

Maria dit :

— Katioucha.

Quoi, Katioucha? Elle a envie de chanter? C'est pas ça. Elle m'explique que les Russes appellent cette arme « Katioucha », comme la chanson, oui, c'est ça. C'est un Russe qui l'a inventée.

Ah, bon. Si je comprends bien, le miraculeux principe du « Panzerfaust » a été découvert un peu partout en même temps. Les Russes lui ont même donné des dimensions fantastiques. J'estime raisonnable de supposer que les Ricains ne sont certainement pas en retard dans ce domaine, si même ils n'ont pas précédé tout le monde.

Le spectacle est, comme on dit au Châtelet, terrible et grandiose. Nous marchons au centre d'un cercle parfait de flammes. Chaque impact ranime un brasier. Devant nous s'allument l'un après l'autre les arbres, les fermes, les villages, les bourgs. Tout n'est qu'un gigantesque incendie. Et pas un avion dans le ciel.

Cependant la tenaille, implacablement, se referme. Ses deux branches de feu avancent bien symétriquement. On entend maintenant un bruit de fond épais, comme de dizaines de trains de marchandises qui rouleraient en même temps : les chars!

*

Nous marchons. La foule, autour de nous, se tait, écrasée. Nous traversons des villages dévastés, des maisons flambant haut et dru, d'autres réduites à des moignons calcinés encore rougeoyants. Mais l'aube qui bientôt se lève nous fait voir des dégâts moins considérables qu'on aurait cru. Les Russes ont arrosé à tort et à travers, gaspillant joyeusement les munitions sans trop se soucier d'objectifs précis. Et puis, il faisait nuit.

Nous atteignons les faubourgs d'une ville qui s'annonce assez importante : Neubrandenbourg. Là, oui, c'est tombé à profusion. La ville, apparemment, avait traversé la guerre à peu près intacte, bien tranquille dans son coin perdu de Poméranie, et voilà, en une nuit elle est devenue un amas de ruines semblables à celles que je ne connais que trop.

Quand nous quittons Neubrandenbourg, le jour est tout à fait levé. A la sortie de la ville, la route traverse une petite rivière sur un pont. Il n'est pas détruit, personne ne le garde. Plus loin, nous dépassons une fois de plus les Italiens. Ils se sont arrêtés, ils sont tassés autour de quelque chose, au bord de la route, et discutent passionnément. On veut voir. C'est une vache. Une malheureuse vache abandonnée là, dans son pré, et qui, souffrant de ses pis gonflés de lait, a forcé la clôture de fil de fer afin d'implorer d'un humain qu'il veuille bien la traire, et elle est tombée dans le fossé plein d'eau, elle s'est embourbée, elle ne peut plus bouger, elle meugle son épouvante.

Deux Italiens tirent la vache par les cornes, mais la boue épaisse fait ventouse autour du ventre, et rien à faire. La vache meugle à vous tirer des larmes. Les Ritals se concertent, suggèrent des techniques, tous l'air terriblement compétent, les voyelles sonores s'entrechoquent en l'air, les yeux brillent, les mains dansent un ballet volubile. La vache meugle. Et meugle.

Les Allemands en fuite en oublient l'horreur à leurs trousses. Ils s'arrêtent, émus par ces braves cœurs qui, sous la mitraille, se soucient d'une pauvre bête en détresse. Les Allemands aiment les animaux. Moi aussi. Je veux voir comment les Ritals vont s'en sortir.

Enfin, une méthode est adoptée. Un Rital fouille dans le fourbi de la charrette, en ramène une corde longue et solide qu'il fixe aux cornes de la vache. Puis il passe la corde autour du tronc lisse d'un arbre. Une demi-douzaine de gaillards se crachent dans les mains et se cramponnent au bout de la corde. Deux autres se mettent nus, descendent dans le fossé. Deux autres empoignent la base de la queue de la vache. Les deux du fossé respirent un grand coup, se bouchent le nez et se glissent sous le ventre de la vache. Ils disparaissent dans la boue jaune. « Su! » Tous s'y mettent ensemble. Les deux de la queue tirent vers le haut, ceux de la corde font les bateliers de la Volga, les deux dans la boue soulèvent avec leur dos. Soudain, avec un gros « Floc! » la vache émerge. Ses pieds fourchus pédalent dans le vide, trouvent le sol ferme du talus, s'y agrippent, la voilà tirée d'affaire.

Les vieillards allemands félicitent les Ritals, leur donnent du chocolat, des cigarettes. Une vieille dame les embrasse. Les deux orphelines, là-haut sur le bric-à-brac de la charrette — maintenant, elles sont deux, oui — versent des larmes de douce émotion.

La colonne s'éloigne. On va pour en faire autant, et puis je dis à Maria « Attends un peu ». J'ai cru voir un truc et je voudrais en être sûr. J'ai cru voir un des Ritals prendre quelque chose dans la charrette, quelque chose de très significatif. Le voilà justement, il tient cette chose à deux mains, et cette chose est une hache, une hache énorme. Il vient se placer bien en face de la vache, juste à bonne distance, il se crache dans les mains, balance un peu la hache, deux types tiennent solidement les cornes... Han! La vache s'abat, foudroyée.

Je regarde Maria. Elle est aussi pâle que moi. « Italiantsy, tojé samoïé kak Frantsouzy : vsio dlia jivott! » Les Italiens, c'est bien comme les Français : tout pour le ventre! Mais déjà le type affûte l'un sur l'autre deux grands couteaux de boucher...

Nous rejoignons les autres, le cœur un peu moins léger que tout à l'heure.

L'horizon est un cercle parfait

Grossie des populations effarées drainées dans Neubrandenburg et dans les villages, la cohue s'est épaissie, est devenue compacte, de plus en plus, s'est maintenant figée, piétine quasi sur place. S'y mêlent désormais des uniformes de la Wehrmacht. Sans doute des lambeaux d'unités sacrifiées, laissées en arrière pour « couvrir » symboliquement l'abandon du terrain par le gros de l'armée. Ce sont des isolés, noyés dans le flot des civils, de beaux gaillards harassés, pas rasés, l'œil cave, souvent blessés. L'uniforme bâille. Toutes les armées en déroute se ressemblent. Parmi eux, pas un des gosses ou des vieillards du Volkssturm. Ceux-là, l'ogre les a gobés.

Des petits avions russes solitaires tournaillent au-dessus de nos têtes, de plus en plus fréquemment. Il y a toujours un renseigné pour étaler sa science : « Iliouchine tant et tant », ou « Tupolev tel numéro », ou « Yak gningningnin ». Le genre de mec qui doit s'intéresser au football, entre deux guerres, ou faire collection de timbres. Moi, je ne guette qu'une seule chose : s'il ne va pas se détacher de sous ce con-là quelques grappes d'œufs à ressort et si on les verra assez tôt pour avoir le temps de s'aplatir, ou bien si, primesautier, le chevalier du ciel ne va pas se payer le délassement d'un carton sur nous, c'est si tentant une horde bien tassée sur une route bien droite, à la mitrailleuse, en enfilade. Ce qui ne manque d'ailleurs pas d'arriver, de temps à autre.

Il y a de plus en plus d'uniformes mêlés à nous. Les uniformes attirent les balles et les bombes. Vue de là-haut, notre colonne doit virer au vert feldgrau. J'aime pas ça. Et puis, pourquoi vers l'Ouest? Nous n'avons pas spécialement envie d'aller vers l'Ouest, Maria et moi. On veut juste trouver un endroit pour y attendre l'Armée Rouge, si possible sans se faire tuer.

Bon. La merde maintenant me semble assez consistante. C'est la grande pagaille, le sauve-qui-peut sauvage. Le dernier S.S. est loin, loin vers l'Ouest. C'est le moment. Une petite route de terre s'offre à main droite. Je pousse Maria du coude, on s'enfile dans la petite route, personne ne nous en empêche.

*

Tourné le premier coin, c'est le paradis. La guerre? Quelle guerre? Rien n'est jamais arrivé, il n'y a jamais eu de guerre, il n'y a pas, de l'autre côté de la butte herbue, au-delà de la haie d'aubépines en fleurs, un troupeau humain hébété, rien de tout ça n'existe, n'a jamais existé nulle part. Les oiseaux chantent le printemps, la bataille même s'est faite discrète, roulement lointain tellement familier qu'on ne l'entend plus.

Je me sens l'âme bucolique. Je vis « pour de vrai » le rêve sportif du campeur à pied, du joyeux ami de la nature, tel que je le voyais à travers les enthousiasmes de Bob Lavignon et des autres fervents des Auberges de Jeunesse. Maria me sourit. Nos valises bien calées sur nos épaules comme des sacs de boy-scouts, les pouces passés dans les bretelles de ficelle, nous goûtons l'air frais sur nos joues, nous respirons à pleins poumons, nous nous regardons, nous rions de plaisir, ça y est, la vie commence, ce sera toujours comme ça, maintenant, toujours, toute la vie. Très « Jeunesse qui chante » et J.O.C., en somme. Le bonheur rend cucul, le bonheur rend cureton.

Une ferme. Déserte. On rôde partout, voir s'il ne traînerait pas un croûton. Juste un récipient à trous avec dedans une espèce de fromage, genre gruyère, vaguement, mais pas encore terminé de faire, quelque chose à mi-chemin entre le caillé et la vache-qui-rit, pas bon du tout, qui t'emplâtre la gueule. On s'en bourre au maximum, qui sait quand on trouvera à manger, on s'en enveloppe même dans un chiffon pour la route.

Il y a une pompe et un seau dans la cour, grande toilette,

en route. J'ai eu un instant la tentation de nous arrêter là, mais la bouffe?

On marche. Et on marche. Ces immensités à perte de vue nous exaltent. On se sent le cœur grand comme le monde. Maria chante. Elle chante l'aubépine, elle chante le bouleau, elle chante le coucou, elle chante la grenouille qui, sous nos pas, plonge dans l'eau du fossé, elle chante la route « Ekh, darogui... », elle chante le vent « Viyout vitri, viyout bouïni... », tantôt en russe, tantôt en ukrainien, et puis elle m'engueule, me dit que je ne chante jamais, alors je me lance dans « Sur la route de Dijon, la belle digue digue », elle fait, ravie, « ou vasô-ô-ô, ou vasô! »...

Une ferme. Assez loin de la route, celle-là, au bout d'une belle allée de pommiers. Les vaches sont au pré, l'air pas malheureux du tout. Donc, elles sont traites. Donc, il y a quelqu'un. Peut-être qu'on acceptera de nous céder un kilo de patates. On y va.

Le gars qui nous regarde arriver, appuyé à la barrière blanche, porte le bonnet de police à deux cornes de l'armée française. C'est bien le seul indice qui proclame sa nationalité et son état : prisonnier de guerre. Pour le reste, il est habillé en plouc de par-ici, en plouc confortable, sans la moindre trace sur son dos des énormes et réglementaires lettres K.G. barbouillées à la peinture blanche.

Je dis à Maria « Kharacho, onn Frantsouze ». Je dis salut, ouais, je suis français, elle, non, elle est russe, tes patrons pourraient pas nous filer quelque chose à bouffer, du pain, des patates, j'chais pas...

Il me dit des Français, j'en vois point souvent, ah, bon, elle est russe, c'est donc ça, j'ai eu peur que ça soye une Française, une de ces salopes, tu vois, ces morues volontaires pour venir faire les putes chez les Boches, bon, j'aime mieux, mes patrons, j'ai pas de patrons, y a que la patronne, la femme du patron, mais elle est veuve, il est décédé là-bas, à Stalingrad, par là, elle a reçu le papier, alors le patron, c'est quasiment moi, le patron, ici, vu qu'i y a que moi comme homme d'un peu capable question culture, tu vois. Là, je suis tout seul, les Polonais se sont ensauvés y a deux jours de ça, y a plus que moi comme bonhomme, et puis la patronne. Elle voulait s'ensauver aussi, mais comme je lui ai dit : où que tu veux donc ben aller? C'est partout pareil, dame, allèsse kapoutte, qu'é que tu vas donc aller traîner les routes, que si le malheur doit te rattraper, qu'il te rattrape au moins chez toi, au milieu de tes affaires. J'ai peut-être pas raison? Des patates? Bien sûr, je vas t'en donner, des patates, et pis quèque chose pour leur donner du goût, venez par ici, elle est bien mignonne, c'te p'tiote, y a du bon monde partout, dame. A ton avis, qu'est-ce qu'il vont bien faire de nous, ces Bolcheviques?

Tout en parlant, il nous a fait entrer dans la cour, on s'est assis tous les trois sur le banc, et maintenant il attend ma réponse, c'est une question importante qu'il vient de poser.

Je dis :

— Que veux-tu qu'ils fassent? Ils vont libérer les prisonniers, les rapatrier chez eux dès que la guerre sera finie. Y en a plus pour longtemps.

C'est pas ça qu'il aurait voulu m'entendre dire.

— Ouais. Sûrement. C'est sûr que c'est ça qu'ils vont faire.

Un silence.

— Ça fait quatre ans que je suis là, moi. Six cents hectares de terre, c'est pas rien. A fallu en mettre un sacré coup, vingt Dieux! Et les Polacks, ça travaille ou ça travaille pas, ça dépend de quel pied ça se lève. Et pis c'est de l'homme qui boit, c'est coléreux. La patronne, toute seule là-dedans, elle s'en serait pas sortie, dame non. Moi, au pays, j'ai rien, rien du tout. J'ai que mes deux bras. Qu'est-ce que tu veux que je retourne foutre là-bas? C'est pas que la terre soye ben fameuse, par ici, rien que de la vacherie de sable à patates, j'arrive à faire un peu d'orge avec bien du mal, et puis j'ai les bêtes. Vingt-cinq vaches, dame, faut s'en occuper. Sans me vanter, petit gars, je peux dire que cette terre-là, elle a profité depuis que je m'en occupe.

Je dis ouais, le paysan français, y a pas au-dessus, c'est sûr. Il me demande, les yeux dans les yeux.

— Ces Bolcheviques, là, bon, qu'est-ce qu'ils en ont à foutre que ça soye Pierre, Paul ou Jean qui laboure la terre? La patronne et moi, on peut se marier ensemble, si c'est que ça. De toute façon... Quoi, lui fallait un homme, à c'te femme, c'est pas humain, non plus, on n'est pas des bêtes, quoi. En pleine force de l'âge comme la v'là, costaude et tout... Et moi, qu'est-ce que tu crois? J'ai du sentiment aussi, moi, pareil, c'est la nature, quoi. Oh, ça s'est pas fait tout de suite, elle était aussi gênée que moi, dame... Enfin, quoi, c'est ma ferme, c'est ma femme, on a trimé dur ensemble, je demande pas qu'on m'en fasse cadeau, de la terre, je voudrais seulement rester là, avec elle, et vivre ensemble, et continuer à travailler, comme maintenant, quoi. Tu crois qu'ils voudront bien, les Bolcheviques?

Je lui dis que les Bolcheviques c'est le peuple au pouvoir, qu'avec eux toutes ces questions-là se règlent d'une façon humaine, pas comme avec ces cons de bureaucrates capitalistes le règlement c'est le règlement la propriété c'est sacré et tout le bordel, que la terre est à celui qui la cultive, et que, de toute façon, l'occupation ça dure pas éternellement, qu'ils finiront bien par s'en aller et qu'à ce moment-là, s'il est le mari de la patronne, personne ne pourra le mettre dehors, enfin tout ce que je peux inventer pour lui remonter le moral.

Maria n'a pas compris ce qu'il a dit, mais l'histoire est écrite sur sa figure, une histoire tellement banale... Elle lui prend la main, lui dit :

— Nié boïssia! Bolcheviki nié zly. Vsio boudiètt kharacho! Skaji iémou, Brraçva.

N'aie pas peur! Les Bolcheviques ne sont pas méchants. Tout ira bien! Dis-lui.

Je lui dis. Il la regarde comme si elle lui racontait le père Noël. Ses yeux ne demandent qu'à croire. Un petit troupeau d'oies caquetantes évolue dans la cour, tous les cous tendus bien parallèles, oscillant ensemble à chaque changement de direction.

Une bande de troufions feldgrau fait irruption au portail. Une douzaine, à peu près. D'où sortent-ils, ceux-là? Pardi, ils ont eu la même idée que nous : la grand'route, c'est dangereux et ça ne va pas vite. Ils sont jeunes, pas trop débraillés, ont conservé leurs armes. Ils se répandent dans la cour, se pompent de l'eau sur la tête, s'ébrouent, joyeux comme des chiots, s'affalent, font un boucan de colonie de vacances en excursion.

Ils demandent au Franzose s'il n'a pas du lard, des œufs à gober... Ils lui disent en ricanant amer :

— Morgen wirds du frei, und wir werden gefangen!

Demain, tu seras libre, et c'est nous qui serons prisonniers!

Il les console :

— Krigue fertiche. Morguène alleu nac Haose.

Fini, la guerre. Demain, tous à la maison.

— Sicher! Oder vielleicht werden wir alle tot! Es ist auch ganz möglich!

Tu parles! Ou peut-être qu'on sera tous morts! C'est aussi tout à fait possible!

Ils ne sont pas portés à l'optimisme.

Le Français cependant revient avec un gros morceau de lard, du fromage blanc, quelques œufs. Il s'excuse, il n'a presque pas de pain, juste pour lui et la patronne, mais si on veut il peut mettre des patates à cuire. Les troufions disent non, on n'a pas le temps, avec un soupir de regret vers les oies. Un bruit de moteur. Un petit avion tournaille au-dessus de la ferme, descend. Sous ses ailes, les étoiles rouges. Avec tous ces uniformes verts dans la cour, on est bons. Ça ne loupe pas. A peine nous sommes-nous jetés à plat ventre qu'il fait un passage, arrose la cour, retourne se mettre en position, ratatata encore un coup. Un feldgrau exaspéré tire des coups de flingue en l'air. Enfin il s'éloigne, vers l'Est. On se relève. Personne n'est blessé, pas même une oie. Maria me dit :

— Il va revenir avec des copains. Il ne faut pas traîner ici.

Elle a raison. Et moi qui commençais à me dire que ce serait peut-être le coin idéal pour attendre les Popoffs!

On se gobe chacun un œuf cru — des années que j'ai pas connu ça, j'en raffolais, et voilà, j'ai même pas le temps de déguster, j'avale ça comme une pilule —, on se coupe chacun une tranche de lard, les troufions nous font cadeau de quelques tranches de pain noir, on étale dessus du fromage blanc et du saindoux, et puis salut, on mangera en marchant.

La petite route taille son chemin entre deux haies vives fleuries d'églantine, d'aubépine et d'autres fleurs que je connais pas. Le soir descend, une odeur épicée, comme de cannelle, monte de tout ça, dans les fossés profonds court une eau gazouillante. Le paradis. Un feldgrau est assis sur le talus, face à la route. Des heures qu'on n'a rien vu d'humain. Il a ôté ses bottes, retroussé ses jambes de pantalon. Ses pieds, jusqu'aux genoux, trempent dans l'eau glacée. De temps en temps, il remue les doigts de pied, pour bien sentir la fraîcheur lui courir dans les interstices, et alors il ferme les yeux, tant c'est bon.

Maria me dit :« Oukraïnietz. » Un Ukrainien. Je le regarde mieux. C'est vrai. Il a la bonne tête ronde aux pommettes écartées, le petit nez en patate nouvelle. Il est même mâtiné de Tatar : cheveux de jais, œil de velours, peau mate. Ce doit être un de ces Russes de l'armée Vlassov, j'en avais encore jamais vu.

« Sdravstvouïl » on lui fait. Salut! Il répond « Sdravstvouïtié! » Maria le houspille :

— Qu'est-ce que tu fais là? Tu sais qu'ils arrivent? Ils sont derrière nous, tout près. Sauve-toi! Ne reste pas habillé comme ça! Ils vont te tuer.

Il hausse les épaules, la regarde de ses yeux noirs, sourit.

— Vsio ravno. Ça m'est égal. Je suis fatigué. Je suis bien, ici.

Il fouille dans sa vareuse vert-de-gris, tire un paquet de cigarettes froissé, me le tend. Je ne fume pas, mais j'accepte, je pense que ça lui fait plaisir. Il coupe sa propre cigarette en deux, glisse une des moitiés dans sa poche de poitrine, ouvre l'autre, roule le tabac dans un morceau de journal. L'air tout à fait tranquille. Je dirais : heureux, si je ne savais pas.

Maria insiste.

— Écoute, fais pas le con! Il y a des vêtements civils, là, dans la valise. Viens avec nous. Si nous on passe, tu passes. Allons, viens!

Il tire sur son trognon de journal, à petits coups, en fermant les yeux. Il hoche la tête, doucement.

— Niet. Tout est bien comme ça. Ce qui est fini est fini. Je suis fatigué. Tout est très bien. Prochtchaïtié!

— Nou, tak, prochtchaï, ty dourak!

Je dis « prochtchaï », mais pas « dourak », et on le laisse prendre son pied à se rafraîchir les orteils. Puisque ce sera sa dernière joie sur terre, autant qu'il la déguste bien à fond.

Maria est furieuse.

— C'est du cinéma! Ce con-là va crever parce qu'il veut

faire le Russe de cinéma, âme slave, « Nitchevo » et toutes ces conneries! Tu comprends, Brraçva?

Je dis oui, je comprends. Les Allemands aussi sont trop allés au cinéma. Alors ils se sont pris pour des Allemands, pour des Allemands de cinéma, et voilà le travail. Pognimaïèche, Maria?

*

Des maisons à jardinet annoncent l'approche d'un bourg. Une plaque indique « Stavenhagen ». Nous retrouvons la grand'route. Pas moyen de l'éviter, à cause du pont. Les ponts se construisent plutôt sur les grand'routes que sur les petites. Bizarre, nous sommes seuls. La colonne doit se trouver loin en avant. Nous nous sommes laissés distancer, avec nos vagabondages touristiques.

Tout à coup, je pense à un truc : les Russkoffs sont peut-être déjà là! La guerre, c'est comme ça, faut s'attendre à tout. Mais non. S'ils étaient là, ça se saurait. Une drôle de java, j'imagine.

Une petite ville bien propre bien convenable, Stavenhagen. Et morte. Ou qui fait semblant. Portes closes, volets fermés. Oh, oh... Qu'est-ce que je vois là? A un premier étage, un bout de chiffon au bout d'un bâton... Un drapeau blanc! Ça me donne un choc. Je le montre à Maria. Un autre. Plusieurs... Nos pas résonnent sur le pavé, nous traversons la ville, pauvres petits enfants perdus, nous tenant par la main, bien sages, la ville pavoisée de blanc, la ville pétrifiée de peur et qui attend la mort.

A l'autre bout de la ville, après un tournant, nous tombons sur un bataillon de troufions en train de piller une fromagerie. La faim, depuis un bon moment, nous mord le ventre. Je dis à Maria de m'attendre là, sous un porche, dans une petite rue de côté, et puis j'entre dans la fromagerie, y a pas de raison. Si les Allemands ont le temps de se servir, je l'ai aussi. Ils savent mieux que moi où en est l'avance russe. Et moi, c'est d'eux que j'ai à craindre, pas des Russes... Quoique, à force, on ne sait plus trop.

Les grands vert-de-gris plongent leur casque dans des cuves de deux mètres de diamètre, le ressortent débordant de caillé, contemplent ça avec extase, poussent un rugissement de volupté et plongent la figure dans le caillé, s'en barbouillent les cheveux les yeux les oreilles, plaquent du fromage blanc sur la gueule du copain, rigolent à en crever. Un gros père monte sur le bord de la cuve, se laisse tomber cul en avant dans la féerie blanche. Éclaboussures. Grands gosses, va!

Bon, mais moi, j'ai pas les rations de la Wehrmacht, moi. Je suis pas là pour m'offrir une friandise et une rigolade, moi. J'ai une famille à nourrir, moi. Je me faufile comme un rat parmi ces joyeux cons tout cliquetants de ferrailles meurtrières, ces joyeux cons qui peuvent très bien, d'un moment à l'autre, se rappeler qu'ils sont en train de perdre la guerre et même de se sauver devant l'ennemi, et prendre conscience de l'outrecuidance de cette misérable merde, votre serviteur, encore en leur pouvoir jusqu'à preuve du contraire, de cette misérable merde encore plus vaincue qu'eux-mêmes puisque vaincue par eux, qui profite des malheurs de la grande Allemagne pour remplir sa misérable panse merdeuse. Seuls les Allemands ont le droit de piller l'Allemagne. Je me dépêche de rafler par-ci par-là des fonds de récipients à trous où s'égouttent des fromages à divers stades de fabrication lorsque la verrière qui sert de toit me tombe dessus en mille morceaux, dans un fracas de tous les diables. Je plonge sous une table en fer, les balles de mitrailleuse cinglent les tôles sonores, crèvent les cuves, font exploser la faïence blanche du carrelage mural. Chaque fois qu'un type est touché, un cri, de rage plutôt que de douleur. Quand l'avion pique, le rugissement est amplifié là-dedans comme dans un seau de tôle, un seau énorme. Il pique deux ou trois fois encore, arrose à chaque fois tacatacatac, et puis, ses chargeurs vides, il s'en va, tout content, en remuant la queue.

Je me faufile dehors. Que les blessés se démerdent entre eux, après tout c'est pas ma guerre. Je retrouve Maria sous son porche. Qu'est-ce qu'elle me passe! Comme si c'était de ma faute... Bon, c'est parce qu'elle a eu peur. Toujours cette sacrée réaction!

En tout cas, puisqu'il traîne encore du militaire par ici, un seul impératif : quitter ces lieux malsains. Ce que nous faisons aussitôt. Dès que nous le pouvons, nous enfilons un chemin champêtre, et nous revoilà en pleine nature, et le crépuscule qui s'amène tout doucement.

Tout est calme. On n'entend même plus le canon. Comme si l'Allemagne s'était résignée. On attend les Russes comme on attend le facteur.

Une espèce de grosse ferme-château se présente. De l'autre côté du chemin, une maisonnette, toute neuve, même pas finie, tout juste « hors d'eau », comme nous disons, nous autres du bâtiment. Nous entrons dans la cour, plutôt cour d'honneur que cour de ferme, histoire de voir s'il n'y aurait pas un creux de paille et un fond de soupe. Un grand type vient à notre rencontre, très gentleman-farmer, culottes de cheval (cela va de soi!) enfoncées dans de belles chaussettes de laine à dessins écossais, gros pull col roulé, veste cintrée, moustache avantageuse, cheveux gris plaqués brillantine, le junker prussien dans toute sa pureté, mais empressé comme un valet de pied et même, mais oui, servile à ramper par terre.

A manger? Mais bien sûr! Il va nous faire porter ça tout de suite. Mais suivez-moi, je vais vous montrer. Il nous conduit à la petite maison de l'autre côté du chemin, ouvre la porte, me donne la clef. J'ai fait construire ça pour accueillir de la famille, mais ils ne viendront plus maintenant, évidemment... Évidemment? Ah, bon. Ça sent le ciment frais, là-dedans. L'odeur de ma tribu. Les enduits n'ont pas encore « ressuyé » mais il y a des meubles : un lit, c'est-à-dire un bas de châlit démontable en sapin brut, mobilier de camp, une table de camp, un tabouret de camp. Des couvertures de camp. Au moins, nous ne serons pas trop dépaysés. Je ne comprends pas mais je m'en fous. L'eau coule sur l'évier : il me montre. Les cabinets fonctionnent. Les fenêtres s'ouvrent et se ferment. Le poêle tire bien. Si vous voulez davantage de bois, bitte schön. J'ai des pommes de terre toutes cuites. Que voulez-vous avec? Speck oder Würstchen? Du lard ou des saucisses? Je regarde Maria. C'est pas vrai? Je bafouille « Euh... Des saucisses... Ça ira. » Il s'en va.

Je regarde la clef. Je regarde Maria. On se tombe dans les bras, on rit à en crever, on chiale, je cours tout autour de la pièce en la portant en l'air, je la flanque sur la paillasse du lit, je tombe sur elle, on se bat, on rit, je cours tourner la clef dans la serrure, je ne me lasse pas de la tourner, dans les deux sens, une clef de pacotille dans une serrure de fer-blanc, une clef, une serrure, une maison, merde!

On frappe. C'est une petite jeune fille, blonde et rougissante, taches de rousseur plein le nez, qui nous apporte une marmitée de patates bouillies toutes chaudes, quatre saucisses, deux pommes ridées, des assiettes, des couverts, un pichet de cidre, tout ça dans un panier avec dessus un torchon immaculé, bitte schön, et puis s'en va avec une petite révérence en disant « Mahlzeit! »

Nous mangeons. Assis à une table. Avec même une nappe : le torchon. Nous nous rions par-dessus la table. Je dis :

— Je ne sais pas ce que tu en penseras, chère, mais il me semble que nous pourrions nous arrêter ici pour attendre nos amis. Hm?

Et tout à coup quelque chose me vient en tête :

— Mais dis donc, il faut payer, pour tout ça! Nous n'avons pas d'argent!

Maria me regarde avec pitié. Elle me frappe le front de son index.

— Oï Brraçva! T'as pas compris? Cet Allemand a peur. Très peur. Il a la peur sur sa figure. Il est riche. Il fait comme faisaient les Allemands riches, à Berlin, les derniers temps, tu te souviens? Il veut que nous soyons ses amis, parce qu'il se figure que nous le protégerons auprès de l'Armée Rouge.

Je pouffe. Le pauvre vieux! S'il savait combien nous avons nous-mêmes besoin de protection!

Après dîner, comme de bons bourgeois, nous faisons un petit tour de digestion autour de notre maison. Le canon s'est tu. A peine, au loin, un grondement ténu. Les chars? Un oiseau chante un chant hésitant. « Solovieï » dit Maria. Un rossignol. Je croyais que ça n'existait que dans les livres, les rossignols. On écoute le rossignol.

On fait l'amour comme des enfants qui découvrent ça. Comme des bêtes, des pauvres bêtes qui n'ont que ça. Et qu'avons-nous d'autre?

Maria s'endort. Pas moi. Je suis trop excité. Maria est là, de tout son corps contre moi, et maintenant ça y est, l'enfer est derrière nous, ils n'ont pas eu notre peau, on est ensemble, tous les deux, on les emmerde, la vie commence, merde, la vie commence!

*

— Brraçva!

Maria me secoue. Ce lit... Ah, oui. Tout me revient. Il fait grand jour. Pas pensé à fermer les volets, manque d'habitude.

— Smatri!

Je regarde. Dehors, devant le porche de la grande belle ferme, il y a deux troufions, chacun une bicyclette à la main. Ils ont l'air un peu paumé. Bon. Et alors? Qu'ils se démerdent... Maria les regarde intensément. Elle me serre le bras. Elle tremble.

— Doumaïou chto nachi!

Je crois que ce sont les nôtres!

Et puis elle me lâche, elle ouvre la porte, elle court aux deux types, elle crie « Nachi! Nachi! », je cours aussi, elle saute au cou du premier qui lui tombe à portée de bras, moi je saute au cou de l'autre, on s'embrasse, les deux troufions sont bien contents, bien soulagés surtout de trouver quelqu'un pour les renseigner.

Les voici donc. Les Soviétiques. L'Armée Rouge.

Avant tout, ils sont saouls, saouls à rouler. Ils se cramponnent aux guidons de leurs vélos allemands, heureusement qu'ils les ont, oscillent, émettent des rafales de petits hoquets entrecoupés de petits rots. Ils ne sont sûrement pas arrivés à bicyclette. Les vélos leur servent seulement de cannes. Il fait chaud, ils ne portent pas de capote, uniquement une roubachka, de cette drôle de couleur vaguement bois de rose que j'ai déjà vue sur les prisonniers russes, une culotte outrageusement de cheval prise dans des bottes souples, cylindriques, montant jusqu'aux genoux. Crânes passés à la toile émeri. Petit calot collé sur le côté, va savoir pourquoi ça tient. Un des gars s'étale cinq médailles sur la poitrine, des grosses médailles de bronze bien rangées se recouvrant légèrement de droite à gauche, avec chacune un tank en relief et un joli ruban de couleur où courent des petits lisérés rouges, verts ou jaunes qui ont, n'en doutons pas, une signification militaire extrêmement précise. L'autre n'arbore que trois médailles.

Celui qui, visiblement, commande — celui aux cinq médailles — met fin aux effusions. Il nous éloigne à longueur de bras, prend un air officiel, essaie de passer la tête hors de la courroie de sa drôle de petite mitraillette à crosse de bois avec une espèce de boîte à camembert coincée par le travers, d'une seule main il n'y arrivera jamais, il faut que je l'aide en tenant le vélo, me colle la mitraillette sur le ventre et, faut pas la lui faire, me demande :

— A kto vy?

Qui êtes-vous donc?

L'autre, symétrique, a planté sa mitraillette entre les seins de Maria. Maria dit qu'elle est citoyenne soviétique et que moi je suis français. Il s'illumine.

— Frantsouz? Da zdravstvouïèt Frrantsia! Vive la France! La France est l'alliée de l'Union soviétique! Le général de Gaulle est l'ami du maréchal Staline!

Il me serre à pleins bras. On se réembrasse. Il pleure de joie. L'autre en fait autant à Maria. Tout le monde pleure.

Nous ne sommes plus seuls. Des groupes timides pointent le museau, hésitent à approcher, attendent de voir comment ça va tourner. Cinq-Médailles s'éclaircit la voix, hoquète un ou deux coups, se met au garde-à-vous, approximativement, fait un salut militaire bizarre qui doit être la variété de salut militaire choisie entre toutes par l'Armée Rouge et, l'œil fixé sur l'horizon, il déclare :

— Au nom de la glorieuse Union des Républiques Socialistes Soviétiques, moi, sergent Untel Untelovitch Untel, je prends possession de... Au fait, comment ça s'appelle, ce trou?

Maria dit que nous ne savons pas, nous sommes de passage. Une voix lance :

— Gültzow!

— Spassiba! Au nom de... et caetera... et caetera..., je prends possession de... Kak? Ah, da : Guioultsoff, tchort vozmi!

Salut militaire. Repos. Il y a maintenant un petit cercle autour des héros. Des Polonais, des Baltes, des Tchèques. Ils se rassurent, demandent au sergent, en petit-nègre slavo-russe, comment il a eu toutes ces médailles. Excellente question. Comment il les a eues, eh? Il les a gagnées en abattant des tanks fascistes, voilà comment il les a eues! Une médaille, un tank. Quelqu'un lui tend une bouteille. Qu'est-ce que c'est? Schnapps. Il goûte, méfiant. Se tape une bonne lampée — « Nié plôkha », pas dégueulasse —, passe la bouteille au copain, qui me la passe, je bois en homme, je passe à Maria, qui passe à... Mais Cinq-Tanks récupère la bouteille au passage, la fourre dans sa vaste poche. C'est pas tout ça. Il se rappelle qu'il a des affaires sérieuses à régler.

— Gdié fachisty?

Où sont les fascistes?

Personne ne répond. Il répète, terrible :

— Gdié fachisty?

Il veut des fascistes, cet homme. Dans tout village allemand du Troisième Reich, ça grouille de fascistes, c'est mathématique. Bon. Alors, où sont-ils?

Quelques-uns des gars qui piétinent là autour se concertent sournois, se dirigent à pas de crabe vers la ferme. Reviennent, encadrant un grand type qu'ils tiennent aux épaules. Le gentleman-farmer d'hier soir. Décomposé. Sur le blanc éclatant de son col roulé, le blanc de son visage est boueux. Il tient une boîte de cigares ouverte, la présente au sergent, à deux mains, avec un épouvantable sourire. Il tremble. La boîte danse. Le sergent lui appuie le canon de la mitraillette sur l'estomac.

— Tot, fachiste?

Celui-là, c'est un fasciste?

— Da, da! Lui fasciste! Beaucoup grand fasciste!

— Kharachô. Touda!

C'est bon. Emmenez-le là-bas! Il désigne du menton le mur d'enceinte de la belle ferme, un haut solide mur de vieilles pierres. L'Allemand comprend. Il dit « Aber, nein! Nein! Nicht so! Nein! » Il l'entraînent, tous l'entraînent, ils s'y sont tous mis, ils le collent au mur, le maintiennent au mur par les épaules, et moi je vois ça, je croyais pouvoir supporter ça, et me voilà qui gueule non, merde, vous allez pas faire ça, mais je gueule en français, mes réflexes sont en français, comment dit-on ça en russe, déjà? Maria me repousse, me dit tais-toi, tais-toi, ils vont te tuer aussi... Une détonation, une seule. C'est comme si je la recevais en plein ventre. Le type se plie en avant, il est par terre, il est mort. Des hommes peuvent faire ça! Des hommes peuvent faire ça!

Le sergent demande où sont les autres fascistes. Quels autres? Les autres, quoi! Ah, oui, les autres... Voilà tous les non-Allemands partis à la chasse aux fascistes. Un hurlement. Un autre, ailleurs, une voix de femme. Ça vrille suraigu, ça pleure, ça hurle « Nein! » partout dans la grande ferme. Un groupe traîne une bonne femme, sans doute la femme du gentleman-farmer. Un autre, un gros homme qui se débat furieusement...

N'importe quoi, mais pas ça, bon Dieu! Tous ces gars en ont chié, c'est sûr, peut-être que ces Allemands leur en ont fait spécialement baver, je veux bien le croire, mais là, à froid, comme ça, c'est plus le sursaut de rage passionnée, ça pue le petit sadisme merdeux appuyé sur la bonne conscience, le sang versé sans se salir les poignes, la belle ferme si pleine de belles choses...

Je dis au sergent :

— Kak ty mojèch znatj fachisty li ani? Comment peux-tu savoir si ce sont vraiment des fascistes? Eto nié pravilno! C'est pas régulier! Pastav ikh v tiourmou! Mets-les en prison!

Les autres me regardent de travers.

— Lui pas d'ici! Pas connaître personne! Pas savoir fascistes!

Le sergent rigole.

— T'en fais pas. Ils souffriront moins longtemps qu'ils nous ont fait souffrir!

Il me parle, il me regarde, et en même temps, à l'improviste, il appuie sur la gâchette. Un seul coup. Le gros père tombe, cueilli à la surprise, les yeux incrédules, grands ouverts sur cette horreur qui lui déchire le ventre.

La femme se met à hurler. Elle s'est retenue jusqu'ici. C'est son tour. J'empoigne le bras du sergent. Il pointe son engin sur moi. Il ne rigole plus.

— Mojèt bytj i ty, fachiste? Frantsouzkiï fachiste?

Peut-être que tu es un fasciste aussi, toi? Un fasciste français?

Maria se jette entre lui et moi.

— Niet! One kommouniste!

— Ah, ah... Tout le monde est communiste, depuis hier! Et toi, qu'est-ce que tu fous avec cet étranger? Tu te fais baiser, hein, putain?

— One moï mouj. C'est mon mari.

Le grand Russkoff me regarde. Il en a plein le cul de mes simagrées.

— Écoute, fous-nous la paix. Si tu peux pas supporter, fous le camp, va te promener, mais nous fais pas chier. Laisse-nous faire notre boulot. Paniatno? Compris?

Il me refait le coup de tout à l'heure : tout en me parlant, sans la regarder, il descend la femme, d'une seule balle, à bout portant. Je dois être vert. Je sens que je vais tomber dans les pommes. Maria n'est pas en meilleur état.

Le sergent a terminé. Il passe la courroie de la mitraillette à son cou, dit « Prochtchaïtié », enjambe le cadre du vélo, démarre dignement, zigzague sur dix mètres, manque se casser la gueule, renonce. Les voilà tous les deux partis, à pied, prendre possession d'autres fiefs de la terre conquise.

Nous rentrons dans la petite maison. Nous restons un bout de temps sans rien dire. Maria pleure en silence. Eh, oui, c'est la guerre. Il pensent à tout ça, les cons qui la déclenchent? Mais oui, mais oui, mon gars, ils y pensent! Et d'avance ils l'acceptent. Ils l'acceptent très bien, même!

*

Dans la ferme, c'est la nouba. Les non-Allemands du coin fêtent la libération. On entend les oies crier leur dernier cri. Le Schnapps sort de ses cachettes. Un drapeau rouge bricolé d'un lambeau de jupe cloué sur un bâton apparaît au-dessus du porche. Je dis à Maria que j'ai pas envie de rester là. Elle me répond qu'ailleurs ce sera pareil. Oui, mais on n'aura pas vu. Je ne pourrai plus jamais voir ces gens autrement que traînant ces Allemands à l'abattoir. Elle me demande de rester au moins une journée, le temps de se reposer, elle n'en peut plus. Je dis d'accord, mais je ne veux rien demander à ces mecs-là. Je vais jusqu'à Stavenhagen voir si je peux trouver de quoi bouffer, c'est à moins de deux kilomètres. D'accord, fais vite. Enferme-toi à clef, n'ouvre à personne. N'aie pas peur. Et bon, je m'en vais faire le marché.

La petite route court parallèlement à la grand'route de Stavenhagen. Dès que j'ai dépassé le talus qui, jusqu'ici, me masquait la grand'route, le lointain cliquetis d'engrenages auquel, depuis cette nuit, mes oreilles se sont tellement habituées qu'il fait partie du paysage devient soudain tonnerre d'apocalypse. Au-dessus de moi, au ras des herbes folles, de longs tubes de canons foncent vers l'Ouest. A mesure que j'avance, les tourelles émergent, puis les carapaces des chars géants. Les chenilles monstrueuses mordent l'asphalte, le rejettent par plaques sur les côtés. Agglutinée en grappes hilares, une cohue bariolée de troufions saouls couvre les blindages.

Les Russes se paient une orgie de victoire. L'enfer de Stalingrad débouche sur ce carnaval. Ils se sont déguisés avec le contenu suprêmement cocasse des armoires occidentales : soutien-gorge passés par-dessus l'uniforme, slips roses à dentelles noires en guise de bonnets, support-jarretelles, redingotes et hauts-de-forme — Zylinder! —, parapluies et ombrelles, dessus de lit drapés en toges, toute la chienlit qu'inlassablement réinvente la fantaisie du troufion en terre conquise, ils la découvrent, ravis. Ils grattent des balalaïkas, ils étirent des accordéons, ils soufflent dans des harmonicas, ils chantent à bouches larges ouvertes, mais on n'entend rien, rien que l'hallucinant vacarme des trains de chenilles et des moteurs poussés au maximum.

Parfois, sur la tourelle, suprême trophée, une jeune femme allemande, couronnée de fleurs, hébétée ou saoule perdue, que le tourbillon emporte et qu'il recrachera un peu plus loin.

Aux premières maisons, je dois soudain me jeter presque dans le fossé. Un attelage fantastique fonce sur moi. Je suis en plein *Michel Strogoff*. Une télègue! Une télègue, comme dans les romans russes! Une longue poutre avec deux espèces de râteliers formant un V, voilà toute la caisse. C'est posé sur deux poutres formant essieux, quatre roues dégingandées, cerclées de fer... Autour de la tête du cheval, en auréole, le grand demi-cercle de bois décoré de zigzags et de fleurettes de couleurs et garni d'une douzaine de clochettes enragées. Assis de côté sur un brancard, les pieds traînant presque à terre, le troufion charretier fait claquer un fouet interminable — la « nagaïka » des chansons! — et le cheval va un galop d'enfer, les roues sautent chacune pour soi sur les cailloux, tout le bazar se tortille et rebondit en grande déglingue comme une araignée saoule, davaï, davaï! Il en passe comme ça tout un convoi, l'une derrière l'autre. Certaines sont attelées de plusieurs chevaux en enfilade, toujours au grand galop. Il y a de tout, là-dedans : des fûts de carburant, des sacs de patates, même des caisses d'obus, davaï, davaï! Je comprends maintenant pourquoi l'Armée Rouge devait marquer un temps d'arrêt après chaque bond en avant de ses blindés...

A l'entrée de la ville, ça me fait drôle de voir « Stavenhagen » calligraphié en caractères cyrilliques. La ville n'a pas trop souffert. Toutes les portes des maisons béent. Des soldats russes entrent et sortent, la plupart titubants. Au carrefour avec la route du nord, une femme-soldat règle la circulation. Même uniforme que les hommes, sauf la jupe. Elle est trapue, porte un chignon et a l'air spécialement peau de vache. Tiens, ça a dérouillé, par ici. C'était pourtant intact quand nous sommes passés, hier.

Un soldat m'interpelle. Un sous-off, je pense. Il me colle un revolver sur le ventre, je lève les mains, il me demande ce que je fous dehors et pourquoi j'ai pas de brassard. Je lui dis que je suis français, il rit, rengaine son truc, m'embrasse sur la bouche. Je lui demande où je peux trouver de quoi bouffer. Il ouvre grands ses deux bras, m'offre la ville entière : « Sers-toi, petit frère, toute l'Allemagne est à toi! Entre partout, tu es partout chez toi, prends ce que tu veux, ne te laisse pas attendrir, tu ne leur en feras jamais autant qu'ils t'en ont fait! »

Je lui demande si ça s'est battu, ici. Il me dit non, presque rien. La ville s'était déclarée ville ouverte, drapeau blanc, le maire et notre commandant s'étaient mis d'accord, tout ça, et voilà que le groupe local de la Hitlerjugend, avec le fils du maire à sa tête, a dit que eux ne se rendraient pas, que les vieux étaient tous des lâches, et voilà : ils se sont enfermés dans la mairie et, quand nos troupes sont entrées, ils ont tiré dessus à coups de grenades et de Panzerfaust. Nous, qu'est-ce qu'on a fait? On s'est retirés, on a fait venir l'aviation, on a bombardé la mairie et on a un peu cogné tout autour. Et puis on est revenus, et tous les Hitlerjugend qui n'étaient pas morts, on les a fusillés. Cette graine de fascistes, c'est des vrais chiens enragés!

Je dis voilà, voilà... Il me dit mais d'où ça vient que tu parles russe comme ça? Je lui explique. Il est tout content. Il m'embrasse encore. Je lui dis bon, salut, mais il s'effare : « T'as pas de revolver? T'es fou! Tu les connais pas, ces Allemands, des vrais fumiers! S'ils peuvent te choper dans un coin, t'es bon! » Il décroche son étui, me le tend. « Tiens, prends ça, il est pas réglementaire, je l'ai pris à un Allemand. Et surtout, ne tourne jamais le dos, t'as compris? Jamais le dos! »

Me voilà bien monté! J'ai jamais eu en main la moindre arme à feu, je me sens plutôt emmerdé. Suffirait qu'un autre Russkoff me voit avec ça en poigne, me prenne pour un Allemand et, avant toute explication, m'envoie la giclée! Dès que le gars a tourné le coin, je balance discrètement le pétard dans l'égout.

Bon. A manger. Les boutiques sont béantes, et vides. Des gens de toutes les nationalités de l'Europe, sauf l'allemande, entrent et sortent des maisons. Sortent toujours les bras pleins, les épaules chargées. « Tri dnia grabja », m'a dit le Russkoff : trois jours de pillage plus ou moins autorisé. La hiérarchie ferme les yeux. Les soldats russes, apparemment, ne sont guère en quête de nourriture, ni de vêtements, ni d'objets d'ameublement. Ce qui les intéresse, c'est plutôt les bijoux, les petits souvenirs de valeur. Et aussi le Schnapps. J'entre dans le premier immeuble qui se trouve là.

Au rez-de-chaussée, des types se bousculent pour vider les tiroirs. Je monte. Au premier, pareil. Au deuxième, une porte fermée. Je frappe. Comme un con. Pas de réponse, évidemment. Je tourne la poignée, ça s'ouvre, j'entre. Un vestibule, une salle à manger plutôt cossue. Enfin, cossue par rapport à chez nous. La famille est à table. Ils se lèvent, sans un mot, se rangent en rang d'oignon, le dos au mur. Résignés. Ils portent tous un brassard blanc.

Bien emmerdé, moi. Le vieux déboucle sa montre-bracelet, me la tend. Je dis « Nein! » Il a peur. Il me dit « Wir haben kein Geld! » Nous n'avons pas d'argent. Il lui vient une idée. « Wollen Sie Zucker? » Du sucre? Il me fait signe de le suivre. Il a tellement peur que ses jambes flageolent. J'ai donc l'air d'une telle crapule?

Dans une penderie, il écarte des manteaux. Je regarde. Un sac. Un grand sac plein de sucre en poudre. Peut-être cent kilos. Les trésors d'Ali Baba! Ça existe donc, le marché noir! Je plonge mes mains dans le sucre, je plonge ma figure dans le sucre, je m'en fourre plein les joues, j'avale ce bon jus sucré, je m'en ferais crever! Le vieux est parti, discret comme tout. A côté du sac de sucre, il y en a un de nouilles, et un de lentilles. Et un de farine! S'embêtaient pas, les gens d'ici, étaient parés pour la guerre de Cent Ans!

Je dégote trois taies d'oreiller, j'en remplis une de sucre, une de nouilles, une de lentilles. Je trouve un petit sac de papier que je remplis de farine, on se fera des crêpes, ce soir. Je noue tout ça dans un grand torchon, ça fait un paquet lourd comme le diable, j'aurais jamais cru. Pourtant, j'ai presque rien pris, ça se voit même pas, dans les sacs! Bon. En avant.

Mon fardeau sur les épaules, je reprends la petite route, j'aperçois la petite maison, il est temps que j'arrive, je m'écroule. La tête de Maria devant ce que je rapporte! J'en ris d'avance.

La porte est grande ouverte. Je laisse tomber le paquet sur la table, j'appelle. Personne. Elle n'est pas dans la chambre. Elle doit être dehors, derrière, un peu plus loin. Je sors. Et, soudain, je revois la chambre. Je rentre, comme fou, je cours à la chambre. C'est bien ça : il n'y a plus rien. Plus de vêtements, plus de valises, ni la sienne ni la mienne, rien. Même les couvertures sont parties. La panique me hurle dans le ventre.

Je cours à la ferme. Je tombe sur un Polak, sous le porche. Pas trop trop bourré. Il me dit que des Russes sont venus, dans un camion, ils ramassaient les femmes russes. Maria n'a pas eu le temps de se cacher, elle a dit qu'elle était française, que son mari allait revenir tout de suite, ils lui ont dit ta gueule, ils ont jeté toutes les affaires dans le camion, ils sont partis. Elle voulait t'écrire un mot, mais le soldat a dit « Davaï! Davaï! » et ils sont partis. Elle pleurait, tu sais.

Je lui demande s'il a idée où ils sont allés. Il me dit qu'il lui semble avoir entendu « Neubrandenburg », mais il n'est pas sûr. Ils sont passés il y a longtemps? Deux heures, un peu plus, un peu moins. Bon sang! Ils ont traversé Stavenhagen pendant que je m'extasiais devant du sucre en poudre, comme un con!

J'ai tout fait comme un con. Il ne fallait pas la quitter, jamais, jamais, pas un instant, ne jamais lâcher sa main! La guerre, Ducon, tu sais ce que c'est? Tu rêves, tu vois rien, t'es pas là? Con, con, triple con, crève!

L'angoisse monte, monte, me bouffe tout vivant.

Je laisse tout là et je file vers Neubrandenburg, en manches de chemise, tel que j'étais sorti ce matin.

La Bérézina

Mi-avril 1945. L'Allemagne pue le cadavre et l'incendie mal éteint. L'Allemagne est une charogne où les morts pourrissent les yeux ouverts. L'Allemagne est un champ de ruines étincelant au soleil. L'Allemagne est un coupe-gorge où rôdent les millions de déracinés entassés là pour produire ou pour crever, maintenant sans geôlier et sans pitance. L'Allemagne est une terre brûlée, un Moyen Age suppurant, sans eau courante, sans électricité, sans chemins de fer, sans poste, sans essence, sans routes, sans médecins, sans médicaments, sans monnaie, sans police et sans loi. Sans même d'existence légale. Territoire militaire. Zone de combats. Une autorité : l'Armée Rouge. L'Armée Rouge ne s'occupe que de l'Armée Rouge.

Sur cette pestilence foisonnent le typhus, la tuberculose et la vérole.

Et moi, là-dedans, je cherche Maria.

Il m'avait dit : « Neubrandenburg ». J'ai refait le chemin jusqu'à Neubrandenburg. J'ai demandé tout au long, dans toutes les langues, si on avait vu un camion de l'Armée Rouge comme ci et comme ça, avec des femmes russes dedans. On ne me répondait jamais carrément non. On avait toujours un petit quelque chose, un petit quelque chose à quoi se raccrocher à l'extrême rigueur. Et je m'y raccrochais.

De Gültsow à Neubrandenburg, il y a une quarantaine de kilomètres. Mais toute l'Europe en haillons piétinait là, comme une tribu tzigane tournant en rond. Toute l'Europe désormais libre et ne sachant quoi foutre de sa liberté. Les Russes te disaient : « Tu es chez toi. Démerde-toi. » Se démerder là où il n'y a rien...

Fuyards allemands désormais sans but puisque rattrapés, que chacun pouvait dépouiller, que chacun pouvait tuer, race de seigneurs devenue du jour au lendemain lie de la terre. Ex-prisonniers de guerre organisés en petits groupes autonomes farouchement égoïstes. « Politiques » en pyjamas rayés — ceux d'entre eux qui tenaient debout —, rarement solitaires. Surtout l'énorme marée des travailleurs forcés semés le long du front de l'Oder par la Todt... Tout ce magma agité de courants divers encombrait les routes. L'Armée Rouge avait besoin des routes. Des corvées de prisonniers ritals les déblayaient pour que s'y engouffrent les blindés. Les Russes semblaient furieusement pressés de pousser vers l'Ouest le plus loin possible, le plus vite possible.

Seuls les prisonniers de guerre italiens n'avaient pas été libérés. L'U.R.S.S. voulait ignorer le revirement de Badoglio. Pour elle, l'Italie était toujours un ennemi, un allié du Reich, un pays fasciste, et les pauvres cons à la cape verte se retrouvèrent enfermés derrière des barbelés alors qu'ils venaient tout juste d'en sortir.

Je suis arrivé à Neubrandenburg dans la nuit. J'ai questionné des tas de gens. J'en ai réveillé des tas. Il y avait des troupes russes un peu partout, je suis allé partout. J'ai vu des plantons, des sous-offs, des officiers, dès qu'il a fait jour. J'ai abordé tous les troufions que je voyais dans la rue. Quel mépris quand on apprenait ce qui me mettait dans cet état!

J'ai vu, à Neubrandenburg et dans la campagne environnante, les déportés politiques et les Juifs libérés du camp de concentration qui se trouve là. J'ai vu ces gens décharnés, jaunes comme des citrons, aux yeux effrayants. J'ai vu des squelettes vivants sur des brancards. Les Russes obligeaient des femmes allemandes à leur faire à manger, à les soigner. Les plus valides couraient partout, obsédés par l'idée de manger. Ils priaient les soldats de venir tuer un cochon qu'ils avaient débusqué dans quelque ferme. Les Russes leur disaient de ne pas tant manger du premier coup, surtout du cochon, plutôt des légumes, des bouillies... Rien à faire. Ils faisaient griller leur cochon, le dévoraient à moitié cru, s'en rendaient malades, et beaucoup qui avaient tenu le coup pendant toutes ces années crevaient là, d'indigestion.

Elle était certainement passée par Neubrandenburg. En tout cas, elle n'y était plus. On parlait d'un camp de regroupement des citoyens soviétiques près de Stettin. En route pour Stettin!

*

J'ai refait la route à l'envers. Notre route. Woldegk, Strasburg, Pasewalk... Près de Papendorf, deux femmes creusaient une fosse. Deux corps attendaient, sous une couverture. Je me suis rappelé quelque chose, j'ai soulevé la couverture. C'était le gros bonhomme violacé qui faisait sa crise d'asthme et n'arrivait pas à suivre, et c'était sa petite épouse ratatinée. Gueules éclatées. Balle dans la nuque. Quatre jours de ça...

*

Une ferme. Des troufions font la queue devant une grange. Bavardent en attendant leur tour. Rigolent. Se passent une bouteille. Se donnent du feu. Ils sont bien une cinquantaine. A l'autre bout de la queue, une femme allemande, couchée dans la paille, à plat sur le dos, cuisses ouvertes. Deux troufions la tiennent aux épaules et aux bras, pèsent de tout leur poids. Mais c'est pas la peine. Elle se laisse faire. Ses joues sont barbouillées de larmes, mais elle ne pleure plus. Elle regarde les poutrelles de fer et les tôles ondulées, là-haut. Un gars remonte son froc, le suivant défait sa ceinture. Ils ne sont pas méchants, pas brutaux. Pas méprisants, non plus. Tout à l'heure, oui, entre eux... S'installent bien à l'aise entre les cuisses ouvertes, tâtonnent de la main pour placer leur machin dans le trou, s'enfoncent jusqu'au ventre avec un grand « Ah! » d'aise, les copains rigolent en sympathie, ils baisent à grands coups de cul de bûcheron qui secouent la femme inerte, jouissent discrètement, un soupir, un frisson, et se relèvent, les copains attendent. Se secouent le bazar, se reboutonnent, sourient aux gars de la queue, commentent en rigolant un peu, genre « Ah, ça fait du bien! » « Merde, depuis le temps que j'avais pas eu de bifteck de femme autour de la queue! »... Comme quand on vient de chier un bon coup.

Je voyais pas ça comme ça, le viol guerrier. Eux non plus, sans doute. Du fond de leur enfer, combien de fois ont-ils dû le dire : « Si j'en sors vivant et si on repousse ces cochons-là dans leur Allemagne de merde, je te jure que la première Allemande que je vois, je lui saute dessus, je lui arrache la culotte, je lui plante ma queue dans le ventre, oh, bon Dieu, tu vas voir si je le fais pas! Et je te la ferai gueuler, la salope! Oh, bon Dieu! »

Ben, oui. En fait de grand rut sauvage, c'est la queue à la cantine. Les choses tournent souvent comme ça, dans la vie militaire.

Après tout, vaut quand même mieux ça que les tuer. A moins qu'ils ne les tuent aussi, après. A moins que la femme ne se tue elle-même, après...

Ce qui m'épate, c'est comment ils arrivent à bander. Quelle santé!

*

Une colonne de prisonniers allemands. A perte de vue. Tous les troupeaux de prisonniers de guerre se ressemblent. Ceux-là ont quand même l'air d'en baver particulièrement. Leurs gardiens sont à cheval, coiffés de la chapka de fourrure. Des cosaques? La nagaïka, le long fouet à manche court, siffle et cingle. En queue de colonne, les punis. Ils marchent sur les genoux, les mains à la nuque. Merde! Je les suis, curieux de voir quelle distance on les force à parcourir comme ça. Un Russe pousse son cheval vers moi, me conseille d'aller m'occuper de mes cornichons. D'accord.

*

Zerrethin. L'église. La place de l'appel. La prison de poupée. La grange. La route qu'on suivait chaque matin, pelle sur l'épaule... On dirait que je le fais exprès. Que je me barbouille de nostalgie malsaine. Non : c'est la route de Stettin, la seule. En passant, je demande partout, des fois qu'elle se serait dit que ça pourrait être un point de ralliement... Mais non. Des Polonais se sont installés dans les maisons allemandes.

J'oublie de manger. J'ai comme la fièvre, mais c'est pas la fièvre. Ça me court partout, je suis à ressorts, infatigable, et en même temps je suis écrasé, en bouillie. C'est ça, le chagrin? Qu'est-ce que je fous, si je la retrouve pas? Je veux pas y penser. Noir et glacé. Pas possible. C'est pas possible! Elle est quelque part. Elle me cherche. Alors, bon, on va se retrouver, bon Dieu! On se jettera l'un sur l'autre, on rira, on chialera, j'y suis déjà.

Quand même, les jambes me manquent, la tête me tourne. Il faut que je mange. Une maison isolée. Vide. Dévalisée. Rien de rien. Derrière, dans une cage, un gros lapin. Un seul. Quelqu'un des environs qui se le nourrit clandestinement, je suppose. Il grignote, il me regarde de ses gros yeux, il se pousse du nez contre le grillage. Il aime la compagnie. Bon, je me dis, sois un homme. Ton premier. T'as encore jamais rien tué, rien ni personne, faut bien que tu commences. Un lapin, c'est de la viande. Même papa, les lapins, il les élève pour les manger. Il est vrai qu'il les fait tuer par un voisin et que, lui, il n'en mange pas. Les larmes lui coulent quand maman sert le lapin... Oui, bon, c'est lui ou toi, allez, merde, François, sois un homme!

J'ai ouvert la porte grillagée. J'ai pris le lapin dans mes bras. Il grignotait, tout content. Allez, François. Une boule me serrait la gorge. Je l'ai pris par les oreilles, d'une main. J'ai fait comme on dit qu'il faut faire pour qu'ils ne souffrent pas : je lui ai donné un bon coup du tranchant de la main derrière la nuque. Il a eu un sursaut terrible, et puis il a gigoté, il a compris que je lui voulais du mal. J'ai tapé, tapé, tapé. Il s'est soudain détendu. Voilà. Il était mort. J'étais un homme, mon fils.

J'ai cherché une casserole, un couteau, tout ce qu'il faut. J'ai allumé le feu. Et je me suis mis à chialer. Je ne mangerais pas ce lapin. Maintenant qu'il était mort, je comprenais combien il était mon ami. J'avais tué mon ami. Et il avait eu le temps de savoir que je lui voulais du mal. J'ai compris que je ne retrouverais pas Maria, ni à Stettin, ni ailleurs. Jamais.

Un Polonais s'est amené. Je lui ai laissé le lapin. Il n'en revenait pas.

*

Stettin. Enfin! Cent kilomètres en deux jours. Dès les faubourgs, je m'enquiers du camp de regroupement. Je finis par le trouver. C'est très grand. Je ne sais pas qui les Allemands y mettaient, mais c'est resté un camp, comme tous les camps, avec ses baraques couleur de baraque, ses allées de mâchefer... Sur la porte de la baraque de l'administration, les mots « Lagerführer » sont simplement barrés et remplacés par « Natchalnik laguèria ». Une nommée Maria Iossifovna Tatartchenko? De Kharkov? La femme-soldat aux cheveux plats consulte son registre. Non. Non, elle n'a pas ça. Mais cette Tatartchenko vient peut-être tout juste d'arriver, elle n'aura pas encore été inscrite... Et d'abord, qu'est-ce que je lui veux, à Tatartchenko? Bon. Je dis je vais jeter un coup d'œil dans les baraques. Mais, camarade, tu ne peux pas entrer dans le camp des femmes! Bon. Je me plante à l'entrée, je regarde qui entre qui sort, j'interroge les babas, je passe la consigne, je laisse des messages.

Je me trouve un coin pour dormir dans une cave, sous des maisons en ruine. Le lendemain, je recommence. Et voilà que je tombe sur deux filles que je connais, une Doucha, une Tamara, deux de la Graetz, qui me tombent dans les bras et s'exclament, et rient, et pleurent « Oï ty, Brraçva! » et moi aussi je ris je pleure, et tout de suite : « Où est Maria? » On l'a dit en même temps. Je leur raconte. Elles sont très tristes. C'est un beau roman d'amour triste. Non, elles n'ont pas vu Maria, n'ont aucune nouvelle. Elles vont demander partout, elles me le promettent.

Je suis déjà moins dans le noir. Je sais quelle est l'efficacité du « téléphone arabe » chez les babas. Où que soit Maria, elle sera touchée. Si elle est quelque part.

Je rencontre d'autres copines. La grosse Doussia, sapée en princesse, poudrée frisée, au bras d'un officier aux épaulettes larges comme des cartes de jeu de tarots, et aussi une Louba d'entre les Louba, et aussi la vieille sentencieuse Agafia... Je reprends espoir.

Et les jours passent. Les filles me nourrissent du rab du camp russe. Devant moi, des idylles fleurissent, prospèrent ou se cassent : c'est à l'entrée du camp que se donnent les rendez-vous. Le beau militaire vainqueur a le pas sur le déporté miteux, mais le militaire passe, le militaire s'en fout, on ne peut pas construire sur lui, ou rêver qu'on construit. Les femmes ont besoin de rêver qu'elles construisent.

Un jour, la grosse Doussia, toute contente, me dit que Maria est à Prenzlau, si si, absolument certain, elle l'a su par son officier, Maria Iossifovna Tatartchenko, parfaitement, une fille comme ceci comme cela, yeux bleus, tout ça, elle connaît bien Maria, tout de même!

De toute façon, j'en ai marre d'ici, je commence à basculer du mauvais côté, la panique monte, monte, marre de traîner ma carcasse dans ces décombres, le long de ce port qui n'est même pas au bord de la mer, ce port aux eaux huileuses où pourrissent des bateaux éventrés. Faire n'importe quoi, fût-ce une connerie, mais remuer. Je martèle les consignes à toutes les filles, je leur confie des lettres, j'en laisse une au bureau pour le cas où... En route! Direction Prenzlau.

*

Je fais les soixante bornes dans la journée. Ce qui est con : j'arrive encore une fois en pleine nuit, obligé de me supporter jusqu'au matin. Et là, chou blanc. Pas de camp à Prenzlau. Une petite garnison, où personne ne peut rien m'apprendre, où l'on me fait comprendre que j'emmerde le monde avec mes peines de cœur. Les amours de guerre et les amours de vacances, il faut savoir tirer le trait dessus à la rentrée. T'es un homme, ou quoi? Après tout, peut-être qu'elle l'a tiré, elle, le trait? Peut-être qu'elle n'avait pas envie d'aller en France, ce chien de pays où l'ouvrier crève de faim sous la botte des capitalistes, qu'est-ce que t'en penses, camarade Frantsouz? Mais pas du tout! Et d'abord, je m'en fous de rentrer en France! Je suis d'accord pour l'U.R.S.S., pour n'importe où, mais avec elle. Elle le sait très bien! Les militaires ricanent.

Je tournaille, je fouine, je questionne. L'espoir me coule entre les doigts. Sur le soir, l'angoisse est trop forte, je suis en pleine confusion, la panique me court dans les veines, sur une vague indication qu'on aurait aperçu une jeune femme comme celle que je décris dans une charrette bâchée avec d'autres femmes et des troufions, je repars.

J'ai parcouru ce putain de pays en tout sens. J'ai marché d'une ville ravagée à l'autre, sur des renseignements qui m'auraient fait hausser les épaules si j'avais été dans mon bon sens. Tombant parfois en pleine zone à peine conquise, parfois entendant le canon de l'autre côté de la colline. J'ai marché, marché. Deux fois, j'ai rencontré des Français de la Graetz. Et rien. Je suis retourné à Stettin. J'en suis reparti.

Mes chaussures sont des sacs informes, crevés de partout. Un soir, je marchais entre deux collines où avait eu lieu un combat de chars. Sur une colline, des chars russes disloqués, sur l'autre, des chars allemands. Les morts russes avaient été enterrés. Au-dessus de chaque tombe, un petit obélisque trapu, en contreplaqué barbouillé de rouge vif, une étoile rouge piquée dessus et le nom du gars proprement calligraphié. Les Allemands pourrissaient où ils étaient tombés, la gueule ouverte, pleine de mouches. Dans le creux entre les collines, une petite maison. Tout ce qu'elle avait contenu parsemait le flanc des collines. Le duvet d'un édredon avait neigé au loin sur les prés, très blanc près de la maison, de plus en plus estompé en s'éloignant. C'est presque toujours ça qui prévient de l'approche d'une habitation : le duvet. Un édredon, c'est la première chose marrante qui te tombe sous l'œil, quand tu veux marquer ta victoire. Un coup de baïonnette pour l'éventrer, tu secoues dans le soleil, le duvet vole, vole, s'accroche à tout, couvre tout, c'est la grande défoule!

Les morts allemands ont encore leurs bottes, c'est curieux. En me retenant de respirer, à cause de l'odeur, je tire les bottes d'un grand échalas à peu près de ma taille. Ça glisse huileux, la peau est venue avec, le pied se dresse, gluant d'une viscosité brunâtre. Je lâche la botte, je me sauve, je dégueule à m'arracher l'âme. Je me passerai de bottes.

*

Un pavillon de banlieue qui a dû être méticuleusement

tenu, pour l'instant sens dessus dessous. J'y suis entré, cherchant un coin pour la nuit, je le croyais vide. Une grosse Allemande fanée surgit, en robe de chambre, me supplie de ne pas la dépouiller, m'apprend qu'elle adore les Russes, que son défunt mari était un Russe, il s'appelait Piotr, elle l'appelait son Pétrouchka, elle me prend pour un Russkoff. Là-dessus, un gradé russe s'amène, fouillotte dédaigneusement dans le bric-à-brac. Elle se cramponne à lui. Lui raconte, sanglotante, son Pétrouchka. Le Russe me dit : « Elle m'emmerde, la vieille, avec son persil! Pourquoi elle parle toujours de son persil? » En russe, « pétrouchka » veut dire « petit Pierre », mais aussi « persil ». Amusant, non? Reprenez donc un peu de thé.

*

Un matin. Une ferme. Quelque part dans ce putain de pays de lacs, d'étangs, de marécages et de rivières secrètes qui courent sous les herbes longues. Je me réveille. J'aime pas me réveiller. Aussitôt je me souviens, aussitôt la bête me mord au ventre. J'ai froid. J'ai dormi dans le foin. Le foin ne réchauffe pas, son odeur donne mal à la tête. Mais il y avait trop de monde dans la paille : un groupe de prisonniers français et belges particulièrement bavards.

Je pompe de l'eau, je me lave. Les kakis s'affairent à leur petit déjeuner. Surgit un officier russe en bras de chemise, les bretelles sur les mollets. Loge dans la maison, sans doute. Il demande quelque chose aux gars. D'où je suis, je n'entends pas. Ils n'ont pas l'air de comprendre. Il s'énerve, finit par se mettre dans une colère noire. J'arrive tout en m'essuyant. Je demande ce qui se passe au grand Belge qui a l'air de commander les autres. Il ne sait pas, le Russe est fou de rage, c'est tout. Je demande au Russe. Il s'épanouit. Enfin! Quelqu'un d'un peu moins con! A toi on peut te parler, au moins! Je demande à ces nouilles de me raser le crâne, j'ai envoyé mon ordonnance faire une course, je suis pressé, et eux, comme des cons! Regarde-moi ça : ils sont verts de peur! Ils chient dans leur froc! Merde, c'est pourtant pas difficile à comprendre : raser le crâne!

J'explique aux Belges. Ouf! Les rasoirs jaillissent, les blaireaux, même du savon à barbe « Palmolive »! Sacrés prisonniers! Mais le Russe ne veut être rasé que par moi. Tu comprends, ces types-là sont trop cons, ils me couperaient la tête! Je le rase, j'ai jamais fait ça, vaut mieux que je ne l'écorche pas. Je m'en tire à peu près, il est content, il me donne un cigare. Je dis spassiba tovarichtch guénéral, comme j'y connais que dalle dans les grades, autant lui en donner un flatteur, il me redit encore une fois ah, ceux-là, quels cons, m'étonne pas qu'ils aient perdu la guerre, et puis dasvidania, au revoir.

Comme les Américains, les Russes : comprennent pas qu'on puisse ne pas comprendre le russe! En toute ingénuité. Ça me rappelle qu'en russe « Allemand » se dit « Nemetz », qui vient de « nemoï » : le muet. Les premiers étrangers sur qui sont tombés les Russes des âges farouches devaient être des Allemands, et comme ils faisaient avec leur bouche des bruits qui ne voulaient rien dire, les Russes les ont cru muets, c'est tout simple. Quant à l'Allemagne, ils l'appellent « Guermania », comme tout le monde.

Les Franco-Belges m'invitent à partager leur collation. Ça tombe bien, je la saute. Biscuit de soldat, beurre américain, vrai café, lait en poudre (américain). Ils ont une charrette et un cheval. Tout le confort. Je leur demande où ils vont. Vers l'Ouest, bien sûr. Prochaine étape : Waren. C'est justement là que je vais, ce jour-là. Une ombre de piste...

Je leur demande si je peux marcher avec eux. Ils font un peu la gueule, se concertent, finissent par dire oui du bout des lèvres, je suis le seul civil, et pas beau à voir, je déparerai leur photo de famille. M'en fous, j'ai pas envie d'être seul, aujourd'hui. Je m'incruste, comme si on m'accueillait à bras ouverts.

*

Ils ne sont pas désagréables. Un peu concons. L'officier russkoff n'avait finalement pas tellement tort : ils auraient dû comprendre ses gestes. Mais ils avaient d'avance tellement la trouille...

Ils parlent des Russes comme en parleraient de vieilles demoiselles anglaises. Des sauvages! Des mal élevés! Des Mongols! Plus Asiates qu'Européens! Et leurs bonnes femmes! De la femelle d'ours! Ça fait l'amour comme ça laboure la terre. Aucune délicatesse, amène ton cul et v'lan! D'ailleurs, les Boches (ils disent « les Boches », si si, comme grand-père!) c'est bien un peu pareil... Il n'y a vraiment que le Français pour savoir y faire avec les dames. Et gningningnin, et gningningnin, toute la merde, toute la diarrhée habituelle.

Il y a un Marseillais, un jeunot plein d'acné avec un béret de chasseur alpin. J'ai mis du temps à comprendre que ces Esseu-Esseu qui lui reviennent sans cesse dans la conversation ne sont autres que les S.S. Il raconte qu'il a vu un Russkoff qui avait fauché un réveille-matin et qui le secouait, qui le secouait, mais rien, le machin faisait tic-tac, et c'est tout. Le Russkoff, dépité, le jette par terre, et voilà que la sonnerie se déclenche, à toute volée. Le Russkoff sursaute, empoigne sa mitraillette et vide un chargeur sur le malheureux engin en poussant des hurlements de terreur... Tu parles! C'est avec ça que les peuples se font plaisir.

Il y a un sergent de la coloniale, joues creuses, teint jaune, dents pourries. Il chante toute la journée « Le trompette en bois ». Que ça. Toute la journée. Il se donne le ton à l'aide d'un petit harmonica, juste la première note, et vas-y :

Ah, dis, chéri, ah joue-moi-z-en!
D' la trompette,
D' la trompette...

La charrette avance doucement sur une petite route ombragée, déserte. Il ne faut pas fatiguer le cheval, on le bichonne, il doit « faire » jusqu'à Bruxelles, puis jusqu'à Paris, puis jusqu'à Marseille, c'est comme ça que les gars voient les choses, ils ont tous leurs petits souvenirs dans la charrette. On marche à pied derrière, on « soulage » dans les montées.

Un cheval au grand galop surgit au tournant, un cosaque dessus. Le cosaque tire sur les rênes, le cheval stoppe à notre hauteur. Il est couvert d'écume, ses pattes tremblent. Le cosaque saute à terre, prend notre cheval au mors, commence à déboucler les harnais. Le prisonnier-en-chef bondit : « Eh là! Il est à nous, ce cheval! On l'a acheté! » Le cosaque dit « Chto? » empoigne son espèce de mousqueton, le colle sur le ventre du gars, fait jouer la culasse.

— Mnié noujna éta lochadj! J'ai besoin de ce cheval! Je le réquisitionne. Je vous laisse le mien à la place.

Je traduis. Les gars se résignent. Et bon, qu'est-ce que tu veux faire?

Je demande au cosaque où il cavale, comme ça. Au front? Il me regarde bizarre, et puis il rigole. Au front? Il n'y a plus de front! La guerre est finie. Je ne le sais pas? Les Allemands ont signé l'armistice le 8 mai. Hitler est mort. Berlin est pris.

Eh, bien...! Quel jour sommes-nous donc? Le 15 mai. Un mois et demi que je bats les routes.

Je dis tout ça aux autres. Ils n'en reviennent pas. Ils veulent savoir où sont les lignes américaines. Oh, loin, loin vers l'Ouest. Sur l'Elbe? Il ne comprend pas « Elbe ». Je ne sais pas comment ça se dit en russe. Sur un fleuve? C'est ça, sur un fleuve, sur le fleuve Elba. Il me donne un nom de ville : Lioubka. Ça doit être Lübeck. Les gars digèrent tout ça, gravement.

*

J'ai lâché les Franco-Belges à Waren, c'est là que j'allais. C'est une petite ville au bord d'un lac. Le tuyau que j'avais était crevé, naturellement. Pis que ça : tellement inconsistant, tellement flou... Un prétexte à espoir. A condition que l'espoir précède le prétexte. L'espoir, j'étais bien obligé de m'avouer que je n'en avais plus guère. L'incertitude, je supporte mal. Quand je sais quoi faire, je déracine le monde, à griffes à ongles. Mais il faut que je voie quoi faire, nettement.

J'ai cherché pendant deux jours encore, sans y croire du tout. J'ai hésité à retourner une fois de plus à Stettin jeter un coup d'œil dans ce camp de Russes, et puis je me suis vu d'avance dégustant la déception, je me suis dit ces cons qui l'ont enlevée l'ont foutue dans un bordel militaire, elle est enfermée, où veux-tu la chercher dans cette fin du monde? Oui, bon, j'ai désespéré, quoi, c'est comme ça que ça s'appelle. Prends-le comme tu veux. J'aurais dû m'acharner. D'abord prendre ça calmement, par le bon bout. Commencer par me payer huit jours de vacances au creux d'une ferme, à ne penser qu'à roupiller et à chercher de quoi bouffer. Après, j'aurais vu plus clair... Va dire ça à un type que l'angoisse dévore tout vivant!

Un jour, je me suis dit « C'est depuis la France que je la retrouverai. Quitter ce Moyen Age où on ne peut rien foutre que marcher et marcher. En terre civilisée, on peut agir. Il y a des organismes, des Croix-Rouge, des consulats. Il y a le téléphone, le télégraphe, les lettres. Dès que j'ai un indice sûr, je fonce la chercher. Si elle est en U.R.S.S., j'émigre en U.R.S.S. C'est ça qu'il faut faire, tout juste ça! »

Sur le moment, ça m'a paru lumineux. Éblouissant.

Je me suis mis en route vers l'Ouest.

*

Tout ce qui va vers l'Ouest est rabattu sur Schwerin. Là, les Russes forment des convois de camions qui vous transportent en zone américaine. Les camions sont flambant neufs, et américains, déjà.

Dix ou douze routes en étoile convergent sur Schwerin. Elles y déversent un flot épais de « personnes déplacées » qui s'entassent et s'entassent dans la ville et ses faubourgs. Tout ça n'a rien à foutre, piétine, s'emmerde, s'impatiente, a faim, est plus ou moins malade, traficote, joue, vole, maquereaute des putes allemandes, se bat au couteau, assassine dans les coins noirs. Les Russes ne demandent qu'à se débarrasser au plus vite de cette fange capitaliste pour rester bien tranquilles entre eux dans leur conquête.

Les boulangeries industrielles, réquisitionnées, fournissent un pain gluant, moitié son et moitié balle, que nous prenons gratuitement dans les boutiques, sans avoir à attendre. On se sert soi-même. Les Allemands, eux, font la queue, et doivent payer les quelques grammes de leur ration quotidienne. S'il en reste. Tu refourgues ton pain au dernier de la queue, très cher, et tu vas t'en prendre un autre, mais faut avoir l'estomac, et aussi la crapulerie.

Timide début d'organisation du magma : la bureaucratie fait son apparition.

Des officiers ex-prisonniers de guerre établissent les listes des départs. Le bureau pour les Français est logé dans une école. Deux Français et deux Soviétiques l'occupent. Il s'agit avant tout, pour les Français, de dépister les fraudeurs, essentiellement les S.S. français ou belges, les engagés de la Wehrmacht, les miliciens, les collabos de la suite à Pétain, les kapos des camps, les Allemands camouflés... Pour les Soviétiques, il s'agit de hâter le mouvement de débarras, et donc de ne pas s'encombrer de ces chinoiseries. Que chacun lave son linge sale chez soi! D'autant que les Français, lorsqu'ils débusquent un S.S., prétendent qu'il leur soit livré afin de passer en jugement, alors qu'ici tout S.S. est fusillé séance tenante, en bas, dans la cour, et on n'en parle plus.

Les échanges de vues ne sont pas faciles. Il leur faudrait un interprète. Je me propose. On m'accepte. Du coup, j'ai droit à un peu de paille dans un coin du préau de cette école, préau où sont allongés les malades français pas trop mourants, presque tous des chiasseux.

Ça dure comme ça trois-quatre jours, je me débrouille laborieusement, ces gars-là croiraient se déshonorer en s'abaissant à parler lentement ou à te répéter si t'as pas bien compris. Et puis arrivent deux Français enfants de Russes blancs émigrés, et je dis au revoir tout le monde.

*

Les nuits de Schwerin. Rafales de mitraillettes et éclats de rire : des patrouilles russes jouent à cache-cache derrière les platanes, sous les fenêtres de l'école. Bourrés comme des coings. De temps en temps, un hurlement, un juron. Un type a morflé. Les autres applaudissent : « Gourré! »

Toute la nuit, les chiasseux cavalent aux gogues. Tel que je suis placé, je dépasse un peu, ils se cognent dans mes panards, ça me réveille, me revoilà plongé dans le réel. Le réel, c'est : plus de Maria. Aussitôt, la tenaille aux tripes. J'ai peur... Et voilà qu'une nuit la chiasse me prend, moi aussi. C'est malade comme un chien que je me présente pour embarquer dans le camion.

Le Français qui préside à l'embarquement fait l'appel, liste en main. Pour une raison ou l'autre, ça déplaît au factionnaire russe — russe et saoul — qui se met à lui chercher des crosses, finit par lui coller sa mitraillette sur le bide, et bon, ça va tout à fait mal. Survient un officier russe, un gros : ses épaulettes resplendissent d'une pourpre à mi-chemin entre la robe de cardinal et la glace à la framboise, ses bottes sont d'une finesse de gants de marquise. L'officier fronce le sourcil, qu'il a fort noir, et dit seulement : « A genoux, cochon! » Le troufion tombe à genoux. « Daï avtomatt! » Le troufion donne sa mitraillette. « Tu es un cochon. Tu ridiculises l'Armée Rouge devant ces cochons d'étrangers de merde. Tu n'es pas digne de porter une mitraillette. Je confisque ta mitraillette. On réglera nos comptes plus tard. » Le troufion pleure. Supplie : « Niet! Nié snimi avtomatt! », essaie de lui arracher la mitraillette, enlace de ses bras les genoux de l'officier et répète : « Niet! Nié avtomatt! » Pas la mitraillette! L'officier, comme une statue. Cependant, à je ne sais quel relâchement musculaire, le soldat a senti que l'officier, imperceptiblement, s'attendrit. Il se relève, toujours pleurant et suppliant. Baise l'épaulette gauche de l'officier, humblement, plusieurs fois. L'officier se laisse fléchir. Il lui colle l' « avtomatt » entre les mains, rudement. « Vozmi! A tepièr', vonn' otsiouda! » Attrape! Et maintenant, fous-moi le camp! Le gars, secoué de sanglots de bonheur, serre l' « avtomatt » contre son cœur, la couvre de baisers et s'en va. Les Français ouvrent des yeux grands comme ça. Petite scène pittoresque pour l'album de souvenirs.

*

La file de camions joue des hanches entre les cratères. Ces cons-là foncent comme des dingues, font la course entre eux, se cognent les pare-chocs à grands éclats de rire. Bourrés, cherche pas. Nous, dans la caisse ouverte, tellement serrés que ceux du bord se cramponnent aux autres pour ne pas basculer par-dessus la ridelle, nous mâchons la poussière blanche. Le camion qui suit le mien bifurque soudain à gauche dans une espèce de piste en plein champ. Ça doit être un raccourci *.

* Ce camion, regarde-le-bien. Il n'arrivera jamais. Il va sauter sur une mine, et tous les types dedans avec. On apprendra ça à l'arrivée.

Des troufions bizarres, vêtus de petits blousons trop courts et de pantalons trop serrés qui moulent leurs grosses fesses — ils ont tous des grosses fesses, même les maigres, et les reins arqués, aussi — nous regardent passer. Perdu dans mes pensées saumâtres, j'ai la réaction lente, mais les mecs, autour de moi, s'écrient : « Les Ricains! », et font des saluts frénétiques, et sautent en l'air, et gueulent « Hourra! ». Les blousons à gros culs font un geste mou et disent « Hello! » en mâchant leur gomme. Ils mâchent vraiment de la gomme.

Nous y sommes donc. La ligne est franchie. Il n'y a eu aucune formalité, on ne s'arrête même pas.

Et là, tout de suite, qu'est-ce qu'on voit? A droite à gauche, serrées sur l'immense plaine jusqu'à l'horizon, des voitures feldgrau. De toute sorte. Des « Kubel » décapotables aux angles à la règle, des Mercedes d'officiers, des camionnettes, des tractions fauchées en France, des automitrailleuses, des blindés et des semi-blindés, des trucs à chenilles, des camions des camions des camions, des motos des motos des motos... Tout ça immatriculé S.S.! Sauf, par-ci par-là, une ou deux WH : Wehrmacht. Sur des kilomètres et des kilomètres! Les fumiers! Les enculés! Voilà. Pendant que les pauvres cons du Volkssturmm se faisaient hacher pour retarder les Russkoffs, pendant que nous autres racaille de merde on nous faisait creuser des trous devant les lignes et puis marcher « vers l'Ouest », revolver dans le cul, pendant ce temps-là les Seigneurs de la guerre, l'élite des élites, la fleur de la race, l'honneur de l'Allemagne, ils fonçaient de tous leurs moteurs vers l'indulgente Amérique, son chocolat au lait, ses cigarettes, son chewing-gum... Leur grand opéra de merde, leur Tétralogie exaltée, c'était du bidon. Crépuscule des Dieux mon cul. Rien dans la culotte. Ou plutôt, si : la diarrhée de la trouille verte. Surhommes dans la victoire, bouses dans le revers. Pour les Ricains, un prisonnier de guerre est un prisonnier de guerre. Pour les Russes, un S.S. est un S.S. C'est que les Russes les ont eus sur les reins pendant trois ans, les S.S. Les Ricains, non.

François, toute ta vie rappelle-toi les champs de bagnoles S.S. de la zone américaine! Les milliers de milliers de plaques S.S. à peine la ligne franchie... Si, par hasard, un va-t-en guerre, de quelque couleur qu'il soit, parle devant toi de « sacrifice suprême », de « verser son sang jusqu'à la dernière goutte plutôt que de se rendre », de « la gloire du soldat qui est de mourir en combattant », aussitôt projette-toi ça dans son petit cinoche : l'océan feldgrau des belles voitures S.S. bien astiquées, bien alignées, à perte de vue, à perte de vue.

*

Et quelle est la première chose qu'ils font, les Ricains? Ils nous enferment derrière des barbelés! Sentinelles, M.P., défense de sortir. « Pour éviter les incidents »! Nous risquerions de provoquer les paisibles populations allemandes. Les paisibles populations, nous les voyons se pavaner de l'autre côté des barbelés, du bon côté, en habits du dimanche. Les jeunes filles s'accrochent de l'officier américain au bras, toutes fières. Les moches se rabattent sur le simple troufion. J'ai rien contre, j'aime mieux voir ça que la queue pour le viol, mais je vois pas pourquoi on m'enferme, moi. Si ces gens sont innocents, que suis-je, alors?

Des qui râlent sec, c'est les rescapées en pyjamas rayés. Elles arrivent de Neubrandenburg, et aussi d'un autre camp, un bled qui s'appelle Ravensbrück. Elles restent groupées entre elles, ne se mélangent pas. Certaines ont la tête rasée. Les hommes aussi, mais ça frappe moins, forcément.

De temps en temps, remue-ménage : quelqu'un a repéré un S.S., ou un ex-kapo, qui essaie de se faufiler. Les « politiques » veulent lui faire la peau sur place, discrètement, parce que ces grands cons d'Américains les chouchoutent, leur font un sermon et les envoient en Amérique dans des camps quatre étoiles, et ça, ils ont du mal à le digérer, les « politiques ».

Dès l'arrivée, tu passes à la désinfection. Ils te soufflent une poudre blanche partout, sans même te faire déshabiller. Tu entrebâilles ton col, une giclée entre les nichons, une giclée dans le dos, tu entrebâilles ton froc, devant derrière, et puis une bonne giclée dans les cheveux, ça y est, la vermine est morte, c'est un produit magique, un truc ricain, du D.D.T., ils appellent ça. Un coup de tampon sur le dos de la main pour prouver que tu y es passé, et tu vas te faire enregistrer au bureau.

Là, on te donne une étiquette que tu t'accroches à un bouton. Et puis on te change tes marks. Tu donnes tes Reichsmarks, on te donne l'équivalent en monnaie d'occupation. Que tu pourras changer en France. J'ai pas un rond, je fais pas la queue. Mais faut voir les matelas que les mecs sortent de sous leurs vareuses! Alors, voilà qu'on sanctifie le travail effectué pour l'industrie de guerre ennemie? Bien con j'ai l'air! Les gars de la Mayenne avaient raison : le travail et l'épargne sont toujours récompensés... Quand je pense qu'en zone russe les Reichsmarks se ramassent à la pelle, plein les caniveaux! Maria et moi, on en aurait ramassé tant qu'on aurait pu, on aurait de quoi s'acheter le pavillon! Oui, Ducon, mais Maria, a pus. C'que t'en foutrais, du pavillon?... Je voudrais bien avoir le courage de me tuer.

Quarante-huit heures dans ce camp de merde et de cafard, et puis en voiture! Wagon à bestiaux. Hollande. Belgique. Je vois rien. Malade comme jamais encore. Toutes les cinq minutes, je m'accroupis à la porte, cramponné à un mec pour pas tomber, et je me vide sur le ballast. Des gares. Des dames dévouées. Des bols de soupe. De soupe aux rutabagas. Pas si finie que ça, la guerre. Impossible avaler. Rencoquillé sur la paille, en chien de fusil, à claquer des dents.

Lille, tout le monde descend. J'essaie de me répéter avec émotion que je suis en France. M'en fous. Une caserne. Première fois de ma vie que je mets les pieds dans une caserne. Je ne les connais que par Courteline. C'est exactement comme dans Courteline. Murs marron en bas, jaune sale en haut. Dortoir. Immense. Bureaux. Là, c'est sérieux. Un militaire à gueule de contremaître fayot épluche mon cas. S.T.O.? Ils disent tous ça! Pas volontaire, des fois? Non. Vos papiers? Tout perdu. Ah, ah... Avez-vous commis quelque acte de résistance? Résistance?... Au fait, mais bien sûr! Sauf que ça me serait pas venu à l'idée d'appeler ça comme ça. Oui. Sabotage. J'ai même eu trois avertissements écrits de la Gestapo, dont un sévère. Deux ans dans un Strafkommando... Eh, mais, c'est très bien! Vous pouvez prouver ça? J'ai tout paumé, je vous dis! C'était dans ma valise, la valise de jeune fille à maman, des Russes me l'ont fauchée, et ma femme avec! Oui, oui, bien sûr... Ça fait que vous pouvez raconter ce que vous voulez! Bien commode... Il m'emmerde, ce rempilé. C'est ça, traitez-moi de menteur, je lui dis. Et puis la colère me monte, je me mets à gueuler. Traitez-moi tout de suite de volontaire, de S.S., pourquoi pas? Vous voulez voir mon tatouage? Il est dans le trou de mon cul, mon tatouage de S.S.! Et je commence à défaire mon futal, je suis fou enragé, je les emmerde, j'ai plus rien à perdre. Deux troufions m'empoignent, l'un des deux me glisse à l'oreille « T'occupe, c'est un enculé, joue pas au con. » Je me calme. Le juteux me reprend en main. Vous savez que vous aurez à remplir vos obligations militaires? On vous dressera le poil. Quand êtes-vous né? Février 1923. Classe 43, eh? La seule classe exemptée de service militaire! Comme par hasard! Vous devrez le prouver, mon gaillard! D'accord, m'sieur, d'accord, une fois chez moi, ça sera facile... Appelez-moi « mon adjudant »! Non, m'sieur, j'chuis pas troufion, moi, j'ai rien à foutre de vos conneries.

Il me file, à regret, une carte de rapatrié qui doit, paraît-il, me permettre d'obtenir des tickets d'alimentation et tout ça. Des tickets... Oh, merde! Ils en sont encore aux tickets!

Je fais un tour dans Lille. Le soleil tape comme une bête. Lille est une ville qui demande à être vue sous une pluie battante. Comme ça, en plein soleil, elle est triste à pleurer. Je pleure. J'ai les jambes qui fondent. Je rentre me répandre sur mon lit de camp, dans mon coin de dortoir, à proximité des chiottes.

De nouveau en wagon à bestiaux. Le train se traîne, s'arrête partout, bols de Viandox, bols de café au lait, soupe aux rutas. Envie de vomir. Semi-comateux. Je claque des dents. Un ex-prisonnier me file sa vareuse comme couverture. Gare du Nord. Il fait nuit noire. On nous réunit dans le hall. A cette heure-ci, il n'y a plus de métro, alors on va s'occuper de vous jusqu'au matin, pas de pagaille, restez groupés, s'il vous plaît.

On nous fait remonter le boulevard Magenta, puis le Rochechouard jusqu'à la place Clichy. Paris est comme s'il n'y avait jamais eu la guerre. Pigalle fonctionne à tout va.

Du troufion américain partout. Bourré, cela va sans dire. Beaucoup de négros. Dans de drôles de petites bagnoles à nez de bulldog ouvertes à tout vent comme des autos tamponneuses, des malabars en casque blanc marqué M.P. se faufilent, balançant des gourdins. De Barbès à Clichy, c'est une nouba pas croyable. Revues nues, strip-tease, plumes dans le cul, cinoches, bistrots, ça usine, on marche entre deux haies de lumière, clignant des yeux comme des chouettes au soleil. Beaucoup se laissent happer par l'un ou l'autre troquet. Moi, hébété, je suis le troupeau.

On nous fait entrer dans un cinéma géant, le « Gaumont-Palace ». Je connaissais le « Rex », mais pas le « Gaumont ». Je m'affale sur une marche d'escalier, tout en haut. Le cinoche est bourré à craquer. Il y a de tout : du prisonnier, du déporté, du S.T.O. L'ambiance est orageuse. On se sent un peu traité comme du bétail, c'est pas exactement les bras grands ouverts, les larmes à l'œil et les « Marseillaises » qu'on aurait cru.

Des jeunes filles d'excellente famille se faufilent avec des seaux et des quarts d'aluminium. Dans les seaux clapote du vin rouge. Elles plongent le quart dans la vinasse, te le tendent avec un grand franc sourire : « Un coup de rouge, mon brave? » Je jure qu'elles disent ça, comme ça! Il y a des bons cons de prisonniers pour accepter le pinard, les yeux humides du chien qui remue la queue, mais la plupart des mecs, quand même, se rendent compte. Trois ou quatre seaux sont envoyés d'un coup de pied par-dessus la rampe du balcon. Une demoiselle de bonne famille se voit en moins de deux déculotter et asseoir dans le seau, le cul dans la vinasse. L'émeute gagne, il y a du viol dans l'air, une voix aiguë appelle les flics. Les flics... Ils seraient bien en peine de pénétrer dans le pudding humain. Des officiers fringants viennent au secours de ces jeunes filles au grand cœur qui pourraient être leurs sœurs, ou leurs fiancées. « Allons, les gars, quoi, nous sommes entre Français! Nous n'allons pas nous conduire comme des Boches ou des Mongols! » Les Mongols, ils te pissent au cul, les Mongols, Ducon. Les Boches aussi, d'ailleurs. Enfin, bon, ça se tasse. Un type, en douce, hume une petite culotte conquise de haute lutte. Pour apaiser la tension, on va nous faire du cinéma.

Immense hurlement d'enthousiasme. Le rideau s'escamote, l'écran s'illumine. « La Libération de Paris », documentaire vécu. On aurait préféré Laurel et Hardy, mais on n'est pas fâchés de voir un peu ce qui s'est passé ici pendant qu'on était là-bas.

Dès les premières images, on est soufflés : il n'y en a que pour les flics! C'est eux qui ont tout fait. Combats autour de la Préfecture de Police, de l'Hôtel de Ville. Flics à plat ventre faisant le coup de feu. Flics poussant des prisonniers chleuhs, mains sur la nuque... La plupart des gars entassés là ont été embarqués par des flics, de braves flics français. Il y en a qui croient reconnaître parmi les héros ceux qui les ont arrêtés, tabassés et livrés aux Chleuhs. Ça commence à houler. « Fumiers! » « Salopes! » « Toujours du côté du manche! » Le chahut devient grandiose. Les bras de fauteuils se mettent à voler, puis les fauteuils.

Un « politique » saute sur la scène et hurle : « Camarades, c'est une honte! Une insulte à notre martyre! Tous les flics qui ont été flics sous Pétain auraient dû être fusillés! Même ceux qui ont rendu des services à la Résistance, parce que ceux-là jouaient simplement sur les deux tableaux! »

La salle hurle « Ouais! » « Mort aux flics! » « Mort aux vaches! ». Clameur énorme. J'en profite pas bien, la tête me tourne, je suis sur le point de tomber dans les pommes. La chiasse s'est arrêtée, mais je grelotte de fièvre. De toute façon, le chahut ne va pas bien loin, un autre gars monte sur la scène pour expliquer que l'épuration est en cours, qu'elle ne peut pas se faire en un jour, que tous les traîtres, les délateurs et les collabos seront châtiés comme ils le méritent, qu'une bonne part ont déjà été collés au poteau et que ça ne fait que commencer, mais cela doit s'opérer dans l'ordre et la dignité parce que si le peuple de Paris s'est libéré lui-même (ricanements dans la salle), ce n'est pas pour offrir à nos alliés le triste spectacle de l'anarchie et du règlement de comptes mesquin... Tous unis pour la reconstruction... Je sais pas comment il a fini, je roupille. Et sans doute que les autres aussi se sont endormis, crevés qu'ils étaient, et que c'était justement ça le but du discours de l'autre pomme : nous avoir à la fatigue.

Mon premier métro. Aucun choc au cœur. Comme si je l'avais pris tous les jours depuis trois ans. Je me fous de tout. Tout a un goût de merde. Tout a un goût de mort.

Je prends le train à la Bastille, le petit train à impériale, il est toujours là, il crache toujours ses escarbilles dans l'œil des rigolos qui voyagent sur l'escalier. Je ne paie pas : je montre ma carte de rapatrié, et j'ai même droit à un sourire ému de la poinçonneuse. Assises en face de moi, deux pisseuses dans les dix-sept dix-huit, ternes et cons, maquillées jusqu'aux tifs ça les arrange pas, quand on est con on est con, une fille moche et con qui se maquille se maquille comme un con et est encore plus moche, ça cause bal, on est samedi, le cafard m'empoigne aux tripes, et monte, monte, qu'est-ce que je suis revenu foutre ici, bon Dieu de merde, qu'est-ce que je suis revenu foutre?

Papa-maman. Exclamations prévues. J'arrive pas à être au diapason. Je me traite de dégueulasse et de cœur sec, alors, mon salaud, y a que le cul qui t'intéresse, le cul qui te fasse vibrer, qui puisse te rendre heureux ou malheureux, te faire sauter de joie ou crever de chagrin? Ben, oui. Je suis comme ça. Je découvre avec gêne, avec honte, que je donnerais tout au monde pour être avec Maria, que si demain il faut aller vivre dans un camp de déportation sibérien pour être avec elle j'y courrai avec joie, je laisserai tout, que même papa, même papa, je suis prêt à l'abandonner dans ses larmes pour rejoindre Maria. C'est comme ça.

J'ai cru bien souvent avoir peur, pendant ces années. Je sais maintenant que je n'avais pas peur, même quand la mort était quasi certaine et que tous perdaient les pédales. La peur, je le sais maintenant, je ne l'ai connue qu'au moment où j'ai perdu Maria, et depuis ce moment elle ne m'a plus quitté. Et c'est quelque chose d'abominable, qui me réveille vingt fois tout hurlant, qui me fait fuir la compagnie des autres, parce que je n'ai pas envie de parler d'autre chose que de ça et que je n'ai pas envie de leur parler de ça.

Je ne savais pas que j'étais de ceux qui vivent et crèvent d'amour. Je ne me connaissais pas. Je voudrais être comme les autres, moins violent, moins entier, moins excessif. Mes plaisirs, mes espoirs seraient moins bouleversants, mais aussi moins dévastatrices mes déceptions, moins anéantissants mes chagrins. Je voudrais avoir le courage de me flinguer. Des mots, oui, bien sûr. Je sais bien, je le ferai pas. C'est histoire de m'attendrir sur moi-même, de me jouer le cinéma de mon propre mélo... Même malheureux à crever, il faut qu'on se joue la comédie du malheur.

*

Une année entière à cavaler de comités de la Croix-Rouge en consulats, de missions culturelles ou économiques en ambassades... J'apprends que le général Catroux part à Moscou, je réussis à faire passer une lettre par quelqu'un de son entourage... Tous les messages que j'ai confiés aux services soviétiques, je suppose qu'ils s'en sont fait des rembourrages d'épaulettes, après avoir bien rigolé...

J'ai quand même eu des nouvelles de Maria. Une fois. Par hasard. A la fin de 1945. Dans une réunion d'anciens de Baumschulenweg, je rencontre deux gars que je n'avais pas revus depuis que Maria et moi nous nous étions enfuis de la colonne, sur la route, après Neubrandenburg.

— Dis donc, ta Maria, on l'a rencontrée! Elle nous a demandé de l'emmener avec nous en France, elle disait que vous vous étiez perdus mais que certainement tu la cherchais, que tu l'attendais. Elle pleurait, elle se cramponnait...

— Et vous ne l'avez pas ramenée?

— Ouah, dis, eh, nous, mon vieux, on s'est dit merde, s'il l'a larguée en douce et qu'on la lui ramène, mince de surprise, il va faire une drôle de gueule!

— Bande de cons! Vous saviez pourtant bien comment c'était, nous deux! Fallait la croire! Elle est ma femme, non?

— Oh, dis, eh, et suppose que t'aurais été marié en France, ou fiancé, hein? Tu serais pas le premier qui aurait largué sa gonzesse de guerre une fois la guerre finie, mon pote! Nous, ces histoires de cul, c'est pas nos oignons.

J'ai demandé :

— Où et quand?

— Ça devait être en août, c'est ça, à Stettin. Elle était dans ce grand camp russe qu'ils ont fait près de Stettin pour les rapatrier. Elle a dit qu'elle t'avait cherché longtemps, que des troufions l'avaient kidnappée mais qu'elle s'était échappée, et alors elle est retournée là où vous étiez, et puis elle a parcouru le pays dans tous les sens en demandant après toi, et finalement, voilà, elle essayait de retarder son rapatriement le plus possible dans l'espoir que tu finirais par arriver...

A Stettin! En août! J'aurais patienté trois mois de plus... J'avais manqué d'acharnement, voilà. N'importe qui n'est pas du bois dont on fait les héros...

Me revoilà branché sur Stettin. Mais Stettin est désormais polonais. Impossible d'y mettre les pieds. Pas plus qu'en zone soviétique d'occupation. La guerre froide est là, et toutes mes démarches pour partir là-bas ou m'y faire envoyer en mission d'enquête par les Déportés du Travail se sont cassé le nez sur le « Niet » russe.

Mais tout n'est pas dit. Un jour, je ne sais pas comment, j'irai là-bas. En Ukraine, à Kharkov. Je la retrouverai. En attendant, je prends des leçons de russe.

Et j'ai repris le boulot. Faut bien vivre, puisqu'on ne meurt pas.

Cet ouvrage reproduit par procédé photomécanique
a été achevé d'imprimer sur presse CAMERON
dans les ateliers de la S.E.P.C.
à Saint-Amand (Cher), le 26 mars 1980
pour le compte de France Loisirs
123, boulevard de Grenelle, Paris

Dépôt légal : 1er trimestre 1980.
N° d'Édition : 5073. N° d'Impression : 305.
Imprimé en France